红旗下的果儿

石一枫 著

北京出版集团公司
北京十月文艺出版社

目　录

引　子

陈星坐在四川境内的一条路边。这大概是一条国道，编号却早忘了：也许是108，也许是212。说实话，如果不是午饭在嘴里留下了浓郁的麻辣味道，他连自己身在四川都忘了。路边山清水秀，路上尘土飞扬；他背靠山清水秀，面对尘土飞扬。

慢慢抽着一颗"都宝"香烟，陈星麻木地数着几米之外隆隆滚过的车轮。在这种国道上滚动的，大都是"红岩"或者"斯泰尔"重型卡车的加宽加大轮胎：一往无前，所向披靡。当然也有农用三轮车的轮胎，又小又旧、时常亏气。因为长期这样坐在路边，陈星恍惚觉得轮胎也像人的脸，是有表情的。有的乐观积极，有的不堪重负。但不论表情如何，轮胎组成的长流只能带给人一种联想，那就是历史的车轮滚滚他妈的向前。

他这个用脚走遍千山万水的人，也注定要被轮胎们碾过吗？

就在这个阳光透过尘土落在脸上的下午，陈星不知不觉又开始了回忆。他的回忆也总是从某一天的下午开始。但当时究竟是阴是晴，是安静是喧哗，他却又忘了。他和张红旗的缘分就是从那样一个模糊的下午开始的。

那时他年方十七。

事情还要从他第一次被抓进派出所说起。

1 派出所

那天下午，陈星和小北从人大附中的正门踱出来，到中关村的小胡同里去吃一碗“板儿面”。“板儿面”顾名思义，就是一种又硬又宽的面条。面里没有两丝儿肉，但脏乎乎的味道很浓，面汤像是在泔水桶里熬出来。

“板儿面”还让他们想起了“板儿带”，那是一种老式人造革武装带。作为军人和退伍军人的后代，陈星和小北对那东西很熟——小时候惹了祸，都要被父亲用“板儿带”啪啪地抽。如果祸惹得太大，则用黄铜的皮带头来抽。那样的话，声音也就不是啪啪的了。

很快吃完“板儿面”，他们便蹲在小饭馆的门口抽烟。抽的是两块五一包的“都宝”。那时候，他们都穿着一件油脂麻花的军大衣，脚上蹬着一双裂了口的军用皮靴。这是北京西北部流氓学生的标准服装，因此饭馆老板很紧张地盯着他们。

“不用看着我们。我们给钱，给钱。”小北对老板说。

老板操着安徽普通话说："那你们现在给。"

陈星把手伸进军大衣里摸了摸，小北也同样摸了摸。摸了一会儿，他们说："我们想再喝碗汤。"

老板赌气地把两碗面汤蹾在他们面前，这倒让他们不好意思了。他们垂下头，开始抽第二颗"都宝"烟。每人面前一个粗瓷大碗，好像两条拴在门口的绿色大狼狗。

盯着逐渐结出油壳儿的面汤，小北问陈星："古力怎么还没来？你说丫是不是涮咱们呢？"

陈星说："反正丫给我带话儿，说有事儿找咱俩帮忙。"

太阳开始西下，脏乱差的小胡同被染上了一层唯美的橘黄色。大团阴影转瞬即逝地移动，不远处的一摊污水被照得熠熠生辉。两个流氓学生的眉毛、嘴唇上的绒毛都被镀上了一层金。

就这么又蹲了半个小时。小北不停地抱怨："都快把我屎蹲出来啦。"小饭馆的老板也在一旁抱怨："面钱还没给呢——没有就直说。"

在一片抱怨声中，陈星却半闭着眼，好像睡着了。

城中村的第一盏灯光亮起来，那个叫古力的大痞才出现。和那年头的所有大痞一样，古力歪戴着镶金星的混纺学生帽，骑着一台卸了后座的锰钢自行车。他也不下车，一条腿杵在墙上，就像一只正在撒尿的大狼狗。三只大狼狗在一堆破烂之间共商大事。

古力扔给他们一人一颗"希尔顿"："来多会儿了？"

小北站起来，跺着发麻的脚："没多会儿古哥。"

陈星也站起来："找我们有事儿？"

古力说："跟我弄点儿钱去。"

小北的声音有点发软："怎么弄？"

古力说："到那儿就知道了。"

小北又说："到底上哪儿啊用骑车吗？"

古力一瞪眼："操你丫哪儿那么多废话啊？"

小北侧脸瞥了瞥陈星。陈星面无表情地眨眨眼。古力开始蹬车，他们只好跟上去。这时饭馆老板追上来："给钱给钱。"

古力轻蔑地往地上吐了口痰："瞧你们丫那点出息。"

他们两个一直是很怕古力的。那时候他们刚上高中，作为表现不好的男生，时刻感到来自整条大街的暴力威胁。和痞子打架，被痞子打，被人当成痞子找上门来打，这种事儿隔三岔五不断。而众所周知，古力是"打出名堂"来的大痞。有一天他在人大附中门口蹲着，陈星和小北多看了他两眼，立刻被他叫过去，一人给一大嘴巴："叫你们丫照眼儿。"陈星扔了书包就要拼命，却见古力掏出一把菜刀，顶在小北脖子上。

陈星一愣，古力笑嘻嘻地说："乖乖地把值钱东西掏出来吧。"他们只好掏裤兜，交给古力一百多块钱、一个随身听、一块卡西欧手表。

不过，小痞子是流氓恶棍，大痞子却是仁义之师。拿完东西，古力却拍拍陈星的肩膀说："小哥们儿够火的，咱们是朋友啦。以后有事儿找我。"

这以后，古力就经常蹲在学校门口等他们，有时让他们请吃饭，有时让他们买烟。而他们与别的坏孩子有了冲突，古力也真帮忙。用痞子的话说，这叫"罩着他们"。

碴架的时候，古力连家伙都不掏，大大咧咧地走到对方面前，当众跳起了脱衣舞。他一边脱，一边问那些孩子："见过皮皮虾玩球儿吗？"

那些孩子正在含糊，古力已经脱光了上衣摆造型啦。我的妈呀，他的身上有好大好清晰的一片文身，说皮皮虾玩球儿那是谦虚，实则是一幅二龙戏珠组图。露出真龙，古力再从裤裆里掏出一把菜刀，呛啷一响，两根不知什么毛发随风飘落，真个削铁如泥。

古力欣赏着菜刀说："这玩意儿跟我也不是一年两年了。"

一般的高中生们哪儿见过这阵势啊，登时落荒而逃。

但恰恰因为被"罩"着，陈星和小北便更加受制于古力。古力在街上晃悠的时候，他们得屁颠屁颠跟着，给大哥推自行车；古力要"堵"哪个孩子，他们得从中关村跟踪到展览馆，再回去报信儿；有一年元旦古力倒腾了一批贺年卡，砸手里了，他们还得从学校揪出十来个低年级学生，挨个抽嘴巴："你妈×买不买温馨的祝福？"

最苦的差事要算陪古力在公共厕所拉屎，古力蹲着，他们俩一左一右站着，听大哥讲从前的故事：如何如何打遍四城，如何如何被抓进海炮儿（海淀炮局，即海淀公安分局），如何如何把“一杆儿犯”的脑袋摁到茅坑里冲水。拉完屎，还得由小北来拉水箱绳儿，大哥只冲人不冲屎。

古力心满意足提着裤子说：“身边没个人说话，我使不上劲儿。”

钱就更甭说了，只要古力缺钱，他们俩的参考书、运动鞋、一个月的午餐都可以泡汤。因为这个，他们才吃不起学校的食堂，只能到脏乱差的城中村吃“板儿面”。有时实在没钱，他们只好吃完面摔碗就跑。跑出半条街，小北才拍着大腿说：

“反正也是个跑，刚才干吗不要碗肉炒饼呢？”

而这天下午，古力骑着自行车，后面俩人跟着，威风得好像一个汉奸带着两个地保。陈星和小北的嘴里呼呼往外冒白烟，军用皮靴跺得地咔咔响，脚生疼。跑了二十多分钟，好歹来到一所中学门口。花家村二中，普通学校，不像他们上的人大附中，是市重点。可是上了市重点又怎么样呢，还不是混成现在这个操蛋德行。

古力再次停车，脚蹬墙。他经常一整天跨在车上不下来，指使陈星和小北完成各种任务。拿破仑得势的时候也就这派头。

“就这儿。”古力指指人头攒动的校门口说。

“在这儿干吗？打哪孩子？”小北说。

古力挥挥手，示意他们蹲下：“我观望观望，那孩子一出来我叫你们。”

陈星和小北只好重新变成两条军犬，白烟缭绕地蹲在自行车轮两侧。从校门里出来的学生看见他们，大都心怀畏惧，低眉侧目地迅速溜走。过了十来分钟，一个十三四岁的男孩瞻前顾后地推车出来，朝古力他们瞥了一眼，便赶紧跨上车，贴墙根逃窜。

“就这孩子。”古力蹬车跟了上去。

他们并不敢在大街上动手，而是不紧不慢地跟着，寻找机会。此时天渐渐黑了，那孩子一边骑车，一边回头观望。其实如果他一直往人多的地方走，是有机会安全回家的，只不过后面的三个流氓把他吓昏了头，没骑多远，他竟然朝一条小胡同拐了进去。这就是自取灭亡了。

古力立刻招呼一声：“你们从这边堵我从那边包抄。”

他说完疯狂蹬车，锰钢车嘎嘎响，一转眼没影了。陈星他们只好也撒腿狂跑，跟着那孩子进了胡同。

那孩子钻进胡同就后悔了，向原路折回来，却正看见两件军大衣晃晃悠悠地迎上来。他情急之下捏闸拧把，掉头再往反方向骑，还没蹬出几米，古力已经从胡同那头抄了上来。

两车即将相撞，古力才从座上蹦下来，把车甩到一边，随后一个助跑，腾空，飞腿，当胸一脚，把那孩子踹到地上。

陈星和小北跑到的时候，那孩子已经捂着胸口，只剩下咳嗽的份儿了。古力弯着腰，很有耐心地抽着他的嘴巴：

“钱呢钱呢？”

小北说：“大哥就他？”

“是啊。”古力头也不抬地说，“早就看出他们家有钱了，管他借两千花花，没想到小丫的还挺鸡贼，躲了我好几天，没人堵还真追不上。”

古力又给那孩子两个嘴巴：“我希望你做一个守信用的人。”

那孩子哭哭啼啼的：“大哥我真想拿钱来着可是没拿着，我爸妈比我还鸡贼。”

古力恨铁不成钢地踹了他一脚，对陈星说：“你接着抽我歇会儿。”

陈星弯下腰去，正想接手，可看了看那孩子的脸却又站起来，对古力说：“古哥，跟你说点事儿。”

“干吗？”古力说。

陈星把古力拽到一旁去。小北一边看着那孩子，一边听他们俩嘀嘀咕咕地说话。声音小，也听不清楚，只看到两个烟头使劲闪一下，再使劲闪一下。

两分钟以后，古力暴躁地一甩手：“操你丫少来劲啊。”

他怒气冲天地撇下陈星，又朝那孩子走过来。小北正在纳闷，却忽然见到陈星弯腰捡了一块儿什么东西，也跟了上来。他的举动吓得小北几乎要窒息了，可还没叫出来，已经听到啪、哎哟我操、扑通，古力捂着脑袋坐在地上啦。

陈星把半块砖头往地上一扔，冷冷地打量着古力。古力到底是大痞，比一般人扛打，脑袋上挨了一砖头还能爬起来，手伸到怀里，要掏菜刀。

陈星看了小北一眼。小北想，反正也这么着了，爱怎么着怎么着吧。他跑过去，照着古力的膝关节就是一脚。古力咔嚓一声又跪下了，正好被陈星抡圆了腿，以凌空抽射的姿势迎面一脚。

古力四仰八叉地躺在小北脚下，小北连看都不敢看，他只想说一句话："这下麻烦大了。"

可是更大的麻烦还在后面呢。他们忽然听到胡同尽头一阵乱响，被古力踢倒的小孩已经不知何时跑了出去，一边狂奔一边狂吼：

"警察叔叔救救我呀！"

天已经黑洞洞的了，陈星和小北在路上没命地跑，他们穿过一条胡同，又拐进一条胡同。我的天啊，中关村的高楼大厦后面原来是一个胡同组成的迷宫——什么时候才能跑到车水马龙的大街上呢。只要到了大街上，混进熙熙攘攘的人流，他们就算安全了。

他们的军用破皮靴踩得咔咔响，身后传来更加声势浩大的追赶声。在逃跑的过程中，他们撞翻了一辆卖水果的三轮车，踢倒了一口卖熟食的铝锅。猪耳朵、猪肘子和猪尾巴的香味飘满了城中村。警察就算寻着小商小贩的叫骂声，也能轻松地确定他们的方向。

跑了不知多久，小北忽然扯住陈星。他指指地上说：“你看你看。”

陈星一看，前方黑咕隆咚地坐着一个人，竟然是古力。他和小北像两只没头苍蝇，在迷宫里兜了一圈，又跑回案发地点啦。

小北气急败坏地骂：“操，操。”

地上的古力看见他们俩，也骂：“操，操。”看样子，他还想拼命呢。于是陈星又冲过去，一脚蹬在了他的脑门上。他们需要他继续躺在这里，充当路标。

第二次从原点出发，他们格外留神，不再哪儿有口往哪儿拐，而是尽量朝着一个方向跑。这次就有希望多了，跑过的胡同渐渐宽了起来，墙角也有路灯了。路旁也不再是小饭馆和食品店，而是换成了一串粉红色调的小发廊，窗子里都亮着油腻腻的光。

一边跑，小北一边想，这些警察真是死心眼，这么多性工作者，随便拎着哪个回去不是交差啊，干吗非追着我们俩不放？我们只是两个高中生，进一趟派出所，弄不好这辈子都完啦。

一想到这辈子都完了，小北就热泪盈眶了。他看看旁边的陈星。陈星面无表情，像一只大洋马，坚毅地梗着脖子鼓着咀嚼肌。

又跑了几十米，他们不得不站住了。这下真是操蛋了，他们的面前横着一堵墙——跑进死胡同里了。作为一个部队大院长大的小孩，小北从小怕在胡同里打巷战，就是因为在这里常常发生这种情况：让人家关门打狗，躲都没地儿躲。不像四通八达的大院儿，上演的基本是豹子追羚羊的速度战。

身后的警察咔咔咔，已经越来越近了。小北想到了电棍、手铐、皮带等工具。工具反对暴力，让他两腿发软。而这时候，他却看见陈星一个助跑，居然扒上了两米多高的墙沿。

陈星一边蹬着腿往墙上窜，一边招呼小北："快快快，你他妈快。"

小北没有陈星的身手好，蹦了两次，又让陈星拽了一把才上了墙。陈星先纵身一跳，蹦到墙的另一头。小北也纵身一跳，可还没落地，却听见陈星"哎哟我操"，哼哼起来了。

他摸着黑找到陈星，发现他已经缩成了一团。小北说："你怎么了？"

陈星用嗓子眼根部的声音呻吟："我他妈踩花盆上了。你快跑，你快跑。"

小北一阵热血沸腾："你他妈扯淡，我怎么能丢下你呢？"

他像一个解放军战士一样，试图把伤员架在肩上，上演"最后一次党费"的煽情大戏。可惜两个人，三条腿，还没蹦跶多远，就被迎面而来的手电筒光晃得睁不开眼了。那些警察根本没有翻墙，而是从容不迫地从一条平行的胡同抄了上来。

临被捕，小北才想起来问陈星："刚才你干吗帮那孩子？你不帮那孩子不就没事儿了吗？"

陈星说："那孩子好像是咱们班张红旗她弟。"

小北说：“你说张红旗？”

陈星说：“对对，学习委员张红旗。”

小北正在哭笑不得，想要破口大骂，却已经被警察薅着脖领子，按在墙上了。他一边和红砖墙热烈接吻，一边可怜巴巴地说：“叔叔我们是见义勇为的，你可以问我们班的张红旗。张红旗是学习委员！”

就在流氓学生陈星和小北实施抢劫时，学习委员张红旗正在知识的海洋中遨游。她有一张又宽又大，做工讲究的实木写字台，从很小开始，她就养成了每天伏案几个小时的习惯。她深知学无止境的道理，今天的功课复习完了，就预习明天的功课，高中的课程自学完了，就主动背起了大学英语单词。现在她正在有条不紊地攻克大学英语六级水平的单词。同学们都说，论起好学精神，堪比张红旗的只有张海迪。可张海迪是残疾人，好学也可以理解，张红旗这样心无旁骛，就是心理不健康了。

隔壁，张红旗的父母刚刚看完新闻联播，每人腰上顶着一台电动按摩器，正在等待央视一套黄金时段的电视剧。这个形象倒是健康得不能再健康。

就在这个时候，派出所的电话打来了。张红旗的父亲接通电话，惊讶地噢噢了两声，随即恢复了沉稳：“我马上就来。”

他放下电话，向张红旗的母亲通报：“张红兵出事了。”

然后他专程敲门，得到许可才走进张红旗的房间，把张红兵被抢劫的事情对女儿讲了一遍。张红旗表示知道了，他才拿了大衣出门。这也是他们家的习惯，你可以管这个叫民主，或者尊重，或者装孙子。

张红旗听到父亲的本田车在楼下响了一阵，开走，她摇摇头，继续背单词。但她只背了十多个单词，隔壁的电话又响了。她母亲接了电话，更加惊讶地噢噢了两声，叫了起来："张红旗！张红旗！"

张红旗来到客厅，她母亲挂着不可理喻的表情说："怎么你也卷进去了？"

张红旗拿过电话，她父亲在另一端说："你赶紧到派出所来一趟。这儿有两个孩了说认识你。"

张红旗骑着自行车赶往派出所时，陈星和小北正蹲在一面"五讲四美，服务社区"的锦旗下面。蹲着倒也不是体罚，只是因为他们的皮带和鞋带早就被抽走了，如果站着，就得时刻提溜着裤子，太麻烦。蹲着的话，他们就可以腾出手来抽烟了。

但是他们的"都宝"烟也被没收了。小北对值班警察说："叔叔我们能抽颗烟吗？我看电视上都让抽。"

"细节还记得挺清楚，早就为进派出所做准备了吧？"警察从抽屉里把烟拿出来，看看牌子撇撇嘴，扔给他们。

他们两个一人一颗，还不忘给警察也上一颗。看见张红旗的父亲无聊地坐在长椅上，小北又客气地说："叔叔您抽吗？"说着就要把烟扔过去。

张红旗的父亲居然很客气地说："谢谢我不抽烟。"然后他就扭脸看别的地方去了。一会儿，他又问："你们真认识张红旗？"

小北说："真的真的。"

张红旗的父亲说："我怎么没听她提到过你们？"

小北说："那也正常。"

而张红旗走进派出所大门的时候，这两个家伙又被分开关到两个小黑屋里去了。这也是派出所的常用方法之一：一次审问之后，立刻分开提审第二次。很多头脑不清楚的嫌疑犯就是这样穿帮的。

因为只有一个警察负责此案，所以提审小北的时候，陈星就得在隔壁候着。第二次审问的内容和第一次没什么不同，无非是换个角度问问题，只不过频率非常快。警察问："你认识那孩子？"小北回答："我只认识他姐。"警察问："你知道她是他姐？"小北回答："我不知道陈星知道。""她是学习委员兼团支部书记？""不兼团支部书记她是白专路线。""你见过她爸？""头次见她爸还挺健康也不抽烟。""你们看见有人劫钱就见义勇为去了？""没那么高尚本来我们也是劫钱的，这不是同学的弟弟吗——临阵倒戈也算见义勇为吧？"

"不要胡扯你的同伙已经招了！"警察忽然一声厉吼。

小北是死猪不怕开水烫了："他招什么了？跟我说的不一样那肯定是编的。"

而这时，陈星倒也不寂寞。因为派出所房间有限，他那屋里还有一个嫌疑犯。这个三生修得同船渡的室友是个女的，留着台湾著名女作家三毛的发型，只是脏得多，像一个刚从撒哈拉回来的三毛。她缩在条凳上，哆哆嗦嗦的。陈星想：这大抵是一个性工作者。但是他并不歧视人家，而是凑过去说："大姐腾个地儿，我也坐会儿。"

肮脏的三毛很随和，挪了挪："愿意坐就坐。"

陈星为了表示感谢，脱下他的军大衣说："大姐冷吧？咱俩一块儿盖着腿。"

肮脏的三毛瞥了他一眼，没说什么，就盖了。陈星看见她的脸又干黄又沧桑，心想她就是卖，也实在卖不出什么好价钱。他更同情人家了，做出一副过来人的样子说："您别怕，都没多大事儿，过不了儿大都出去了。"

肮脏的三毛说："我事儿大了。我吸毒的，来好几趟了。"

她反过头来倒很同情这个纯洁少男："小哥们儿哪个学校的？"

"人大附中。"

"还是市重点呢，出去可得学好。"

等到警察打开门，把陈星带出去提审的时候，张红旗恰好推着自行车进来。她看见拎着裤子的陈星，没说出话来，似乎不相信这个家伙就是自己的同学。而陈星愣愣地打量着张红旗，也没吱声。在寒冷的冬夜，张红旗的身影显得很瘦，一条厚厚的纯毛围脖绕在脖子上，只露出半张白晃晃的脸。

警察问明了张红旗的来意，立刻把她和陈星都带进亮着灯的办公室，又把小北也揪了进来。陈星和小北还在锦旗下面蹲着，张红旗则和她的父亲并排坐在长椅上。那对父女看起来比两个流氓学生还紧张。

警察指指地上的两个说："他们说是你的同学，是这样吗？"

张红旗点点头，字正腔圆地说："是。"

警察说："可他们抢劫了你的弟弟。"

小北立刻叫了起来："我们没有抢劫！我们见义勇为来着！"

"见义勇为？"警察说，"谁能做证？她吗？她又不在现场。"

小北说："可以问问她弟弟，她弟弟看见陈星把古力拍了。"

警察说："她弟弟正在医院躺着呢，断了两根肋骨，要想做证，等人家出院吧。"

张红旗的父亲听到这话，吓得站了起来："啊？进医院了？严重不严重？"

警察说："反正就是断了两根肋骨，看你怎么理解了。说严重就严重，说不严重就不严重。"

小北说："断了肋骨也能说话，可以让张红旗过去问问他。"

小北一边说，一边盯着张红旗。陈星也抬起头来看着她。张红旗在两个男生的注视下沉默了一会儿，终于站起来说：“好，我去医院问问。”

她的父亲这时候非常烦躁，扯了一下张红旗的袖子。但张红旗已经走了出去，她父亲只好也跟出去。

陈星和小北听到张红旗的父亲在外面说着什么，嗡嗡的也不太清楚。而后，张红旗的声音却很清晰：“跟我没关系也不能冤枉人。他们是我的同学。”

本田车的发动机不情愿地响了一下。在等待张红旗问明情况的过程中，小北几次抬起头来，和陈星对视一眼，又埋进军大衣里。他们觉得无话可说了，他们被张红旗的反应镇住了。要知道，张红旗跟他们何止不熟，而且是泾渭分明的两路人，在学校连招呼都不打。

对于这个寻常的流氓劫钱事件，警察本来就不感兴趣，现在，张红旗的节外生枝更让他不耐烦了。他看看表，忽然哦了一声，赶紧打开了桌上的台式收音机。今天是侯宝林先生的专场相声回顾，警察很快听入了神，为早已笑过一千次的包袱多笑一次。

而小北身边也响起了“嘿嘿，嘿嘿”的笑声。原来陈星也是一个相声爱好者。听到要紧处，他干脆缩进军大衣的领子里，闷声闷气地咯咯笑，肩膀抖个不停。

小北感到这个场面太荒诞了：在半夜的派出所里，警察和犯罪嫌疑人一起听老掉牙的段子，而且还笑得那么认真。他看看陈星，又看看警察，茫然地眨眨眼。

相声的最后一个包袱，竟然是警察、陈星和侯宝林一起说出来的：

“我掉沟里了。”

话音刚落，张红旗就推门进来了。她冷冰冰地看着地上两张龇牙咧嘴的笑脸，等他们笑完才说：“我问过我弟弟了。”

小北立刻叫了起来：“张红旗，你可不要落井下石！”

警察也恢复了心智，呵斥小北：“闭嘴，你还想威胁证人吗？”

而证人张红旗不为所动，字正腔圆地说：“我弟弟说他当时吓晕了，究竟是怎么回事也弄不清楚。不过他看见陈星——也就是他——突然打了古力——也就是把我弟弟踢下来的那个人。根据我的推断，他们应该是想制止古力抢劫。”

这时，小北就几乎四脚趴地了：“张红旗，我谢谢你！”

陈星没有说话，他对张红旗点点头。

警察没想到这个结果，哦了一声，接着问了点别的。张红旗又为他们两个说了几句好话，再三强调他们是同学关系，她相信她的同学不会做什么坏事。

这个案件终于告一段落，可陈星和小北还不能回家。不管怎么说，他们也是犯了错误的人，得由班主任或者家长领回去批评教育。不过警察把皮带和鞋带还给了他们，这就已经相当于颁发一张良民证了。

刚刚系上裤腰带，陈星就跑出去，想帮张红旗把自行车塞进本田车的后备箱里。太晚了，她肯定不能一个人骑回去。但张红旗说："谢谢，不用了。"她还是想自己搬。陈星二话不说，抢过自行车，小心翼翼地放进了后备箱。

小北追着他们父女俩说："谢谢叔叔，谢谢张红旗。"

父女俩没说话就走了。他们还要赶快到医院去看望张红兵。小北对叉手站着的陈星说："其实他们也应该谢谢咱们。要不是咱们，她弟没准已经被古力打死了。"

2 知恩图报

这件事并没有让陈星和张红旗熟悉起来。

派出所之夜以后的半个多月，两个流氓学生都没在学校露面。派出所让学校来领人，校方立刻把这桩事情通知了他们的家长。班主任还没有来，两个怒气冲天的父亲已经赶到了。

当晚，小北一听到外面传来关车门的声音，两条腿就打哆嗦了。只有暴怒的部队干部才会关门关得像定音鼓。他父亲推门进来，还没等警察说话，已经跨到近前，飞起一脚，踢到小北的肚子上。小北刚一弯腰，迎面又吃了一记直拳，脑袋撞到墙上。

然后小北的父亲就抽出了"板儿带"。他这个级别的军官已经不需要系武装带了，这东西是专门为儿子预备的。"板儿带"扬起来，打下去，发出当当的声音，因为是用铜头来打脑袋。

警察吓坏了，上来拉扯着说：“干吗打人？干吗打人？”

小北的父亲怒目圆睁：“我打我儿子，你管得着吗？他下次惹事你们不抓，我就不打他了！”

他理直气壮的神气，当然，更主要还是那身笔挺的将校呢子军装把警察唬住了。警察居然眼睁睁地看着他打。小北被打得头破血流，半张脸都红了，刚开始还嗷嗷叫，后来他父亲说：“叫什么？让外人看笑话吗？”小北看看警察，就不叫了。而他父亲打得更狠了。

后来，外面又跑进来一个年轻的军人，这是小北父亲的司机。司机死命拽着“板儿带”，对小北说：“还不快上车！”

小北一声不吭地跑出去，钻进一辆奥迪车。这下就剩陈星一个人了。警察又打开了收音机：“你再听一会儿吧。”

过了很久，陈星的父亲才来。他是个戴眼镜的中年人，很冷静地问了情况，办好了手续，便一言不发地走了出去。陈星对警察说了声再见，这才一瘸一拐地跟着父亲颓唐的背影走了。

父亲文质彬彬地把陈星接回了家，让他坐在桌上，然后走进了厨房。但他没有拿来吃的，而是拎出了一个高压锅盖。一家伙下去，陈星就歪在桌子下面起不来了。

等到陈星和小北回到学校，班主任老师立刻通知他们：“中午到操场开大会。”

小北说：“开什么会？”

班主任说：“当然是批判大会了。”

这个会开得很有效果。负责音响的校工是一个很诙谐的人，陈星和小北走上台的时候，他居然播放了一首运动员进行曲。在雄壮的音乐声中，两个流氓学生走得意气风发，就连陈星的瘸腿都瘸得很有力。可惜还没有走两步，音乐立刻被卡掉了。

在运动员进行曲的感召下，小北也焕发了娱乐大众的精神。他走到舞台中央，撅起屁股，两只手高高地向后扬起，做了一个喷气式：“这个认罪态度诚恳吗？”

校长向全校宣布给他们记大过处分一次的决定。扩音喇叭响彻耳边的时候，陈星一直踮着脚，往下眺望。他在找谁呢？小北循着他的目光，发现他找的是张红旗。张红旗站在女生队伍的中间，很平静地听着处分决定，连马尾辫都没有晃动一下，好像她和这件事全没关系。

回到教室，他们发现座位也换地方了。他们的桌椅被单独拎出来，放在教室最后排的两角。他们被和人民群众划清界限了。

这倒也无所谓，小北还翘起了两条椅子腿，后背靠在墙上，好像坐着一只摇椅。上了课，他便开始看一本名为《淫侠闯天关》的地下出版物。没一会儿，他就勃起了，裤子上支起了一顶小帐篷。于是他把语文书和数学书放到了帐篷上面，挺一挺，书动了两动。然后他又依次把物理书、化学书和生物书也放了上去，最后把牛津英汉双解词典都放了上去，可还是没有彻底压垮小帐篷。

小北向后仰着，叫陈星，让他看看自己的壮举：“我顶了这么多！”

还没说完，咔嚓一声，椅子向后翻过去了。小北躺在了书堆里，帐篷却依然翘着。全班同学都回过头来，愕然地看着他。

而陈星没去看小北，却在找张红旗。张红旗做了个倍感无聊的表情，第一个转回头，继续听课。陈星便又趴在了桌上。

看来对于派出所之夜的事情，张红旗根本就不再想谈起。她是学习委员，陈星、小北是流氓学生，他们本就是同一个教室里的陌路人。这种关系是无可改变的。

但陈星却对小北说：“我们起码应该找她问一问，问问她弟弟怎么样了。”

小北说：“你怎么不去？”

陈星说：“你去我去都一样。”

于是小北就来到张红旗的座位，拍拍桌子。张红旗正在整理课本，抬起头来说：“干吗？”

小北说：“陈星让我问问，你弟弟怎么样了。”

张红旗的脖子僵了一下，但没回头看陈星。她倒是瞥了瞥旁边的两个女同学。大家听说她和那事儿还有瓜葛，未免竖起耳朵。

张红旗梗了梗脖子说：“关你们什么事？”

第二天，陈星居然又对小北说：“你再去问问，也许她昨天心情不太好呢。”

小北只好又过去，问同样的问题。张红旗还是说：“没你们的事吧？”

第三天，陈星再次让小北去问，小北也烦了。他把陈星扯到了张红旗面前：“你再跟他说说，你弟今天怎么样了？”

张红旗终于对他们叫了起来：“打傻了，行了吧！”

这下，前后左右的同学全扭过了头，兴致勃勃地看着他们三个人。张红旗涨红了脸，很大声地规整书本。陈星和小北倒过意不去了，只好用流氓的办法给她解困。他们指着那些家伙的脸说：

“看你妈什么看？”

陈星对小北解释道，他们在派出所欠了张红旗一个人情，应该报答人家。就算她张红旗没什么需要报答的，也应该主动示好，表示友善。

他说：“我们不是应该讲义气吗？张红旗对我们可是很义气的。”

在陈星和小北的价值观里，“当流氓”并不是什么丢人的事。他们甚至经常用“流氓”来自我标榜。但流氓也有流氓的原则，他们要做的是高尚的流氓，脱离了低级趣味的流氓。本着这个原则，他们应该对张红旗知恩图报，就像“鸡鸣狗盗”对孟尝君一样。

小北被这个理由说服了，他们开始为张红旗做力所能及的事。第一件事是收作业。班上有几个后进学生晚上不做作业，早上到校后就要抄好学生的，有的时候第一节课都开始了，那些家伙还没抄完，这就会连累学习委员张红旗被老师批评。但从某一天开始，这个症结就被理顺了。陈星和小北把几个后进生的作业本强行收缴了上来，放在了张红旗的课桌上。如果有人反抗，陈星就给他一个大嘴巴。

张红旗空前快地收齐了作业，只差陈星和小北的那两本。但那两个人可以享受“爱学不学”的待遇，老师早就放弃他们了。

可是张红旗只轻松了两天。那些被威逼的学生不敢惹流氓，却敢惹张红旗。他们风言风语了起来，有人说张红旗仗着家里有钱，收买打手给她做事，还有人说陈星或小北看上张红旗了，正在对她献媚。

陈星的好拳脚只能镇压直接的反抗，却不能扼制同学们的舆论和表情——尤其是欲说还休的表情。到头来，被动的只能是张红旗。她一天都铁青着脸。

但陈星觉得他们为张红旗做得还不够。受人之恩应该肝脑涂地，现在比肝脑涂地还差得远呢。他们把工作从早上做到了下午，只要轮到张红旗放学后做值日，他们就会抢先把课桌摆好，把黑板擦干净。等张红旗拎着拖把进门的时候，教室已经一尘不染了。

陈星和小北抹着汗，纯洁又坦荡地看着张红旗。但张红旗已经憋了一肚子气了。她什么也不说，而是拿起拖把，把他们拖过的地又拖了一遍，擦过的黑板又擦了一遍，摆过的桌椅又摆了一遍。同样做得头上都是汗了，她才宣布了自己的立场。她的话像在派出所里说的一样字正腔圆：

“我不需要你们做任何事。你们也没必要为我做什么。”

她说完就走了。

张红旗把事情想得简单了。她认为：自己挑明了态度，就可以免去陈星带来的麻烦；她想和陈星重新成为平行线，他们的关系就会像几何一样精确。可她没想到，陈星在“道义”的感召下，同样也不顾及她的感受。

所以才有了另一起派出所介入的事件。

当时在北京的重点中学里面，掀起了一股出国交流的热潮。被选中的学生可以获得联合国教科文组织提供的资金，到美国的大学预科班学习半年。虽然只是短期交流，但这种机会对于尖子生日后的发展有很大好处，上大学后再申请留学会顺利很多。人大附中分配到了一个名额，因为机会难得，很多人都在争取。为了体现公平的原则，学校放弃了传统的推荐制度，改为学生们自由报名，由几轮考试来决定名额的归属。考试内容是英语，层层淘汰。

在前两轮考试中，张红旗的成绩数一数二。后来，竞争的焦点逐渐集中在她和隔壁班的班长之间。那个班长是一个相当吸引眼球的男生：他的屁股实在太大了，而且走起路来一扭一扭的，像是故意迎风招展。

“一个男人为什么要长这么大的屁股呢？”小北做过一个经典的

评论，“他又不打算生孩子，真是浪费宽度。”因此那家伙的外号就叫作“浪费宽度”。

张红旗和“浪费宽度”的竞争逐渐白热化。上次是张红旗考了第一名，下次就是“浪费宽度”，而且差距总在一分两分之间。考到后来，试题的难度已经相当变态了，老师都说，大多数美国人一辈子也不会使用那么艰涩的英语。

张红旗倒对竞争看得很淡，她总是一副尽人事听天命的表情。可是“浪费宽度”早就气急败坏了。他家里是做外交官的，作为一个生长在双语环境里的孩子，怎么能够容忍有人在英语上和他并驾齐驱呢？上操的时候，他会恶狠狠地瞪上张红旗两眼。看到他的眼神，就一定会明白，他非常希望张红旗突然暴病、失聪、出门被汽车撞。

这个浅薄的大屁股，最后做出了一件非常愚蠢的事。最后一次考试被安排在星期六，张红旗没有让她父亲送，而是自己骑着自行车，赶往学校。她刚刚骑到农业科学院附近的一条林荫道上，忽然感到被人狠狠地撞了一下，天旋地转，摔到了一棵树下。她的脑袋鼓起了一个大包，膝盖也流血了，横在一旁的车轮还在咯吱咯吱地转着。她本来不知道这是怎么了，但是一抬头，却看见一辆飞驰而过的山地车，车座上有一个大屁股。别人的屁股都是坐在车座上的，只有这个屁股，几乎要把整个车座都吸吮进去了。张红旗反应了过来，非常震惊：一个道貌岸然的班长，怎么能够如此赤裸裸地无耻呢？她气得几乎要昏过去了。

她爬起来，努力推起自行车，想继续赶考。腿虽然负了伤，不过应该没有大碍。但这时她发现，自行车已经骑不了了。前挡泥板弯了下来，插进了车条里面。张红旗心灰意冷，失落地坐在路边，不知不觉间哭了起来。

没抽泣两下，她却听到有人叫道："看到脆弱面了！看到脆弱面了！"

一抬头，原来是小北正在幸灾乐祸。陈星当然也在旁边，他跨着一辆非常破的"飞鸽"牌二八车，指指后座说："上来上来。"

他们怎么会恰到好处地出现在这里？张红旗犹豫了一下。陈星又说："你不是要去考试吗？"

还是考试重要。张红旗只好站起来，用张艺谋电影里妇女骑驴的姿势，侧坐在飞鸽自行车的后座上。两个流氓学生护送着她，威风凛凛地向学校进发。

然而没骑多久，飞鸽自行车咯噔咯噔响了起来。偏偏这时没气了。这辆自行车实在是太旧了，还是改革开放前的样式呢，它能够继续服役，也是因为连小偷都看不上它。陈星刹住车，挠了挠脑袋。

小北倒更加幸灾乐祸了："你骑我的车送她，我在这儿等你。"

原来小北骑的是一辆弯把跑车，没有后座，要想带人，只有大梁可以坐。那样一来，张红旗就不得不坐在陈星的两臂之间，几乎要靠在他的怀里了。只有流氓和不正派的女孩才用这种姿势骑车呢。她红了脸，嘴刚往下撇，小北却又说：

"你没那么封建吧？"

而这个时候，陈星已经跨到弯把跑车上，一副不置可否的表情。张红旗像和小北赌气，心一横就钻到陈星胳膊中间，坐在大梁上了。

就算张红旗明白，她对陈星什么想法也不可能有，但这样坐在大梁上，还是难免心怦怦跳。说起来，这还是她第一次和异性近距离接触呢。在家里，她弟弟怕她怕得要命，连不小心挨了一下，都会立刻躲开。她也不由得察觉着陈星的反应。她发现他骑车骑得很卖力，风驰电掣的，但却尽量屏着呼吸，不让自己的气息喷到她耳边。而且他也在躲着她，竭力避免自己的腿、手、下巴与她接触。

这让张红旗对陈星的感觉变好了很多，但她对自己的感觉却没那么好了。人家连碰都不想碰自己，哪怕是不经意的。

到了学校，他们让监考老师瞪大了眼睛。来的都是正派的好学生，只有张红旗是男生送来的，而且用的还是这种带人方式。张红旗也很懊恼：她本应该在远处下车，自己走进考场的。她连谢谢也没对陈星说，就跑进去了。

开考的时候，她看见大屁股班长的座位是空着的。一直到交卷，他也没出现，这让张红旗更加心乱如麻。

过完周末，张红旗刚到学校，就被班主任叫进了办公室。班主任很严肃地说："我希望你对我说实话。"

老师从来没用这种口气对她说过话。张红旗有点猜到是怎么回事了，但她却只能装作莫名其妙："老师，怎么了？"

班主任失望地摇了摇头。果不其然，是“浪费宽度”被人打了，打得非常狠。他在半路撞倒了张红旗，没骑出多远便遭到了伏击。打他的两个人都带着恐怖分子的滑雪帽，只露出两个眼睛，他们不由分说地把他扯进了胡同，一阵拳打脚踢。“浪费宽度”的大屁股挨了无数脚，这当然不会有什么大碍，但他们还揪着他的头发，扬起脸来，用拳头猛击。鼻梁骨折了，连门牙都打掉了两颗。

那两个人闪电般地出现，打完之后，又闪电般地没影了。

为什么这起袭击早不早，晚不晚，恰恰发生在前往选拔考试的路上？“浪费宽度”的父母对校方提出了这个尖锐的问题。校方不得不重视起来，他们意识到，这很可能成为重点中学的丑闻：有个尖子生为了争取出国名额，竟然会买凶伤人。

怀疑对象当然是张红旗了。更巧的是，监考老师反映，张红旗那天还是被一个男生送到考场的，而且她就坐在自行车大梁上，坐在人家怀里。根据目击者的描述，那个男生应该就是陈星。

班主任老师简直对张红旗刮目相看了：她表面上好得无以复加，背后竟然这样险恶，这样不择手段——和流氓学生鬼混，色诱他们，以达到搜罗党羽为其卖命的目的。张红旗啊张红旗，真是知人知面不知心。

而因为“浪费宽度”的父母坚决要求警方介入，陈星和小北这对难兄难弟又被警察带走了。此刻，他们大概正拎着裤子，蹲在锦旗下面听相声呢。

张红旗真是百口莫辩。她再三对老师说，考试那天早上到底发生了什么，她也弄不清楚。本着老实交代的原则，她一遍又一遍地叙述事情的经过，当然仅限于自己亲眼所见。但每次讲完，老师都放下备课笔记，冷冰冰地问："就是这些吗？"她只好努力回忆，看看漏掉了什么细枝末节，然后再讲一遍。老师的表情就像审问一个藏在人民中的坏分子，这真让她寒心。

最后，老师递给她一沓红格信纸："写吧，把你的交代写在纸上。签了名可就生效了。"

张红旗已经讲得口干舌燥，现在又不得不把那些流水账付诸笔头。说实话，直到昨天晚上，她的心里都有一点隐隐的兴奋。她觉得自己度过了一个丰富甚至有些美好的早晨。但现在，经过翻来覆去的回忆与交代，那个早晨已经乏味无比了。

这种感觉，张红旗十几年之后又体验了一次，那是在一家电影院。同一部片子，她翻来覆去地看了三遍，到最后，电影便像一截嚼烂的甘蔗了。而且还有每场赠送的爆米花，她也吃了整整五桶，胃里直泛酸水。

写完材料要签字的时候，张红旗感到了笔头的重量。她从头到尾检查了一遍，又在末尾补上了一段。她承认，自己坐在陈星的自行车上，尤其是采用了那样一种流里流气的坐姿，这是非常欠考虑的，败坏了自己和学校的形象。写完这一段，她才签了字。

可是班主任老师仔细看了一遍这份交代材料，却对她说："既然你觉得这样就算说清楚了，那就等你家长来谈吧。”

中午，张红旗的父亲有史以来第一次被女儿的班主任请到了学校。走进办公室，他看见张红旗双眼无神，额头冒着虚汗。老师说：“张红旗，你出去等一下。”然后交代材料就被递了过来。

走廊里没有人，学生们都去吃饭了。张红旗孤零零地站在门口，已经没有了难过，脑袋里只是一片麻木。她闭着眼睛靠在窗边。

老师的话从门里传出来。她对张红旗的父亲说：“学校要预防每个学生出问题，对于张红旗这种学生，更应该下大力气、下死力气预防。因为一旦出现问题，损失是巨大的。张红旗对事情的交代就是这些，我们不能说她肯定在撒谎，但她所说的，和受害同学家长提供的情况相去甚远；和我们这些旁观者的推测也很矛盾。您是一个文化程度很高的人，我们希望您能够帮助我们教育孩子。”

张红旗的父亲半晌不语，大概还在看材料。看完了，他说：“是老师帮助我们教育孩子。”但他随后又表示：“不是我偏袒张红旗，但就我对她的了解，她应该不会像有些人猜测的那样。她不可能对陈星和小北——那样的孩子——有好感的。您平常见到他们有过来往吗？几乎连话也不说，就更别提教唆他们去打人了。”

“有些人”这个说法触怒了老师。老师的语调尖锐了起来：“我希望您不要被表象蒙骗，十七八岁的孩子，心思已经很不简单了。没有当面来往，不证明没有背地来往，而且只在背地来往更可怕。再说，上次把陈星和小北从派出所接出来的不也是她吗？而且张红旗是那样——坐着陈星的车——去考场的，她自己不也承认了吗？”

谈到这里，就有些僵了。也可能是张红旗的父亲理屈词穷了。沉默了一会儿，还是老师先缓和下来，她说：“当然，千错万错，学生的问题总是老师的失误。我们还是应该以教育好孩子为第一原则，就算我们——有些人——的看法是错的，那更需要您做家长的帮忙，把事情彻彻底底地弄清楚。”

她最后强调：“被打的孩子已经进了医院，被怀疑打人的孩子已经进了派出所。这绝对不是一件小事情，可以说，是我们学校少有的恶性事件。”

张红旗本以为父亲出来，会长叹一口气，露出中年人的苍老。每次弟弟惹祸，她父亲都是这样。但父亲的表情却很平淡，就像正在处理装修、汽车保养，或者其他一些麻烦事。他对张红旗说：“我还没有吃饭呢，你想不想去吃眉州菜？”

在学校斜对面的眉州菜馆里，父女俩吃了几个小菜，蒸了一条左口鱼，饭后又泡了一壶普洱。对于今天的事情，父亲只在喝茶的时候问了一句：“你能保证你说的是真的吗？”

张红旗说：“如果不能保证，我会写下来然后再签名吗？”

父亲点点头说：“那就好。只不过你还要明白，你保证的事情，别人不一定也相信。这时候没有别的办法，只能自己做得更好。”

张红旗点点头说：“我知道了。”

她父亲就不再多说了。

然而这天晚上十点多钟了，张红旗却非要出门。原因是她给一个女同学打了个电话。一天没有上课，她想问问课上讲什么了。而那个女同学顺口说了一句："听说陈星和小北现在还在派出所呢。"

张红旗坐不住了，她有点责备自己。被老师谈了一天的话，她也相信了那个推测：是陈星和小北暗中保护她，看到她被人暗算，就出手相助。他们先惩治了"浪费宽度"，然后像英雄一样出现，把她送进考场。她之所以没有在交代材料上这么写，是因为她认为，推测总是推测，不能成为证据。当然，还有一点说不出来的原因。现在呢，张红旗既对陈星他们满腔抱怨，但又真切地觉得过意不去。

虽然流氓学生和派出所的关系，就像鱼儿离不开水，可是人家两次被揪进派出所，分明都是因为自己啊。

于是她横了横心，穿上大衣，戴上围脖，走出卧室说了声："我出去了。"正往外走，母亲拦住了她，有点紧张地说："你要去哪儿？"

张红旗说："哪儿也不去，就是出去走走。"

母亲说："为什么要出去走？现在很冷的。如果你要走，可以用你爸爸的跑步机走。"

张红旗有些不耐烦了："我心里不舒服，想去外面走走。"

母亲说："你的心情我能理解，可今天还是不要走了。我们会很担心的。"

张红旗说：“担心什么？担心一个女中学生受了委屈就轻生吗？”

母亲看看父亲。父亲平静地把眼睛从主旋律电视剧中挪出来，没有说话。但他的眼神提醒张红旗，别忘了中午的会谈成果：别人不相信你的时候，只有自己做得更好才行。有意义的话不重复第二遍，这也是他们父女之间的原则。

但这时的张红旗却脱口而出：“难道你们要限制我的自由吗？”

父亲略微惊讶了一下，但还是平和地说：“那你走走就回来。”

父亲话里的意思应该是：起码我是信任你的。张红旗感到一丝欣慰，同时却又有半分屈辱。她没有回答，开门出去了。

张红旗第二次到派出所探望陈星和小北的时候，那两个家伙正吃着方便面和卤鸡蛋，笑口常开地收听侯宝林大师。

值班警察已经跟他们很熟了。那个小警察才二十岁出头，刚刚从监狱里调到片儿警的岗位上。也许是罪大恶极的人见多了，他根本没觉得陈星和小北有多坏。但出于职责，他还是盘问了他们一白天。

对打人的事儿，两个家伙当然坚决否认。后来还是警察的态度率先不严肃了起来，当小北正在胡编乱造“案发不在场证明”时，警察忽然打断了他：“停！”

两个家伙伸着脖子看着他。警察诡秘地笑着，从抽屉里拿出一个收音机：“《曲艺荟萃》节目就要开始啦。”

三个人便停止审问，一起听相声。一个段子听完了，到了广告时间，警察才对小北说："你接着交代吧。"

下一个段子开始了，警察还没说话，陈星就对小北说："你暂停吧。"警察没见过陈星这么爱听相声的人。他自己染上这个爱好，还是因为在监狱的时候要整夜值班，实在穷极无聊。而陈星呢，这个一直生活在大城市里的年轻人，竟然比他还要乐不可支。有一些分明已经不搞笑的老段子，也能让陈星笑到嗓子再也发不出声音，脖子都抽搐起来。

这么一个单纯的家伙，坏又能坏到哪儿去呢？

等到《曲艺荟萃》节目播放完了，警察更是懒得再审问下去了。但他又不能放他们走，于是就开始聊天。小北对监狱生活非常感兴趣，他一再要求警察讲犯人的事情，比如仇杀、虐待、鸡奸、吃大便、舔马桶。但警察说，这些都是外界的谣传，起码在白天，犯人们的生活都是单调而有序的。他们做什么呢？缝足球。工厂送来一车一车的半成品球皮，他带领犯人们把它们缝成黑白相间的足球。他们荣誉出品的足球质量非常好，不但在国内销路广泛，而且还打进了国际市场，和巴基斯坦的足球制造业竞争。但缝到后来，他见到足球就恶心，非但不想看英超和意甲了，连到动物园里看见熊猫都想吐。

小北说："你不会把我们送到监狱里去缝足球吧？"

警察说："所有犯人都不是我们送的。是他们自己把自己送了进去。"

于是他们又开始了新的一轮审问。警察继续无精打采地让他们交代，他们继续无精打采地抵赖。但没有多长时间，警察又一拍大腿："我突然想起来，今天还有《空中笑林》的特别节目呢。"

他们便又开始了新一轮的相声大会。这一次插播广告的时候，警察拿出了街道的慰问物资，请他们吃夜宵。吃着方便面和卤鸡蛋，警察有心无心地说："我也算把你们当朋友了，你们随口一说我随耳一听——都不算数啊——那孩子到底是不是你们打的？"

"这事儿得看怎么说了，如果，如果啊——"小北把"浪费宽度"的形象和行径描述了一番，然后问警察，"这么操蛋的人是不是欠抽？"

警察狡猾地说："是啊，换我我也抽丫的。"

小北更加狡猾地说："可惜我们没打，至今觉得遗憾。"

一直没说话的陈星也插嘴了："要不您把我们放出去真打丫一顿得了。也算这趟炮局没白进。"

小北说："但是我们再进来，就得交代是您教唆的了。"

三个人你看看我，我看看你，一起笑了："哈哈哈。"

他们正在笑，张红旗敲门进来了。她有些吃惊地看着这个警匪一家、其乐融融的场面。警察却没认出她来，问："你有什么要反映的？"

小北嬉皮笑脸地说："有什么反映的？这么晚了，一女同志，除了抓流氓还有别的吗？"

警察严肃了起来："注意你的身份。"

而陈星呆呆地看着张红旗，他怎么也想不到她会在这时候出现。和上次一样，他又有些被"镇"住了。张红旗因为骑车骑得很快，现在呼吸急促，脸很白，但没过多久，一片飞红就透了上来。她尴尬地说："我就是来看看——他们。"

她连"我是班干部"之类的托词都忘了编。

"看他们？"警察指指两个家伙，"那看吧，都挺好的，有吃有喝也没挨揍。"

张红旗飞快地说："那我走了。"她真的转身就走，脚步比来时还快。

警察赶紧说："你先别走。"他站起来穿大衣，边穿边说："你们家人不知道你来这儿吧？这么晚回去再出事儿怎么办？我送你到楼下。"

他回头吩咐陈星和小北："你们俩互相监督。假如一个跑了，另一个举报就算将功赎罪。"

张红旗到外面推车，还听见小北乐呵呵地对陈星说："你要仗义你就赶紧跑吧，也给我一立功的机会。"

"浪费宽度"被打的事情，最后还是不了了之。陈星和小北到底是身经百战的流氓学生了，他们早就串好了供，嘴都很严；当然，人家警察也没打算追查到底，有点儿网开一面的意思。

“学生嘛，”警察对老师说，“还是得以学校教育为主，这种小事儿吓唬吓唬也就算了，难道还要真的把他们送到监狱里去？”

陈星和小北又像凯旋一样回到了学校。校方仍然为他们策划了一场批判大会，批判他们长期不守校规、恶化风气。而这一次登台亮相的时候，两个家伙居然摆出了专门设计的造型——立着领子侧身站着，一个肩膀高一个肩膀低，one two three，突然向台下行美国式军礼。

小北厚颜无耻地说：“听没听见台下那些妞儿正在尖叫？”

而陈星一边心不在焉地配合小北做游戏，一边又在台下寻找张红旗了。不知为什么，他现在不管做什么，都会感觉张红旗正在看着自己。

费了很大劲，他才在咧嘴大笑的海洋里找到了唯一没笑的那张脸。张红旗还是面无表情，冷冰冰的，看似正在和什么赌气。

他们俩的处分从记大过升级为留校察看。张红旗也付出了代价，她选拔考试的成绩是第一名，但学校仍然把出国名额给了“浪费宽度”。

对于不能出国，张红旗并不感到有什么可惜。因为她的家境，她从小就没觉得出国有多么了不起。她也看不起那种贱兮兮地往外奔的人。

现在的张红旗，最大的愿望就是回到原来的生活中去，继续学习、继续当班干部、继续高傲地走过校园。那些乱七八糟的人、乱七八糟的事、乱七八糟的看法，本该和她无关的。对此她很有信心。

可以说，张红旗和陈星一样，都是天真的人。她认为只要自己一切如常，一切就应该如常。但这时候同学们的风言风语，已经传得很广泛了。

有些人就是有这个爱好，热衷于把同学们配成“对儿”。一个男生和一个女生眉来眼去多了，便会很自然地被说成是“一对儿”。不仅如此，就连坐得很近、有共同的爱好，甚至常穿一个牌子的衣服，都会被列为“配对儿”的目标。

被“配对儿”的人别管相互说了句什么，在旁人听来都是有特殊含义的。比如一个女生对她的“配对儿”对象说“把笔记本借我抄一抄”，旁边立刻就会有人说：“都是一家人了，还有什么借不借的。”如果她不小心碰到了桌角，说“哎哟，疼”，人家就会对她的配对儿对象说：“下次轻点。”

到后来，随着“配对儿”运动的深入进行，何止有端倪的要配，没有端倪的创造端倪也要配。如果一个男生和一个女生都很好看，而且是一个风格的好看，那他们就会直接被配；反之，如果两个人都很丑，不承认是一对，那也对不起群众。这样粗暴的配法，简直是把人视为猪狗。甚至还有更邪乎的——不止异性配，同性也要配。有一位长相非常娇嫩的男生，因为和一个腿毛很多的男生共同爱好打乒乓球，就被配成了本校唯一一对同性恋。头天要是有一条外国同性恋上街游行的新闻，第二天就会有人问他们：

“你们怎么还在这里？你们应该去为人权斗争！”

被配的人刚开始还会或真或假地生气，还有闹急了打架的，不过时间一长，居然有几对真的“配”上了。可见舆论的力量是无穷的。而在以前，张红旗是少数几个没被配对儿的人之一，因为她太拒人于千里之外了，实在找不出“配”的可能性。奇怪的是，陈星也是没有被配对儿的人，因为他虽然是个著名的流氓学生，却对女生冷淡到了极点，和她们说话时，简直像面对一块石头。本来陈星和小北也有可能被“配”成第二对同性恋的，但是小北又没有这方面潜质——他太花了，今天追这个女生，明天追那个女生，舆论配对儿的速度往往跟不上他更换目标的速度。而且这两个家伙惹不得，拿他们起哄，他们真敢往死里打。

现在好了，陈星和张红旗这两个“配对儿”的困难户自己走到了一起。更让配对儿爱好者们惊喜的是，他们发现这两个原本风马牛不相及的人“配”在一起，竟然有那么“配”。一个是孤傲不羁的浪子，一个是高高在上的公主，他为了她身陷牢狱，她为了他声名狼藉。这是什么效果？这他妈简直就是现实版的香港烂片《天若有情》啊。

无须表决，全票通过。几乎在一夜之间，所有人都将陈星和张红旗看成了一对儿。刚开始，倒没人拿他们起哄，大家反而投来尊敬的目光。更可笑的是，有几个比较喜欢煽情又经受不住煽情的家伙，居然还被他们这一对儿感动了，背地里屡屡有鼻子一酸的冲动。

群众气氛的异样，张红旗当然感受到了，可她又能说什么呢？她只好尽量躲着陈星，坚决与其保持五米以外的距离，午休的时候只要陈星也在教室，她就出去。但过了很久，群众的热情仍然没有消失，反而因为他们的不表态，便自行发挥了起来。挤眉弄眼的有了，暗自咬耳朵的有了，故意在她面前提陈星的也有了。

终于有一天，张红旗中午吃完饭回教室，本来看到陈星不在，才走到自己的座位上。可才要坐下，陈星却从教室的另一端冒出来了，他到小北那里去要烟了。张红旗和他打了个照面，一愣，条件反射地站起来就往外走。她的剧烈反应让教室里的人哄然大笑，一个嘴很贱的男生说："躲什么呀？闹别扭也没有闹这么长时间的。"

张红旗的脸一红，觉得自己必须要说点什么了。可她刚一回头，却看见陈星已经晃晃悠悠地走到了那男生的面前。那男生还没有意识到危险，仰着头正想继续说，早被陈星一拳封了眼。

被打的男生哇哇乱叫，跳起来要跟陈星拼命。他的块头很大，还是田径队的铅球运动员，所以就算知道陈星厉害，也决定豁出去了。可是他忘了，陈星从来都是和小北共同行动的。他还没抡起拳头来，小北已经从书包里掏出一条链子锁，照着他的肩膀就是一家伙。

接下来的场面就是一边倒了，大家眼睁睁地看着陈星一拳一拳，拳拳到肉。他打得不慌不忙，非常稳健，确保每次都直接命中对方的脸部。铅球运动员就算力气大，出拳的速度却比陈星差很多，打架也完全没经验，很快就变成了一个花瓜。这样血腥的场面让女生都捂住了嘴巴，而陈星却还没有停手的意思。他好像一台设定了程序的机器——什么时候把对方的脸打扁打烂，任务才算结束。

最后还是小北拽住了陈星的胳膊："算了算了，再打就真废了。"

陈星怒目圆睁地对被打者吼道："我就是要废了丫的！"

小北往窗外张望张望："放学再废好不好？在这儿打一地血你又不管擦，太没公德了。"

陈星气呼呼地转过来，也不看张红旗，径直走向自己的座位。他的表情里带着委屈，好像长期忍受着不公的待遇。而张红旗也没看陈星，她懊恼地趴在了桌上。别人都以为她哭了，其实没有，她当时还在理智地分析情况：

这下坏了，事儿又闹大了。这回可该怎么收场呢？

半个小时以后，张红旗再次被单独请进了办公室。这段时间，她过于频繁地享受这项殊荣，比那些真正的差学生还有过之。走进去，看见老师严肃沉着的脸，她的头脑又晕晕乎乎的了：这到底是怎么了？

老师很坚决地说："你今天必须要把事情说清楚。"

张红旗心里顶上一丝不忿。她说："他们打架，我有什么要说清楚的？"

“难道你也和那些差学生一样，要挤牙膏才能挤出来吗？”老师说，“他们为什么打架？”

张红旗说：“我不知道。”

老师的脸上露出讥讽来：“真不知道假不知道？”

老师的眼神让张红旗的自尊心一痛，她索性大声喊叫起来了：“他们造谣，他们无聊，他们都认为我和陈星是—— 一对！”

“谁这么认为的？”老师笑了，“具体哪个人？我怎么没听哪位同学说过——是你心里有想法吧？”

张红旗登时傻了眼。确实没有谁真的说出来过，谣言并不存在，有的只是一种气氛而已，而气氛这东西谁又说得清呢？

张红旗就算聪明，她也还是一个孩子啊。

看到张红旗无话可说，老师的脸上露出了得意之色。要想教育这种自以为了不起的学生，首先就得在谈话中压倒他们。对张红旗的教育，已经获得了很好的开端。

下面的话就是正面强攻了：“陈星为你进派出所已经两次了，这个事实你总不能否认吧？在我教过的学生里，最坏最坏的也仅仅是二进宫，难道我应该眼睁睁地看着他为你打破这个纪录吗？退一步讲，就算咱们班的同学中有那种低级趣味热衷嚼舌头根的风气，嚼谁的，不嚼谁的，未必也不是一个风向标吧？过去怎么没人说你？现在怎么有了？难道不是你先有了变化吗？”

张红旗无力地抵抗道：“我能有什么变化……”

而既然高压已经起到了作用，此刻也就到了“话锋一转”的时候。老师的语气陡然缓和下来，眼神也变得宽厚而真诚：“不管怎么样，我希望你能认真地想一想。你毕竟是我最得意的学生，我得承认，再没有一个学生像你这样让我寄予厚望了。我相信你能处理好这件事情，你也必须处理好这件事情。假如你出现什么问题，我的痛心是你没法体会到的。”

张红旗几乎不敢看老师的眼睛了，她害怕对方随即流出两滴尽心尽职的眼泪。假如这时候老师再来一个积劳成疾造成的慢性病总暴发，那这场教育工作者的煽情大戏就算完美了。她只好低着头，看着运动鞋的鞋尖，直到最后一句话从额头传来：

“你可以走了。我相信我的话你都听进去了。”

当然，事情还没算完。老师在张红旗回家之前，早已一个电话追到了她家里。他们的工作总是全方位、立体的，不仅要做学生的工作，还要做学生父母的工作，必要的时候，还要做学生爷爷奶奶、叔叔大爷、街坊四邻的工作。“做该做的工作”，这个短语的外延几乎可以是无穷的。

吃饭的时候，父母反常地谁也没有说话。他们家惯常的美国式晚餐聊天变成了各自闷头吃。只有弟弟张红兵，冷不丁地会从碗后面露出眼睛，瞥上张红旗一眼。那眼神分明是幸灾乐祸的：你也有今天。

吃完饭，张红旗照例进屋看书，但心里惴惴的。果然，过不了多久，父亲在房间外面敲门了。

张红旗说："请进。"她父亲端着茶杯进来了，这说明他打算和女儿进行一次长谈。

张红旗的脸微微发热，脖子也有些僵涩，不知道应该站起来，还是继续坐着。而父亲坐进了沙发，腰杆挺直，平和而缓慢地说："我想和你讨论一个问题。"

张红旗说："老师给你打电话了吧？"

父亲说："打过。不过我想和你谈的，和她所说的并非一个问题。"

张红旗说："那您想谈的是什么呢？"

父亲说："其实这个问题，我早就该和你讨论的，女儿都这么大了，现在才想起来说，这实际是我的失职。"

这种口气，听起来倒像要给女儿讲一讲月经方面的知识。现在讲确实也晚了吧，而且讲也轮不到父亲讲吧。这串想法让张红旗几乎想笑，这还是她第一次对父亲生出"想笑"的感觉呢。

说起来，关于月经的知识，张红旗都不是从她母亲那儿学来的。她第一次裙子被染红，并没有像当年的女性红小鬼一样大喊"我负伤了"，而是以令人惊叹的镇定和科学精神处理了问题。她翻开了家庭医疗手册，仔细查阅资料，然后大大方方地向母亲要了五块钱。

这种性格让父母很震惊。他们并未为"失职"而惭愧，却为女儿感到骄傲。他们联想到，杰出女性大多是从小就显出端倪的，她们的杰出也会体现在第一次月经的问题上。他们甚至也想到，居里夫人是怎样处理她的第一次月经呢?

而现在，张红旗看着父亲炯炯有神的眼睛，定了定神。他当然不是来谈月经问题的。她点点头，表示自己在倾听，等待父亲开口。

父亲喝了一口茶，便开诚布公地说："我想跟你谈的是——你对以后要找一个什么样的伴侣，曾经理性地想过吗？"

张红旗吃了一惊，但还是保持着镇静，摇摇头说："我还没到想这个问题的时候吧。"

父亲摇摇头，语气不变，娓娓道来地接着她的话说下去了："对于大多数女孩，'没到时候'不是因为没有必要，而是因为她们还没有理性地考虑这个问题的能力。而你不一样，你比大多数女孩都聪明，性格也比她们成熟，你有能力提前思考这个一般人在大学期间才思考的问题。注意，是思考，而不是感情用事。"

不知为何，父亲一贯的理智、平等、开诚布公，此时却让张红旗反感。她说："不好意思，我虽然提前预习了大学英语，但还没有提前考虑这个问题。那您说说，我应该怎么理性地考虑？"

父亲说："你应该知道，在人的不同时期，对异性的欣赏也是不一样的。小姑娘嘛，大多会喜欢看起来不一样的男孩，用你们的话说，就是很酷的男生吧？可这个阶段迟早都会过去，等到你们大一些，再大一些，就会发现不是每种酷都有那么酷。一个有智慧的女人，最终欣赏的还是那种有责任感，有事业心，同样也有智慧的男人。这不是世故，这是规律。我们没有必要嘲笑小姑娘的品位，人生阶段嘛，可有很多人为了一个转瞬即逝的人生阶段，却影响了日后的发展，耽误了更长的生活，这是不是有些愚蠢呢？”

他说完这些，便平静地、以“不说二遍”的信任姿态看着张红旗。

张红旗感到悲从中来。在父亲的言谈中，竟然没有一点把她看成一个十几岁的小姑娘的意思。那么她是什么呢？一个有资格和父亲一起超然物外地俯瞰庸常人等的智者？这种尊重在以前让张红旗骄傲，现在却只让她悲哀。

张红旗没话可说，而她的没话可说更让父亲放心。他认为她已经开始思考了。只要张红旗去思考，那么什么问题都不成问题。他需要做的只是风度翩翩地站起来，离开，留给女儿（遗传他基因的智者）一个思考的空间。

张红旗呆呆地看着桌面。她忽然想起曾经看过的一句诗：我还年轻，却已经老了。怎么老的呢？是他们把我看老了。他们平白就抹杀了我所处的人生阶段，把我看成了一个从青春期跨越哺乳期直奔更年期的女智者。

而他们为什么这样看待我呢？再理性地想一想吧，其实还不是我造成的，我一直享受着这样的待遇。我自己把自己变老了。

张红旗歪在床上，无声地哭了会儿。她忽然又认为自己哭得很傻。她觉得自己快要精神分裂了。

这一夜，张红旗没有睡好。她第一次发现时间不像流水，而像锯齿一样。第二天，她鼓着肿眼泡，迷迷瞪瞪地来到学校，在走廊里迎面碰到了陈星。

看到陈星，她没有生气和委屈，只是觉得自己一下子垮了。精神的最后一根弦绷断了，耳边响起咔嚓一声。

她低着头对陈星说："你说我应该怎么办？"

陈星说："老师找你谈话了？"

张红旗说："嗯。"

陈星说："也找我谈话了。"

张红旗说："你帮我想个办法吧。我真不知道该怎么是好了。别人——他们——从来没这么对待过我。这样的日子，我一天也过不下去了。"

陈星看着张红旗的脸，想起了四个字：了无生趣。原来张红旗这么脆弱，这么点事就能把她压垮。陈星同时又有了一点自我膨胀，他觉得自己也有比张红旗强的地方。

于是他说："你放心，过不了多久，他们就会把——我们——的事忘掉的。"

3 那年夏天

每个学校里都有几个女生，她们和大多数女生不在一个阵营，因为她们很“媚”。其实这类女生发育得倒也不是很好，而且个子往往比较矮，还三天两头地请病假。但她们就是自有一种“媚”态。具体什么又是“媚”呢？走路时的腰肢摆动？眉眼间的风情万种？既是又不是。

有的女生永远也学不会那种调调，有的女生天生就会，而且是从骨子里往外“媚”。沈琼就是那种极“媚”的女生。

拿小北他们的流氓话讲，这样的女生都叫“喇”。沈琼呢，“喇”中极品。

小北有个爱好，就是坐在操场旁的花坛上看女生。只要过去一个漂亮点的，他便会使劲揪扯陈星：“你看，你看那婆子！”

陈星说：“怎么了？”

小北说：“那婆子过去了！过去了！”

陈星还是摸不着头脑：“过去了怎么了？”

小北却莫名其妙地兴奋：“她怎么不回头看看咱们？”

看见一般漂亮的女生，小北还敢于怪叫：“哎——给爷笑一个！”碰见特别漂亮的，他就只剩下手舞足蹈地嘚瑟了。而每当沈琼出现呢，小北的表现就几乎是捶胸顿足了。

有一天，沈琼又从远处走来。坐在一旁的陈星忽然问：“你觉得这婆子怎么样？”

小北不假思索地说：“极品。”

他没想到陈星会说：“那就她得了。”

小北一愣：“你要干吗？”

陈星说：“拍婆子啊，我要拍婆子了。”

小北当即为陈星欢呼。窈窕骚女，混子好逑，沈琼才是他们这种流氓学生的好伴侣。陈星前些日子和张红旗腻腻歪歪的，这在小北看来是脑袋短路了。

而虽然小北也多次对沈琼表现出强烈的意淫倾向，可婆子怎么能跟兄弟比呢？意淫对象说换就可以换，一起进派出所的兄弟却只有一个。

小北激励陈星：“这可是你说的，你要不上你是孙子。”

陈星说：“这有什么的。”

小北更没想到，陈星居然站了起来，晃晃悠悠地迎着沈琼过去了。他拦住沈琼，低声说了几句什么，沈琼含笑听着，侧脸看着陈星，又低下头说了几句什么。小北被惊得目瞪口呆。要知道，陈星平时几乎不和女生说话的，他看女生的眼神也像在看一块石头或者一棵树。而现在，他居然直接向沈琼搭讪，并且相洽甚欢。

小北差点赞出声来："真他妈的有一套。"

陈星和沈琼说完话，若无其事地往回走。这时已经有几个男生不忿地看着他了。他们都是沈琼班上的，很可能就是沈琼的暗恋者。小北明白，这时候需要他为兄弟拔拔份儿了。他走过去，指着那几个男生威胁道：

"再照眼抽你们丫的。"

陈星后来多次问小北："你说说，这沈琼究竟好在哪儿？"

小北诧异地反问："你连人家好在哪儿都不知道就拍人家？"

陈星说："我就是想听听你的意见。"

小北说："反正咱们年级好多男的都觉得沈琼特有味儿，她们班还有几个人为她打过架呢。"

陈星便放心地说："拍她不算丢份儿就行。"

小北瞅了瞅陈星说："我觉得你态度特不健康。"

陈星说："不健康就不健康，反正你不准跟我抢。以后你碰见沈琼也不准色眯眯了。"

对于陈星来说，发现沈琼"好在哪儿"是那段时间的当务之急。这决定着他与她交往的动力。可是他实在体会不到小北说的"有味儿"是什么意思。相反，他还发现了沈琼的一些缺点。比如她的发型，是从一边披下来的，厚厚地挡在脸前，遮住了一只眼睛，这造成了一个错觉：她是一个独眼龙或者青面兽。还有她的衣服，总是过肥过大，裤腿能装下她的腰，裤脚把鞋跟都淹没了。这其实显得很邋遢。再者，沈琼的脸色也不大好，虽然白，但是不滋润，是透着沧桑的白。后来才知道，原来沈琼是打粉的。

有意思的是，因为陈星发现了沈琼的缺点，所以对她总是有点冷淡，而恰恰由于这种冷淡，沈琼才对陈星产生了特殊的感觉。她已经习惯男生为她两眼发直、语无伦次了。陈星和别人是那么的不一样。

沈琼飞快地和陈星“好”上了，好得死心塌地。这又是一个轰动性的新闻，一时间产生了很多旷男怨女。沈琼那边就不说了，陈星原来也有许多暗恋者。他的个头很高，身材挺拔；而且脸上的棱角很有立体感，再配上寡言少语和火爆脾气，是女生中公认的硬汉代表。过去没有人主动向他表白，因为他对女生太冷淡了。过去和张红旗闹出传闻的时候，暗恋他的女生也不担心，因为她们认定陈星和张红旗不合适。可现在，沈琼让她们绝望了。她们不担心张红旗，却自认为比不上沈琼。

而对于新出现的这一对儿，老师却连管都不去管。反正这种学生就算不早恋，也得惹别的祸，早恋反倒能起到遏制真正的犯罪的作用。这就是差学生的特权。

陈星和沈琼各自的暗恋者，也把小北忙得不可开交。他兴高采烈地对他们抱怨：“你们这对狗男女爽了，还要我给你们擦屁股。”

首先，沈琼那边有几个铁杆暗恋者需要解决。如果对方是老实巴交的男生，那还好办，但是据小北所知，高年级还有两个狠角色也喜欢沈琼。过去他们打过架，现在面对共同的敌人陈星，就团结起来了。一个家伙说起陈星，曾经信誓旦旦地宣布："我就要丫一只手！"对付这两个家伙，小北发挥了聪明才智，他模仿沈琼的口吻，给高三的年级主任写了一封声泪俱下的信，说自己是"多单纯一女孩"，面对着两个如狼似虎的学长有多害怕。他还虚构情节，说那两个男生每天一个在她家门口堵她，一个在学校门口堵她，弄得她家也不敢回，学也不敢上；他们甚至效仿血性的韩国人，声称她要是不跟他们好，他们就准备在高考的考场门口自剁手指，以此明志！这封信把学校吓得够呛，教导处主任亲自找沈琼谈话。沈琼多么聪明，非但承认信是她写的，而且添油加醋，几乎把两位师兄说成了强奸犯。高三的学生出这种事还了得，学校采取铁腕政策，把两位的家长都叫来，软硬兼施，直到他们保证再也不纠缠沈琼为止。

而更多的时间，还是花在安慰陈星的暗恋者上面。对于这个人道主义事业，小北的兴趣远远超过了搞阴谋诡计。他先观察那些女生，看看到底是谁见到陈星和沈琼在一起就眼神幽怨。将所有嫌疑人都挑出来后，他就再从中选拔出漂亮的，挨个儿去做思想工作。他以陈星兄弟的身份接近她们，首先表示深感不公："我觉得沈琼还不如你好呢，她那种女人，迟早都是祸害。"一旦对方接受了他的安慰，他便开始第二步，拐弯抹角地向女生暗示，其实他也不错，和陈星属于同一性质的人，要不为什么他们两个情同手足呢。他还需要说明，他并不是一个花心的人，以前那些传言，都是群众的误解。姑娘们被他趁虚而入，不免神魂颠倒，而他抓住机会，对人家又亲又抱。等到人家反应过来，他已经欢呼胜利地逃之夭夭了。为了把最难打动的一个姑娘侃晕，小北甚至编出了一个苦情故事："其实我也是深爱着沈琼的，陈星怎么可以，怎么可以——我们难道不是兄弟吗？"

他就这样鼻涕一把眼泪一把地非礼了五六个女生，从此彻底奠定了臭流氓的形象。两年后，当他在大学里急扯白脸地找女朋友的时候，才尝到了这时期种下的恶果——甭管他想追哪个学校、哪个系的姑娘，都会有一个中学女同学跳出来，义正词严地警告："这人可是真不要脸。"

群众很快忘记了陈星曾为张红旗两进派出所的壮举。现在记得那些传闻的，也许只剩下张红旗一个人了。

在陈星和沈琼好上之后的两个月里，张红旗一句话也没对陈星说过。即使迎面碰上，她也装作根本没看见他。陈星呢，他的脑袋越来越乱，正在变成一锅粥。不是因为别的，而是因为沈琼太能说了。在沈琼的语言包围下，他完全腾不出心思去琢磨事情。

以前谁也没发现，沈琼是一个如此渴望说话的人。她和女生的关系很僵，对男生又大都颐指气使的，自然不会有什么交流。她的滔滔不绝只想也只能奉献给她喜欢的人，这甚至比奉献初夜更能够证明感情。

每天早上，从她下了楼，坐上陈星的自行车那一刻起，语言的长征就开始了。她坐在后座上，搂着陈星的腰，对着他凸起的脊椎骨说话。说昨天的晚餐、今天的早餐，说香港电视剧的剧情、夜间音乐节目的歌曲，说新买的衣服领子太硬了、用了一个月的毛巾太软了。谁也不知道她的这些话是从何说起的，她不需要任何启发，就像例行会议的例行发言一样，就这么按部就班地说下去。她的小嘴翻动着，频率非常快，说了一路，到了学校，刚好把自己的衣食住行说完了，接着便开始评论同学们的生活。谁家住得近，谁家住得远，谁家条件好，谁家条件不好，谁家饮食习惯古怪，谁家家庭矛盾突出。虽然她和大家并不熟，但观察得很仔细，而且坚信自己的判断是准确的。

沈琼敏锐地揭穿了一个穿着和打扮都很时髦的女生。她说，那个女生虽然穿着很贵的运动鞋，还有一只进口书包，但她的领子从来都拉得很高。这是为什么？别人都没有发现，只有她在厕所看见了，那个女生的高领衫很脏，而且脖子一侧的位置还有一个破洞。这说明该女生只有一件高领衫，她把买内衣的钱都用来买名牌运动鞋了。还有，从嘴里的味道推断，那个女生一定不是出身在什么高雅的家庭。高雅的家庭怎么会允许女儿吃完韭菜、大蒜之类的食品，不嚼一块口香糖就出门呢？

对另一个神色木讷、从外地转来的女生，沈琼则给出了相反的判断。她从那个女生的嘴里闻到了山竹的气味。山竹在那时是一种很昂贵的水果，市面上能买到的，基本是从泰国空运过来的。这说明该女生的家境非常好，好到了需要低调的地步。她是从外地来的不假，但外地之前呢？也许就是外国呢。

沈琼让陈星第一次发现，女生之间竟然有这么大的差异。张红旗是绝不会对沈琼热衷的事情感兴趣的。他骑车把张红旗送到进修学校的那个早上，她就一句话也没有说。在学校里，他也从没听到张红旗与人讨论过衣食住行的问题。衣食住行在张红旗那里，仿佛只是舞台上的幕景道具，一旦搭好了，也就意味着可以忽视了。

沈琼大概将喋喋不休地说话视为维持两人关系的胶水——而且不需要是双面胶，只要她这一面够稠够密就可以了。相反地，她还很欣赏陈星的寡言少语，不说话的陈星嘴角坚毅，咀嚼肌线条清晰，让她非常着迷。而对小北，她就明显有些轻视了，言语之中，似乎还对陈星有小北这样的朋友感到奇怪。小北想，她看不上我什么呢？也许就是因为我也非常喜欢说话吧。沈琼对小北的不喜欢，是一个话多的人对另一个话多的人的敌意。

张红旗和陈星一伙“断了线”，让老师非常满意。她再次将张红旗列入“可以信任的”那一类人中。作为奖励，她又一次和张红旗进行了单独谈话。这一次，她毫不掩饰地将殷切的希望寄托在了张红旗的身上：“眼看就要高三了，我们对你考上清华北大，都不表示怀疑。但我们相信，你还有能力获得更大的荣誉，那就是争取成为北京市高考状元。我们学校是曾经出过高考状元的，他们在大学里非常受重视，有的刚一入学，就被交流出国，直接获得了两个国家两所大学的学历。你的心态现在调整得非常好，你应该让自己的高中生活以最辉煌的方式结束。”

张红旗从办公室出来，也为高考状元的伟大目标心情澎湃。每当确定一个目标之后，她都会心情澎湃一下，然后再脚踏实地地稳步前进。有了这样的心理状态，她不相信还有自己做不成的事情。但在楼道的拐角处，她看见了窗外的陈星和沈琼。陈星正坐在双杠上，像鹅一样伸着脖子，仰视天空，而沈琼则靠在他的腿旁，脸同样四十五度角上扬，把陈星当作她的天空。她在不停地说啊说啊，而陈星则安之若素地听着她说。

张红旗忽然感到一种忧伤。她明白，自己渐行渐远，和陈星永远地走在了两条岔路上。以后他们也不会再有什么瓜葛了吧。这是她想要的结果，也是在陈星的帮助之下达到的结果。

她肯定不为此后悔，但却忍不住忧伤。忧伤的感觉，就像雾水把泥土洇湿了。

群众也习惯了陈星现在的形象：这个高瘦、沉默的小伙子，身边除了有一个流里流气的死党，又多出了一个风情万种的话匣子。经常是别人还在上自习的时候，他们三个已经大摇大摆地踱了出去。陈星和小北穿着脏兮兮的军大衣，沈琼则半边头发遮着眼睛，拖着无比肥大的裤子，在陈星身边不停地说啊说。因为她的身高还不到陈星的下巴，所以一天到晚都处于仰视的状态。即使和陈星短暂地分开，她还是仰视着的，这就好像刚刚流鼻血了。有钱的时候，他们到“金假日”台球厅去打球，到罗杰斯餐厅（那时候还没有倒闭）吃烤豆子与肉饼、喝扎啤，而更多的日子还是落魄的，他们就钻到小胡同里重温“板儿面”。反正能不上课就不上课。在一般人看来，他们绝对是学校里最快乐的家伙。

就这样，冬天和春天过去了，夏天也过去了一半。学校放假了，再一开学，他们将是高三的学生了。

这个暑假对于小北来说，有两个主题。第一，他疯狂地迷上了摇滚乐；第二，他见识到了货真价实的女性裸体。这两件事像人生的两扇门，在北京最热的时候向他敞开了。

他们那拨儿孩子上中学的时候，中国摇滚乐正在经历一段繁荣时期。崔健成了无法逾越的高峰，“黑豹”和“唐朝”两个标志性乐队人员齐整，风头正劲，还有大批有志青年正在“地下”状态中乐此不疲。小北他们大院儿就有几个“玩儿摇滚”的，那些人在废弃的仓库里怒吼“社员都是向阳花”，吵得老干部都神经衰弱了。小北很羡慕，向前辈们虚心请教。

摇滚青年却要考考他：“你平常都听哪些？哪些？”小北说：“崔健、唐朝……”还没说完，就被对方“呸”，啐了一脸：“太没深度了。”小北说：“那您说说。”那些人便背诵了如下名字：“平克·弗洛伊德、齐柏林飞艇、警察、老鹰、山羊皮……”虽然他们一天到晚只会唱《社员都是向阳花》，但是一定要把自己变成一个外国名片夹子。否则在摇滚圈里会很没有面子的。

得到真传的小北得意扬扬，向陈星显摆那些外国名字。两个人便培养起了到五道口买打口带的爱好。五道口是北京一个既很洋，又很土的地方，那里有许多外国人，但又大都是外国的穷人。卖打口带的地方基本是小音像店，一个纸箱子摆在地上，装满了外国名字。据说北京打口带的货源是被一两个大佬垄断着的，那些人既在海关有人，又在黑道所向披靡。相比之下，后来的黄色光碟市场就健康得多，进货渠道多元化，市场竞争激烈。

整个暑假，陈星和小北几乎每天都撅着屁股，蹲在音像店的纸箱子旁挑打口带，一个字母一个字母地认英文。挑完打口带，他们就钻进语言大学，坐在操场旁，轮流用单放机听。假如兜里的钱有富余，他们还能在留学生宿舍旁的杂货店里买一盒“七星”或“好彩”走私烟，甚至来一瓶劣质威士忌。林荫道上走着洋马一样的白种女学生、煤球一样的非洲女学生，还有大饼一样的韩国女学生。听完外国音乐，看完外国女人，他们还会去操场上打篮球，被外国男人的胳肢窝熏得眼冒金星。

那个时候，陈星和小北真切地喜欢五道口这个地方。小北说：“以后我要是有了钱，就在这里开一个摇滚乐主题酒吧。”

陈星说：“以后我就是没钱，也天天在你的酒吧里喝酒。”

泡走了白天，他们就可以去找沈琼了。夜晚到来，沈琼才获得自由，因为她父亲是上晚班的。她住在万寿路附近的地铁家属院里，陈星和小北骑着自行车从五道口赶过去，已经浑身臭汗了。但是他们的精力还没有发泄完，坐在街边等沈琼的时候，小北依然不时爆发出孟浪大笑。这个举动往往会惹恼附近的孩子。有时候双方一照眼，随即破口大骂，然后就打了起来。如果对方人数不多，陈星和小北是不会吃亏的，他们都是老手，而且陈星的体格非常好，出手又快又狠。但是万寿路那边很多都是部队大院的子弟，特别抱团，常常能从院儿里招呼出十几个小伙子，还有穿便衣的警卫战士，骑着自行车追他们。在逃窜和追逐的过程中，陈星他们常常慌不择路，撞进不知哪个大院里去，哨兵都拦不住。而一旦进了大院，他们却能安全逃脱，因为小北自己也是一个大院子弟，从小就对这种建筑群非常熟悉，知道所有大院里的路都是八九不离十的。再加上两个人都是长跑健将，这边的孩子反而堵不住他们。在甩开了敌人之后，他们便从容地回到街上。这时沈琼正好吃完晚饭下楼了。

沈琼已经梳妆打扮完毕，经常还洗了澡，在她身边几米的地方，晚风中都飘着清新的香味。她窈窕地站在路边，迎来了两个肮脏的英雄好汉。她出钱，请陈星和小北去吃一碗牛肉面或酸辣粉，外加几十个羊肉串。然后再一起去军事医学科学院的电教资料室，看一部对外放映的美国老电影，《燃情岁月》或者《剪刀手爱德华》之类的。即使看电影时，她的嘴依然是上下翻飞的。

这时候沈琼的喋喋不休，其实就是焦虑造成的了。她想要单独和陈星在一起，但又没法把小北支开。陈星却丝毫不觉得小北碍事儿。他觉得到这边来的目的就是玩儿，而不是约会。

后来倒是小北自己提出了解决办法。他嬉皮笑脸地对沈琼说：“你也给我发一妞儿吧。”

沈琼故意说：“你这样的男的靠不住。”

小北说：“那你就给我发一靠不住的妞儿得了——我不怕交叉感染。”

沈琼果然把陈慧敏介绍给了小北。陈慧敏本来不叫陈慧敏，叫陈芳，但她嫌这个名字太俗气了，满大街都是。她死活要改名，最终改了一个在香港满大街都是的名字。但所有人还是叫她陈芳，尤其是沈琼，叫她陈芳的时候是带着揭露的口气的。

沈琼稍微有些敌视陈芳，这说明陈芳还是很漂亮的。她也是地铁家属院的孩子，长着一个尖尖的下巴颏，眼睛特别大，乍一看，好像占了脸的三分之一。所以小北既不叫她陈芳，也不叫她陈慧敏，而是叫她“大眼妹妹”。

小北摇头晃脑地跟着他的大眼妹妹跑了，终于为陈星和沈琼腾出了空间和时间。这样沈琼就不提出去看电影了，她把陈星带到了自己家里。

沈琼的家是一个不能称为两居室的两居室，她拥有一个不能称为一间房的独立空间。那闺房几乎是长条形的，只有三四平方米，摆了一张床之后，就不剩什么地方了。假如沈琼需要支起书桌写作业，就必须得坐在床上。好在她也是不写作业的。房间谈不上有装修，但沈琼尽力地把它布置得温馨漂亮：用明星海报遮住墙上掉皮的地方，用线织毯子遮住水泥地，用玩具狗熊遮住嶙峋的铸铁暖气管。

在沈琼家，陈星倒也丝毫没有不自在。他一进门，就大大方方地打开冰箱，找晚上吃剩下的馅饼和粥。吃撑了，他就进入沈琼的闺房，坐在她的床上，用十年前出厂的“健舞”录音机听打口带。而沈琼则歪在床的另一侧，头枕着玩具狗熊，把它压扁在暖气管上。此刻沈琼反而不说话了，也撩开了遮住一只眼睛的头发，直直地凝视着陈星。

听完打口带，房间陷入了几秒钟的沉默。但沈琼还没有开口，陈星就指着桌上的闹钟说：到时间啦。他打开录音机的广播功能，调到每晚不能错过的《曲苑荟萃》节目，开始听相声。

在相声大师的表演中，沈琼就更没有说话的机会了。而陈星咧着嘴巴，眼睛直勾勾的，对着墙傻笑。沈琼感觉听相声的陈星就像一个白痴，但这个白痴又太可爱了。

等到相声节目终于结束，陈星却说：“哎呀。”他跳起来，把打口带从录音机里取出来，雷厉风行地告辞离开。这时已经很晚了，即使用最快的速度骑车回家，也要半夜才能到达。

陈星从沈琼家出来，还必须在地铁家属院里转上一圈，叫小北一起走。好在这个院子并不大，也没有礼堂和树林，无非是几幢破旧的板楼而已。他有的时候在自行车棚里，有的时候在锅炉房后面，有的时候干脆在几个巨大的垃圾桶之间找到了小北。当然找到的不只小北一人，同时还有鬓发凌乱、气喘吁吁的大眼妹妹。有的时候她的T恤衫都被掀到上面去了，听见有人来，赶紧拉下来，但还是暴露了一截雪白的小肚子。

每一次陈星找来，小北都既尴尬又懊丧。到后来，小北觉得自己绞尽脑汁地东躲西藏，并不是为了躲着别人，而单单是为了躲着陈星了。陈星晚一分钟找到他们，他和大眼妹妹见不得人的快乐就能多延长一分钟。这个单调的捉迷藏游戏重复了几天，小北终于忍不住了，他问陈星：

“你不知道我和大眼妹妹在干什么吗？”

陈星说：“是我不知道和沈琼应该干什么。”

小北随即坏笑着说：“你是想让我手把手地教给你吗？那还不如让我替你干呢。”

最终把鸭子赶上架的，还是小北。又是一个晚上，陈星照例在沈琼家听完相声，迅速告辞，跑到楼下找小北。但这一次，他在地铁家属院里绕了好几圈，仍然没有找到。小北到哪儿去了呢？陈星有点慌神了，他害怕小北被附近的孩子伏击了，或者被戴红箍的人抓走了。于是他在院儿里喊了起来：“小北！小北！”

过了一会儿，他头顶的一扇窗户却开了，小北探出头来喊：“这儿呢这儿呢——今天不回去啦！”

陈星仰着脑袋说：“啊？”

小北说：“大眼妹妹他爸他妈去北戴河啦，机会难得——”

这时候，小北的背上重重地响起了啪啪两声。那一定是大眼妹妹在打他，这种事怎么能在院儿里喊呢。而从小北挨打的声音判断，他是光着上身的。鬼才知道他的下半身正处于什么状态。

陈星还在不知趣地问："那你们家人——"

小北就干脆不耐烦了："我给他们打电话了，说我住你家。我也给你家打电话了，说你住我家。"

说完，小北就把窗户一关，封闭了屋里的一切声响。他进而把窗帘也拉上了。陈星看了会儿黑洞洞的窗子，站在空无一人的院儿里。这时乘凉的人都已散去，他又围着几栋楼绕了一圈儿，只看见两只没主的猫。何去何从的念头涌上心头，他感到了忧伤。转了很长时间，他也累了，连抽一根烟的兴致都没了。就在这个时候，他看见了沈琼。

沈琼已经又洗了一个澡，换上了纯棉的白睡裙。她的头发还是遮着半边脸，一只眼睛闪着幽怨的光。她迎着陈星走上来问："你怎么还不走？"

陈星说："我没地方去了。你怎么还没睡呢？"

沈琼说："我听见楼下有人走来走去，就看见了你。"

于是她就牵着陈星的手，把他拉上了楼。陈星顺从地被沈琼牵着，上楼梯，开门进去。但他对今天晚上到底要做什么全无概念。

所以到了沈琼的房间里，事情就由不得他了。沈琼不由分说地抱住了他，鼻子和嘴在他胸前蹭起来。刚开始她的动作很快，后来就变得缓慢、有条不紊了。蹭了一会儿，她却又推开陈星说："你先去洗个澡吧。”

在厕所的喷头下面，陈星看着自己的裸体，才感到事情有那么一点不合适，自己有那么一点不愿意。可是他又不知道为什么不愿意。再一想小北和大眼妹妹，人家都已经“那样”了，自己又为什么“不”呢？于是他用力深呼吸，穿上衣服，从厕所走了出来。

沈琼已经在等着他了。她躺在床上，脑袋枕在布狗熊的肚子上，闭着眼睛，似乎正在养神。但陈星一出来，她就像猫一样睁大了露在外面的那只眼睛，闪闪发亮。那一刻，陈星感觉沈琼的眼睛是某种玻璃制品做成的。

然后沈琼坐起来，和陈星用力地接吻。陈星以前是吻过她的，但从未像这次这样，两只舌头搅在一起，吻得滋滋作响。两个人的牙齿不时碰撞，那声音在耳朵里很清晰地响。沈琼的嘴里很凉，而且留有牙膏的薄荷味，所以陈星更觉得她是一个化学材料做成的人了。

接完吻，沈琼含糊地说了一句：“给我脱衣服。”她却先帮陈星脱掉了T恤衫。他们对异性的衣服都不很熟悉，沈琼解陈星宽大的牛皮皮带时，死命地拽了好几下都没拉开。而陈星则为沈琼的胸罩费尽周折。好歹解开了，两个人拥抱在一起，陈星感到沈琼的乳房非常软，好像胸前压着两团水，而刚才隔着衣服抱的时候，它们还显得很硬呢。

沈琼闭着眼，呼吸很急促，又把毛巾被拉过来，盖在陈星的背上，等着他来。但陈星只知道牢牢地抱着沈琼，在她的脖子弯里喘气。两个人喘了十分钟之久，呼吸都平和了，陈星还是没有下一步的动作。沈琼又不好催他，只好和他抱着，好像同穴冬眠的两只小动物。又过了很久，沈琼才推了推他，力图把他撑起来。她怀疑他睡着了。而陈星这时候才醒过神一样，侧着脑袋琢磨了一下，终于弄明白了自己到底想要干什么。

他说："让我看看你。"

于是沈琼把脸侧向一边，袒胸露乳地让他参观。她的乳房挺大的，摊在胸前，真像两个肥硕的水珠，和她又瘦又矮的身材不成比例。似乎她整天穿着过分肥大的衣服，就是为了掩掩它们。看了一会儿，她便脱掉了裤子。犹豫了一下，又脱掉了内裤，供他继续参观。她甚至微微张开两腿让他看。

这时两个人还觉得头顶的日光灯管实在太响了，嗡嗡地充满耳朵。陈星应该看得很清楚，但依然只限于看，并无继续的动作。沈琼忍不住扭过脸来看他，发现他居然带着认真严肃的表情，既不惊喜也不失望，好像正在进行纯粹的生物学研究。难道他真的把沈琼当作一具雌性哺乳动物标本了吗？她从陈星的脸往下看，越过他的前胸、小腹，最后停留在内裤上。那只内裤不太干净，因为泡了汗，还软塌塌的。更关键的是，沈琼并没看见小帐篷一样的隆起。陈星的身体居然对她没反应。我的天哪，沈琼登时万念俱灰。她惊愕地看着陈星。

而陈星也发现了自己的不中用，他心慌意乱了。沈琼看到陈星满脸委屈，好像刚刚让人欺负了。他几乎马上就要咧着嘴哭了。在流氓学生陈星的脸上，这样的表情多么珍贵啊。沈琼的懊丧一扫而光，她怜爱地把陈星搂下来，让他的嘴贴在她的脸旁，像母亲一样喃喃地说："没事的，没事的。"

他们就这样纯洁地睡着了。

但是陈星感觉自己没睡多久，就被沈琼推醒了。这时候天已经蒙蒙亮，沈琼的脸在窗帘下透进来的光中，如同上了釉。她慌张地说："忘了上闹钟了，快，快。"

陈星忙不迭地穿衣服，门就响了。沈琼的父亲从地铁维护车间下班回家了。两个年轻人什么都没干，如果还被抓个正着，那就太冤了。陈星拎着自己的裤子，在沈琼的床上躬着身，焦急地转来转去。还是沈琼想到了一个古老的办法，她指指床下说："这儿，这儿。"

陈星钻到床底下，被灰尘呛得想打喷嚏，但只能忍着。屋外，沈琼的父亲一边倒水喝，一边问："你醒啦？"他大概听到了女儿房里的响动。

沈琼回答道："被你吵醒了，下次上楼轻点儿。"她佯装翻了个身，继续睡去。

沈琼的父亲坐在外面的桌旁，不紧不慢地喝了一杯水，吃了半袋饼干，然后才到自己的房间去睡觉。接下来的时间对于陈星来说太漫长了，他想象自己是一只老鼠，正趴在姑娘的闺床下东看看，西看看。他发现了一只鸡毛毽子、半截绘图铅笔和两张贺年卡。一张贺年卡上写的是"我挥一挥衣袖，不带走天边的一朵云彩"，另一张上写的则是“人在江湖漂，哪能不挨刀”。沈琼过去认识的都是些什么人啊。

等到里屋传来沈琼父亲有序的呼噜声，陈星才一言不发地钻出来，疯狂地套上衣服。沈琼帮他悄无声息地开了卧室门，又开了大门。他们都没有互看一眼，陈星就跑了。

他在院里的台阶上抱着脑袋，又迷瞪了两个多小时，小北才带着心满意足的表情，从大眼妹妹家的楼上下来。

他对陈星说：“我怎么两腿发软哪。”

陈星什么也没说，他的脑袋几乎都木了。这时小北发现了陈星脸上脖子上的脏，又撩开他的T恤衫看了看，感叹道：“昨天你干了一个女矿工吗？”

听到小北的话，陈星也感到了这一夜的荒诞可笑。他摇头说：“操蛋，操蛋。”他又说：“饿死了，吃早饭去。”

小北说：“我要吃两个大腰子。”

没过几天，他们就重新开学了。他们已经是高三的学生了。

两个流氓学生忙于听打口带、打架、和姑娘滚在一起的时候，张红旗正在欧洲喝咖啡。

作为一定级别的干部，她爷爷享有出国“考察”的待遇，而且可以带家属。这趟去欧洲的名额本来是属于弟弟张红兵的，因为张红旗寒假已经去过一次三亚了。但她的父亲说服张红兵：“你姐姐马上要高三了，让她最后轻松一下行吗？”

而送别张红旗的时候，父亲说：“开阔一下眼界，有助于制订人生的计划。”

张红旗想：连度个假都要带着任务。由于这个念头，她很冷淡地向父亲挥了挥手，就下了楼。以前的张红旗，是不会有这样的情绪的。她本来认为，人做任何事情都必须有计划、有目的、有意义。但是现在是怎么了，好像她自己会习惯性地和自己对着干。烦躁让她一路上东张西望，也不愿意和爷爷的下属说话，搞得人家很尴尬。

她在欧洲走马观花地转了几个城市，无非是汉堡、巴黎之类。老干部考察的欧洲只包括资本主义发达国家。当爷爷被一群中年人簇拥着，装模作样地讨论问题时，她得以自己在街上闲逛。当然，闲逛也没什么意思，无非是在柏林的广场上喝咖啡，在维也纳的剧院旁喝咖啡，在巴黎的小巷中喝咖啡。一路喝下来，她只有一个收获，就是证明了自己的英语确实非常好——可以流利自如地点咖啡，可以和周围的人谈天气。

尤其是在巴黎，看着那些法国人穿着衬衫拎着皮包，同样在走同样在忙，张红旗格外索然。她想：这里所谓的“浪漫”，无非是中国女孩们的一厢情愿罢了。或者干脆就是旅行社的幌子。但她又想：也许是自己不是个浪漫的人，才感受不到这里的浪漫？这么一想，张红旗更索然了。

但刚刚这样想，浪漫却来了。其实也就是旅行中没头没尾的小插曲。当时是在巴黎的第二天，张红旗在一个露天咖啡馆喝完咖啡，正想要回去，可掏出钱来，却愣了神。她在每个地方的零花钱，都是爷爷的秘书准备好，放在一个信封里留给她的，可今天不知怎么搞的，出了差错。她拿出来的不是法国的法郎，而是两张德国的马克。那时候欧洲的货币还没有统一呢。

如果是美元还好，在哪里都可以结账。张红旗紧张地把钱给服务生看，问他可不可以收。服务员坚决地摇了摇头。张红旗飞快地用英语向他解释，她只有这两张钱；如果附近有银行，她也可以去换，换回来再付账。可是服务员露出听不懂的样子，随即更加坚决地摇头。张红旗想，是不是自己没说清楚呢？再一想，是这个服务员的英语不好，太长太快的句子都听不懂了。

张红旗有点慌神了。在一个语言几乎不通的异国，身上又只有两张不能流通的纸币，换了谁都会慌一下。她站起来，想比画着把意思表述清楚。可不比画还好，一站起来，却把杯子也碰到地上去了。叮当一声，把服务员的警铃也敲响了，他不由自主地伸出手，抓住张红旗的手腕。这下张红旗真的害怕了：他们不会认为自己想逃账吧？而手被人抓着，浑身不由自主地硬了，声音也发不出来了，就那么沉默地看着对方。

幸亏旁边桌的一个男人拍了拍服务员，才让双方都放松下来。那人也是说英语的，但他的同桌有法国人。于是他说一句，同桌就翻译一句给服务员听。他告诉服务员，这个小女孩递给他的两张钱，何止一杯咖啡，已经够在最好的饭馆吃一份牛排了；如果他们这个小咖啡馆不愿收马克，他可以替小姑娘付钱，杯子也算在里面好了。

服务员立刻不好意思了，他向面前的中国小姑娘道歉，并绅士地请她再喝一杯咖啡。他私人付账。于是张红旗只好又坐下来，向旁边桌的男人说谢谢。

那是一个风度翩翩的外国中年人，蓝眼睛，棕色头发。衬衫和西裤一看就知是名牌，但样式却很朴素，手上的表也不是爷爷单位人戴的那种闪亮的劳力士。他的桌边，还放着一只小小的旅行箱，看来也是一个巴黎的过客。他端起咖啡杯，对张红旗和蔼地笑笑。外国人就是这样，几十岁的人了，笑容却还像孩子一样单纯。

那男人对张红旗说："你是来旅行的吗？"

张红旗点点头。她随即窘了，不知应不应该解释自己为什么会带错了钱。犹豫了一会儿，她说："我去了很多国家。"

那男人说："你一定是个马虎的旅行家。"

他们那一桌的人都笑了。每个人都笑得那么优雅，那么风趣。张红旗被弄得更窘了，但心里却有一丝说不出的开心。坐在那男人身边的一个法国女人还递过来一盒女神牌香烟，问她抽不抽。看到张红旗急切地摆着手，他们又笑了。

显然，那些人纯粹把张红旗当作了一个小女孩。十七八岁，涉世未深，有着这个年纪的少女特有的可爱。萍水相逢，他们就帮助她，也"逗"她。短短的一瞬间，他们便把她拉进了一种既温暖又轻松的气氛里，使她感觉自己正被宠着。这让张红旗感动。她早就耳闻外国人是讲“人性”的，而什么是“人性”呢，这时她飞快地想：就是把女人当女人，把孩子当孩子——把女孩当女孩。

人家笑着，张红旗却出神了。对方更把她当成那种懵懵懂懂的可爱姑娘了，可他们不知道，张红旗的脑子正在飞快地转，转着转着，就把自己弄到了一个小旋涡里。她陶醉了。

可惜美好的气氛是转瞬即逝的。张红旗正想没话找话地说点什么，一辆加长型轿车开过来，把几个人接走了。只留下一张空桌子，让她凝视。她又开始猜想，这些是什么人呢？度假途中的公司高管？有钱的贵族后代？艺术家？那男人上车前，还特地回过头，向张红旗俏皮地挥挥手：“下次出门检查钱包。”

然后就把张红旗留在怅然若失中了。她想，这次陌生人之间的邂逅，大概是她在欧洲最大的收获吧。

再后面的旅行，却因为这件事而显得越来越乏味了。到了罗马的市场街，张红旗心里几乎在强烈地抵触了。那地方又脏乱又嘈杂，肥胖的意大利大婶在大叫，还有猫和狗满街跑。几个中国来的叔叔倒是找到了自我，嗓门不自觉地恢复了在国内的分贝，还买了比萨饼当街吃。张红旗皱着眉头，执意要自己回宾馆，以至于人家笑她是奥黛丽·赫本演的小国公主。

而几天后回了国，看到比罗马还要脏乱差的北京城中村时，她干脆是一种躲闪的姿态，把脸藏到了车座里。

但快到家时，张红旗听到了一个熟悉的声音，不禁抬起头来。

车窗外，陈星蹲在马路牙子上。他身后是一排小平房，门窗上满是“足疗”“发廊”“成人保健”之类的字眼。小北正举着一个小塑料瓶，又蹦又跳地对他叫唤着：

“你要面对现实！”

4 痿掉了

高三刚开学的一段日子，小北生活中的主题词就是：身体。他开掘大眼妹妹的身体，开掘自己的身体，并随着开掘出的乐趣越来越大，也越发关心起了陈星的身体。具体说，是关心他的生殖系统。

那天从沈琼家回来之后，陈星就说什么也不再去了。小北迫切地想和他交流一下“那大晚上的事儿”，他也避而不答。后来倒是大眼妹妹泄露了当晚的真相。这种事情，不只男生要交流，女生也要讨论。而沈琼和大眼妹妹的关系，就没有陈星和小北那么简单了。她们除了是朋友，还互相忌惮，乃至于互相揭疮疤、互相揪尾巴。

说起来，和各自的男友共度良宵，还是沈琼提出的计划。她和大眼妹妹还有个约定，就是事后互相坦白，分享经验。然而交流起来，她虽然喋喋不休地说了不少，但关键处和细微处却全都一笔带过。可怎么能瞒过大眼妹妹雪亮的大眼呢？她当即揭露：“到底做了没有？”如果没做，是因为什么？是沈琼不愿意，还是陈星不愿意？如果是沈琼不愿意，那她可太不仗义了；如果是陈星不愿意，那问题就更严重了——这说明她对陈星一点吸引力也没有。

沈琼那时本来就有点魂不守舍，被追问急了，只好告诉大眼妹妹，陈星可能有问题。他的小帐篷从来就没有直起来过。但她刚一说就后悔了，因为大眼妹妹立刻拿出了一副得意扬扬的同情嘴脸。她的口气几乎像电影里那些“过来人”大婶了：“妹子，咱们女人最苦的就是这种事。”

何止如此，大眼妹妹更把这件事情告诉了小北。她一边吞下一片毓婷牌事后避孕药，一边详细地介绍了有关阳痿的知识。肾上腺、前列腺、睾丸酮、海绵体。小北都听傻了：他的死党，打起架来以一敌三的陈星，怎么能患有不举呢？

惊讶之余，他忘了考虑另一个问题：大眼妹妹怎么会对性生活有那样丰富的知识。

小北立刻去找陈星，开宗明义地谈起了阳痿：“你病了，要吃药。”

陈星莫名其妙：“我没病，我——它能硬起来。”

小北说：“同志，你要正视自己的问题，自欺欺人只能把事情搞得更糟；你和沈琼那天的事，我已经基本上了解了情况——你不知道这个病的严重后果吗？”

陈星立刻就生气了：“这个沈琼真他妈疯了。”

小北更加确信陈星有病，所以才会恼羞成怒。他进而给陈星讲了许多真实的故事。这些故事都是大眼妹妹讲给他的。她家床头摆了许多《家庭知音》《健康之友》之类的杂志。她父母喜欢看这个，阅读量很大。

有一个故事是这样的。一个男人患上了阳痿，患病原因是老婆怀孕的时候，他出去找了小姐，正在嫖，联防队员忽然破门而入。他不但交了三千块钱，而且那个地方受了惊吓，从此就不举了。老婆生完孩子，迎来了一个性欲高峰期，他只好躲避着老婆，而且不承认自己有病，不去就医。日子就这样过去了半年，有一天，他忽然发现老婆和隔壁老王有染了，进而怀疑刚刚出生的孩子也是隔壁老王的。他的老婆羞愧难当，就从十六楼上跳了下去，摔得花坛里这一块，那一块，都是血和黏液。死了老婆的男人悲愤无比，但他不去找隔壁老王算账，反而立志要杀了当初嫖的那个小姐。于是在一个月黑风高的夜晚，小发廊里发生了惨案，一个二十出头的小姐被碎尸，案犯在当夜也爬上了十六楼，跳了下去。

“你看，你看，”小北说，“一根鸡巴软下去，并不只代表它自己，还关乎三个活生生的生命。多么惨痛的教训。”

听完这个故事，陈星更烦躁了：“你说这些废话都没有用，我再跟你说一次，我没病！”

陈星的态度让小北也生气了：“你没病？那你现在给我直一个看看。”

陈星却笑道："要是我能对着你直起来，那我才叫有病呢。"

他说完就不理小北了。孰料小北锲而不舍，独自踏上了为陈星求医问药之路。张红旗从汽车里看见他们的那天，小北刚好从成人保健品店买来了一种叫"西门根"的药。随药附赠，还有一张油印小报，报上写的也都是故事。

其中一个故事是这样的。一个男人患上了阳痿，患病原因是老婆怀孕的时候，他出去找了小姐，正在嫖，联防队员忽然破门而入。他不但交了三千块钱，而且那个地方受了惊吓，从此就不举了。老婆生完孩子，迎来了一个性欲高峰期，他只好躲避着老婆，而且不承认自己有病，不去就医。日子就这样过去了半年，他的老婆终于向他提出了离婚。无可奈何之际，他看到了"西门根"的广告，就抱着"试一试"的心态，买了一瓶，谁想到一个疗程还没用完，他的老婆就不想离婚了，反而是他感到老婆无法满足他，又去找了小姐。这一次，他不但在小姐身上一雪前耻，干得天昏地暗，而且还把小姐干出了感情。临走的时候，小姐对他这样说道：哥，明天我还要你，不收钱！

小北看得摇头晃脑。他妈的，难道这个故事和《家庭知音》上的那个是一个作者写的两个版本。但他还是向陈星鼎力推荐"西门根"。

一天到晚被人说自己是阳痿，陈星真是恼火极了。他指着小北的鼻子说："小北啊小北，你一天到晚脑子里装的都是什么啊？"

小北理直气壮地回答："我是在关心你。"

陈星说："关心个蛋！"

小北说："还不一定是蛋的问题，你这个病也有可能是——"

陈星说："操，我真没法跟你说啦。"

那一段时间，小北几乎一放学，就急不可待地往大眼妹妹那儿跑，趁她的父母还没回家，赶紧利用一下房间。到现在，他还没见过大眼妹妹的父母，有的时候提着裤子往外跑，迎面碰上熙熙攘攘地下班的地铁职工，他还好奇地想：哥们儿睡的是谁的女儿呢？

而每次趴在大眼妹妹身上哆嗦的时候，他都会想起他的好兄弟陈星。如此快乐的事，陈星却不能享受，他的人生是不完整的！在感情最激荡的时候，小北甚至会热泪盈眶，弄得大眼妹妹都挺害怕的。她说："抽什么疯啊？"

小北说："你说陈星真是阳痿吗？他真的不能——这样、这样——吗？"

大眼妹妹给了他一巴掌："别走神，否则你也该阳痿了。"

但刚一完事儿，大眼妹妹又给小北讲起了这方面的知识。她可真是一个性知识的宝库。她告诉他，其实有的人是天生就不能做爱的，他们有可能是天阉，也可能是别的原因。比如一种先天性心脏病人，一做爱就会死。《家庭知音》上还有一个故事，主人公是个非常英俊的男青年，他从小就很招异性喜欢，但却是一个先天性心脏病人。医生早就告诉过他，千万不能做爱。有一次，他邂逅了一个同样非常漂亮、非常有气质的女青年，两个人一见钟情，交往了两年，还是没有身体的接触。女青年非常痛苦，认为男青年并不爱她，甚而想要自杀。为了证明对伴侣的爱，男青年决定豁出去了，那天晚上，他简直是冒着枪林弹雨和她做爱，而等到做起来，枪林弹雨也无所谓了。他们做了非常之久，折腾到半夜才完，久旱逢甘霖的女青年搂着瘫软在身上的情人，呢喃自语了许久，这才发现男青年的身体开始冰冷了。等到医生赶来，男青年已经断气了，而且据医生的推断，他在一个小时之前就断了气。可是女青年说：一个小时之前，他明明正在我身上做爱呢。医生告诉她：假如人在做爱的时候突然死亡，他的身体也有可能持续机械运动，直到射精，才算彻底死掉。对于发生在她身上的事，女青年可以有两种理解，她可以认为男友虽然死了，但灵魂却没有走，他的灵魂坚持着和她完成了爱的升华；但她也可以认为自己刚刚和一具条件反射的尸体完成了交配。两个理解都够震撼的，于是她疯了。

这个故事让小北更害怕了，他需要赶紧确定陈星只是初夜紧张造成的临时性阳痿，而非先天性心脏病。他无法接受自己的兄弟死在女人的肉上，然后再由120拔出来。

于是他更积极地向陈星推荐“西门根”。他把“西门根”看作了救命的稻草。

“你是怕这种药没有效果吗？你是怕它有副作用吗？好的，让我们先做个试验吧。”

那天课间，小北把一片“西门根”悄悄扔进了一个男同学的茶缸里。那位同学是一个用功学习的眼镜男，常年以赶超张红旗为目标。进入高三起，他每天都要熬夜，把脸色熬得惨白惨白的。而到白天上课的时候，他需要喝很浓的茶。因为眼镜男茶缸不离手，所以小北的投毒方式技术含量也很高：他趁眼镜男不注意，从十米开外的地方将药片投掷了进去。好在小北是篮球场上公认的神射手，一次就成功了。

眼镜男不知道自己已经变成了一只小白鼠，仍然咕咚咕咚地大口喝茶。小北兴奋得不得了，对陈星说：“注意观察，注意观察！”

起初，眼镜男并没有反应，但上了一堂课之后，他明显坐不住了，开始东张西望。小北说：“他一定燥热了。”过了一会儿，燥热的眼镜男却又恢复常态，继续听课了。陈星说：“失效了。”小北说：“一会儿再看看。”

下一节是体育课，其他学生都跑去操场集合，却只有眼镜男坐在位子上，一动也不动。小北得意地说：“我说得没错吧。”他和陈星跑过去，热情地邀请眼镜男一起去打篮球。

这时眼镜男脸色更苍白了，额头都在冒汗。他结结巴巴地说：“我肚子疼。”

小北说：“难道你也痛经了吗？”他不由分说，和陈星一人一只胳膊，硬把眼镜男架了起来。

眼镜男被两个流氓学生架起来，两腿却仍然蜷缩着，悬在空中。

而小北则兴致勃勃地看着他的裤裆。没多久，眼镜男便坚持不住了，两条腿慢慢地软下去，软下去，与此相反，却显示出了另一个部位的硬起来，硬起来。人大附中的学生必须身着校服，软塌塌的化纤裤子根本无法掩盖勃起的阴茎。他的小帐篷格外高耸，那根大梁几乎要把帐篷本身都捅破了。

眼镜男带着耶稣受难的表情，被架在空中的姿势也像一个耶稣。只不过这个耶稣的阴茎却直挺挺地向上翘着，指着上帝所在的方向。小北一脸坏笑地安慰着他："勃起是正常现象，我们运动一下就好了。"

眼镜男不敢异议，只好挺着阴茎，打了整整一节课的篮球。可是累得呼哧带喘，它还是没有下去。化学课开始之前，眼镜男求助地看着小北。

小北又想起了自己曾经玩过的小游戏，他把眼镜男所有的课本都摞在一起，外加一本三斤重的朗文词典："用知识压垮它！"

这堂课，眼镜男是抱着小山一样的书本度过的。可到了把山挪开的时候，山下的东西仍然不屈不挠。简直就像孙悟空一样。他只好一手插兜，隔着布按着那东西，一瘸一拐地去食堂吃饭。

这样到了下午，眼镜男几乎发狂了。他隔一会儿就要撕扯头发，或者用拳头打脑袋。老师看到了，对他说："熬夜不要太晚，这样下去会吃不消的。"

小北数了数眼镜男勃起的时间，我的妈呀，足有三个小时之久了。他和陈星打赌：这根阴茎究竟能不能坚持到晚上？但这时候，眼镜男彻底吃不消了。当着所有同学，他拍案而起，愤然向门外走去。老师说："你干吗去？"眼镜男说："拉肚子。"

过了一会儿，眼镜男回来了，神情平和了许多。但十分钟以后，他又站起来，跑了出去。老师说："你真的闹肚子啦。"

一堂课没上完，眼镜男已经出去了三次。第三次的时候，小北也跟了出去，他说："我被传染拉肚子了。"

回来之后，小北趴在桌上咯咯咯地笑，好像一只头钻到土里的母鸡。笑了好半天，他对陈星说："你知道他干吗去了？"

陈星说："干吗去了？"

小北说："撸管去了，撸了一管又一管，射得满茅坑都是！"

这次眼镜男再回来，脸上写满了轻松，他终于解决了问题。但他此刻却又口渴了，于是拿起茶杯，咕咚咕咚又是几口。

小北摇头叹息道："看来他要拉到明天早上了。"

人体试验证明了"西门根"是一剂货真价实的良药，正因如此，陈星更加坚定地拒绝服用。他说："这东西都是给种猪吃的。"为了防备小北用同样的手法把"西门根"投掷到自己的水杯里、饭盒里，他把药抢过来，扔进厕所。

小北痛心疾首地说："种猪怎么了，种猪也比阳痿的人强！"

陈星真的不满了，他说："你他妈怎么知道我阳痿？你丫管得也太宽了吧！”

陈星说这话的口气，就像与人斗殴之前的恶语相向。这让小北很诧异，也有点委屈。他说：“我是为你好！”

陈星说：“你他妈省省行吗？”

他说完，扭头就走了，留下小北一个人摇头叹息：“真他妈不识抬举。痿都痿了，还这么大火气。”

其实阳痿不阳痿，只有陈星自己知道。他也在为这件事奇怪。要说勃起，当然可以，不要说每天早上憋着尿的时候、在小北家看黄色录像的时候，就是从某个角度看到年轻女老师的屁股，或者从袖子底下瞥见女生的胸罩带子和腋毛，都会下身硬得当当的。对沈琼就更不必说了，骑车带着她的时候，她的头发撩过他的下巴，她的臀部在他的腿上蹭来蹭去，都会让他腾的一下，血脉偾张。但为什么那天晚上，两个人都赤条条的，该看的都看清楚了，偏就不行了呢？而现在再想想沈琼的胸脯、沈琼微微敞开的双腿，他还是立刻勃起了啊。

陈星本来以为，他那天晚上不行，是如夜间广播里所言，“初夜紧张造成的性障碍”。这种障碍体现在男性身上是不举，发生在女性身上就麻烦了，会阴道痉挛，也就是那地方抽筋。但后来一想，他面对沈琼的裸体时，并不紧张啊。他只是稍微好奇，就像在研究一个物件，而看清那个物件的真面目后，便迅速习以为常了。他感到“就那么回事儿”。

怎么会这样？陈星也迫切地想要再做一个试验，但不是小北搞的那种。小北这个人太幼稚也太无聊了。

陈星的试验品是沈琼。他又约了她见面。这一次，他卖掉了自己的“西铁城”手表，在学校附近的宾馆开了一间房间。那块手表还是他叔叔从日本带回来的礼物呢，现在为了“男人之所以称为男人”的问题，只好把它牺牲了。

好在那时候学校规定，高三学生都要在学校上晚自习。他和沈琼晚些回家，父母也不会生疑。

他骑着自行车，带着沈琼，穿梭在路灯底下。这么多年来，北京一直是一个巨大的工地，马路上卡车轰鸣，密布着脏土。你必须要有长颈鹿一样的身高，才能在这样的夜晚呼吸到新鲜空气。陈星目睹着浩浩荡荡的卡车，幻想自己也是这支建设大军中的一员，正准备为某个宏大的工程突击一番。

他们穿进了一条巷子，找到了那家二层楼的小宾馆。你能叫它宾馆，仅仅是由于门口挂着霓虹招牌。那几个字就像“马大哈”写的小学作业，既歪歪扭扭，又缺横少竖。陈星把自行车停在门口，也不拉着沈琼，自顾自地往里走。

前台值班的老头子看见一前一后进来的中学生，出于道德操守，很厌恶地皱了皱眉头。但出于职业操守，他最终什么也没说。陈星眼看着地，把定金拍在桌上，等着钥匙被放进手里。

几分钟以后，他和沈琼面对面地坐在了房间里。这里散发着淡淡的霉味儿，陈星甚至觉得那是精液的味道。这里是来自五湖四海的人们的交配站点。不能再犹豫了，让我们验明正身。陈星还是一言不发，走到卫生间去洗澡。

这一次，轮到陈星等待沈琼了。她后进去洗的时候，他躺在被子里听水声。他想着一滴水——只有一滴——落进了沈琼的头发里，又从发梢滑下来，落到她的肩膀上，再顺着她很大很软的乳房滚了下来，划了一个抛物线，最后落在她的脚趾上。他的想象很微观、很清晰。而这时，他发现下面已经硬得不得了了。我就说嘛，怎么会有问题呢?

于是陈星非常有成就感地等待着沈琼。沈琼好一会才出来，她洗得很仔细，但出来的时候，又显得迫不及待。开门的时候，她的脚还在防水槽上磕了一下，但她顾不得疼，就扑到了床上，骑在陈星身上，双手撑着他的胸部。这样火辣的姿势，只有电影里那些美国女人才做得出来。虽然他们第一次根本没做成，第二次的时候沈琼却像一个千锤百炼的女战士了。

两个人亲了很久，房间里充满了吱吱响的声音，就像两只尖嘴小动物正在吃饭、互相吃。又到了口舌发干的时候，陈星由下而上托起了沈琼的乳房，很仔细地揉着。他想：此时此刻，联想到面食铺的大师傅不太合适吧。但他还是想到了面食铺的大师傅，甚至觉得自己正在和面，把沈琼的乳房变成包子、蒸饺或者是葱花饼。

沈琼被他揉得满嘴生津、星目流光了。她仿佛还对上次耿耿于怀，要报一箭之仇似的弯下腰，猛地掀开了陈星盖在肚子上的被子。

但是刚一撩开，她又愣住了。

此刻陈星不知所以，还在揉。揉了片刻，才发现不对劲。他顺着沈琼的眼光往下看，也愣住了。下面，根本没有和此情此景相呼应的坚挺，它软软地耷拉着，右倾着。陈星明明记得，他刚才还是硬着的，沈琼出来以后，照说应该更硬才是。为什么会在不知不觉间，在猛烈的肌肤相亲时，就软了呢?

陈星半张着嘴，沈琼也半张着嘴，两个人无言以对。又过了半分钟，下面的萎靡让他们感到了裸体相见的羞耻，他们迅速一个拉起被子，一个披上浴衣。

房间里静悄悄的，陈星的耳朵里却充满了轰鸣。这一次，他彻底绝望了。也许他不是通常意义上的阳痿，而是一种极其特殊的阳痿：想女人的时候就行，一沾女人，立刻就不行了。这还不如彻底痿掉呢。

而沈琼已经轻轻地哭了起来。她哭得很伤心，也很可怜，这加重了陈星的悲凉感。

陈星侧过身，背对沈琼，把身体蜷了起来。沈琼说过的千言万语都凝聚在此时的哭声里，一起向他袭来，让他难以承受。为了补偿沈琼，他甚至还做起了这样的努力：悄悄用手握住那根东西，一松一紧地攥着，并幻想沈琼并不在他身旁。假如这是有效的，那么他将进行第二步：翻到沈琼身上，进入她，并幻想她不在自己身下。

但是陈星失败了。他无法消除沈琼的存在感。那根东西就像死了一样，毫无反应。而这时，沈琼却说话了。她说话的风格突然间变得极其简洁，让陈星都适应不了了。

沈琼说：“我知道了。”

陈星说：“你知道什么了？”

他想：你知道我阳痿了吗？

沈琼说：“知道了就是知道了。”她说完，又牢牢地闭住了嘴。

以陈星的性格，他没有再问。反正人家知道了。知道了什么都无所谓。

但沉默了一会儿，沈琼又说了一遍：“我真的知道了。”

看来她是希望陈星问下去。陈星像自觉有愧的讨好一样，重新问了一遍：“你知道什么了？”

但是沈琼又闭嘴了。而后，她又说了第三遍：“我知道了。”

这一次陈星就不配合她了，他长叹了一口气，身体蜷得更紧了。

而沈琼却把话说全了：“我知道你不喜欢我了。”

陈星说：“我没有。”

沈琼较着劲一样说：“你就是不喜欢我了。”

陈星说：“我没有不喜欢你，我是不能——不能你明白吗？”

沈琼如同怀着仇恨一般喊了起来：“你就是不喜欢我！我知道你喜欢别人！你一直就喜欢别人！”

陈星被吓住了，颓然说：“那你说，我喜欢谁？”

沈琼说：“这就是只有你才知道的了，反正我知道你不喜欢我。

我感觉得出来。”

陈星没有再说话。他也不知道沈琼所说的是真的，还是假的。他们静静地又躺了会子，既像无欲无求的老夫妻，又像窝棚里的两条狗。再过了一会儿，沈琼默默地起身，开始穿衣服。陈星也坐了起来，背着她穿。他们在黑暗中躲避着互相的身体，穿戴整齐，坐在床边，陈星抽了一根烟，沈琼从书包里取出塑料运动水壶，喝了两口橘子水。而后他们便一起出了门。

前台的老头子用揭露性的眼光迎接他们。但看到两人的表情不对劲以后，老头子又好奇了。他猜想，这对小野鸳鸯发生了什么呢？多半是男的发现女的不是处女了。哈哈，呸。

走出旅馆以后，陈星也没有骑车带着沈琼，两个人一前一后地在路灯下走。走了一个多小时，他们才到了学校。沈琼说：“我自己进去好了。”

陈星说：“好吧。”

沈琼抬起头来，脸色嫩白嫩白地看着陈星：“你可以忘了我。”

陈星说：“嗯。”

沈琼又说：“我不会忘了你。”

陈星说：“嗯。”

沈琼最后说：“你一定要幸福呀。”

陈星莫名其妙，但还是应道：“嗯。”

直到沈琼走了，连背影都变成了小小的一条线，他才反应过来，

“要幸福呀”是一句日本电视剧里常用的台词。他刚才享受的是一次经典的分手告白。去你妈个蛋，我的鸡巴都不行了，幸福个屁。

5 分裂

对于那天晚上沈琼说的话，陈星并没有深想。不仅对“你一定要幸福呀”没有深想，对“我知道你喜欢别人”也没有深想。到目前为止，他还是一个不愿深想的人。他本能地感到，深想会让人很累，会造成许多不必要的麻烦。

可是小北此时却是一个喜欢深想的人。只不过他一深想，驴都要发笑。

看到陈星日益呆滞的眼神，小北歇斯底里地发誓：一定要治好陈星！事到如今，向大眼妹妹咨询已经没有意义了，她只会讲一些半非法出版物上的黄色案例。他必须自己挺身而出，亲自找沈琼谈一谈。

那天上午的课间操，小北偷偷从队伍里溜了出来。他在走廊的拐角等了一会儿，看见沈琼她们班经过，就小声叫她：“嫂子，嫂子。”

沈琼说：“干吗？”

“咱们谈谈吧。”小北说。

于是两个人一起溜了号，来到沈琼她们班的教室“谈谈”。小北发现沈琼的脸色很憔悴，还有黑眼圈。倒像是陈星的性欲极度亢奋，把她干得承受不了了。

小北说：“嫂子，你的脸色不太好呀。”

沈琼翻着白眼说：“不要这样叫我。你到底有什么事？”

小北说：“当然是陈星的事。”

沈琼说：“他已经跟我没关系啦。”

小北激动起来：“为什么？难道因为他的生理有问题，你就要抛弃他吗？”

沈琼转身要走：“你懂个屁。而且关你屁事。”

“不准走！”小北气呼呼地拦住了她的去路。他忽然觉得自己很有正义感。

这个头脑混乱的家伙一瞬间忘了自己是来干什么的。他原打算和沈琼一起，好好分析陈星病因，然后对症下药，向沈琼建议一些手法（来源于大眼妹妹的言传身教）。但是现在，沈琼的态度把他惹火了。她就像一个肉欲至上的荡妇，仅仅因为性，就要抛弃陈星，然后就找别人去睡觉。

绝对不允许她这样做！我们不是封建卫道士，但我们是肝胆血淋淋的好兄弟！道德握在自己手里，这种伟大的感觉小北可从没体验过。他一下子就被冲击得头昏脑胀，说话也语无伦次了：

“我们做人是有原则的，我们要从一而终！一日夫妻百日恩，百日夫妻似海深！结婚不是爱情的坟墓，做爱才是爱情的坟墓！你们不会钻进坟墓，你们是柏拉图，我羡慕你们！”

沈琼完全被他搞晕了。她说：“你他妈在说什么呀？”

看来，小北还不善于做别人的思想工作。一股宏大的情绪憋在心里，却不能化作千言万语娓娓道来，这真让他难受。他歪着脑袋，看着天花板，想了又想，才又开口：“我是说，我觉得你不应该离开陈星，这样很不好，也让他很受伤害。”

但是用了这样的表达方式，小北的劝说就很落俗套了。听起来像电视剧里的劝架大姐。而沈琼对付这一套言辞，自然是很有办法的。电视剧里的知性女人不就常常这样说吗：“我现在离开他，反而是对他好。何必两个人都痛苦呢？”

小北想，还是不能兜圈子，他必须用激情感化沈琼。于是他鼓了鼓劲，又热泪盈眶了起来：

“你不知道陈星是一多好的男人，多男人的男人。你不是一看见他，就爱上他了吗？难道仅仅因为他一个地方不行，就能否定他所有的优点吗？那个地方有多大，就算最大的人又有多大？比胳膊还大吗？比腿还大吗？连身体的百分之一都占不到！嫂子，我们可不能一鸡巴障目，就不见森林了呀！”

他的最后一句话让沈琼悲从中来。沈琼想，小北真是一个疯疯癫癫、不着四六的傻波依。这种傻波依当然不会理解她和陈星的事，但又有谁能理解呢？到现在，沈琼还不相信陈星是阳痿的，但她却确信了陈星不喜欢她。这种确信是从哪儿来的，她也说不清楚。但却好像一直隐隐感觉，最后终于被证实了一样。也许这就叫心灵感应。

于是沈琼也哭了。她痛苦地摇着头，被头发遮住的那只眼睛露出来又钻进去，露出来又钻进去。她抽泣着自言自语：

“我跟他是不可能了。我跟他是不可能了。”

小北说：“真的不可能了吗？真的不可能了吗？”

沈琼继续哭着说：“真的不可能了，真的不可能了。”

小北说：“我觉得他的病还有治，还有治。”

沈琼却还在说：“不可能了，不可能了。”

两个人像回声一样重复了好几遍。最后，小北终于失去了耐心，他抡起胳膊，抽了沈琼一个嘴巴。同时，他破口大骂了起来：“婊子！骚货！你最好什么人都不要找，你需要的只是一根塑料鸡巴！大号的！”

但当他正在嗷嗷乱叫的时候，却听到了“哦”的一声轰鸣。原来今天因为操场施工，上操的时间被缩短了。学生们回到教室，正好看到了这一幕。他们也许还听到了“陈星的那地方有毛病”这个环节，不由得想到了尖锐湿疣，想到了包茎，想到了静脉曲张。最有名的流氓和喇“掰了”，这个新闻已经够震撼了，没想到还有更震撼的一幕，更震撼的内情。真让大伙儿赶上了。

小北看到这么多静静围观的人，不由得也呆了。他还没来得及考虑事情的后果，后果已经来了。他看见陈星扒开众人，从外面走进来。

陈星慢慢来到小北面前，脸色铁青，咀嚼肌被咬得特别大。小北正要说话，陈星已经一拳打在了他的脸上。大家又是哦的一声轰鸣。

小北被打得翻倒在地，脑袋嗡嗡响。等到他重新睁开眼睛，从地上坐起来，陈星已经不见了。小北感到鼻子下方非常湿润，低头一看，运动服已经斑斑点点地染红了一大片。他爬起来，向门口走出去。围观的群众避之不及地给他让出了道，然后跟在他后面，继续围观。

小北带着一支浩浩荡荡的看戏大军，走在回自己班教室的路上。在走廊里，他越想越委屈。他可是一直把陈星当作亲兄弟的，否则也不会为了陈星去求一个“喇”。而陈星竟然当着所有人的面“花”了他。是可忍孰不可忍，作为一个流氓学生，这个份儿他栽不起。一边想着，小北加快了脚步，拳头也攥起来了，嗓子也呜呜起来了。而他满脸是血的样子，看起来真像是要去杀人的。群众被刺激得不可名状，他们一边远远地跟踪，一边还在奔走相告：本年级最厉害的两个流氓闹崩了，马上就要火并了。

大家期待小北会一边走，一边从怀里掏出链子锁或者菜刀，而陈星则会上演一出空手入白刃。但是小北没有拿出凶器，他只是一直抹脸上的血，直到把自己抹成了一个红扑扑的小灯笼。他走进教室的时候，把里面的人都吓了一跳，只有陈星像没有看见一样，低着头不知在沉思什么。

小北咚咚咚地跺着脚，来到陈星面前，尖厉地喊道：“你丫给我起来！”

陈星就站了起来。小北挺着胸脯，陈星缩着肩膀，两个人对视了几秒钟。

陈星的态度忽然缓和了下来，他说：“算了，算了，我们别闹了。”

小北指着自己的红灯笼脸说：“你说算了就算了？事儿已经闹到这份儿上了，算得了吗？”

陈星说：“那你想怎么办吧？”

小北没有说话，忽然就给了陈星一拳。他的力气虽然没有陈星大，没有把对方打翻，但因为瞄准了鼻子，所以陈星的嘴巴上方立刻也出现了两个红道。

大家又哇哇叫起来，替两个流鼻血的人加油。尤其是过去被陈星和小北欺负过的人，此刻更是敌仇我快。大家预料陈星肯定会还击，然后小北再还击，然后两个人像狗一样咬成一团。而陈星确实也准备这么做了，他慢慢从桌椅之间走了出来，活动着脖子和手腕，转出咔咔响的声音。从他的热身动作来看，今天必定会全力以赴地大打一场。

但是两秒钟之后，陈星又停下了。谁也没想到，张红旗站了出来，跑到两个人中间。她皱着眉头，一脸严肃，半仰着头看看陈星，又看看小北。

看了一会儿，她先对陈星说：“你还想不想上学了？不想上就直接回家去。”

随后她又对小北说：“你的脑袋里到底进什么东西了？”

张红旗的腔调比老师还像老师，确切地说，更像一个大姐姐，正在管教两个不懂事的混蛋弟弟。而那两个家伙还真听话，他们果然停止了下一步动作。陈星默默地也抹起了的鼻血，把自己涂得像一个印第安人。抹了半天，他对小北说：“刚才算你还我的，你要再招我，我可不留情面了。”

大家更没想到的是，小北这时候忽然哭了起来。他全身都僵直着，只有脖子一梗一梗地，在抽搐。眼泪划过，鼻涕也流了出来，他脸上的液体越来越丰富。

哭了半分钟，小北猛地喊了一声：“我跟你丫掰了！”

喊完他就跑了。这一天，陈星满脸血迹地坐在教室里，也不知道去洗洗。他的女朋友跟他掰了，兄弟也跟他掰了。他的心灵一定受了很大的打击。

两个流氓学生说到做到，看起来他们是真的掰了。

这两个人搞起分裂来也那么有默契。他们同在一间教室里，目光却会不约而同地指向相反的方向，连互相躲避都不用。这倒让教室里的其他人非常别扭，因为大家都感觉到了不共戴天的气氛。

不上课的时候，只要有小北在的场合，陈星必然不在。反之亦然，陈星出现在哪里，小北也会消失。人们总是用“冷战”来形容男女关系，其实真正的冷战只属于男性。历史上的冷战，也是以暴力为开端，以暴力为后盾的。

在表面上，小北无疑对新形势更有适应能力。如果你对讲黄色段子和打篮球很在行，那在高中里就不会缺少同路人。没几天，他就和另外几个不学无术的家伙打得火热，并不时在人群里爆发出一阵歇斯底里的怪笑。看上去，他比和陈星在一起的时候还要如鱼得水。

而且为了收买人心，小北近来出手阔绰得很。他偷偷向母亲要了很多钱，用来给新朋友们买斯伯丁篮球、“士力架”巧克力和可乐。大家都看得出来，小北想用这样的方法孤立陈星。

在老师面前，小北也变了一个人。他不仅不再对着干，其阿谀奉承让老师都浑身不自在了。每逢班主任的课，他都会泡上一杯热气腾腾的胖大海，放在讲台桌上，很动感情地说：“您要保护嗓子。”下了课，他又主动帮老师把教案捧回办公室——真的是捧——双手托着躬身而行。

但是对于他这种货色，老师非但不领情，反而问道：“你觉得学一个太监很好玩吗？”

小北害羞地闪着大眼睛说：“您需要我管您叫老佛爷吗？”

老师发火了：“你到底想干什么？”

小北说：“今是而昨非啊——我痛感，我要改邪归正了。”

为了表现自己真的痛改前非，小北甚至捧起书本学习了起来。在沏茶倒水和捧教案的间歇，他还要抽空向老师请教问题。对于他的请教，老师遗憾地说：

“这些东西初二不是就讲过吗？现在才问实在太晚了。”

小北继续厚颜无耻地说：“‘文革’耽误了十年，您不都赶回来了吗？我只耽误了六年而已。”

他还眼泪汪汪地恳求：“您可千万不要放弃我啊。”

小北走后，老师也摇着头说：“他的脑袋里到底进什么了？”

对于小北的迅速转变，陈星视而不见。其实，他现在对什么事都有些视而不见了。这个沉默寡言的年轻人，仿佛一生下来就做好了承受孤独的准备。现在孤独终于造访了他。

自从与小北绝交以后，陈星基本上没在学校说过一句话。课倒还是照常上的，只不过早上坐到凳子上，便开始低着头发呆，书包都不打开。课间休息的时候，他也出去透透气，活动活动身体。同学们看到他在单杠上一个接一个地做着引体向上，刚开始还饶有兴致地替他数数，但后来也作罢了，因为他做的数量实在太多了，而且每个课间都重复这同一种运动。粗略地算一下，他几乎每天都要做上千个引体向上。这样的机械活动，仿佛仅仅是为了避免关节生锈才进行的。大家也目睹着他的胸大肌、虎头肌和肱二头肌日益膨胀了起来。到后来，他站在一群白白嫩嫩的高中生中间，竟然显得很唬人。

大伙儿倒是希望陈星再和小北打一架。他们猜测，艰苦锻炼的陈星已经有了更加可怕的战斗力，一拳下去，不要说小北，就连一头驴都会筋断骨折。

但是陈星没有让群众的愿望实现，每天一放学，他就把书包往肩膀上一扛，头也不回地走了。他离开的架势，好像即将踏上一段千里万里的流浪之路。

回到家里，孤独的味道却更浓了。其实，在学校的孤独并不是真正的孤独，那只是孤立。即便你被孤立了，也有人在看你；而且往往因为你孤立，看你的人反而多了。被孤立有时候倒是一种享受。但家里的孤独是真正的孤独。

陈星的父母都在一所区属图书馆工作。可以说，他们是这个时代为数不多的，坚守着上世纪七八十年代风格的知识分子。当然，这种坚守也是被迫的。他们没机会和上面的人勾结，也没资格受到下面的人同情。他们的清高是真清高，悲愤也是真悲愤。

为了缓解工资条象征的拮据，陈星的母亲还干了一个本不该是副高职称干的活儿，她每天晚上去一个中学课外辅导班上课，讲初中语文。而陈星的父亲分属图书馆党史研究办，假如有专业的话，则是马克思主义政治经济学。因为腰肌劳损，他基本什么也不能干，只能坐在家里看电视。他不看电视剧，也不看综艺节目，而是习惯一遍又一遍地复习各个电视台的新闻。日积月累，他对每个省份的社会现状都有了广泛的了解，对全世界人民共同的大事则有更深刻的了解。比如一颗巴勒斯坦的炸弹，会随着电视遥控器在他面前爆炸五次。看这些新闻的时候，他是否会运用马克思主义政治经济学进行分析呢？陈星从未听他对新闻，以及对那些新闻评论员的水平发表过意见，这其实就很不像一个知识分子了。对于新闻与新闻评论，父亲唯一的兴趣就是单方向接收。

母亲出去接外活的时候，父亲也不管陈星的吃饭问题。陈星有时候到外面打两碗面条，有时候买一袋速冻饺子。他独自吃完，父亲才接过手来，一边看新闻，一边吃剩下的那一部分。看电视的中年男人，胃口似乎可以无限大，也可以无限小。如果陈星只剩下半碗面汤，父亲也会毫无怨言地、缓慢地喝掉它；而有时候陈星的饺子买多了，父亲也可以默不作声地吃下整整两斤。

当夜色渐深，母亲开门回来，父亲便自觉地关上了电视。两个人也不说话，轮流到卫生间去洗漱。一个人先进去了，另一个人则端着塑料脚盆在门外等候。好像他们还生活在集体宿舍。当墙壁里的水管停止轰鸣，他们的一天也就结束了。

而父母与陈星的关系，也早早地变得非常单纯了。这个家庭里的空气，在大多数时间都是僵滞的，两代人之间的交流仅限于传递物品、指派任务和条件反射式的惩罚。如果没有对陈星的文斗武斗，那么这一家人可能会彻底丧失集体活动。

后来，一度成为地下艺术家的小北这样评价陈星的父母：“他们早就把颓废贯彻到骨子里了。”

父母的精神究竟处于一种什么样的状态呢？陈星也尝试着琢磨过这个问题。刚开始，他认为他们的内心充满了厌恶——从互相厌恶到厌恶一切。但后来他发现自己错了，父母并不厌恶生活。当父亲因为腰椎间盘突出住院的时候，母亲照顾父亲时的责任心，以及手术后父亲在恢复身体方面表现出的毅力，这一切都不是厌恶生活的人所能具备的。

也许父母认为生活就应该是互相陪伴着，沉默地看着时间流逝。也许他们抓住了生活的本质，并活得安之若素。个中滋味，甚至也可以被理解成一种诗意。但是这都让陈星感到孤独。

相比于在家里，陈星更愿意回到街上去。每天还不到十点钟，父母房间的灯就灭了，他便悄悄推开窗户，顺着排水管道滑下二楼，开始在夜晚的北京游荡。

他游荡的路线时远时近，视心情而定。兴致不高的时候，他就在楼下转两圈，然后坐在楼门口的台阶上抽烟发呆。如果感到脚下充满力量，他便会沿着马路，一直走下去。这样走啊走，有的时候，他会把路灯都甩在身后，走到一片黑漆漆的荒地中去；而第二天换个方向走，又赫然会有一片灯红酒绿出现在眼前，全是酒吧和商业街。但无论走到光明还是黑暗中，陈星的感觉都是一样的。他觉得自己是一个夜游神，一个飘浮的幽灵。

走得精疲力竭了，他便就近买一瓶啤酒，坐在路边大口大口地喝。被酒呛着的时候，他也无声地流下泪来，感到身体被风吹得发冷。这时他想，如果小北和他还没闹掰就好了。他不后悔打了小北，但却非常怀念他。和小北在一起，他才是一个有说有笑的人。虽然说得也不多，笑得也很浅。

有一天，他在路上东转西转，鬼使神差就来到了一个小区门口。这是个新小区，门前规划得很阔亮，还有一个水池。陈星在水池边坐了一会儿，却听见一个熟悉的声音。

侧目而视，原来是张红旗和她父亲走了过来。他们正在散步。张红旗的语调有点兴奋，她告诉父亲，自己暑假去法国的时候，听到过一段音乐，因为旋律很优美，一直念念不忘。而今天，她恰好在书架上发现了一张法国人比才的唱片，果然就是那首曲子，名叫《阿莱城的姑娘》。她父亲坦率地笑着说："惭愧，那套唱片是别人送的，我只抽出熟悉的听了几张，都是柴可夫斯基和斯美塔那他们的。法国音乐还没听过。"于是张红旗就轻轻哼起了《阿莱城的姑娘》给父亲听。

这是陈星第一次听张红旗唱歌。她的声音不高，也不清脆，但是很柔和，也很沉静，非常适合在夜晚的林荫道上浅吟低唱。《阿莱城的姑娘》确实是一首很美、很上口的曲子，不仅张红旗的父亲，连陈星也入迷了。但是没唱两句，她的声音却戛然而止了，沉默了一会儿，又向父亲说："将来如果能去欧洲留学就好了。"

对这个话题，她父亲很中肯地说："还是美国好。"

张红旗说：“是吗？”

她父亲说：“美国的学校水平更高，国内也认可。从个人发展来说，留美的学生要好一些。”

张红旗没有说话，但她父亲还在开导她：“你很喜欢欧洲的文化氛围，这我理解，我也喜欢。但有些事情不能随着性子来，还是要有规划。说得现实一些，一个人发展好了，才有条件、有资格去享受文化，反过来，就算你去了欧洲，没有相当的事业打基础，能真正拥有——你向往的——生活方式吗？”

过了一会儿，张红旗才说：“我会考虑一下的。”

张红旗和她父亲一边说着话，一边向小区里走去。陈星却也莫名其妙地站了起来，跟在他们后面。他的心里有点吃惊——不是因为张红旗高中还没毕业，就开始盘算“欧洲还是美国”了——他吃惊的是张红旗能够如此坦率地和父亲交流思想。这种父女关系对他来说是完全陌生的。在他看来，张红旗和她父亲几乎就像一对忘年恋的情人了。

好在保安没有拦他，陈星昏头昏脑地跟到了张红旗家的楼下，这才恍然大悟地站住。他感觉到了更深的落寞，低着头往回走去。但还没走出小区，背后忽然有一个声音在叫他。

陈星没想到张红旗又从家里折了出来，而且还是一个人。他不知所措了，登时猜想张红旗刚才已经发现了他，所以才会突然停止唱歌。

但是张红旗只是平和地问他："你也是出来散步的？"

陈星点了点头。他不知道自己晚上的行动应不应该被称为"散步"。

张红旗说："那你再跟我走一圈吧。"

于是他们就沿着小区里的路，并排走了起来。这一路，什么话也没说。陈星很紧张，甚至怕自己走着走着就会撞到张红旗。而张红旗双手插在上衣兜里，两眼平视前方，显然正在专心致志地散步。

直到绕了一圈，又快回到小区门口的时候，张红旗才问陈星："你跟小北不在一起玩了吗？"

陈星还是点了点头。

张红旗说："哦。"然后她又说："那你干脆试着开始学习吧，争取考一个大学。"

这次陈星连头都没点。他说："反正一直也没学习。"

张红旗又哦了一声。在正对小区门口的空地上，两个人站住。她沉默了片刻，忽然说："有个问题能问吗？"

陈星说："问吧。"

但张红旗想了想，说："还是算了。"

于是两个人友善地互相再见，分头走了。独自走了一会儿，陈星才轻松下来，但他又有点奇怪。刚才张红旗的表情里似乎藏着一点郁郁寡欢。她是在为什么事不高兴呢？当然，也许他感觉错了。因为他自己郁郁寡欢，所以才认为人家也郁郁寡欢。

可是张红旗确实是不愉快的，确切地说，她心生厌恶。那主要是她和父亲的关系造成的。从表面上来看，他们父女没有丝毫交恶，一如既往地开诚布公、互相欣赏。她抒发自己的想法，父亲提出中肯的建议。但就是这种民主的氛围，却让张红旗越来越不舒服。为什么自己的想法从来没有出乎过父亲的意料呢？为什么父亲的建议总是让自己心服口服呢？

张红旗想到，自己和父亲的关系，大概类似于最好的赛马和最好的骑师。看起来马儿无须敦促，自由奔跑就可以，但其实它的路线、奔跑的方式都被设定好了。骑师则只需在上面欣赏训练的成果。当然，骑师很尊重赛马，但如果它是一匹野马，还会获得相应的待遇吗？

张红旗觉得自己很想反对点什么，却又不知道应该反对什么。这才是她有苦难言的地方。

同样有苦难言的还有和陈星的对话。她明明是想问这个问题的："你和沈琼真的也不在一起了吗？"为什么想问，她不知道，但后来为什么制止自己去问，却是很清楚的——这个问题太有打探小道消息的意味了。无聊。

感兴趣的不能问，这是不是"被设定好的东西"又在起作用呢？念及至此，张红旗更不愉快了。

而此时，陈星走在回家的路上，却萌发了"生活很奇妙"的念头。按理说，张红旗是一个最冷淡的人，也是最看不起他的人，但在他情绪低迷的时候，却总是她让他感到了温暖。上次在派出所是如此，这次也如此。张红旗送来的温暖，有点像组织“送温暖”的活动。组织是一个没有感情的东西，没有感情的东西会真心温暖谁呢？但温暖送来了。温暖吗？温暖。

陈星带着一丝温暖回到了家，从二楼的窗户爬了上去。但是刚一进屋，却看见自己的床上赫然坐着两个人。他们就那么在黑暗中静默着，也不开灯。他扭亮台灯，看清父母压抑着怒气的脸。

“你去做什么了？”母亲问他。

“出去走走。”陈星说。

母亲指指墙上的石英钟说：“你走了多久了？”

陈星看看钟，已经夜里一点多了。看来今天走得太远了。他盘算，他们可能是起夜的时候发现自己不在的。这种情况，他最好还是不要说谎。

于是他诚实地说：“很久了，不到十一点就出去了。”

父母铁青着脸，仿佛被气得拒绝说话了。于是陈星只好等着。他坐到椅子上，垂着手和父母对视。

过了很久，母亲才说：“求求你替我们考个大学吧——我们丢不起那个人。”

“求求你们替我找个大学吧——我丢不起那个人。”在这个夜晚的另一个地方，也有一场家庭会议正在召开。小北哭丧着脸，对他的父母说。

和陈星掰了以后，小北猛然对生活中的其他方面充满了欲望。过去他太痴迷于两个人的流氓小团伙了，可到头来，竟然说掰就掰，真是他妈的太亏了，我得从别的地方找补回来。

一个流氓要是主流起来，能让主流的人都感到肉麻。小北现在就是这样。他的父母给老师打过电话，询问儿子最近的表现，而老师居然支支吾吾地不知说什么好了。最后她对小北的父母说："他这两天真是太好了。所以我建议你们要密切观察他。"

而小北回家以后，开宗明义地提出"找大学"的要求，这说明他还是一个很有自知之明的人。他知道自己几斤几两，没奢望靠假用功和真拍马屁考上大学。听到儿子的要求，小北的父亲哼哼冷笑了几声："你以前干吗去了？现在着急了？"

小北的父亲是个贾政式的父亲，他从来没对儿子有过好脸色。但正因为此，小北也知道，父亲拿自己其实是没办法的。他歪着脸对父亲说：

"您总得给我一个迷途知返的机会吧。"

小北的父亲又哼哼冷笑了几声："那你说说，你想上什么大学，你想让我们给你找个什么样的大学？"

小北顺竿爬地说："您定，您定。"

小北的母亲倒是很高兴，她还欣喜地给儿子讲了一个圣经故事："从前，有一个葡萄园主人，他找了很多人给他做工；早上开始上班的，给一块钱，晚上开始上班的，也给一块钱。为什么不同工同酬呢？因为在向善学好这方面，是没有先后顺序的！”

小北说：“是啊，是啊，你们快点帮我合计合计吧。”

但在“找大学”的问题上，他的父母又出现了分歧。按照父亲的想法，应该找一所军校，把小北扔进去，和那些战士出身的学员们一起锻炼几年。小北没说什么，眼巴巴地看着母亲。母亲刚开始不说话，他便提醒道：“听说那里每天早上都要出操，学生像狗一样在前面跑，教官骑着摩托车追，谁落后了，就要挨一闷棍。”

他可怜的大眼睛眨巴眨巴的，让做妈妈的没法不心软。他母亲是一个过气的女高音歌唱家，此时以艺术家特有的天真问他父亲：“这也太不人道了吧？”

“人道？”小北的父亲气得手又痒痒了，拍着桌子说，“咱们倒是拿他当人，这些年他干什么人事儿了？”

“他又干什么不是人的事儿了？”小北的母亲生气了，针锋相对起来，“自己的儿子什么都不好对吧？他就该让你们这些大老粗打吗？就算你把他扔到军校里，他将来能有什么出路，能干到什么级别？他这么一个天真的孩子，怎么可能斗得过那些一心钻营的农村兵？”

小北的父亲开始怒吼：“我就是一个一心钻营的农村兵！怎么啦？”

“你是我儿子不是！”

“那你说，大学考不上，军校不想上，他能干什么？真可惜，国家没开设一所流氓大学。”

“什么叫流氓大学？你说的是什么话？我看小北很适合学艺术。”

母亲话音刚落，小北立刻眉开眼笑了：“对呀，您不是跟艺术院校很熟吗？”

第二天，小北就不给老师准备胖大海了。他堂而皇之地自己喝了起来。杯子里不仅有胖大海，还放了冰糖、枸杞、菊花、银耳，乃至于一钱人参须子。他捧着这杯无奇不有的养生饮料对同学们说：“这是专业的喝法，中央音乐学院那帮人都这样。我得保护嗓子啊，我要考声乐系了——你听听我这胸腔共鸣。”

一直到艺术特长生开始初试，同学们也没听过小北唱过一嗓子，倒是一天到晚领略他嘴里的文艺界风情。刚开始，小北告诉大家，音乐学院里人人都穿白衬衫燕尾服，体重二百斤以上——“俄罗斯功勋演员见过吗？”

同学们说：“功勋演员没见过，动物园的企鹅倒是见过。”

随着对文艺界了解的加深，小北接下来的描述就更让大家叹为观止了。他把那儿说成了一个乱搞的天堂，老师搞学生，学生互相搞，学生还可以搞老师。你不想搞都不行，因为有人会逼着你，把你绑在床上强行搞。搞这个词真是太好了，搞艺术，搞女人都是这个搞。小北指着他的茶杯说："上了大学，这里面还要泡两根狗鞭才行。"

按照他的说法，好像到音乐学院去考试，都不需要张嘴唱歌，只要脱了裤子搞一把就行。他确实是这样备考的。这些天，他往大眼妹妹那儿跑得更勤了。大眼妹妹没有上高中，而是在一所旅游服务方面的职高，并且很快就要到饭店去实习了，因此她有充足的逃学机会，跑回家去等着小北。

而小北爱往大眼妹妹家跑，不光是因为那里能做爱，而是因为他待在学校里，总感觉不是滋味。他看不得陈星的样子。陈星的眼神越来越孤独，没有人和他说话，他也不想和任何人说话。有时小北感觉，陈星真是一个脆弱的人。这让他的心也是一抖，仿佛陈星的孤独传染了他。小北需要逃开，逃到大眼妹妹的两腿之间去。

压在大眼妹妹的身上，小北又赌气让自己的心硬起来："叫你狗咬吕洞宾，叫你背叛友谊，叫你打我！我什么都有了，而你呢，你他妈还是一个阳痿。"

而等到做完了，小北的心又跟着下面一起软了。他和陈星到底怎么了，竟然到了要边做爱边诅咒的地步？这顿时让小北的心情很糟糕，有两次，他翻身起来，穿上衣服就跑了。那架势好像要去办什么急事，必须得把一具裸体不负责任地扔在床上。这样的举动当然让大眼妹妹极端不满。有时候她推开窗子，晃悠着两只乳房就朝楼下破口大骂起来。小北一边急匆匆地走，一边嘟囔："真他妈的是一个泼妇。"此时他也纳闷，自己这个即将进入音乐学院的艺术人士，怎么会跟她这种人搅在一起。

当然，第二天小北再次造访的时候，他们又和好如初了。两个人毕竟还是对对方乐此不疲的。

小北快乐的皮肉生涯一直持续到了高考临近。那时候他还不懂得常在河边走，哪能不湿鞋。他大大咧咧地在地铁宿舍院进进出出，有的时候连自行车都不锁。

后来小北想，这个世界上有两种你从未谋面，却非常熟悉的人。第一种是电视里的人，国家领导人和演艺明星，另一种就是大眼妹妹的父母。后者只存在于照片里，摆在冰箱上，永恒地微笑着，欢迎小北来和他们的女儿偷情。当然，永存于照片里的也有两种人，一种是死人，另一种还是大眼妹妹的父母。心血来潮的时候，小北一进屋，还要对着照片里的两个人大声请安："叔叔好，阿姨好，我又来啦。"那一刻，他觉得人与人的关系真是他妈的奇妙。

然而小北和大眼妹妹的奸情最终还是被人发现了。没想到的是，撞上他们的并不是大眼妹妹的父母，而是另外一个人。不是冤家不聚头啊。

6 为了婆子，为了兄弟

谁也不知道，大眼妹妹原来是大痞古力的“婆子”。

大眼妹妹家过去不在地铁宿舍院，而是住在一个叫“管儿厂”的地方。那里是一个工厂区，地处城乡结合部。往南一些是中关村，属于“城”，往北一些则是西北旺，属于“乡”。古力也是管儿厂的子弟，他们从小就认识，青梅竹马，但是后来两家人反目成仇了。反目成仇的原因是古力让大眼妹妹打了一次胎。

那时候大眼妹妹才上初二，情窦初开，崇拜流氓，便和古力有板有眼地谈起恋爱来。而管儿厂本来就是一个非常容易出轨的地方，因为那里密布着水泥管子。白天，工人们用老吊车把水泥管子集合在一起，晚上，附近的狗男女就慕名而来，分头钻进去。曾经闹过这样的笑话，一对青年钻进去，正在搞，忽然听到隔壁的管子也有声音，两对邻居，四个脑袋，探出头来，尴尬得很。还出过恶性事件，又是一对青年钻进去，赶上天也暖和，搞完了竟然就睡着了。第二天凌晨，他们被加班的吊车连同管子一起吊到了十几米的高空。女青年惊醒，慌不择路地往外爬，结果赤条条地摔死在管子之间了。为了整顿管子里的秩序，工厂还组建过巡逻队，夜里到管子里去抓人，偷情的人便从一个管子钻向另一个管子，好像一些白花花的啮齿类动物。

古力从来就是一个行动派，他不顾大眼妹妹胸部几乎还没发育，就把她拽进了管子。那根有纪念意义的管子，没过几天就被吊走了，把大眼妹妹的血迹也带走了。可以肯定的是，它现在就在北京，在我们的脚下，替我们输送着粪便和污水。大眼妹妹在城市的下水管道失去了贞操。

后来他们还钻过几根管子，就不得而知了。直到几个月以后，大眼妹妹的父母才发现了状况。女儿被人未婚先睡了，而且还是这么小就睡了，这对家长来说是两难的事情。你是闹一闹好呢，还是不闹一闹好？闹吧，脸上丢人，不闹，心里丢人。想了又想，他们决定还是忍气吞声，但却在别的方面发泄不满。比如打饭的时候，大眼妹妹的父亲会故意挤古力的父亲，然后两个人就大打起来。还有在水房，大眼妹妹的母亲甚至想用开水给古力的母亲过一次泼水节。但是真打起来，大眼妹妹的父母却又会自行溃败，因为他们心虚，他们害怕对方已经掌握了孩子的事情，并把它公布出来。所以他们的耻辱更加深了。

因此，当有机会调动工作的时候，大眼妹妹一家毫不犹豫地选择了离开，来了地铁系统当后勤工。古力的父母很高兴，他爸爸说：“那家疯子终于滚蛋了。”到现在，他们还不知道对方为什么发疯。

但这件事却让古力忧伤无比，他是一个痴情的痞子。其实那年头所有的痞子都是痴情的，侠骨柔肠被他们视为一大美德。更何况，这时大眼妹妹开始加速发育，她很快变成了一个很风骚的“喇”。

古力苦苦地寻觅了很长时间，终于在地铁大院找到了旧情人。但他没想到，斗转星移，大眼妹妹竟然变心了。

过去的管儿厂其实是很封闭的，大眼妹妹原来上的那所中学，学生的家庭环境也单一。不是工人家庭，就是京郊农民家庭。而她转到中关村上学，融入新的环境之后，很快认识了一群能说会道、作风洋派的坏小子。以那些人为标准，对比一下找上门来的古力，大眼妹妹发现自己已经看不上他了。她看不上他过分肥大的板裤，看不上他染了几撮黄的板寸头，看不惯他把嘴抿成鸡屁股的形状向外挤口水。以前觉得古力有魅力的地方，现在看起来都很土。此时她觉得古力就是一个土流氓。

这个发现让大眼妹妹很震惊，同时有些欣喜——这说明自己的品位提高了。她还后悔和这样一个人钻过水泥管子。在地铁宿舍院门口，大眼妹妹直截了当地告诉古力：“我觉得我们已经不合适了。顺便告诉你，我准备改名叫陈慧敏了。”

大眼妹妹说完这些，古力的脑袋就慢慢垂下去，最后好像脖子都碎了，头颅与躯干之间只连着一层皮。同时，他的嗓子深处哼哼起来，仿佛正在忍受着胃痛。大眼妹妹以为古力哭了，也有些伤感，就从兜里掏出纸巾来递给他。随身携带纸巾也是她转学后新养成的习惯。

古力没有接，他抬起头来，仇恨地盯着大眼妹妹，盯得她几乎转身就跑。她害怕古力会突然掐死她。但是古力一句话没说，转身就跑了。大眼妹妹就这么成功地和古力掰了。

但她没想到的是，古力并没有回到管儿厂，继续做他的土流氓。相反，他把战场转移到了中关村。每天早上，古力都从管儿厂出发，风尘仆仆地骑上十几公里的自行车，在这边的街头游荡。顺理成章，他在这一片有了朋友和敌人，和本地的孩子打了几架，很快打出了名气。他没有再找过大眼妹妹，但他本能地希望与她同处一个区域，同戴一片蓝天。

或者，他想要当一个护花使者，暗中保护过去的情人？可他经过地铁宿舍院的时候，却会飞快地跑开。

当一个披星戴月的流氓是很辛苦的。有几次，古力和人打架，必须流着两条鼻血骑车回管儿厂。天很黑，他眼前一恍惚就摔倒了。那时候，古力才会脆弱地哭起来。他一边哭，一边揉搓着身上新刺的二龙戏珠组图。

有一点古力心里很明白，他非常恨城里的男孩子，尤其恨那些出生在干部或知识分子家庭，却渴望当流氓的不良少年。那些人在街上混，只是为了炫耀自己的卓尔不群，即使当流氓，他们都透着优越感。而这样的男孩又往往很会吸引女孩子。大眼妹妹肯定就是因为他们，才和他掰的。和这些孩子打架的时候，古力下手格外狠。而因为他下手狠，那些孩子反而崇拜他。古力因此更加鄙视他们。

陈星和小北就是古力最讨厌的那种孩子，所以古力刚见到他们的时候，心里激荡着用砖头把他们的脸拍烂的冲动。但后来，他的想法又变了。他要让这两个家伙当自己的小弟、跟班，这样才更解气。他确实这么做了，但没想到，两个家伙后来竟然敢于暗算他，让他在医院里躺了半个多月。作为一个大痞，古力觉得自己栽了，便很长时间没再到城里来。但回到管儿厂，他心里又没了寄托，他渴望重新离大眼妹妹近一点。几经煎熬，他终于决定重出江湖，并决定纪念性地再去找一次大眼妹妹，把他在这段时间所受的苦告诉她。

但一回来，更没想到的事情却发生了。古力在地铁宿舍院门口，正看见小北兴致勃勃地走出来。而楼上，一个人正从窗户里探出来，冲他挥手道别。

“别依依不舍的，明儿我还来！”小北朝上面抛着媚眼说。

“讨厌。”上面的姑娘啪地关了窗户。关窗户的声音对于古力，像是晴天霹雳。他看清那就是大眼妹妹。

看见仇人，本就分外眼红，更何况这个暗算过大哥的叛徒，现在竟然还勾引了大哥的女人。对于再碰到陈星和小北应该怎么办，古力是盘算过的。过去他吃准了他们不敢玩儿命，但事实证明，这两个孩子，尤其是陈星，也有不要命的劲头，所以古力决定，不能再贸然挑起争端，甚至要忍辱负重一段时间，等到有机会了，再打一场偷袭战。但现在，是可忍孰不可忍？古力控制不住自己了，他从车把上抄起链子锁就扑了上去。

小北可不是古力的对手。他被古力抡起链子锁，敲到了天灵盖，脑袋嗡的一声，就坐到地上了。是谁偷袭了自己呢？他猜不出来，更想不到是古力。因为被打晕了，古力拽着他的脖领子，像拽狗一样向地铁家属院的深处走去，他也没有挣扎。他只看到世界从上到下唰地红了，头顶上还有滋滋喷血的声音。这时候他还想到了一首歌，并在脑海里没有理由地唱了起来：

“那天是你用一块红布，蒙住我双眼也蒙住了天——”

如果不是陈星，小北真想不出自己会是什么下场。而他被古力挟持的消息，辗转了两个人才传到陈星那里。

传递消息的第一站是大眼妹妹。她从楼上清清楚楚地看到了小北脑袋开花。认出凶手是古力之后，她先被吓傻了，在屋里团团转起来。转了很久，再到窗口去看，人都不见了。大眼妹妹越想越慌，她过去常听古力说一些关于杀人的豪言壮语。在管儿厂，谁要惹了古力，哪怕只是稍微瞪了他一下，他都会声称杀了人家，而且杀一个还不过瘾，要杀就杀全家，满门抄斩。不仅说一说，古力还有实际行动，他会日复一日地在空地上磨一把菜刀，磨一磨，掂量掂量，再磨一磨，再掂量掂量。他还凌空比画着，设计几种不同的杀法，那表情十分认真，眼睛都瞪红了。直到现在，大眼妹妹也相信古力是真敢杀人的。而长期没有杀，那是因为惹他的人在磨刀阶段已经被吓破了胆子，忙不迭地求饶了。

大眼妹妹也很敏感，她猜到古力是为了她才要杀小北的。她还判断，这么长时间过去了，古力依然把她视为自己的女人、一生挚爱。所以这事儿，小北求饶也没用，因为“失贞”是无可挽回的——不知怎么，她还断定，古力已经知道小北和自己搞过了。

她慌乱了好长时间，第一个想起来的却是沈琼。于是她飞奔下楼，去人大附中找沈琼。跑过院门的时候，她低着头，闭着眼，做出了冲锋的姿势，仿佛正在突破敌人的包围圈，仿佛随时会有一个古力、两个古力、三个古力扑过来。

好容易赶到人大附中，她冲进校园，立刻遭到了学生们的围观。因为半个小时前，她还和小北躺在床上，后来又十万火急地下楼，所以连胸罩都忘了带，只穿了一件薄薄的T恤衫。她的两只乳房随着奔跑抖啊抖的，好像两个装了水的小气球，而且连乳头的形状都看得很清楚。同学们大开眼界，说：

“货真价实的奶子都是会颤的。”

大眼妹妹找到沈琼她们班，大喊大叫地让她出来：“小北要被杀了！”

沈琼自然有点幸灾乐祸：“被你爸发现了？”

大眼妹妹说：“是古力！是古力！”

沈琼也听大眼妹妹讲过古力的事情，意识到她说的杀可能是真杀。这可不是小事，就算小北是个素不相识的人，也不能眼瞅着他被杀吧。她想了想，往陈星他们班跑去。

沈琼推开陈星他们班的教室门，当着所有同学喊道：“小北要被杀了！”这口气，好像在宣布死刑。全班同学齐刷刷地转向陈星。

陈星坐在位子上，两眼迷离地环顾大家。这段时间，他一直这么魂不守舍的。当他和张红旗对了对眼，沈琼又喊了一遍：“小北要被杀了！”

这时陈星才站起来，骂了一声：“操他妈的。”过去的精气神在一瞬间回到了他的身体里。同学们还没反应过来，他已经撞翻了两张桌子，不见了。

而这时候，小北正四仰八叉地躺在一个煤堆上，胸前踏着一只脚。顺着这只大痞才穿的“三截头”皮鞋往上看，是一条大痞才穿的大肥裤子。再往上还有白衬衫、混纺帽、一颗金星。这些都是大痞的特质。而混纺帽下面的那张脸——妈呀，怎么是这位大哥。

古力睬着小北，小眼睛里充满仇恨。过去小北见惯了古力凶恶的样子，但那种凶恶并不很严肃，其中包含了对弱者的戏耍心态。而现在，古力无疑是郑重其事的。

小北还以为他是为上次的事儿来报仇的呢。这么一想，他又埋怨起陈星来了。是陈星为了张红旗的弟弟才偷袭的古力，现在人家逮住的却是自己。而偏偏这时候，他和陈星又掰了。你说冤不冤。

小北立刻决定，不要气节了。他掐着嗓子对古力说：“大哥上次那事儿真不怪我，是陈星先打的你，我没动手。”

古力仿佛没听进去一样，问道：“你干了没有？”

小北被吼得直哆嗦，只好说："干了干了——不过我就踹了你一脚还特轻。"

古力却说："不是这个，是那个——你到底干了没有？"

"是哪个呀？"小北被问糊涂了。

古力好像也很为难，吭唧了半天说："那婆子，陈芳！陈慧敏！大眼睛那个！"

啊，原来还有一档子事。小北的脑袋虽然被敲了一个大包，但转得还是很快。他猜想，这档子事比那档子事更严重。大眼妹妹竟然是古力的婆子，这个世界真是他妈太小了。

小北说："没有，真没有干！"

古力说："真的假的？"

小北说："我阳痿！"

这话倒把古力也说糊涂了。他严肃地打量着小北血淋淋的脑袋，又看看他的下半部分，不知道应不应该相信。从感情上，他是愿意相信小北的。但从理性上，他又不能相信。难道应该找一本黄色画报，现场试验一下吗？

最后古力还是决定不放过小北。因为即使阳痿，又是怎么发现的呢？非要亲过、摸过、脱光了才能发现。而对他心爱的女人亲过、摸过、脱光过，已经十恶不赦了。他慢慢地从挎包里掏出一把菜刀来。那把菜刀已经被磨过很多遍，变得又轻又薄了，但因此也更锋利。

"阳痿我也废了你！"古力宣布。

小北心一凉，胆子反倒回来了。既然没气节也得不到宽恕，那还不如痛快一把呢。于是他飞快地叫了起来：

“孙子！爷把你爸都日出来了，爷能是阳痿吗？你说那婆子爷已经搞过很多遍啦，各种姿势都搞过。她可以被用来从前面搞，从后面搞，在上面搞，在下面搞，搞的时候……”

小北出口成章，几乎是在背诵黄色小说。他仿佛在和古力的菜刀赛跑，要在一刀砍下来之前，尽量多描述几种姿势和花样。但是古力却在上面僵持着，任由他这么滔滔不绝地传播黄色文学。

古力反而处于两难的境地中了。刚才他确实相信自己真想杀了小北，也真能杀了小北；但是现在，到了必须下手的时候，一个念头却神不知鬼不觉地钻进了大脑：

你做好杀人的准备了吗？

古力也不知道杀人还需要哪方面的准备，但他只是这样问自己。一问，就把自己僵住了。他盯着小北上下翻飞的嘴唇，满耳都是淫声浪语，感觉时间都停滞了。而眼下的场面也突然变得荒唐起来。

小北呢，他还在疯狂地说，到最后，连拟声词都出来了：“啊，啊，哦，哦。”那架势，好像他不是在被古力踩着，而是在被古力搞着。

但最后，他也停了下来，口干舌燥地看着古力。他怀疑自己的黄色描写让古力听出了快感。他甚至怀疑古力勃起了。

两个人瞪了很久的眼睛，还是古力重新开口。他反而问小北：

“你说我废不废了你？”

这种征求意见的口吻，让小北也无所适从了。他茫然地瞪着眼睛，像透过一块红布看天空，好像废不废了自己，是一个棘手的哲学问题。

又过了半天，古力催促他：“你说，到底废不废？”

小北犹犹豫豫地说：“那还是——别废了？”

古力又陷入了僵局。听不听从小北的意见，又成了一个两难的处境。他妈的，他不是早就把自己定位成一个亡命之徒了吗？怎么到了关键时刻就软了。作为一个大痞，古力深深地痛恨起自己来。但他正在犹豫着，忽然听到背后有人低沉地叫了一声：“古力。”

古力一回头，看见了陈星。陈星没有再说什么，直接抡起一根铁棍子，劈头盖脸地打了过来。古力抬手一挡，咔嚓一声，菜刀掉到了地上。他的小臂被打断了。

两个月后，小北作为考生，出现在音乐学院的考场外。夏意已经很浓了，葡萄架是深绿的，满天都是知了的叫声。长廊上挤满了“搞艺术”的男女青年，一个比一个劲儿劲儿的，恨不得每说一句话都夹着肛门，从脚跟子往上提气。在这些人里，小北是那么与众不同。他穿着又脏又破的大背心，垂着脑袋坐在石凳上，一颗接一颗地抽烟。大热的天，他头上还戴着一顶条绒鸭舌帽。

父母的关系到底起了作用，虽然声乐系演奏系别指望了，但录音系还是没问题。可这时，小北反而又哭着闹着不想上大学了。最后还是他父亲狠狠给了他一顿板儿带，把他捆到了考场。

来了以后，小北的态度更让所有人下不来台。

进了考场，他嘴上仍然叼着一颗香烟。考官们立刻皱起了眉头，但小北视若无睹，他走到钢琴前，把燃着的烟立在钢琴上。一缕孤烟袅袅上升，仿佛正在祭奠某个人。

以前忘了介绍，小北是会弹钢琴的，而且是艺术家妈妈手把手教的童子功。多年不出手，但功力犹存。他演奏的是柴可夫斯基《第一钢琴协奏曲》的片段，这曲子难度不大，但要求激情。情绪小北是有的，他在钢琴上摇头晃脑，进而龇牙咧嘴，进而蹦了起来，一边弹一边浑身哆嗦。很明显，他的激情失了控，所弹的乐曲也乱了套，任意地延长某个音缩短某个音，不该发力的地方一律疯狂发力，而且几乎不要手指了，把手像榔头一样孤注一掷地夯下去。到最后，他甚至连演奏的是什么都忘了，不知在哪儿一转，就不是《第一钢琴协奏曲》了，变成了《扬鞭催马运粮忙》。那是崔健在一场摇滚乐演唱会上引用的旋律，小北又把它搬到了钢琴上，弹得气势磅礴，繁花似锦，歇斯底里。

一曲终了，考场内长时间寂静。考官们面面相觑。他们没有被小北的琴技“镇”住，却被小北的状态“镇”住了。疯疯癫癫的学生，音乐学院里见多了，但报考的时候就这么疯癫的还真是前无古人。

而且小北的态度让考官们很“难做”：他家从上面找了人，打了招呼，这是都知道的。但正因为有关系，才应该收敛一点，这道理家长没教过吗？

而小北弹完，精神状态立刻从亢奋转入了萎靡。转变之快，好像一个大烟鬼突然犯瘾了。他睡眼惺忪，打个哈欠，离开了考场。走到门口时，他还摘下条绒帽子，对考官们鞠了个躬。这下，大家都看到了小北头顶的奇观：正中央的头发都被剃光了，粘着一块不大不小的纱布。

“你们别跟我一般见识，我脑袋让人打坏了。”小北最后说。

出了考场，他戴上帽子，默默地流下了眼泪。他像个受了委屈的孱弱的小孩，抽着鼻子哭。周围的人对他侧目而视。大家都相信他的脑袋是真的被打坏了。

只有小北知道自己为什么哭。他在想念他的好兄弟陈星。他还能考大学，还能自由自在地犯浑，但陈星在哪儿呢？陈星在拘留所里呢。当初，是他口口声声地叫唤，要和陈星“掰了”，而在危难时刻，为他挺身而出的是谁？是陈星。

周围的人随即看到了小北更加癫狂的举动。他忽然仰天长啸，抽了自己两个大嘴巴：“我他妈还是人吗？”喊完，他不走正门，而是向一堵墙冲了过去。那架势把大家吓坏了，以为小北活腻歪了，要玩儿一把怒撞李陵碑。

然而众人眼前一恍惚，没有看见小北脑浆飞溅，却发现他像猫一样蹿上了墙头。这时的小北，心里只有一个念头：去找陈星！可是他正被家里二十四小时监控着，现在，父亲的车还等在音乐学院门口呢。因此要想逃脱，只有翻墙。

他在墙那头一落地，立刻撒丫子狂奔。希望父亲没有察觉他的这一手，否则，老头子狂怒之下，没准儿会狂踩奥迪车的油门，把他再撞回医院里去。跑出了两条街，他才把手撑在膝盖上，吐着舌头喘气。下一步该去哪儿呢？他身上一分钱也没有，连陈星被关在哪儿都不知道。

好在小北的脑袋并没被打傻，他灵机一动，奔向派出所，去找那个爱听相声的警察。

现在警察跟他们已经算是朋友了。这桩案子也是他经的手，半个月前，当小北还在医院的床上流着哈喇子，警察就去走访过他。

当时小北恰巧刚刚醒来，他往左一看，看见了自己的父亲，便煽情地说："我觉得我快要死啦。"

没想到都这个时候了，父亲却连一点温暖也没露出来，他铁青着脸说："那你就快点死吧。"

小北一纳闷，往右边一看，正好看见了警察。刚一回到人间就要交代情况，任务还真是他妈的繁忙。事到如今，也什么都瞒不过去了，小北只好一五一十地把前因后果都说了。从和大眼妹妹通奸，到和古力冤家路窄，再到陈星神兵天降。他还口吃不清地强调，陈星这次可真算见义勇为，他自己就是证人。

而父亲听了小北干的那些事儿，早已经被气得连呼哧带喘了。他问小北："交代清楚没有？"

小北说："大概清楚了。"

父亲立刻吼道："那你怎么还不去死？"他挥起一拳，打到了儿子脸上。而小北的脑袋正在脆弱时期，哪里禁得住军人的重拳？轰隆一声，又晕了过去。

警察也没见过这等严父，他目瞪口呆了片刻，反而为小北说起了好话："不管怎么说，您儿子还是挺仗义的。现在仗义的小孩儿可不多。如果没有他做证，帮他出头那孩子很可能会判刑，而现在估计也就是一治安拘留。"

父亲却也欣慰地瞥了瞥小北龇牙咧嘴的昏态："要是连这点优点都没有，他他妈还是人吗？"

"那是，军人的后代，战友情谊永不变。"

可惜这些表扬，小北统统没听见。

而现在找到警察，对方第一个反应就是摸摸小北的脑袋："真是千锤百炼呀，比一般人结实多了。"

听清小北的来意后，警察也欣然同意一起前往。他还说："我们最好给他带一样礼物去。"

警察带着小北，到商场买了一个收音机。这样陈星就能在"里面"听相声了。两个人坐着出租车，来到拘留所里，见到了陈星。现在的陈星，神情自然非常颓丧，而且一个眼圈还有瘀青，看得出来在里面没少吃苦。但他见到故人来，还是挺高兴，接过收音机后，还给它起了一个昵称：评书宝。现在他不光爱听相声，还迷上了评书。这个沉默寡言的人，却对语言艺术有着那么浓厚的兴趣。

因为警察的关系，陈星和小北不必隔着铁窗相见。小北忽然又哭了，他流着眼泪说："你现在还把我当兄弟吗？"

陈星说："我一直是把你当兄弟的。"

小北紧紧地和陈星拥抱了一下。这时，陈星小声说："还得告诉你一件事。"

小北说："什么事？"

陈星说："我他妈的真不是阳痿。我平常都能勃起的，每天早上都能。就是不知道为什么，和沈琼就阳痿了。"

小北激动地拍着陈星的背说："我发誓，就算这个世界上只有一个女人能让你硬起来，我也要为你找到她！"

抒发完感情，他们便陪着陈星回去。走到看守所里的一片空地上，忽然有一个年纪很小的犯人凑了过来。他拎着一只便桶，哭丧着脸说："星哥，你去哪儿啦？"

小北看看那家伙，说："我好像在哪儿见过他。"

陈星说："忘了介绍了——这是我的狱友，她姐是张红旗。"

7 大学与养鸡场

"张华考上了北京大学；李萍进了中等技术学校；我在百货公司当售货员：我们都有光明的前途。"商务印书馆，《新华字典》第9

版，第673页。

这是那时候高中生都学过的一个例句，其作用是教大家正确地使用分号和冒号。高中课本里的东西，陈星几乎什么也没记住，但这句话却会不时从脑海里冒出来。每次想起，他都感到这句话很可笑。他甚至认为，这句话的作者真他妈的是一个幽默大师。

现在的陈星头发很长，个子又长高了一些，站在人群里很显眼。几个月来，他一直都穿着一件灰色的帆布外套，并且从未洗过。不仅是外套，连他的脸都给人脏乎乎的感觉。他看起来不像一个杂牌大学生，倒像一个热衷于钻山洞、过草原的无所事事的旅行家。

他的父母把他塞进了一所民办大学。他们坦白地说："倒不是指望你能学到什么，就是怕你混到街上去，再惹什么祸。"于是陈星就背着破书包，骑了二十公里的自行车，到昌平的学校去报到。蹬到那里的时候，他的脖子上粘了一片结晶盐，两条腿直打晃。

他带着沧桑的表情走进了新学校。他想，他是有资格沧桑一下的。这个年纪的孩子里，有几个进过那么多次派出所，而且还被正式刑事拘留过呢？

但是刚走进教室，陈星就发现自己还是小儿科。这儿都坐着一些什么人啊，有脖子上都刺着文身的，有两个少了两个手指头的，最可怕的是那种低着头、满脸病容的家伙——仿佛还没有彻底戒毒呢。这些人里，固然有虚张声势的，但在几个人的眼神里，陈星也确实看出了地地道道的亡命徒的架势。作为一个在街上混迹过的人，他对这一点很敏感。那种眼光充满了无聊、颓废、对一切事物的无所谓，就好像人还活着，可眼睛已经死了。

前来报到的学生陆陆续续地进屋，找地儿落座。最后出现的是一个个子极其矮小的男生，大概只有一米六出头，而且长了一张非常苦，倒了八辈子霉似的脸。他刚一进门，教室里的几个家伙立刻笑了起来。

那男生的样子确实有点滑稽：如此矮的人，却背着一个如此之大、光直径就有两米的包袱——那装着什么呀，他不会带了十条棉被来上学吧？小山一样的包袱压在肩上，几乎把他的人都埋进去一半。

“这里是不是东方大学？”那男生操着一口纯正的河南腔问。

几个痞里痞气的学生笑得更欢了。有时候人的关系确立得就是这么快：某些人刚一露面，就被放到了被取笑对象的位置上，永世不得翻身。

河南男生背着大包袱，像一只蜗牛一样，缓慢地往教室后排挪动。一不小心，他的包袱就蹭到了某个人的脑袋。那家伙立刻用东北话大叫了起来：

“你他妈看不见人呀？”

河南男生马上转过去，谦恭地道歉，上半身被大包袱压得更深了：“对不起，对不起。”

但是这一转身，包袱又不可避免地碰到了另一个人。于是，一个山东话又响了起来：“知错不改呀？”

河南男生便再回头，继续道歉：“对不起，对不起。”

没一会儿工夫，他已经四面八方地转了两圈，说了无数句对不起。大家可算找到了乐子，纷纷粗声粗气地呵斥他。就连隔得很远，根本不可能被包袱蹭到的家伙都要加入进来：

“你眼瞎啦？”

河南人四面楚歌，连动都不敢动了。取笑他的家伙更来劲了，纷纷拍打他的大包袱，教室里充满了嘭嘭嘭的声音。

他们问他：“你不会背了一个妹子来吧？”

陈星很为这个河南人难过，看来他注定要沦为那些顽劣的学生的玩具了。过去，小北也总是戏弄班上的几个老实孩子，只不过和那种小玩闹比起来，民办大学的学生无疑要粗野得多。河南人的大学生涯显然是一片黑暗。

河南人被欺负的时候，班上的其他人都不敢发言。大家只是静静地看着，还有人露出庆幸的神色。最后，还是陈星看不下去了。他站起来，走过去，抓住河南人的大包袱，把它举了起来。

“举高点儿就碰不着人了。”陈星对河南人说。

接着，他又朝教室后面撇撇眼：“我旁边还有一空座儿。”

河南人低眉顺眼地跟着陈星，走到座位坐下，才算结束了这场闹剧。陈星在众目睽睽之下，把河南人的大包袱放到教室后面的墙角。他也一直低着头，没去看那些欺负河南人的家伙。他知道，那些家伙肯定会对他不满的。这可算当众不给他们“面儿”啊。

在新环境里，他不想逞威风，但也不愿甘当弱者。而现在，陈星还不想与那些家伙有正面的冲突。

和学生相比，更荒唐的是大学本身。

大家很快发现，半个月以前，这里可能还不是一所学校，而是一所养鸡场。没有开玩笑，就是那种生产鸡肉和鸡蛋的工厂。教室是大铁棚改建的，宿舍是杀鸡和煺毛的车间。整个学校弥漫着一股鸡屎味儿，很多角落还有没来得及清理的鸡毛。学生们立刻抗议起来，他们操着各地方言说："我们不是来做鸡的！"

"也没指望你们下蛋。"学校的老师回答说，"放心，国家承认学历——如果你们能通过高等自考的话。"

大家来自天南地北，现在却只得在这里安顿下来。也许因为无数只鸡的冤魂在宿舍里飘荡，第一天晚上，他们根本无法入睡，到了后半夜，干脆便聊起天来，聊天的主题是自我介绍。几个顽劣之徒都渴望建立威信，他们尽力把自己说成真正的地痞流氓。

说着说着，他们不免攀比起来，第一个人声称用菜刀砍过人，那么第二个人一定要用斧子，第三个就要用电锯。幸亏一个宿舍只有十六个人，否则说到最后，肯定会冒出炸药包来的，而第六个家伙已经声称他在老家藏了一把五四式手枪了。

因为工厂改造成的校舍根本不隔音，一个宿舍聒噪起来，旁边的宿舍也没法睡。渐渐地，整个学校的人都在说话。每个宿舍都冒出一两个在逃犯，有些人言之凿凿，说自己正在被警方网上通缉呢——你们可以去查。他们还宣布，到这儿来根本不是上大学的，而是为了找个地方“避避风头”。这些家伙的自我介绍固然真假难辨，但已经让别的学生寝不安眠了。大多数学生还是老实人，沦落到这地方只是因为前两年没好好学习，或者好好学习了，却没有效果。

最有意思的还是那个矮小的河南人。他和陈星分在了同一间宿舍，晚上铺床的时候，他忽然抱着一只厚厚的海绵垫子过来，不由分说，把它垫在了陈星的褥子底下。

“这样软些，这样软些。”他紧张地对陈星说。

此时，大家才知道河南人的大包袱里装的是什么。全都是海绵垫子，足有十多张。河南人把它们一张一张地打开，逐个送给同宿舍的人，就连欺负过他的人也不例外。送到每个人的手上时，他都既纯朴又羞涩地笑着。

而河南人又是从哪儿弄来的这么多这玩意儿呢？陈星掀开褥子，看到海绵垫子上写着一家运输公司的名字。他想起来，这家公司的仓库好像就在学校旁边。

大概是河南人在报到的路上拐了个弯儿，到仓库里偷了这些垫子。他不光自己独享，还造福了未曾谋面的新同学。他一定认为这样做，就能在新环境里混个好人缘儿吧。

陈星哭笑不得地摇摇头。他想，河南人真是太天真了。那些作威作福惯了的坏学生，你要是刚见面就对他们示好，他们反而会认为你很“贱”，会变本加厉地欺负你。

果不其然，有个家伙刚刚嘻嘻哈哈地让河南人为他铺上了海绵垫子，转脸就把半瓶汽水洒到了河南人的被子上。

“你不会生气吧？”那家伙从后面捏着河南人的脖子说。那架势好像在揪着一只猫。

河南人讪讪地笑着，说：“大家都是兄弟，兄弟。”

陈星在新环境中的状态是游移的。在新同学中间，他找不到一点共同语言。这种学校和他原来上的北京重点中学相比，完全是两个世界。好在他已经习惯了孤独的感觉。

几天里，他都早早起床，趁水房没人去刷牙洗脸，然后就在学校附近乱转。他希望能在这里找到什么兴趣点，打发掉周一到周五的漫长时间——反正上不上课也无所谓。

可是学校附近也无聊得很，都是一些人烟寥寥的破烂院子和仓库。陈星的感觉越来越麻木，心里也罩上了越来越浓的忧郁。

周末回到家里去，他仍然找不到归属感。因为没有进入一所正经八百的大学，他被这个知识分子家庭孤立了。父母原本就是寡言少语的人，如今的每一次接触，更是带着凝重的味道，好像他们正眼睁睁地看着他走上一条万劫不复的道路，却无力把他拯救出来。其实当初非逼着他上民办大学的，不正是他们嘛。

在家里形式主义地吃上两顿饭，坐一坐，陈星便骑上自行车，形单影只地回学校去。骑得越远，身边的楼、街道、商店就越少，到最后，只剩下破败的公路和厂房了。陈星忍受着扑面而来的劲风和沙土，鼻子里都是汽车尾气的味道，却不知道自己正在干什么。

来到学校，他连休息都顾不上，就继续游荡起来。这时候，他感觉自己是在流浪，只不过别人的流浪都是仗剑走天涯，他的流浪，却是在一块无聊的地方周而复始地乱转。妈的，连流浪的快乐也没有。

为了避免枯燥，陈星决定走得远一些。他要把游荡变成一件有乐趣的事情。首先，他买了一张详细的昌平区地图，在学校的位置画了一个圈。这样的学校当然是不可能标注在地图上的，所以他只能沿着公路找到一个大概。其次，他给自己准备了充足的物资，主要包括一个双肩背的帆布书包和一只塑料水壶。这些东西都是在来学校路上的一个小商品批发市场买的。此外还有卫生纸、风油精和饭盒，饭盒里装着两个学校食堂的豆包。一切准备停当，陈星便换上球鞋，背着书包上路了。他没有骑自行车，因为他认为，既然不是在赶路，那么一切加快速度的手段都是无意义的。

第一天，他向正北方出发。正北方是背离城市中心的方向，他希望沿着这个方向，能看到与众不同的景象。至于走到哪里，当然没有计划。从地图上看，他将沿着粗壮的国道，途经几个物流公司，到达一个以买卖宠物狗闻名的集市；如果没有体力和时间上的限制，他还会再经过几个国有企业的分厂、一两个有交通枢纽意义的镇子，一直走出昌平区，走出北京市，到达河北省。至于河北那边是什么情况，这张地图上就没有注明了，到了那边也要买新的。当然，就人的双脚而言，这个展望纯属纸上谈兵。

实际的状况是，他在国道上被熏得够呛。不说那些运煤、运水泥、运钢材的大货车跑起来，会扬起飞沙走石，就算它们发生了堵塞，停下来一辆挨一辆地哆嗦，也够他饱吃一顿臭屁的。在坑坑洼洼的路上，陈星被呛得连深呼吸都不敢，时间长了，眼睛也睁不开了。再看看前面的路，如此漫长和乏味，一点希望都望不到。但是陈星还是坚持走下去，因为如果这时候折回去，自己都觉得不好意思。

于是他把肩膀耸起来，双手拽着书包背带，好像他是一匹马，要由自己牵着走。那些大货车司机有的把手搭在车窗上，漠然地看着他，有的则没注意到下面有人，噗地向外吐出一口浓痰。这样一来，陈星一边走，一边还要在隆隆的车声中分辨出吐痰的声音，以便及时躲开。

还有的司机探出来，看着他的帆布书包问："有煮鸡蛋吗？"

第一天，他就下定决心：坚持到最后，非把体力耗尽不可。这样走到了天黑，在一个立交桥下，他终于筋疲力尽了。于是他坐下来，吃豆包，喝水。看着头顶上黑黝黝的桥墩，陈星忽然感到很有意义。虽然没有看到任何新景致，但他已经把整整一天的时间写在了路上，写得脚心酸胀，脚趾刺痛。再看看桥洞外面的路牌，明明写着距张家口只有250公里了，而他出发的时候，那个距离还有280公里呢。他点上一颗烟，深深地抽了一口，喷出来的烟雾把半个天空都遮住了。他想，如果能这样走下去，走到死，也是一件幸福的事。起码每一秒钟都有全情投入的事可做。

这天晚上，他在路边坐了一个多小时，才等到了一辆往回走的小公共汽车。已经到了下班时间，车上只有他一个人。司机一边和售票员满嘴脏话地对骂取乐，一边把车开得飞快。在把人颠得频频起跳的座位上，陈星还是睡着了。到了学校附近，车上的人把他轰了下去，也没有收他钱。

有了这个开端，陈星迷上了走路。准确地说，是徒步远征。他决不骑自行车，因为速度对他没有任何意义，只有持续行走的时间才说明一切。知道自己想走，而且正在走，这已经让他心满意足了。而经过第二天和第三天，那条国道也让人厌倦了。他想做的又不是征服它。于是，他开始改换道路，在十字路口转弯，走上林荫小道。在这里走起来，就舒服多了。没有多少灰尘和尾气，树叶在头上哗哗响，甚至还有鸟叫。他的步伐也变快了。

当然，走小路有一个代价，就是不太容易回去了。经常三拐两拐，他就迷失了方向，只好摸着黑，在路边等人，询问国道在哪里。这种路上的过客本就很少，好容易来了一个，还被他吓得够呛。所以有时候回到学校，都已经过了凌晨。

有了两次教训，陈星想，他需要做好更充足的准备。于是在下一天，他又徒步走了十几公里，到小商品批发市场买了一个指北针。有了这个东西，就不会迷路了。一步步地，对于走路这件事情，陈星越来越精通了起来。

但是越精通，回去的时间就越晚。因为他走得越来越远了。大多数时候，他回到宿舍，同学们已经呼呼大睡了。陈星便随便端起谁的牙缸，到水房洗漱，然后再用随便一个人的脸盆打热水，泡脚。因为长时间不在学校，他的日用品早被哪个手脚不干净的家伙偷走了。但是这也无所谓。

连续走了一个星期，有一天早上，他发现自己的双腿变得异常的粗。确切地说，它们不可救药地肿了起来，连裤子都穿不进去了。他的任性把自己害苦了。

陈星只好躺在床上休养几天。他心急如焚，盼望能重新上路。那些最平白、最乏味的景色，却像有某种魔力一样召唤着他。而这个卧床休息的中午，河南人却主动来找他说话了。

刚开始，那家伙端着一个铝饭盒，站在陈星床边不远处，既不开口，也不走开，弄得陈星都不自在了。

“没事儿坐坐？”陈星费劲地盘腿，给河南人让出地方。这时候，他的腿动一动都疼。

河南人兴奋地闪烁着小眼睛，坐到陈星身旁。他打开铝饭盒，露出几张葱花饼，对陈星说：“吃了没？吃了没？”

陈星也不客气，接过饭盒就吃。吃了几口，又拿出一块塞到河南人手里：“你也吃一块儿。”

河南人说：“你这几天干吗去了？”

“走路。”陈星说。

“哦。”河南人毫不奇怪地应了一声，“我也走过，最长的时候两天两夜都在走。”

听他这么一说，轮到陈星奇怪了。难道这家伙也好“这口儿”？

于是他问河南人：“你为什么走？”

“也没为什么。”河南人答非所问地说，“刚走的时候累得要命，没想到走到后来，还觉得挺有意思，心里想停脚都不想。”

陈星更好奇了：“你最远走了多远？”

河南人说：“新郑到洛阳。来报到的时候，从北京站到学校，也是走着来的。”

陈星震惊了。听河南人这么说，真有点走遍万水千山的意思。真是什么领域都有高人呀。

而河南人却一点不引以为傲，他带着点子谄媚，和陈星扯了些别的，都是学校里的日常话题。他又对陈星说：

“回头你再出去，跟我说一声。我到食堂打饭的时候多买一点，这样你回来就有夜宵啦。”

河南人的用意很明显。他想在新环境里找到一个保护者。对于这个角色，陈星是再合适不过了：他高大壮实，不怒自威，而且心眼很好。上一次有人欺负他，不就是陈星出手相助的吗？

河南人离开后，陈星笑着摇了摇头。看得出来，这家伙还没有交上一个新朋友呢。也许他对每个人都是这么谦恭，只是在很多环境里，谦恭并不意味着好人缘。

然而没过两天，学校里就发生了一起血案，让陈星知道了什么叫人不可貌相。

有两个学生，一个是东北人，另一个是甘肃人，他们都是县城里来的，而且都自诩为打遍县城无敌手的流氓。在晚上的流氓界吹牛大会上，他们代表各自的县竞争起来，你说一件血腥的事，我就要十倍血腥。到最后，就说得很离谱了，好像他们在家吃的都不是粮食，而是每天抓一个活人生吃。除了在床上吵得不可开交，他们还在现实生活中也明争暗斗起来——争夺的焦点就是瘦小干枯的河南人。

河南人身高一米六，体重不足一百斤，见谁都要讨好一番，这个样子太适合做奴才了。刚开学第二天，东北人就勒令河南人打热水。东北人有喝热水的习惯，越烫越好。就在同一天，甘肃人威胁河南人：热水不能打了，他的任务是给自己擦皮鞋。

于是，弱小的河南人夹在一东一西两大豪强之间，既要打热水，又要擦皮鞋。然而他想两方都不得罪，却把两方都得罪了。

血案当天，河南人刚刚打来热水，东北人就给了他一记耳光，理由是热水来得太晚了。被什么事情耽误了呢？擦皮鞋。此时甘肃人就在旁边，他毫不示弱，也给了河南人一记耳光，因为皮鞋擦得不干净，被什么事情分了心呢？打热水。东北人和甘肃人较上了劲，你一下我一下地打起河南人的耳光来，而且一个打左脸，一个打右脸，泾渭分明。他们一边打，一边臭骂，逼迫河南人当场宣布，以后只效忠于自己。两个强者之间大概还互相忌惮，不敢正面交手，所以就把河南人的脸当作了比赛场所。好像谁分管的那半边脸肿得高，谁就算赢了。

河南人小小的脸很快被打成了一个猪头，连眼睛都看不见了，可是东北人和甘肃人还在打。这是一场战役，狭路相逢，更肿者胜。大家看得心惊胆战，谁也不敢上来劝阻。一直抽了半个小时之久，比赛双方还没有一点中场休息的意思。

这时候，陈星恰好从外面进来。刚才他到离学校很远的小卖部买烟去了。看到热火朝天的比赛场面，他摇了摇头，走到河南人前面，一手挡住了东北人的巴掌。

“算啦，算啦。”陈星似笑非笑地说。

“咦？”东北人诧异地叫了一声。

“咦？”甘肃人也诧异地叫了一声。

他们大概没有想到，居然有人敢于打断他们。两个人上下打量了陈星一番，心里却有点忌惮，尤其是东北人，他感到陈星的手劲不小。

然而，两个流氓随即意识到，如果真的就这么“算啦”，那不就是当众示弱吗？东北人立刻推了陈星一把：“你他妈找死哪？”

陈星被推得后退两步，肚子上却又挨了甘肃人一脚。甘肃人也说：“你他妈找死哪？”

围观群众哄然一声，自觉地四散开来，给他们腾出了空间。大家看出来，东北人和甘肃人已经把战场转移到了陈星的身上，这次可不会是单调的抽嘴巴比赛了。有几个人还迅速跑到自己的床边，把收音机、暖水瓶等易碎物品挪开。

东北人和甘肃人虎视眈眈地看着陈星。这时候，他们倒像是同仇敌忾了。陈星掸了掸身上的土，又问他们："我说，还是算了吧，行不行呀？"

东北人和甘肃人异口同声地说："操你妈！"

陈星有点无奈地活动了一下肩膀。和眼前这两个家伙动手，他心里也没底。对方人多，而且也确实是老手，再加上自己的腿还没完全消肿呢，没准今天还真要吃亏。

当时的气氛，真可谓箭在弦上，一触即发。东北人斜了斜眼，找到了窗台上的几只啤酒瓶子。而陈星则朝一只凳子挪了两步——假如能尽快拍倒一个，剩下的那个就好对付了。

可是没想到，眼瞪眼的三个人眼前一花，一个人又绕到他们中间来。是那个小个子的河南人。

"不用为我动手。"河南人对陈星说。他说得瓮声瓮气的，好像连声音都被打肿了。

然后，他又走到东北人和甘肃人面前，啪啪啪啪，左右开弓，抽起了自己的嘴巴。

抽了一阵，他停下来，问："解气了没有？"

对方没有回答，他便又是啪啪啪啪，连抽一阵，又问：“解气了没有？”

对于河南人的举动，两个流氓也深感意外。终于，东北人嘿嘿嘿，笑了几声，说：“那今天就算啦。”

听到东北人这么说，甘肃人也说：“算啦就算啦。”

但是两个人分别狠瞪了陈星一眼，留下一句：“兄弟，来日方长啊。”

陈星没有看他们，默默地回到床上，打开了收音机。侯宝林大师的声音传了出来：“关公是汉朝人，秦琼是隋朝人，这俩人……”

河南人呢，却没立即走开。他先是拎来暖瓶，给东北人换上了满满一杯热水，然后又蹲在地上，奋力地擦起了甘肃人的皮鞋。

东北人不禁又踹了他一脚：“你他妈的还真是够贱的。”

擦完皮鞋，河南人才顶着猪头一样的脑袋，慢慢走了出去，走到窗外的操场上，一会儿就没影了。因为肿得太厉害了，谁也没看出他脸上的表情。

但是有人猜测：“他不会自杀去了吧？”

一直到晚上，河南人还没有回来。大家慌了起来，以为他真的自杀了。可是谁也没出去找，一来因为同学们还不熟，二来因为东北人和甘肃人仍然在气头上。只有陈星，河南人走后，他一直处于和两个流氓的无声对峙状态中，现在已经很累了。于是他爬起来，穿上衣服出门，去找河南人。

他在学校里绕了一圈，又把学校外面的饭馆和小卖部遛了一遍，也没找到河南人。这里的夜很静，狗叫就显得格外响。那些狗都是附近的仓库养来看门的。

走累了，他只好回去，一边走，一边思考怎么对付东北人和甘肃人。

然而刚走进学校，迎面却看见了河南人矮矮的身影。那家伙像是从宿舍的方向走过来的——低着头，步子很快。

陈星叫了一声："你去哪儿了？我还找你呢。"

河南人蓦地站定，沉声说了一句："兄弟，咱们相忘于江湖吧。"

对方来了这么一句，让陈星颇感意外。而且河南人的声调也改了，不再谦卑讨好，而是变得沉静、从容。在夜里，看不清他的脸，只有一个硕大的猪头般的黑影。但陈星感到，这个猪头的表情也一定是沉静、从容的。

"你要去哪里？"陈星问他。

"说不好。"河南人指指学校外面的公路，"又要开始走路了。"

陈星想，河南人大概是觉得在学校待下去了，便决定离开了。看着眼前这个小小的黑影，陈星相信他真的要千里万里，浪迹天涯了。

于是，陈星把身上的几十块钱都掏了出来："拿着吧。"

河南人接过钱，说："谢了。"然后也没道别，转身便走了。

从后面看河南人的背影，简直不像是在走，而是御风而行一般。陈星想，这家伙一定是不简单的。

而河南人是怎样一个不简单呢？回了宿舍才知道。远远地，陈星便发现宿舍的灯大亮着，里面人声鼎沸，更有人疯了一样大喊大叫。他蹿进宿舍，看见了满屋子的人，老师也来了。再看看东北人和甘肃人的床铺，已经空了，只剩下大片大片的血，连上铺的床板都是红的。有人告诉陈星，他出去没多久，河南人就摸了回来，把那两个家伙都捅了。捅人的工具也很有特色，不是刀，而是一根顶端被磨得异常尖锐的钢管。噗的一声插进去，钢管的另一端立刻会喷出血来，就像拆掉龙头的自来水管一样。河南人的身手也很敏捷，先捅东北人，再捅甘肃人，再折回去捅东北人，然后再回来给甘肃人返工。每一下都插在肋上。大家看着他胖胖的猪头跑来跑去，吓得连声音都不敢出，等到实在憋不住了才叫出来，凶手早就逃了。

当夜赶来的警察封锁了学校，对宿舍里的人一一盘问，但肯定是问不出结果的。后来还是清查学校的招生资料，才发现河南人是真的不简单。他早先就在老家杀过人，在外面逃亡了几年，这期间大概又欠下了两笔血债。近来不知怎么搞的，这家伙忽然迷上了上大学，就假造了一张身份证，到这所民办大学来报名。

如果没有东北人和甘肃人的激发，他倒真有可能会改邪归正，大隐于市，过上安分守己的生活。

这起血案倒是有一个好处，就是没人敢再虚张声势地装流氓了。

在这里，臭牛×的代价是很大的，保不准哪天惹错了人，就会被捅了。大家突然间变得彬彬有礼，互相心虚地微笑着。校园里的风气一下子就好了，比那些充斥着知识分子的重点大学还要安定、祥和。

而陈星呢，见识过“大隐隐于养鸡场”的江湖侠士，越发觉得大学生活是无聊的了。等到腿刚一消肿，他就又上路了。

他没想到，在这一轮远行中，会遇到张红旗。

8 昌平遗梦

其实这个时候，张红旗离陈星并不远。她所处的位置，和养鸡场大学的直线距离有七八公里。那里是北京大学昌平校区。

高考结束，张红旗顺理成章地考进了北京大学，自此和中学的同学都失去了联系。高中三年，她说来也有几个朋友，比如班委会的成员、课外提高班的同桌、一起参加什么竞赛的选手。经常见面的时候，她也和这些人打打电话，课间聊几句天，可一朝各奔东西，却发现彼此之间根本没有联系的必要。本来，张红旗也是想给他们打个电话，或者写封信的，但她又想，为什么他们不先找我呢？于是她等了半个暑假，确定没人想得起来找她，保持联络的念头也就打消了。

张红旗早已拿定了主意，要做一个心理独立的人。心理独立的人应该尽量摆脱对人际关系的依赖。她确实做到了，自然流失的朋友并没有使她感到特别可惜。不仅如此，到大学报到，她也坚决不让父亲陪同前往。而父亲本来已经洗了车，想让她风风光光地出现在新环境里呢。

对于张红旗的拒绝，父亲竟然有些伤心。他说："你确定不让我送吗？"

张红旗没留余地："我自己能办那些手续。"

父亲转身走开，也不说话了。他的背影似乎是颓唐的。张红旗有点后悔，她想到，家里不久前刚出了事儿，自己不该这么决绝。但充分自立，不也是对父亲的一种安慰吗？

她最终还是一个人去报到了。临走时，背着不近人情的心理包袱。自然，她的情绪很不好，办手续也阴着脸。和那些欢天喜地的学生们比起来，她就像个异类一样。

但是很快，大家的情绪都不好了起来。这一届，北京大学的新生有了新政策，要到昌平的分校去待一年。昌平是什么地方？很多人觉得昌平就是河北。刚刚准备融入繁花似锦的燕园，却得知要被发配到那里，任何人都会失落的。

但也没有办法，大家登上了北大租来的公交车，轰隆轰隆地前往昌平。几辆车排成了浩浩荡荡的长队，车上堆满了沉着脸的年轻人和行李，下面还有一些团委干部在欢送。那架势，好像张红旗他们不是去上大学，而是去上山下乡的。

在公共汽车上，关于昌平校区的传闻已经四起了。很多人悲观地预测起了这一年的生活：没有图书馆、没有饭馆、没有学生社团；只有蚊子、野狗；下雨天，蛤蟆还会爬进屋里来。他们说，每个宿舍最好准备一只老年人的门球杆，好把那些胖乎乎的东西打出去。

相比于多数人的沮丧，张红旗倒是很快就安之若素了。你不满归不满，有什么办法吗？她想，实在不行，就专心背一年英语单词吧，反正将来是要出国的。

车到了昌平，大家收拾行李，领取学校配发的被套和蚊帐。女生大多是有家长来送的，只有少数人看着地上的箱子和包袱发愁。发了一会儿愁，几个女生就招呼起男生来：“同学，你是哪个系的？”“哪个系的？我也是。”一些男生像认领困难户一样，把本系女生的行李搬上楼去。姑娘们或者害羞或者招摇地笑着，一个一个走了。当然，这时男生们的动机还是很单纯的，他们倒不计较行李主人的长相。

到最后，只剩下张红旗和另一个女生没人管。张红旗是不愿意求人帮忙，而那个女生坐在箱子上，叼着一根香烟说：“我他妈的是女权主义者。”

大家都上了楼，张红旗和这个女权主义者只好自己搬起箱子来。女生的力气到底是小，男生一条胳膊就能拎动的东西，她们必须两个人抬，一前一后地合作。上楼梯的时候，你先在下面顶一段，我再轮换过去顶一段。往往搬到一个拐角，下面的那位已经两腿发抖了。

而她们偏偏住得那么高，一个在三层，一个在四层。这两只辛勤的蚂蚁上下几个来回，很快就累垮了。但这时，也没有男生主动上来帮忙，因为她们身体力行的姿态拒人于千里之外。她们让男生们感觉到，即使凑上去，也会碰钉子。

缓慢地移动了一个多小时，她们终于把五六个箱子搬运完毕，然后自然而然地惺惺相惜起来。那个女生是中文系的，长得挺清秀，但是牙齿不好，有黄褐色的痕迹。也不知是因为抽烟，还是四环素牙。不管哪个原因，倒都是挺适合女权主义者的。

分别铺床叠被完毕，两个人就一起下楼吃饭。这时她们才互通了姓名，女权主义者叫陈木。一路上，陈木都夹着一根香烟，到食堂里也不熄灭。旁边自然有人抗议："同学，请把烟掐了。"但她佯装没听见，又抽了一大口。

张红旗还是第一次和这样的女生在一起，她感觉很新鲜，而且好像尝到了自由的滋味。大学不是应该比中学拥有更多的自由吗？但和一个抽烟的女权主义者共进午餐，这件事又和自由有什么关系呢？张红旗也觉得想不通。

吃完饭，她们一起在园子里散步，熟悉环境。诚如同学们的抱怨，这里实在烂得可以。整个校区由几栋红砖楼、一个水泥篮球场、一座办公楼兼阅览室组成，空地上杂草丛生。但是两个人都没有再抱怨，因为所有人都抱怨，你也抱怨就太俗了。她们东一句西一句地胡扯起来。一个小时的散步里，基本上都是女权主义者陈木在说，张红旗在听。陈木是中文系的，她告诉张红旗，自己高考只有一个志愿，就是北大中文系，而她父亲也是北大中文系出来的，现在是另一所大学的文学教授。陈木还直接鄙视经济系：“经济系？那个破系，北大就不应该有这种专业。”张红旗没有说话，因为她就是“那个破系”的。而经济系的确切名称应该是“经济管理学院”，陈木鄙视得连名字都不愿了解清楚。

在这个年代，褒中文系而抑经济管理学院，还是显得很有个性的。十八岁的张红旗被这个姿态震撼了一下。陈木继续告诉张红旗，在所有中国文学里，她最喜欢的不是李白，也不是曹雪芹，而是纳兰性德。张红旗几乎还不知道纳兰性德是谁呢，在以前背过的语文高考大纲里，关于纳兰性德的介绍只有一句话。随后，她听到陈木一首一首地背诵起纳兰性德的词来，不免又震撼了一下。再后来，陈木又告诉张红旗，她最近正在读的书，是《陈寅恪先生的最后二十年》，看着看着，她就哭了。关于她的感动和她的精神追求，陈木接下来又谈了很多，却在最后话锋一转，落到了张红旗身上：

“你不觉得你的名字很可悲吗？”

张红旗说：“有什么可悲的？”

陈木说：“红旗象征着什么？连给孩子起名都有那么强的政治意味，中国人的精神真不自由。”

对于自己的名字，张红旗倒是也琢磨过，她也觉得有点怪。不过那是她爷爷起的，她爸爸都没有发言权，更别提她自己了。她对陈木说：“哦，改名很麻烦的。”

陈木说：“你爷爷肯定是个老共产党。”

张红旗说："那倒是。"

陈木拍着手说："这不就是了嘛。"

张红旗只好说："是啊，是啊。"

虽然陈木的言语之间有所冒犯，但张红旗并没往心里去。一来，她觉得这说明陈木是个真诚的人，二来，她大学里也没有其他朋友。

和自己宿舍里的另外三个女生相比，张红旗还是更爱和陈木在一起。倒不是说另三个女生人不好，只不过她们都很乏味。有两个女生的床头迅速堆满了英语书，她们聊天的内容也是："你是你们学校第几名考进来的？""第一名。""你将来打算做什么？""出国。"张红旗感觉这两个人和自己太像了，看着她们，就像看到了自己。但觉得她们乏味，是不是说明自己也是一个乏味的人？张红旗又悲伤了。

另一个女生倒是张红旗的反面，但是更没共同语言。那个女生是南方人，一会儿说自己家里是官员，一会儿又说自己家里是做生意的，到后来才知道，在她们那儿，这两种身份基本上是一回事。她家里搞到了个保送名额，她就成了北大的学生。她的化妆品非常多，多到了自己的洗漱架已经放不下，需要借用张红旗的空间。而她一天到晚钻研的，肯定是时尚杂志了。此外，她还是整个楼道里唯一拥有手机的人，每天要往家里打长途电话，说粤语。还有香港的越洋电话打过来，据说是她的男朋友，也说粤语。

除了上课以外，张红旗的大多数时间都和陈木泡在一起。说泡，实在冤枉这些昌平校园的学生了，她们能做的事情只是在教室里上自习和看闲书。出于对中文系的热爱，陈木拒绝学习中文系的所有课程，把全部时间用于研究纳兰性德。在她的感召下，张红旗也开始读一点文学方面的书。但是她坦白，自己在这方面不如陈木，她只想看通俗的读物，比如当代中年女作家的小说、金庸武侠和张爱玲。对于张红旗的兴趣，陈木固然是哂笑的，但她随即又原谅了她。一般人还是要从浅入深嘛，不是每个人都有那么深的“国学底子”的；而且如果连破烂系的学生张红旗都看纳兰性德了，她陈木的过人之处又在哪呢？

刚上大学的几天，时间是漫长的。教室、自习室、宿舍，这个三角形比中学还要贫乏。过去起码还有争分夺秒的高考压力，而现在，一切刚开始，一切还都很远呢。所以张红旗有时觉得心里很空，有时又觉得心里很满。就像一杯水，盛满了又倒出来，倒出来又盛满了。另外，和陈木在一起，她觉得迟早会发生点什么事儿。这个念头到后来竟然成了一个隐隐的盼头。而才盼了几天，事儿就发生了。

那天下了课，张红旗去找陈木。一推宿舍门，陈木却说：“咱们去喝酒吧。”

张红旗说：“咦？”

陈木说：“咦什么，我又不是你的姨。”

张红旗说：“没什么，以前没人邀请我干这个。”

但她仍然和陈木走了出去，到食堂旁边新开的私营小饭馆吃饭。这里是学生们唯一打牙祭的地方，虽然菜炒得很不好，还贵，但一天到晚满满当当的。两个女生在一群高声喧哗、称兄道弟的男生之间挤过去，找了张靠墙的桌子坐下。陈木要了两瓶啤酒。

这毕竟是张红旗第一次出来喝酒，纯粹是喝这个动作，她都做得很谨慎、很郑重。陈木则痛痛快快地喝了两杯。一旁的男生看到陈木抽着烟、开怀畅饮的样子，自然很好奇，纷纷侧过身来看她。而陈木却陡然恼了，她脆生生地骂："看你妈什么看？"

被骂的男生反而为这位女侠叫起好来。刚上大学就聚众来喝酒的家伙，多半是豪气的。陈木不再理他们，迅速干掉了自己的一瓶，又拍着桌子叫酒。

张红旗犹豫了，她说："喝得够多了吧？"

陈木显然受到了酒精的催化，她挥了挥手说："这点算什么。"

张红旗只好看着她喝下去。不过她很快发现，陈木虽然喝得无所畏惧，其实酒量还真不行。又上来的两瓶喝了不到一半，她就疯疯癫癫的了。她先是长吁短叹，又大声抱怨，但口齿不清，也不知在说什么。而后，她竟然把身体向后仰过去，用后脑勺撞墙，咚咚咚，声音非常大。

张红旗吓坏了，她还没处理过耍酒疯的人。她想夺过陈木的酒杯，却又不敢下手；她想过去扶住陈木，却又站不起来。而陈木撞了会儿墙，就不满足于原地折腾了，她腾地跳起来喊道："出去！这地方真他妈没劲！”

张红旗赶紧强站起来，搀住她。这时候陈木已经溃不成军了，她瘫软在张红旗身上，像一具尸体。张红旗费力地把她往外拖，幸亏邻桌的男生帮她扶着陈木的另一条胳膊，才到了外面。可刚出去，陈木就一甩手，给了那男生一下子：“男的别碰我！真他妈恶心！”

那男生尴尬了一下，但还是谅解地抹抹脸，走了。张红旗独自拖着陈木，在黑咕隆咚的林荫道上走。后来，与其说是她拖着陈木，不如说是陈木拖着她了。陈木东摇西晃，一会儿钻进一条岔路，一会儿拐到一个死角，尽往没人的地方扎。张红旗心想，怎么办啊，怎么办啊。

东倒西歪的时候，张红旗倒听清了陈木嘴里在念叨什么。原来都是纳兰性德的词。这恐怕就是中文系所谓的“诗酒”风气吧。看看醉了的人，倒是挺真诚的，没醉的人却多少有些可笑。

没过多久，陈木终于一个踉跄，趴在地上。她哇的一声，把啤酒、胃液以及纳兰性德一股脑吐了出来。张红旗拍着她的背，没话找话地说：“吐吐就好了。”

没想到，陈木猛地回过头，嘴边还挂着拔丝，眼睛却炯炯发光，她盯着张红旗说：“你可真有母性啊。”

张红旗说：“你不是我姨，我也不是你妈。”

可陈木没理会这个玩笑，她陡然扭过身来，抱住了张红旗。在风吹树摇、月光如洗的林荫道边，陈木对着张红旗的耳朵用英文说：

“其实我是同性恋。”

张红旗好像没了解这个词的中文意思：“你在说莱斯宾吗？”

陈木的动作温柔了许多，几乎是悄悄地蹭着张红旗的耳朵了：“我是同性恋。”

张红旗吓坏了。她连喝酒都没经历过，哪里经历过同性恋。同性恋，恋的是谁？眼下看，不就是自己吗？她扶在陈木背上的手顿时僵住了，人也被定格了。

而陈木还在尽情地对她耳鬓厮磨，又开始背诵纳兰性德了。难道纳兰性德的作品都是讴歌同性恋的吗？而陈木这么做，仿佛还在催促张红旗思考，思考她自己是不是也有同性恋的潜质。

张红旗突然恐惧起来，一下子推开了陈木。她想跑，可扔不下躺在地上的那个身体。陈木很苗条，肩膀尤其消瘦，像剪子剪出来的。这个模样很女性化，怎么会是同性恋？但反过来一想，这副模样不才正像莱斯宾吗？而其实，女同性恋什么样，张红旗又怎么知道。

到后来，张红旗还是没跑。陈木烂醉如泥的样子和同性恋身份，让她没来由地想起了当年蹲在派出所里的陈星。是不是在她的印象里，醉鬼和同性恋就应该被抓到派出所里？当初她没有把陈星扔在派出所，现在也没理由把陈木扔在路旁。

那天晚上，张红旗先是硬扛着陈木走了一段，后来碰上几个中文系的女生，大家齐心协力，终于把陈木搬回了宿舍。这时候陈木又大呼小叫起来，她们只得强行把她按在床上，像按住一个戒毒的人。按了一会儿，也就没声息了。

那天晚上以后，张红旗就不怎么和陈木在一起了。自然，那是理智思考的结果：自己不是同性恋，没法接受对方的爱，因此需要尽量避免纠缠。

考虑之余，张红旗的心里也是复杂的。没想到最先向自己示爱的，居然是一个同性恋。那天洗漱的时候，她对着镜子看自己，看了很半天。自己的样子，像是同性恋喜欢的那种类型吗？此外，会不会因为受到同性喜欢，异性就不会喜欢自己了呢？她担忧起来。

而张红旗不去找陈木，陈木也不来找张红旗了。可能是被人拒绝，就伤了心吧。这也是没办法的事。她们再见面的时候，还是打个招呼；有时候都在散步，也停下来，聊几句最近正在看的书。但周围没人的时候，两个人却又未免尴尬——关系自然也就淡了。

因为没有别的朋友，和陈木疏远后，张红旗多少感到一些寂寥。她常常看着书，就忧伤了，合上书叹口气。那一瞬间，她也像个伤春悲秋的中文系学生了。这个状态可不好，她又理智地想，应该让情绪重新走上正轨。为了自我调节，她有必要借鉴其他人的生活方式。

这一阶段，同学们都热衷于到县城去。经过对周边环境的摸索、从近到远地开疆拓土，大家发现了昌平县城是个好地方。或者说，其他地方都是差得不能再差的地方。方圆几十里，只有县城有大一点的商店，有录像厅和饭馆。大家常常三三两两地结伴而行，到学校门口坐小巴，风尘仆仆地赶往县城。那架势，真像几十年前的知青去赶集。

张红旗也参加了赶集运动，但没有人结伙，她只能一个人去。想想都可笑，她可是从北京城区来的啊，如今也没离开北京，却要到县城去调剂生活；而周末回家去，她立刻又对逛街不感兴趣了。

为了证明自己不是去“打发时间”，到县城前，张红旗会绞尽脑汁地写一张小纸条，上面有她准备买的东西，比如香皂、洗面奶、卫生巾什么的。其实这些也都是可买可不买的，而且要买也完全可以周末回城里买。在没课的下午，她出了校门，耐心地等上二十分钟，小公共就来了。再乌烟瘴气地颠簸二十分钟，县城就到了。然后再有二十分钟，她就从商店里出来了。东西已经买完了——这里的商品没什么可选择的余地，她也没有选来选去的习惯。

县城之旅只能消耗一个小时吗？张红旗有点沮丧了。没办法，只能把时间浪费在没有意义的事情上了。她在这里闲逛起来。这样的闲逛过去只发生在欧洲，在巴黎，在马德里。

县城有而北京没有的东西仅限于以下两种：三个轮子的黑车和四个轮子的黑车。那些黑车司机有些是地道的农民模样，有些则抽着烟，露着胳膊上的刺青。见到过路人，他们一律伸出头来问：“走吗？”

当然，在县城里还是能开发出一些乐趣的，比如门口摆着两只大音箱的录像厅。放录像的时候，大音箱也在进行现场广播，半条街都是哼哼哈哈的声音。本地的小孩聚在音箱旁边，认真地听着来自于十年前的香港的声音。看得出来，他们对录像的内容很熟悉，常常音乐一变，他们就欢呼道：“刘德华出来啦。”只有出现了没听过的录像声，他们才会买票进去看。大学生们则阔绰得多，即使是看了无数遍的录像，也会买票。看过太多遍，很多人成了八九十年代香港电影的专家。后来学生中出现了两个“周氏兄弟研究会”，一个是“周树人周作人研究会”，另一个是“周润发周星驰研究会”。

确定没事可干之后，张红旗也绝望地走进了录像厅。但她接受不了香港武打片和警匪片，每次还是挑一个自己认为“有意思”的片子。那些录像大部分是言情片，偶尔还有拉开架势装孙子的文艺片，比如王家卫的《阿飞正传》和《春光乍泄》。看这种片子还有一个好处，就是观众明显少了，更没有县城里游手好闲的年轻人。那些人看录像的时候，不仅会怪叫、喊黄色口号，而且还要一颗接一颗地抽烟。

张红旗那时候喜欢上了梁朝伟这个演员。她觉得梁朝伟很忧郁，而且忧郁得很有深度。后来，她发现梁朝伟那股欲说还休的神态，很像陈星。但是陈星说梁朝伟非常像一只猴子。

恰恰有一次，录像厅又在放梁朝伟的片子，张红旗买了票，正准备进场，忽然听见附近一阵喧哗。她扭过脸去，看到两个年轻人正在推推搡搡。气势汹汹地推搡人的，是一个典型的县城混混儿，他敞胸露怀地穿着白衬衫，袖口几乎撸到腋下，露出一只画功非常拙劣的老鹰。而在老鹰的翅膀下躲躲闪闪的，反而是个高大得多的年轻人。这么热的天，他还穿着一件帆布外套，身后背着一只巨大的帆布书包。他背对着张红旗，被推搡得缩头缩脑，不停地对混混儿道歉。而混混儿终于捏到了一个软柿子，他恨不得让整条街的人都领略到自己的威风：

“臭傻×找死呢？你妈×你踩我脚了。”

年轻人和气地道歉：“大哥我真没看见，大哥我错了。”

混混儿说：“大点声儿！”

年轻人说：“我错了！”

混混儿又说：“再大点声儿！”

年轻人又说：“我错了！”

他声嘶力竭地喊着，反而把混混儿也逗笑了。混混儿心满意足地看看周围的人，扬长而去了。年轻人却没马上走，他笑嘻嘻地摇摇头，找了个空地坐下来，点上了一颗烟。

张红旗本就觉得那人的声音很熟悉，这时终于认了出来。她走到那人面前，弯下腰，轻轻说：“你是陈星吗？”

陈星抬起头说：“张红旗，你怎么在这里？”

现在的陈星，几乎让张红旗不敢认。他的头发太长了，而且脏，一绺一绺地遮在眼前。在头发中间，能清楚地看到土和沙粒。他的脸上也像蒙着一层土，又被汗水冲得一道一道的。周身上下更别说了，如果再添几个破洞，就真像一个流浪汉了。

更让张红旗认不出来的是他现在的态度。面对挑衅的混混儿，他居然打不还手，骂不还口。而那家伙明显是虚张声势，要是在过去，陈星两拳就会把他撂倒在地。

所以在录像厅旁边，张红旗没先问陈星为什么会来这儿，而是说：“你的脾气变得好多了啊？”

陈星像孩子一样得意地笑着：“我成熟了，不惹事儿了。”

张红旗被他逗笑了，说：“恭喜你进步了。”

这时她又感到了自由。有了和陈星相视一笑的权力，这也算是另一个大学比中学“自由”的体现吧。

而陈星把烟头一扔，忽然对张红旗说：“你能请我吃点儿东西吗？”

他们找到一家临街的饭馆，要了一斤饺子。陈星吃得狼吞虎咽，连背上的帆布包都没摘下来。吃掉了一斤饺子，他又要了碗饺子汤，原汤化原食。

然后，两个人梳理起这段日子里各自的轨迹，看看他们是怎么在这里相遇的。

碰到张红旗以前，陈星几乎已经走遍了昌平区大大小小的公路。每走过一条新路、到达一个新的镇子或者厂房，他都会在地图上标上一笔。而由于北京的远郊区县都是非常大的，所以要想让足迹真正遍布昌平，他需要一个中转站，也就是县城。

他是这么安排时间的：每天早上，尽快沿着既定路线走到县城，在这里进行补给——吃饭、买水、买烟——坐在路边歇一歇，然后再继续前进。这之后的路途，就是随心所欲的了，今天向北，明天向东。日子长了，路线呈现出了发散的布局。当走得太累了，或者太晚了，他就坐车返回县城，然后再从这里坐车回学校。

对于陈星所说的“走路”，张红旗自然要表示奇怪：“你这么走，能看到什么新鲜的东西吗？”

陈星说：“什么也没有。我只看到了前边的路好像变短了，但实际还是无边无际。”

张红旗说：“那你为什么走？”

陈星说：“日子太没意思了。”

这句话倒是说到张红旗心里去了。她也觉得日子的确没意思。但没意思就要用更没意思的行为来排遣吗？两个“没意思”加在一起怎么可能是“有意思”呢？过去张红旗就觉得陈星是个奇怪的人，现在更加觉得他奇怪了。

陈星把饺子汤喝完了，张红旗看看表。还不到下午两点，但录像是看不成了。她沉默了一会儿，还是对陈星说：“你该继续走路去了吧？”

陈星说：“你呢？”

张红旗也说：“我呢？”她立刻意识到，自己讲了一句愚蠢的废话，于是赶快说："我回学校去看书了。"

陈星点点头，把帆布书包打开，掏出塑料水壶，请老板帮他灌满饺子汤。等待灌汤的时候，两个人都有了没话可说的感觉。张红旗付了账，想着自己是不是先行离开。她慢慢把身子扭过去，背对陈星。但陈星用一只手指敲了敲她的肩膀。

张红旗一震。陈星在后面说："要不要给你弟弟带什么东西？"

张红旗咻地转过来，头发随之一甩："你说什么？"

"要不要给你弟弟带什么东西？"陈星又说，"我过去跟他关在一个地方。"

这里得补充一下，要说和陈星有缘分，张红旗可不如她弟弟张红兵。当年陈星第一次被抓进派出所，就是因为张红兵。后来陈星被刑事拘留，两个人又成了狱友。

张红兵很有作为，他比陈星犯的罪还要大——强奸。不过无论他本人，还是张红旗一家，都不承认这一点。的确也是，张红兵根本就没脱裤子，却被当强奸犯抓了起来。

这个家伙从小就被坏孩子欺负，不过倒也怪了，越是被欺负，他就越是爱跟坏孩子一起混。他屁颠屁颠地跟在他们年级的几个小痞子身后，给大哥买烟，请大哥吃饭。他很希望痞子们能把自己当兄弟。但痞子们吃饱喝足了，却往往给他一个大嘴巴。有的时候，痞子把抽剩下的烟赏给他半颗，他就高兴得连家门都不认识了。如果张红兵不是这样一个孩子，过去古力怎么会盯上他，管他要钱呢。

其实张红旗家对孩子的零花钱管得很严，如果有需要，必须说明理由。但张红兵会偷，他知道，悄悄从父母钱包里抽一两张一百的，绝不会被发现。那天，他又掏钱，请几个大哥吃饭。这顿饭吃得很郁闷，因为席间的两个痞子正在闹矛盾。前一段时间，他们都喜欢上了外校的一个女生，而那个女生也很不地道：哪怕是让两兄弟竞争上岗也行啊，她却让他们同时上了岗。她左瞒右骗，最后还是露了馅，闹得两个痞子剑拔弩张的。在饭桌上，他们互相指责对方勾引二嫂，违背了江湖道义。其他几个人则在和稀泥：“算了算了，都是兄弟，为了一个婆子犯不着。”而酒过三巡，那对情敌的态度又来了个一百八十度大转变，他们眼泪汪汪地搂在一起，说：“我成全你们，我成全你们！”两个人都争着退出，争到最后，差点又打起来。他们原先是抢婆子，现在还是在抢，抢的却是义气了。眼瞅着兄弟这么痛苦，其他几个人又看不下去了，他们讨伐起那个女生来：

“都赖她！小骚×！祸水！”

讨伐了一会儿，大家都非常恨那个女生，决定给她一点惩罚。于是情敌中的一个去打了个电话，把她叫来。没过一会儿，狐狸精来了。她见到这场面，不免尴尬了一下。但情敌之一倒了一杯酒，说：“把这杯酒干了，咱们仨人的恩怨就算了了。”那姑娘倒也豪爽，坐下就喝，一口干。可一喝开了头，后面却没完没了了，每个人都倒了一杯酒，要跟那姑娘“把恩怨了了”。这时，那姑娘已经后悔了，但被几个杀气腾腾的痞子围着，也不敢不喝，只好一杯接一杯。喝到后来，实在喝不动了，大家还捏着鼻子灌她。这样她就彻底喝高了。

看到那姑娘瘫软在桌子底下，大家趁着酒兴，坚决要把惩罚进行到底。他们架着她离开饭馆，打了两辆出租车，来到一个痞子家里，关好门，拉上窗帘，排好队。这时候，那姑娘的酒也醒了一半，见到架势不对，便大喊大叫，疯狂抵抗起来。你越叫我就越兴奋，大家三下五除二，就把她扒光了。而因为那姑娘还在挣扎，众人没法行事，必须得由一个人按住她的腿。按腿的任务责无旁贷，当然落到了张红兵头上。

张红兵此时也害怕了，他犹犹豫豫的，不敢动。急红了眼的痞子给了他一个耳光："你丫仗义点儿行吗？"

大哥都已经这么仗义了，忍痛割爱，把婆子捐献给大家，他张红兵怎么能临阵推托呢？于是他迫于道德压力，只好过去，按住。那个姑娘又抓又骂，还往张红兵脸上吐口水，这些都得他一肩承担。而痞子们这时又开始互相谦让了，尤其是那两个情敌：

"你先来，你先来，你先认识的她。"

"不不不，还是你先来，你先跟她表白的。"

最后把大家都搞烦了，提议猜拳，一二三，石头赢了剪子，就不要三局两胜了。于是一个痞子趴了上去。过了一会儿，第二个痞子也趴了上去。两个感情危机的当事人搞完了，他们又一起邀请其他兄弟：

"大家一起来吧，哥儿几个为我们的事儿费心了。"

第三个、第四个痞子便也趴了上去，就这样，一直趴到了第六个痞子。他们一边搞，一边骂那个女生："叫你犯骚！叫你破坏我们的兄弟情！"而那个女生刚开始还尖厉地骂他们是畜生，还疯狂地抓、掐，到后来就彻底不动了，任由他们先来后到。

一个痞子忽然指着那个女生说："你们说，她像不像一个小便池？"

等到大家搞完了，都感觉很累，一起凑火抽颗烟的时候，忽然又有一个人指着张红兵说："咦，他还没搞呢。"

张红兵这时还在坚守岗位，牢牢地按住那个女生的大腿，把她的腿都按得发青了。痞子们就对他说："来来来，你也来一下吧。"

张红兵低头瞅瞅那个女生，她还在哼哼，看起来很痛苦。他哆哆嗦嗦地说："我还是算了吧。"

痞子们便火了："难道你嫌我们脏吗？我们互相都不嫌脏，你他妈居然嫌我们脏！"

张红兵含含糊糊地解释说："不是这个意思，大哥，不是这个意思。"但他正在为难，警察就破门而入，帮他解决了僵局。原来这间房子的隔音很不好，邻居听到了一切，这时可能听够了，就报警了。

按照张红旗父母的辩解，张红兵的行为不能叫作强奸。"那么应该叫什么呢？难道叫'助奸'？"警察这样反问他们，"要知道，我们国家和'奸'有关的罪名，只有强奸和轮奸，你们二选一吧。"

张红旗的母亲也顾不得知识女性的体面了，她喊道："可是他没有发生性关系！他还是一个处男！一个处男被定义成强奸犯，不是太荒唐了吗？”

警察却回答说：“不荒唐，还有女人也被判成强奸犯的呢——需要我给你讲一个普法小故事吗？从前有一个小山村，老两口给儿子买来一个媳妇，是个被拐卖的女中学生，为了帮助儿子传宗接代，当妈的决定，用扁担，用麻绳，用板凳……”

可以看出来，负责这起案件的警察对张红旗父母这样的“体面人”存有偏见，他不仅要把他们憋得哑口无言，而且要故意刺激他们。这一招很有效果，张红旗的父母痛心地扭过头去，也不知是为了儿子，还是为了所有被人按住腿的女学生。

当然，在所有参与此案的罪犯中，张红兵还是被判得最轻的。他被拘留了一个月，然后就送进了少年管教所。那里并不是真正的监狱。他被从轻发落，也不能归功于“没有真搞”，而是因为他岁数太小，还不满十六岁。

在后来的审判过程中，那两个重归于好的痞子情敌又有了新矛盾，原因是一个比另一个的刑期多了两年。为什么厚此薄彼？判得多的那个抗议起来。

警察继续对他们普法：“判轮奸，就是掐头去尾，第一个和最后一个最恶劣。”

张红兵锒铛入少管所，对他的家庭来说无疑是个巨大的打击。其破坏效果更多在于心理层面。作为一个标准的中产阶级家庭，无论是他父亲、母亲还是姐姐，都没法适应这个现实：家里出流氓了。他们该上班还上班，该上学还上学，可是恍惚间却都有了“生活不再是过去的生活”之感。

刚开始的那几天，张红旗的母亲还紧迫地催促丈夫：“想尽一切办法，找到所有关系，把儿子弄出来！”可是张红旗的父亲迟迟不肯行动。后来被催急了，他倒劝起了妻子：

“把他弄出来做什么？那样只会彻底惯坏他！倒不如让他这次吃够了苦头，把教训深深地记在心里。”

张红旗的母亲一气之下说：“那你还不如向监狱申请，多关他五年、十年，一辈子都关在里面，也就一辈子不会惹事了。”

张红旗的父亲凝视了一下妻子，说：“你怎么也和那些家庭妇女一样不可理喻了？”

张红旗的母亲被这句话惹急了，吼了起来：“在做母亲这方面，所有人都是一样的！”

张红旗的父亲无奈地退了出来，踱到女儿房里，似乎想说什么，却又没有开口。张红旗感到父亲在看自己，却也不知道该不该转过身去。她的脖子紧了一下，喉咙里也有了欲言又止的难受。直到父亲再走了出去，时间过去很久，她还在发愣，两眼盯着书，却不知在看什么。

第二天吃早饭的时候，母亲赌气早早出门了，桌上扔了几个面包。一边吃饭，父亲对张红旗说："我希望你理解我。"

而当时，张红旗正在准备高考，她说："您放心，不会影响我学习的。"

父亲说："我说的是，怎样处理你弟弟的问题……"

张红旗冷冷地站起来说："我已经习惯家里没他这个人了。你们最好也习惯。"

她说完，丢下面包就出门了。后来的张红旗说到做到，一直到考上大学，她也没去少管所探望过张红兵。过去她和张红兵就不亲密，因为姐弟俩没有共同语言。而现在，张红兵在她心里更是变成了一个脏东西，就像鼻涕、狗屎一样，让人条件反射地想躲得远远的。

从拘留所转到少管所之后，张红兵也回过几趟家。那里一个月有一次探亲假。但是弟弟每次回家，张红旗都借故出去，到学校看一整天书。等到天黑了，张红兵肯定走了，她才回去。

现在，如果是别人向张红旗提起张红兵，肯定会被看成故意揭她的短。张红旗会从那些人的话里听出这样的意思：你有什么可傲气的？你不也有一个流氓弟弟吗？然而也不知怎么搞的，陈星一提，张红旗的心就有点软了。弟弟的音容笑貌也一点点从脑袋里冒了出来。

张红旗本想问问陈星，张红兵在看守所里怎么样，是什么精神状态，但她没开口就止住了。几个月没去看看弟弟，在这件事上，她确实做得太冷酷了。于是她改口说："别给他带什么吧。他是去改造的，又不是去疗养的。"

陈星说："我就是随口问问。他临走时，告诉了我要转到哪儿去。"

张红旗说："他跟你提过家里人吗？"

陈星说："没有。也没提过你。"

张红旗叹气一样说："在那儿提谁也没用。"但她接着却把手腕上的手表摘下来，递给陈星："把这个带给他吧。告诉他，要学会珍惜时间。"

陈星看看张红旗的梅花牌手表，随后把它揣在兜里。他说："明天我走着去。"

然后，两个人就道了一声再见，各奔东西了。

在回昌平校区的小公共上，张红旗却感到莫名其妙的充实。那种感觉从心底慢慢涌上来，一直冲过头顶，让她精神亢奋，想迅速找点什么事情来做。在这股情绪的推动下，她一到学校，就投入了紧张的学习。等到从知识的海洋上了岸，已经十点多了，她这才心满意足地回宿舍。

而刚一进屋门，一个室友却惊诧地看着她。张红旗说："怎么啦？我脸上有画吗？"室友说："我倒真觉得你脸上有画——刚才在走廊里哼歌的是你吗？"

张红旗这才反应过来，原来自己刚才一直在哼歌。但哼的是什么，现在却全不记得了。可见是下意识地哼。独自走着就哼起小曲来，这可是她从没有过的情况啊。

张红旗也不好意思了，她淡淡地笑了一笑，就想闪开。但室友却说："那曲子挺好听的。以前怎么没觉得你的嗓子好。"

那姑娘说完，也哼了两句。张红旗这才想起来，她哼的是比才的《阿莱城的姑娘》。她不知不觉地又哼了起来，把室友唱错的地方给纠正过来。她们的歌声吸引了另外两个女生，那两个人也加入了进来，宿舍里响起了一段女生小合唱。在寂静的夜里，窗外都是大片的树影，四个姑娘静静地坐着哼唱，那情景仿佛是在梦幻里。

哼完了，一个姑娘带头鼓起掌来，另三个却没响应。大家坐着、靠着，看起来各有各的心事。等到那股劲儿过去了，几个人这才相视一笑。原本隔着一层的关系，这时突然像含化了糖外面的粉纸，一下子甘甜了起来。

这时，张红旗忽然想起来，下午和陈星分手的时候，也没有互留地址和电话。而下一次什么时候才能碰见他，会不会碰见他，这都是说不好的了。持续了一晚上的充实感瞬间就消失了，张红旗出了一身冷汗。

9 这算是爱情吗

几天之后，昌平校区发生了一件惊天动地的大事，一个女生死于非命。听传言说，她死得太可怜了。

她是一个图书馆系的学生，因为不满于自己的专业，想转到张红旗她们系来。转系是要经过考试的，而考试地点在燕园。事发的这天早上，那个女生乘坐小巴去昌平县城，然后再从那里倒车到燕园。下午考完试，已经六点了，她就在燕园吃了饭，然后再坐车回来。可是坐到县城，她却怎么也等不到去昌平校区的小巴。那些小巴是很不规律的，有的时候一下来好几辆，有的时候却又都不来了。还有的时候因为抢夺客源，同一趟线的司机和售票员还会械斗。而这天死活没有车来，可能是那些人又去械斗了。

等了很久，那个女生看着县城正在变黑，只好拦了一辆黑车。在平常，昌平园的学生，尤其是女生，轻易都不坐县城里的黑车。不是花不起钱，而是怕不安全——有些黑车司机一脸横肉，胳膊上和胸前都是文身，很像劳改释放犯。确实有学生被黑车司机欺负过。从县城到昌平园，明明只有不到十公里，他们却要收一百块钱；如果不给，他们就从座位底下掏出一把弹簧刀来：“哥们儿刚从新疆大牢回来！”

而那天晚上，那女生命里注定地慌了神，就上了黑车，上去了马上又更慌了，但为时已晚。第二天，她的尸体便被发现了。

死者躺在一片玉米地里，浑身赤裸，身上有许多条血道，脖子上是一环瘀青的伤痕。伤痕很粗，就像戴了一条黑围脖。

关于那个女生的死因，传言分了岔。一种说法是，她上的本身就是一辆彻头彻尾的“黑”车，专以抢劫乘客为生。有时候不只抢，还要杀，碰到心仪的女乘客，还要奸。另一种说法是，因为那女生慌得太厉害了，在车上就大喊大叫起来，闹着要下车，这就造成了一种假象，好像司机打算对她做点什么；这样一来，司机也火了，只好真的对她做了点什么，然后再把她杀掉，灭口。

对于此事，校方和学生的态度也分了岔。校方首先做的，是教育活着的学生，千万不要坐黑车了。这立刻激怒了学生们：难道学校对那女生的死就一点责任也没有吗？你们把我们送到荒郊野岭的昌平来，又不提供足够的班车，这时却惨无人道地说起了什么“前车之鉴”！一天晚上，也不知是谁起的头，宿舍楼下忽然出现了一点烛光。随后，烛光越来越多，学生们纷纷买来蜡烛，点燃后放在台阶上。小卖部库存的蜡烛很快就卖光了，一地烛光旁边站满了悲伤的人。

不知是谁忽然喊了一句：“我们要把烛光照到燕园去！”一场学生运动就形成了。

第二天，许多昌平园的学生都没上课。他们白天赶到燕园，晚上聚集在大讲堂前，默默无声地从怀里掏出蜡烛，在地上点燃。这一天的烛光，比头一天还要多。

张红旗也在点蜡烛的队伍里。她是被陈木硬拉了来的。身处在这样一种气氛中，每个人的胸口都像憋着什么。很多人哭了，但却发现胸口的东西是哭不出去的。

而这时，陈木忽然做出了一个石破天惊的举动。她在人群中举起拳头，高喊了一句：“校长出来！”

她的话立刻让大家化悲痛为力量，好几个人也举起了拳头，喊道：“校长出来！”随后的声势越来越大，所有昌平园的学生都加入了进来，高呼口号：“校长出来！”而且大家真的向校长办公楼进发去了。

张红旗几乎不认识陈木了。陈木走在队伍最前面，扬着一张坚毅而倔强的脸，头发甩到脑后，就像一个五四女青年。而仅仅在不久以前，这姑娘还在醉酒、呕吐，抱着她表白，说自己是个同性恋呢。场合一换，立马就能判若两人，这可是张红旗没有的本事。

陈木越走越有力，越喊越悲愤，就像和学校真有什么深仇大恨，就像校长本人正是强奸杀人犯。走到湖边的校长办公楼前，她的嗓子已经哑了，但是声音却更有震撼效果，简直是泣血的呼号。浩浩荡荡的队伍集结在办公楼前，声势颇为浩大，再加上不少住过昌平校区的高年级学生也来声援，看起来真是不可遏制了。校方当然不能不闻不问，他们派来很多保安。但保安也不敢把学生怎么样，只不过远远地围成一圈，观察着动态。但这个反应更加激怒了学生们，陈木索性使劲拍打起办公楼的木门来，每拍一声，大家就跟着吼一声，每拍一声，大家就跟着吼一声。也许所有人都觉得自己正在攻城，什么时候城池攻破，什么时候正义就会得到伸张，真理就会散发光辉。

然而陈木的一声拍门，却让张红旗惊醒一般瞪大了眼睛，不出声了。眼前的景象让她感到陌生，随后又害怕了起来。

张红旗正不知所措，人群也忽然骚乱了。她后面的人惊慌地叫："你们干什么？你们是什么人？"没喊两声，学生的队伍就不由自主地分开来了。几个粗壮的黑影冲了进来。

这些人是校卫队的。校卫队和保安可不一样，保安就是一些摆设，大都是农村的孩子，胆子也小，平常只能收收停车费，而校卫队则是精锐部队。燕园的学生常常见到这些家伙开着奥拓小汽车，把胳膊搭在敞开的车窗上，一边抽烟一边巡逻。至于校卫队究竟由什么人构成，那就不清楚了，只知道他们衣冠不整，特别爱说"妈了个×"。学生打架他们管，半夜在湖边摸摸搞搞他们管，现在这种聚众闹事，当然更要管了。

昌平园的新生们根本没想到学校里还有这样一支奇兵，被人家"妈了个×妈了个×"地一冲，立刻溃不成军。陈木暴露在了几个中年人的粗手大脚之下，人影再一晃动，她就不见了。等到大家晃过神来，她已经被连拉带拽地塞上了停在一侧的奥拓汽车。那种迅猛的架势，就像把一只柴鸡塞到笼子里。

而校卫队的战术是抓到主犯，立即撤退，三个男人几乎同时钻进了汽车后座，把陈木夹在当中，司机也瞬间到位。车门嘭嘭嘭嘭响了四声，奥拓汽车就绝尘而去了。那么小的后座，却塞进去了那么多胖男人，陈木有可能已经被挤断了几根骨头。

被留在当地的学生们立刻鸦雀无声。大家谁也不看谁，激情却全部消散了，又回到了默哀的气氛。过了一会儿，这团人群就变小了。学生们一个、两个，无声散去。到后来只剩下了张红旗。

张红旗独自站在黑漆漆的校长楼前，脖子痒痒的，因为她的肩膀直哆嗦，带动着马尾辫也颤抖起来。她努力不去想刚才的一幕，但还是觉得那些粗大的黑影正在身边蹿来蹿去。再过了一会儿，她觉得脸上凉，原来已经哭了半天了。她想，自己真是一个懦弱的人，别说什么学潮、什么运动了，就连一次小小的请愿活动的后果，她都无法承受。

而陈木将会被怎么样呢？她会被严刑拷打吗？张红旗这时是真吓破胆了，她满脑袋都是老虎凳、武装带、几千瓦的大灯泡等等等等。过去听说的“文革”时爷爷受的罪，全被她生动地想象了一遍。而陈木的身体很娇嫩，这会不会更加激起那些男人的虐待欲呢？

张红旗赶紧甩甩脑袋。都什么年代了，怎么会有那样的事情。就连陈星和小北被抓进派出所，也没见他们被打嘛；张红兵在少管所也没听说被打嘛。但是张红旗确定，陈木肯定是要被开除了。她进而又想，也许校方这时正在昌平园挨个点名呢，参加今晚集会的人都会被清查出来，一个也跑不了。

后来张红旗再回想起那天晚上，只有一个记忆，就是彻头彻尾的恐慌。她流着泪，在校园里慢慢地走着，没头没脑地走到了湖边，却听到水面上飘着笛子的声音。曲子很快，是一段和革命有关的民乐。很久以后，她又听到过这段旋律，那是陈星给她听的崔健的磁带，一首歌的间奏用的就是它。陈星告诉她，这叫《扬鞭催马运粮忙》，管乐手名叫刘元。

但是那天晚上，这段旋律在张红旗耳中却像哀歌。更让人受不了的是，笛声奏到一半，忽然就停了。再过一会儿，张红旗竟然察觉到有人在跟踪她。四周这么黑，身边一个人也没有，都是山坡、树和水。天啊，怎么什么样的事都被她赶上了，她顿时又想起了刚刚死了的那个女生，哇的一声叫了出来。

这样一叫，倒把跟踪她的人吓了一跳。那个人也哇的一声。张红旗回头一看，那是一个男生，戴着眼镜，因为光线黑，显得鬼鬼祟祟的。

那男生反而问她："你要干吗？"

张红旗说："你要干吗？"

那男生结巴了一下，随即理直气壮地说："我怕你跳湖。"

张红旗一想，自己的样子倒真像要跳湖的。这个学校的学生，尤其是女生，跳湖也是很有名的。她说："我不跳湖。"

那个男生说："那就好，别犯傻。"

说着，他举举手里的笛子，告辞走了。原来刚才吹笛子的人就是他。

经过这么一打岔，张红旗的心情虽然还在悲观，但却没那么激荡了。她蹲下来，用湖水洗了把脸；等水波平静了，又看了会子水里那张不清不楚的脸，然后决定回家去。

回到家，父母却没有照常看电视。对于张红旗意外归来，他们也没表示太多诧异。母亲问了一句："不舒服吗？"张红旗嗯了一声，就回房了。

过了一会儿，父亲敲门进来。他对张红旗说："你的做法让我欣慰。"

张红旗正歪在床上发愣，不知道父亲说的是什么。父亲却从兜里掏出一封信，放在她桌上："张红兵写信来了，给我们也写了，这是给你的。"

临走，他又说："我觉得你又长大了一点。"

张红旗打开信，确实是张红兵的笔迹，但她又觉得陌生，因为弟弟从来没这么说过话——

姐姐：

你好。

过去，我没为自己所做的事感到过后悔，只是觉得自己太倒霉了。但是现在我后悔了，是真的后悔。我后悔没听爸爸和妈妈的管教，也后悔没把你当作榜样。我应该向你学习的，虽然你没对我说过什么交心的话。

过去我不喜欢你，说实话，有的时候甚至非常讨厌你。并不是因为爸爸和妈妈总是表扬你。他们也疼我，这我知道。我讨厌你，因为你太傲了，你觉得跟我不是一个世界的人，觉得我和你一比就不是个人。但现在，我的看法改变了，你不爱跟我说话，但心里仍然疼我，否则怎么会专门托星哥给我带一块手表呢？

你让我学会珍惜时间，我一定会记住。我已经耽误了不少时间，以后不能再这样了。

我在少管所的生活不好，但你也不用操心，这是我罪有应得的。而且在拘留所的时候，星哥很护着我，还为了我和别的犯人翻过脸。他这个人真仗义啊，过去他就从古力手里救过我，结果自己进了派出所。

好了，不说了，少管所熄灯早，刚才给爸爸妈妈写信，花的时间太多了。我觉得你永远是我的姐姐，我还希望星哥是我的哥哥。他给我带手表来的时候，我哭了。这块手表我放在贴身的衬衣兜里。

弟弟

张红兵一晚上写了两封决心书，表示要重新做人。而他之所以有了这个转变，是因为陈星带给了他一块手表。张红旗看着信，百感交集。这时，她又觉得在学校发生的事不算什么了。

洗完澡，重新躺在床上以后，张红旗开始没完没了地想念起陈星来。弟弟盛赞陈星的仗义，张红旗觉得那不只是仗义，陈星这个人就是“好”。再联想到今天的遭遇，要是陈星在就好了，陈星是不会惧怕这样的情况的。在张红旗心里，陈星的形象简直是高大全了起来。

张红旗决定去找陈星。她想对陈星说声谢谢，至于说完谢谢，还有什么内容，她不能多想。她对这方面的事情完全没经验。

但是要找陈星没那么容易。她甚至只知道他在一所民办大学上学，而具体是哪所就不清楚了。那段时期，民办大学像丑女孩的青春痘一样层出不穷，光昌平区就散落着好多个，分别占用了过去的木材厂、饲料加工厂和罐头厂等。这么多的厂里，陈星在哪一个呢？

没有办法，张红旗只好去找小北。小北上了音乐学院，这是人所共知的。而音乐学院在北京只有一家。

这一天上午，张红旗起了个大早，辗转了几路车，来到复兴门附近的音乐学院。她本以为在这里会见到一些满面病容的长发青年，没想到，映入眼帘的却是很多胖子。那些胖子一个个白白嫩嫩的，肚子都特别大，明明是男的，胸前却像吊着两只乳房。再一看他们身后背着的家伙，原来是管乐系的同学们去上课。当然，胖子们也是很有艺术家风范的，他们都看天走路，仿佛正在流鼻血。

张红旗拦住了其中一个，问“录音工程系的宿舍在哪儿”。胖子不假思索地指指一栋楼就走了。

但是小北住在几层、住在哪个房间里呢？她这么冒失就跑来了。张红旗有点后悔。本来，她可以通过过去的同学，先联系一下他的。现在，她只能再费一番周折，去找宿舍管理员查询。而那种老头子、老太太通常是很不耐烦的，大概在他们眼里，到宿舍拜访异性的大学生只有一个目的，就是乱搞。他们会用揭穿性的眼光看得来访者浑身发毛。哪怕来者是张红旗这样的女生。

偏巧，小北宿舍的传达室锁着门。管理员不知到哪儿去了。这下张红旗不耐烦了：难道她就要在门口等着，等到管理员回来，或者小北什么时候下楼吗？如果管理员今天请假了呢？如果小北窝在上边一天都不下楼呢？再如果小北压根就不在宿舍，又跑到哪儿去鬼混了呢？那她就真是太傻了。

也许是昨天晚上经过了历练，张红旗的胆子也大了。她决定，索性硬闯进去。

不过刚一跑进去，张红旗就后悔了。音乐学院的学生起得真晚，十点多了还有人只穿一条内裤从宿舍里晃出来。那家伙一手抓着两腿之间，一手揉眼睛，吓得她哑口无言。而对方揉完眼睛，立刻嗷嗷大叫了起来：

“女流氓！女流氓！”

张红旗的脸腾地红了，撒腿就跑。因为慌了头，她没往宿舍门外跑，而是顺着楼梯冲了上去。这样一路爬上了四层楼，再也没有楼梯了，她只好靠着墙喘气。真是荒诞，难道因为沉浸在“寻找陈星”的心绪中，她就乱了方寸么？

好在这时，小北的声音在一个拐角处响了起来：“咦，张红旗，你怎么变成女流氓啦？”

歪打误撞，原来小北就住在四楼。和陈星一样，这时小北的外貌也发生了巨大变化。他剃着莫西干头（就是中间留一条，四周全剃光的那种发型，也被称为“鸡冠子头”），穿着一件印着巨大骷髅头的T恤衫，牛仔裤上都是洞，脖子和胳膊上还吊着三四根铁链子，走起路来叮当响。这是一个什么造型呢？张红旗目瞪口呆，小北解释道：

“哥们儿现在是一‘朋克’了。”

那年头，“朋克”这个词已经稍微有点普及了，张红旗似懂非懂地点了点头。而既来之，她便跟着小北进了屋。没想到，那里已经站着三个女青年了。

这又是一些什么样的姑娘啊，一个个胖的胖，瘦的瘦，脸上都糊着厚厚的粉，睫毛染成蓝色的、红色的、紫色的。她们身上穿着塑料质感很强、闪闪发亮的衣服，有一个的屁股上还印着Juicy的字样。Juicy也就是多汁的意思。当然，她们也都挂满了铁链子，也都夹着一颗香烟。

小北对张红旗介绍说：“这都是一块儿玩儿摇滚的朋友——青春同路人。”

当然，这年头的艺术女青年质量有点儿偏低，小北对此也不好意思了。他稍显窘迫地对张红旗说：“你坐你坐。”

张红旗说：“你先忙你的。”

小北便坐回三个姑娘中间去，他们开始谈摇滚。从口音判断，这仨姑娘大概是二环路以里的胡同出来的，张嘴“操你妈”闭嘴“你大爷”。至于具体谈了一些什么内容，张红旗没听懂，这是因为姑娘们说的那些专业术语简直就像是黑话。比起仨姑娘，小北的言谈倒算是学院派的，他皱着眉，一副特痛苦特愤怒的样子，不时爆发出这样的宣言：

“我恨这个世界！Fuck the world！”

而张红旗在一旁，无疑影响了他的状态。他们的讨论不时陷入冷场，冷场了就一人点上一颗烟，奋力嘬，一口抽掉三分之一。

过了一会儿，仨姑娘终于告辞了，她们说，练歌房该开门了，她们要过去上班。走的时候，她们连看也没看张红旗一眼。

等到屋里静下来，张红旗对小北说的第一句话是：“能把窗户开一下吗？太呛了。”

小北一边开窗户，一边急迫地解释，自己的品位没那么差：“那几个妞儿是乐队一哥们儿介绍过来的，说是特喜欢朋克特想跟我交流交流，其实我懒得理她们——你看我都没当着她们动琴。”

这时张红旗才发现，小北的床上摆着一把红色的电吉他。他床边的墙上也贴满了各种乐队的海报，“涅槃”之类的。看来他对于眼下的勾当倒真是煞有介事。

据说摇滚乐在外国还是一件挺艺术的事儿，怎么到了中国就土得掉渣儿了呢——饶是音乐学院的人来搞。张红旗不禁揶揄了一句："被这么多异性围着挺开心的吧？你算如愿以偿了。"

小北立刻回了一句："你有什么没如愿以偿的呢？来这儿不是找我的吧？"

张红旗正想着该怎么回答，小北已经又跟上一句来："我当然知道陈星在哪儿了。"

这天中午，张红旗和小北一起在音乐学院的食堂吃了午饭。吃饭的时候，小北碰到任何一个熟人都要介绍一遍张红旗："北大的，也想玩儿摇滚。"他大概想借此告诉那些做艺术家状的乔男女，搞摇滚也是一件很精英的事，连北大的都想搞。

而被冠以"摇滚爱好者"的名头，张红旗倒不置可否，只是人家不相信。那些人打量了一下张红旗，就嗤笑着走开了。看得出来，小北在新环境里是不太受人尊重的。当然了，人家都是千里挑一考上来的准艺术家，小北只是个走后门进来的混混，凭什么看得起他呢？

吃完饭，他们就坐上咣当咣当响的公共汽车，去陈星的学校。车上的人很多，但周围的人都不自觉地给他们让出了空间。小北现在的形象还是很有威慑力的，特别是他做出"恨这个世界"的表情时。

在车上，他们两个聊起陈星。听小北说，其实这段时间他和陈星也没怎么在一起。大学刚入学，他就去军训了两个多月，回来以后之和陈星只见了几面，都是在周末陈星回家的时候。见面也很短，喝两瓶啤酒，聊聊天也就散了。小北还说，陈星也不知怎么搞的，特别爱往昌平跑，说自己在那边“事儿多着呢”——在那个鸟地方能有什么事儿呢？

张红旗心下忍不住一阵高兴。看来陈星迷上了走路，是只有她和他才知道的事。这是他们两人共同保守的秘密，连小北也没告诉。

他们刚开始站着晃悠，然后坐着晃悠，晃悠了两个多钟头，终于到了陈星的学校。原来这里离北大的昌平校区并不远，也就几站车的距离。而为了这几站车，她却城里城外地跑了个来回。

对于陈星的学校，小北一语中的地感叹了一句：“我操，这他妈哪儿是大学，就是一养鸡场。”但他所指的却是别的意思——往学校里走去，每碰到一个女生，他都悄悄说：“鸡！鸡！”如果碰到的是一群女生，他就悄悄说：“鸡群！鸡群！”

观摩了一会儿，小北终于挑选了一只“鸡”，拦住了她。那姑娘确实没辜负小北赋予的称号，她烫着头叼着烟，露着大腿趿拉着拖鞋，浑身上下的发廊味儿。

“干吗？”姑娘斜着眼儿问小北。

小北眉开眼笑地跟那姑娘贫着，这时候就不那么恨这个世界了。明明就是一个问路，俩人却你来我往地逗了十分钟。看那谈得入港的架势，要是张红旗不在旁边，他们可能会就近找一个小旅馆了。

问完了路，小北心满意足地跑回来，问张红旗：“你有没有感到一种气息？”

张红旗没好气地问：“什么气息？”

小北夸张地张大嘴：“淫荡的气息。”

张红旗说：“我可没感觉——什么人感受什么气息。”

两个人互相撇撇嘴，一起继续深入，终于找到了陈星的宿舍，也就是那个养鸡大棚。那里面简单打了隔断，放了无数张床。这一次，张红旗就不敢贸然闯进去了，她让小北进去找陈星。小北推门进去，没半分钟就满脸坏笑地跑了出来。他摸着胸口说：“我的妈呀，我的妈呀。”

张红旗说：“又怎么了？”

小北说：“我看到一张床上，趴着一个人。”

张红旗说：“趴着一个人怎么啦？”

小北说：“那个人下面还躺着一个人。”

说完，他就歇斯底里地大笑起来，把张红旗闹了个大红脸。很明显，小北在用这种方法捉弄张红旗。

但是可没过一会儿，张红旗却听到屋里嘈嘈杂杂，竟然是有人打起牌来了。她严肃地对小北说：“这是怎么回事？明明是在打牌嘛。”

小北说：“有的在打牌，有的在做爱，这并不妨碍啊。我不早跟你说过嘛，这里的气氛很淫荡。”

张红旗说：“人家能打牌，你就不能进去看看吗？”

小北立刻打断她："我只是觉得人在人上的那一位很像陈星，不好意思打断他而已。"

小北这么说，张红旗就有点急了。她胸口一堵一堵的，眼圈都红了。她要回击小北两句，却发现自己再也说不出话来，只好急促地转过身，低下头。在以前，她可不会有类似的机会落到小北这种人手里。

不过小北没一会儿也后悔了。刚才他确实是想挤对挤对张红旗。原因很简单，过去她冷冰冰的，很傲。对于这种人，小北一向有挑衅的欲望。而他也感觉到，用陈星是能刺激张红旗的。但是现在看到张红旗这副样子，他又觉得她有点可怜，于是他没有再说什么，反身又溜进了男生宿舍。

张红旗正气得脑袋发胀，小北忽然又从背后拍了拍她。他赔着笑脸说："我又进去了一趟，陈星不在宿舍。我又问了他们同屋的人，人家也不知道他去哪儿了。"

张红旗的表情明显是不信任小北了，小北急得直跳脚。过了一会儿，好容易有一男一女从屋里出来了，他便上去拦住人家问："你们屋里是不是有一个叫陈星的？北京的？你们告诉她，那家伙是不是不在？"

那男生操着一口东北腔说："你刚才不是进去找了吗？"

小北一愣："是啊，是啊。"

那男生说："你没找着就是不在呗。"

小北说："是啊，是啊。"直到那对男女走远了，他才竖起大拇指："做爱的时候也能眼观四路，真是高人啊。"

他又回头对张红旗说："刚才我说的那一对儿就是他们。"

可见，小北确实没有骗她，不过张红旗还是对他没好气。小北倒是自知理亏似的，围着张红旗绕来绕去，请示她下一步应该干什么。

"干什么？"张红旗气哼哼地说，"等呗。"

"等到他回来为止？"小北说。

"那当然。"张红旗说："这么大老远都来了。"

他们就在学校里这儿逛逛，那儿逛逛。张红旗想，陈星在哪儿走过呢？她可以想象陈星走过校园时，那低着头、忍辱负重一般的身影。不知道为什么，她脑袋里的陈星总是这副模样。

东耗西耗，很快又到了吃饭的时间。他们只好走出学校去，步行了十来分钟，才找到一个脏得要命的小面馆。这里的顾客大都是民工和大货车司机，张红旗肯定是吃不下什么，小北却吸吸溜溜地吃得很香。他向她炫耀："过去我和陈星经常在小胡同里吃板儿面，板儿面你懂么？"

吃完了饭，他们又回到学校等陈星。这时，宿舍里学生就多了起来，进进出出的。大家看着一蹲一站在门前空地上的小北和张红旗，好像在看什么珍稀动物。能在这里干泡上一天，这俩人确实也够奇怪的。

小北蹲在地上，有一搭没一搭地吹口哨。最后，他干脆一屁股坐下，用石头在水泥地上涂涂画画。而张红旗一直抱着胳膊站着，侧脸对着宿舍门口。有时候她也动一动，活动活动腰腿，但大多数时候都是那么静止着，站得既不挺拔，也不垮塌。她的头发被风吹得晃起来，脸上没什么表情，但眼神很坚定。

小北没想到张红旗会如此有恒心。他想，这是干什么嘛，又没有什么重要的事情，干吗非得见一面？他开始是不耐烦，后来竟然有点害怕了。

等到天终于有了变黑的意思，他从地上爬起来，小声对张红旗说："这么晚了，再等就可能没有回去的车了。"

张红旗也小声对他说："那你先回去好了，我再等等。"

这下，小北就真烦了。他以前没发现，原来张红旗也是一个任性的人。他决定要惩罚她一下——当然是一个任性的人对另外一个任性的人的惩罚。

于是小北对张红旗说："好提议！我走啦！"说完他就真的走了。

当然，小北也不会走远，他只是想吓唬一下张红旗。天已经真的黑了，养鸡场里，除了宿舍有光亮，远处都是鬼影幢幢。走在没有灯的道路上，感受着四周黑漆漆的大片田野，连小北都害怕起来了。他随即又有了恶作剧的高兴："看她这下怎么办。"

没走出多远，小北就找到了他能去的地方。路边村子的入口处，居然有一个无照经营的游戏厅。城里早就没这玩意儿了，原来机器都被淘汰到了这种地方。小北进去，买了半塑料杯钢镚，饶有兴致地玩大战外星人。上小学的时候，他经常放学不回家，几个小时几个小时地玩儿游戏。还有的时候，刚买的钢镚就被大痞劫走了，大痞还要额外赏他两个嘴巴，抽得他捂着脸在路边哭。

这些游戏机对于小北来说就像老朋友，他们畅谈了两个小时之久。把最后一个游戏打通关了，他才一拍脑袋，看了看手表："哎呀，这么晚了。"也许张红旗已经彻底慌了神，在养鸡场里哇哇大哭了。

于是小北赶紧跑回去，进了养鸡场大门，又放慢脚步，躲在一只垃圾箱后面观察。他没想到，张红旗还站在原地。这时她已经变成了一条模糊的影子，但仍然保持着之前的造型：抱着胳膊，平视前方。

小北便猫着腰，悄悄抄过去。他的设想是，突然出现在张红旗的身后，鬼哭狼嚎地叫一声，看她怎么办。但是没走两步，他却看到另一个黑影正在快步走向张红旗。那个影子瘦瘦高高的，不正是陈星嘛。

张红旗终于等到了她要等的人。这时她才感觉到腿酸得打战，脚跟上的疼也一条线地往上钻。陈星看到张红旗，固然是大惊失色。他一开口就结巴了：

"张，张红旗——你，你来干吗？"

张红旗像鹿一样活动着两条腿，面不改色地说："我来是想对你说，谢谢你。"

陈星说："谢我干什么？"

张红旗说："谢谢你把表带给张红兵。"

陈星目瞪口呆，他看出来，张红旗已经在这儿等了很久。

但张红旗说完谢谢你，立刻又说："我走了。"看她的表情，仿佛今天到这儿来，真的只有这么一个任务。

陈星赶紧追上去说："你要回哪儿去？"

张红旗头也不回地说："回学校。"

陈星说："路上黑，我送你吧。"

没想到张红旗发了一声喊："不用！"她的语气特别执拗，明显是生气了。但她又在跟谁生气呢？陈星不由得被她吓住了，糊里糊涂地站住了脚。

直到张红旗的身影已经小得像一根拇指了，陈星才想起追上去。但身边却又响起一个人的声音："女青年——多少都有点儿神经质。"

陈星扭头，看见了小北无可奈何，又有点幸灾乐祸的表情。他摇晃着莫西干头，在铁链子叮叮当当的伴奏下，添油加醋地形容了张红旗整整一天的表现。

陈星打断他说："你怎么变成这副样子了？你吸毒吗？"

小北说："这是艺术，你不懂。"

那天晚上，陈星和小北还是把张红旗送回了昌平分校。不过他们只是远远地跟着她，确保她的安全。光从背影看，就知道张红旗走得心惊胆战，她像迎着大风一样，弯着腰埋着头，强迫自己走下去。小北断定，走不了多远，她就会气喘吁吁地掉头跑回来。不过张红旗一直没这样做，她坚持到了最后。

有几次，因为距离太远，他们几乎找不到张红旗的影子了，小北便安慰陈星："不用担心，碰上强奸犯她会叫的。"

而陈星插着兜，目光苦苦地盯住张红旗。小北想跟他聊聊"搞摇滚"的事儿，却也发觉气氛不对。

夜路仿佛比白天长。他们跟了很久，才看着张红旗走进了北大昌平校区。而这时，他们自己却没力气走回去了。

于是，这两个家伙也潜入了昌平园，在小饭馆里喝了一夜的酒。好在北大的学生已经有了通宵达旦地畅饮的爱好，小饭馆也愿意提供场地，否则他们就只能睡在树坑里了。

喝得眼皮都抬不起来时，小北忽然对陈星说："其实你和张红旗还是挺合适的。"

陈星好像没反应过来："你说什么？"

小北便解释道："因为张红旗肯定是一个性冷淡——而你不是阳痿吗？"

前面说过，陈星现在还没有遇事"深想"的习惯。他觉得深想会很麻烦，会很累。但现在，他得逼着自己想一想了。

想的当然是"自己和张红旗"这个问题。小北的那句话固然属于扯淡，但这一扯，却像扯开了一道口子，把他带进了生活的一个新领域，让他必须直面以前没考虑过的事情。

可是一想才发现，他和张红旗之间，根本就不是“合适不合适”的问题，而是“可能不可能”。在一般人看来，他们自然是没有可能性的。看看现在想想过去，就可以知道，他们完全是两类人、两个圈子的人、两个世界的人。再展望一下未来，答案就更清晰，也更残酷了。

但陈星又想：那只是“一般人”的想法，“一般人”不是往往都会犯错误的吗？

这样一转念，他的心竟然澎湃地跳了起来。他也不知道自己为什么会如此狂喜。他决定再接再厉，把思考进行到底，找到一种“自己的思想”，来思考“自己的问题”。

但他很快便绝望了。他发现，自己根本找不着“自己的思想”。所有尝试过的想法、角度、概念都是别人说过的、自己听过的。

也许自己的脑袋里根本就没有“自己的思想”。也可以说，在精神层面，他是一个毫无特殊性的人。这个新发现让陈星深深地沮丧。

早知道就不要“深想”了，看来“深想”还真是一件平添烦恼的事情。

然而现在，不想又不行了。他已经陷进去了。此刻，在昌平校区的小饭馆里，在一片狼藉的啤酒瓶子森林之间，陈星无法自拔。既上瘾，又痛苦，都是因为张红旗。喝了一夜的酒，想了那么复杂的事情，他的意识开始飘忽了。

他用迷离的醉眼看着同样迷离的小北的醉眼，喃喃地嘟囔了一句：“你说，这算是爱情吗？”

他刚说完，随即就后悔了。他发现自己失控了。他还不想把“自己和张红旗”这个问题挑明呢。他们才到哪儿跟哪儿啊，从中学到现在，说过几句话呀。这就上升到了爱情，只能给别人造成一个印象：这孙子也太自作多情了吧。

幸亏，小北早已经喝得丧失了意识，他早就把刚才的话给忘了，而是就着“爱情”这一主题，展开了一段混乱的、地下摇滚风格的独白：

“爱情就是他妈排泄，就是他妈shit！”

“大傻×才玩儿纯情呢，越玩儿越傻×！”

胡言乱语了一阵，他又绕回了那两句经典台词：“Fuck the world！我恨这个世界！”

这时，门外进来两个买早饭的学生，他们看见小北，立刻贴着墙边儿溜了过去。一个学生很老道地对另一个说：

“这哥们儿失恋了。”

10 黄金时刻

既然思考不出结果，陈星只好跟着感觉走。反正一直以来，他所习惯的生活，就是在一片混沌里混着、走着。有感觉，说明他还活着；能够走，说明他还有自由。

那天他和小北在昌平园门口分了手，便坐上清晨第一班公共汽车，回到了养鸡场，一头扎进大棚里呼呼大睡。这一觉睡得天昏地暗，再一睁眼，窗外却仍然阳光灿烂。他从枕头下摸出电子表看了看，原来已经是第二天中午了。

按说，他应该在睡梦里见到张红旗的：她站在派出所的院子里，面色雪白，围着一条格子围脖；她坐在自行车大梁上，既被笼罩在陈星怀里却又紧绷着，不与他发生接触；她头顶的几根头发飘扬起来，搔着他的下巴。但这一切都没有出现。

而此刻，陈星的第一个感觉是胃里难受。仿佛被什么东西搅着，一抽一抽地疼。这是饿得。他只好端着饭盆去食堂。

吃了半斤米饭，一份没有猪肉的猪肉炖粉条之后，他仔细地刷了牙，洗了脸，又换了一件相对干净的套头衫——就差沐浴薰香了——而后重新躺回床上，打算神清气爽地继续“深想”。

但刚躺下，他便不得不再次翻身起来。他觉得床正在摇晃。原来下铺已经有了一对同学。不是“个”，而是“对”。因为拉着床帘，所以陈星回来时并未发现对方。

那桩极致狂野的杀人案，打消了所有地痞流氓在暴力上的追求，他们转而把精力迅速地投入到了色情方面。“要做爱不要作战”，他们用实际行动响应了这句美国六十年代的口号。奔放的男生和风骚的女生勾搭上了，内向的男生和闷骚的女生也勾搭上了；而因为学校的生活实在无聊，他们唯一的乐趣只能是互相开掘。夜以继日，开掘的速度未免太快了，没多久，第一拨儿结合的姘头就厌倦了，他们迅速分手，重组，形成了第二拨儿、第三拨儿姘头。好在一把钥匙能开一万把锁，一把锁也能由一万把钥匙来开，万能钥匙万能锁，换着开，每开一次都有新乐趣。从排列组合上来讲，现有的百十号色情男女，足够敞开了折腾好几年的呢。何况不停地有新人加入，更何况校外小发廊里的姐妹也杀入战团，组建了一支经验丰富的雇佣军。

当陈星痴迷于在京郊大地上游荡的时候，这伙人的配对重组已经像车牌号码一样混乱了，还发生过一个姑娘怀孕，两三个男生凑钱给她打胎的事儿。而由于需要做爱的人太多，可用于做爱的空间又太少，中午没人的宿舍就成了极其紧俏的资源。情侣们甚至得放弃午饭，才能先到先得。学校里也形成了一个不成文的规矩：中午时分，如果哪个宿舍关着门，就说明有人捷足先登啦。

而陈星不明就里，他稀里糊涂地开门进来，躺到了上铺，使这张床上的景观变成了“妹妹床上人摞人，人的上面还有人”。

他扒着床沿往下张望，恰好遇到那一对拉开床帘，向上侦查。他们也察觉到了陈星。

三个人面面相觑，未免很尴尬。那个女孩拽着被子遮住乳房，似乎很关心地说：“回来啦？”

陈星弄清了情况，只好又背上帆布包，跳下床来。这个宿舍是不能待了。临走的时候，他还没话找话地和对方打招呼：“打搅打搅。”

“哪儿的话，我们打搅。”

和那对男女文雅地告了别，他只好重新上路，继续在尘土飞扬的公路上游荡了。这倒让陈星轻松了很多，因为“深想”太让人疲惫了，走路却是驾轻就熟的。他紧了紧鞋带，把帆布外套的领子扣好，走出了学校。

吃饱喝足也休息够了，他的脚步轻快有力。但没走多远，他又发现今天的游荡有些异样。确切地说，是有了目标感。过去都是毫无计划的，走到哪儿算哪儿，而今天，内心深处却隐隐地希望能有个方向。

什么方向呢？张红旗的方向。陈星的双脚渴望走向离张红旗近一点，再近一点的地方。

与陈星相反，那天从养鸡场大学回来以后，张红旗一夜没睡。不仅没睡，她还在昌平园里逛啊逛啊，好像有发泄不完的力气。

其实在回来的路上，她就猜到陈星他们正在后面跟着她呢。没来由地，她相信陈星一定会不放心，一定会拽着小北护送她。仿佛她和陈星已经很熟了，她对他的性格一清二楚。怪了。

因此，尽管张红旗一路都没有回头，但她还是走得很踏实。就算郊区的路上没有路灯，两边的农田都黑黝黝的，不知藏着什么人和动物，她都一点也没有害怕。并且，虽然北京北部的夜是很冷的，秋天的风已经有了凛冽的味道，但张红旗还是觉得温暖。

走到昌平校区门口，她想，后面的陈星应该已经站住了，目送她进门。但她仍然没有回头，甚至脚也没停，就那么走进去了。她想，如果她也站住，回过头来望向陈星，他一定会走上来说点儿什么的。就算什么也不说，那也够——缠绵悱恻的——而张红旗对缠绵悱恻的东西，一贯是敬而远之的。

然而走到宿舍楼下面，猜测陈星他们应该已经走了，张红旗的心里却不可遏制地缠绵悱恻了起来。她明明知道天已经很晚了，她应该蹑手蹑脚地上楼，蹑手蹑脚地睡觉去了，但身体却不允许她这么做。有股东西填满了心口，既生机盎然又茫然若失，像兔子一样一跳一跳的。她不由自主地转过身，在校园里游荡了起来。

北大的学生原先对昌平园满腔抱怨，他们觉得这里荒凉、乏味，但现在张红旗发现，昌平园在静静的夜晚也非常美。矮而陈旧的宿舍楼，在月光的照耀下显得很含蓄。枝脉宽大的松树的影子摇曳着，仿佛它们并非被风吹动，而风却是它们扇出来的。更好的还是风，外面凛冽的风，进了园子就温柔了，轻快了，而且不同于城里任何一个公园里的风。这里的风裹着泥土、青草、树叶的气味，此外就再没有别的杂质了。

张红旗的心也伴随着风在唱歌。沉浸了一会儿，她的耳朵又让自己吃了一惊。原来，不知不觉间，她又哼出曲子来了。还是那首《阿莱城的姑娘》。

夜游了不知多久，张红旗才有点醒过来。她提醒自己：今天太不像话了，怎么能这样放纵呢。她强迫自己回宿舍去。然而钻过那道挂着链子锁、防君子不防小人的楼门，爬了三层楼，路过陈木的宿舍时，她又忍不住站住了。她想对一个人说说今天的事儿。尽管陈木自称是一个同性恋，并向自己“表白”过，但除了陈木，她没有别的朋友了。

她轻轻敲敲门，低声唤道：“陈木，陈木。”陈木就睡在最靠近的那张床上，应该听得见的。但敲了一会儿，却没人答应。难道陈木睡得那么死吗？

张红旗尝试着用了下力，宿舍门竟然被推开了。屋里的温热、含混的味道扑了出来。她摸着黑，来陈木的床边，身手一探，却发现那床是空的。

她这才想起来，到燕园抗议的那天晚上，陈木被校卫队抓走了。算算到今天已经有两天了，她怎么也该回来了吧。该不是已经被开除了吧？但是再摸摸，被褥、书、其他日用品还在，张红旗这才稍稍放了点心。

一晚上的兴奋，又夹杂了些许不安，张红旗更没心睡觉了。她走出陈木的宿舍，倚在走廊的窗子旁。窗外，树影慢慢变得清晰，东方既白。

第二天，张红旗上大学以来第一次逃了课。困意一旦涌上来，便让人完全抵挡不住，瞬间失去了意识。她衣服也没脱，趴在床上就睡，同屋的女生一直在用粤语打香港长途，和男友吵架，却也没有吵醒她。

等到下午醒了，张红旗又开始后悔：今晚还是别想睡了。早知道还不如熬一熬呢。但也只好如此，她到食堂草草吃了饭，便夹着课本到自习室看书，把落了一天的课赶回来。果不其然，到了十点钟，自学、预习、背英语专八的一整套功课做完了，还是一点不困。这时她又想到陈木，便跑回宿舍去找她。

推开门，陈木还不在。她问宿舍里的两个女生："陈木呢？她回来过吗？"

那两个女生干脆地说："没有。"

张红旗说："从——去燕园的那天晚上就没回来？"

一个女生说："对，一直没回来。你是和她一起去的吗？"她说着，几乎是审视地看着张红旗，言下之意是：你怎么回来了？再言下之意是：你是叛徒吗？

张红旗不由自主地垂下了眼。她迅速说了一句："陈木回来，请告诉她，我来找过她。"说完赶紧跑了出去。

既睡不着又没事做，心里空得发慌，还忧心忡忡的，这时的张红旗非常希望有个人陪她。那个人可以陪她说说话，散散步，或者干脆就是沉默地坐着也是好的。但是校园里却没有这样一个人。即使回家去，偌大一个北京，也没有这样一个人。张红旗想，自己在这方面可真是失败啊。

最后，她只好夹着几本闲书，再到自习室去看。挑灯夜战地看言情小说，这可是中学女生才做的事；张红旗从来没想到过自己也会这样。自习室的大部分学生已经走了，只剩下一两对新谈上的情侣，缩在房子的角落里，嘀嘀咕咕摸摸索索的。她几乎是硬着头皮，坐下，打开书。好在很快就看进去了。

张爱玲的《十八春》以前看了一半，现在很快就看完了，于是她又打开了王朔的《一半是火焰，一半是海水》。小说里的那几个纯情流氓让她不自觉地想到了陈星和小北，尤其是小北，张红旗回忆起来，小北的很多话都是直接套用了这本小说里的对白。比如小北"安慰"某个姑娘时，一定会说："你还年轻，依然漂亮。"还有和人挑衅的时候，对方如果说："给你丫屎打出来。"这就正中小北的下怀了，他会兴高采烈地对上一句："打出来也是你费劲，你还得一口一口给我吃了。"

小说典型的"八十年代"的结局险些打动了张红旗，让她在午夜的自习室哭出来。嗓子刚有点儿哽咽，她赶紧按住了嘴巴：自己怎么变成这样了？这么失魂落魄这么易于打动这么善于自己给自己煽情。因为谁呢？她的脑袋里再次浮现出陈星的模样，仿佛看见他背着帆布书包，在尘土飞扬的公路上颓唐地走着。

一个火石光般的念头在心中划过：这算是爱情吗？

然而这个念头刚一闪，便被她掐住了。她再打开第三本小说，池莉的《来来往往》，但是没看两章就困了。她趴在桌子上睡着了。

没睡多久，张红旗就被吵醒了。天已大亮，历史系的同学们正准备用这间教室上课。昨天什么时候合眼的？又是四五点钟吧，她的头连着肩膀一起疼。

在众目睽睽下，她肿着两只桃子一样的眼睛跑出教室，回到宿舍。同屋的人问："这两天夜里你都干吗去了？"

"看书。"张红旗瓮声瓮气地在枕头里说。

"晚上看书白天睡觉，"同屋不无讥讽地说，"还没到出国的时候，你就开始适应美国时间了。"

假如说第一天逃课还是无所谓的话，第二天逃课便让张红旗有点心慌了。但她马上又迎来了第三天的逃课。

从自习室回来的那个白天，她又不接气地睡了将近十个小时，醒来以后，又已经是下午了。无论如何不能熬夜了，张红旗想，得把时差调整过来。于是她翻出从家里带的安眠药，吃了一片。这还是刚搬到昌平来时，她向父亲要的，因为当时害怕进了集体宿舍就睡不着觉。但因为白天睡得太足，安眠药的作用也降低了，这天晚上半梦半醒的，睁开眼睛好几回。

好歹迷糊到第二天天亮，她早早起床吃饭，又在宿舍里背了一早晨的英语，便准备去上十点钟的课。新的一天来临了，她要驶回正轨上去了。

可是往教室走的时候，刚一下楼，她便看见了陈星。

就如同这两天幻想的一样，陈星正背着帆布书包，在校园的干道上颓唐地走着。在北京北部的风中，他的身影显得很瘦，远看就像一段剪影，或老版电影里那种被拉瘦拉长了的造型。

张红旗的嗓子里不由自主地发出一个声音："陈星！"

那声音很梗，也很小，只有她自己听得到。而陈星正低着头，虽然走得郁郁寡欢，却也非常快，眼看就要消失在路的拐弯处了。张红旗心里的东西和声音一起冲破了嗓子，她放开了喉咙，用唱歌一般的声调叫了起来："陈星！"

陈星立刻站住，回过头，看着她。他们在早晨八九点钟的太阳下对望着，仿佛正在考虑谁应该先走过去。

后来，还是陈星低着头，走了过来。他走到台阶下面，仰着脸，眯着眼睛看上面的张红旗。阳光洒在他脸上，就让他显得不那么垂头丧气了。

张红旗没有问他怎么跑到这里来，陈星也没做任何解释。经历了两天的昏睡、失眠、梦游，这时候再说什么都是欲盖弥彰的。于是张红旗走下去，在陈星面前站好。她伸直了腰，测量着自己的个头能到陈星的什么地方。额头大概对着他的嘴唇。高度没有任何意义，但张红旗还是在认真测量，好像量清楚了，就能让她在他面前心里有底。

静默了一会儿，两个人又开始考虑一个问题：见面是见了，该说的也不用说了，而他们又该去做什么呢？上课？张红旗不想上课了。喝点什么？张红旗也不想喝东西。去看一场电影？张红旗连电影也不想看。何况这里根本没有电影院。

陈星也在为这件事情为难。但他脑袋里连“上课”“喝东西”“看电影”这些字眼都没有闪过。他只有空白地为难，不知所措。

最后，还是张红旗提了一个建议：“你陪我去少管所看看张红兵吧。”

几年之后，陈星和张红旗想起那天上午，眼前总会浮现出大片大片的金黄色调：广阔、明媚、一马平川。他们坐上一辆只在远郊运营的9字头公交车，向“温泉”这个地方进发。在秋天，北京郊区的空气质量可以和发达国家媲美。阳光肆无忌惮地泼洒下来——几乎具有了液体一般的质感，万事万物都被沉浸其中。连公共汽车的车窗、座椅、扶手都是金的，而且给人一个感觉：即使到了晚上，那些东西仍然会金光闪闪。它们就像在金色溶液里被泡透了。

没走多远，大地的金黄也展开了。那几年，北京的房地产业尚未穷凶极恶地发展，昌平和海淀的交界处还种着大片大片的麦田。正是临近秋收的季节，麦子奋力向天空生长，和阳光沆瀣一气，晃得人睁不开眼，都快分不清哪里是天，哪里是地了。就是那么一片单纯的欣欣向荣，带着浑不讲理的气势。如果要给这景色配上一段音乐，那一定是《扬鞭催马运粮忙》。乐器是笛子。

在那以后，张红旗就再没见过如此干净的金色。几年后，她看过一部以大制作闻名的国产电影，那片子里，金色调被极尽铺陈夸张地拿来做背景：金衣、金甲、金色的城市。但不知为何，那种金色却让张红旗感到很“脏”。

还有人把最好的岁月叫作“黄金时代”，其实哪里来的什么黄金“时代”呀。“时代”太长了，而“黄金”的只可能是一个上午、一段旅程，甚至蓦然被晃了眼的一个瞬间。但只要有就足够了，再短也可以让人无怨无悔。所以才叫“一寸光阴一寸金”呢。

在这共同分享的好时光里，他们两个却几乎没说几句话。大部分时间，都是一前一后地坐在人造革椅子上，感觉着阳光扑粉一样敷在左半边的脸上。半边的脸很热，让他们陶醉，半边的脸却很凉，告诉他们要矜持。

坐了不到一个小时，车到了终点站。陈星说，他们需要在这里换一次车，才能到达少管所。但刚走到那个车站，就看见一辆车开走了。这种郊区的车间隔很长，下一辆车来的时候，可能都到午饭的时间了。

两个人互相望望。陈星没有说话，仿佛在等张红旗拿主意。而张红旗不假思索地说："咱们走路吧。"

陈星果然露出笑意说："走路。"

他们便沿着麦田中间的公路走起来。风从旷野上来，带着熟透了的麦子的味道，还有西山上的草和树木的味道。张红旗在陈星身边走着，感觉自己的脚变成了鳍。她正在金黄色的海水里游泳呢。

她和他真的在分享好时光啊。金色的张红旗被这个时刻感动了，她低下了金色的脸，几乎滴下几颗金色的眼泪。

幸亏陈星知道少管所的大概位置，才没有绕太多的路，下午劳动之前就赶到了。他们在一栋红砖房子里见到了张红兵。

来时走了一个多小时，两个探访者都满头大汗的。张红旗捏着衣领，轻轻地给自己扇着风。等了一会儿，张红兵被看管人员带进来，他捧着一只铝饭盒，攥着一把叉子，看到他们的第一句话是：

"现在有那么热吗？"

然后他才开始动感情——陡然站住，哽咽着说："姐姐，你来看我了。"

整个探访过程，就是两个人坐在长桌子的一头，看着另一头的张红兵吧唧吧唧地吃午饭，他把一口饭嚼烂了，咽下去，才抬起头来，和他们说一两句话。张红兵吃得真香，把对面的两个人馋得够呛。到现在，他们还没吃饭呢。

张红旗咽了一口口水，有点抱歉地说："来得太仓促，也没给你带什么吃的……"

张红兵则心满意足地打断她："因为你们来，我已经吃得好多啦。假如在宿舍里吃饭，这儿的老大会把菜里的肉都抢走。"

说着，他叉起半肥半瘦的一片肉，向他们展示了一下，然后很响亮地嚼了起来。

张红旗想：看来张红兵的确吃了不少苦。她更觉得自己这个做姐姐的心里有愧了。不过张红兵的精神头看起来还不错，比在家里那副半死不活的样子强多了。也许他在少管所过的还是一种"有意义"的生活呢。

张红兵在少管所学会了一项新技能。他张开双手，展示了手指上的茧子："我现在每天要刻二百个字。"

每个少管所，其实都是一个小型乡镇工厂。它们都有各自的拳头产品。张红兵这里，主要出产各种棋子：象棋、军棋、百兽棋。低档产品，比如塑料军棋和百兽棋，上面的字样是用机器压上去的，而高档一点的木制象棋，则需要手工刻字。张红兵他们的一个重要任务，就是在那些小木头块上雕刻"车""马""炮"。

因为心灵手巧，张红兵的刻字速度常常超过了学校的生产进度。新来的学生，一般被安排雕刻简单的字样，比如"士"和"兵"之类的，但很快，老师就对张红兵说：“一副象棋不需要那么多‘士’，我看你可以晋升到‘象’了。”

但因为雕刻“象”的都是高年级的学生，劳动之余，午饭里的那两片肉自然也就不保了。尽管如此，张红兵的心情却非常好。他又发现了自己的另一个价值：“下什么棋他们都赢不了我。”

不管象棋、军棋，还是百兽棋，张红兵打遍少管所无敌手。没过几天，他就被一个曾用斧头砍过人的“大哥”收为了御用棋手。每天晚上熄灯前，那家伙都会带着张红兵，像江湖骗子一样乱串。以前，他的腋下夹着一柄斧子，现在则夹着一副象棋；以前，他去勒索抢劫，现在则是去下棋赌香烟。

每局赌注不等，多的时候有一条“万宝路”，少的时候只有半包“都宝”。但无论赌资大小，张红兵都认真对待。他常常不出十步就把那些头脑简单的工读学生将死了。而大哥则一边把香烟揣进怀里，一边拍拍对手的肩膀说：“再接再厉，下次多让你一‘炮’。”

有了大哥“罩着”，这里也就没人欺负张红兵了。刚进来时，他常常还眼圈乌黑，现在已经可以狐假虎威地对其他人发号施令了。如果要说跟着大哥有不好的地方，就是那家伙对肉的胃口太大了。差不多每顿饭，大哥都要把同宿舍所有人的肉都征集上去，就连宠臣张红兵也不能幸免。

张红兵怯生生地对大哥说：“给我留两片吧。”

大哥歉意地说：“本来不想抢你的，可是我看见肉就控制不住自己。”

作为补偿，大哥便把赢来的香烟分给张红兵一部分。可是张红兵哪儿抽得了那么多烟呢？所以现在，他忽然对陈星挤眉弄眼地笑了笑，说：“我要送你一件小礼物。”

他从怀里摸出一个塑料袋，顺着桌子向陈星推了过去。陈星打开一看，都是香烟，二十颗一捆地用皮筋扎好，足有十来捆。什么牌子都有：万宝路、希尔顿、红塔山……陈星抽出一颗闻了闻：“哟，连中华都有。”

弟弟和陈星这么亲热，更让张红旗尴尬了。再想想过去自己的态度，她觉得亏欠了张红兵什么。于是她像讨好一样说：“要不——我给你点儿钱？”

“咦？”张红兵顽皮地笑了，“你怎么对我这么好了？”

张红旗佯装沉下脸：“我的也不多，只能给你二百。”

“别了。”张红兵压低声音，指指外面，“给我也是让大哥拿走，每次谁家里来人，回宿舍都搜身。”

而这时，下午劳动的上工铃响了，张红兵又要去雕刻了。陈星和张红旗起身，刚走到门口，却听见他在后面说：“星哥。”

陈星回过头。张红兵说：“我姐这人不太会关心人，不过心眼挺好的。你多担待点儿。”

张红旗的脸腾地红了。张红兵却大大咧咧地站起来，又说了一句：“下次还是你们俩一块儿来，想得起来的话给我带点儿午餐肉罐头。”

他说完，就像老干部一样，背着手，摇摇晃晃地从他那一侧的门里出去了。

回去的路，多少因为张红兵的话而有些冷场。

但这又是多么幸福的冷场啊。两个人都在盘算着忐忑着心里“小鹿乱撞”着，千言万语积攒在嘴边，可刚张嘴，风一吹就消散了。人家都说，相爱的两个人没那么好了，不爱了，才会冷场，其实刚开始也是要经历一段冷场的。爱情是从冷场开始，以冷场告终的。

幸亏这回他们赶上了车，汽车的轰鸣掩盖了欲说还休的尴尬。而倒了一次车，又颠簸了一个多小时，等到车停在昌平园校门口的斜对面，该下的决心他们已经下了，该说的话他们也想好了。

又是张红旗先开的口。这并不说明她在这方面的胆子大一些，而是她更理性一些。理性的人说起话来，都是做好了最坏的打算、“先小人后君子”的。所以她说：

“我怕我以后真的对你不好。不是不想，而是我可能不会。”

陈星也立刻回答了她。看来他也打了一路的腹稿。他说：“我不在乎。”

张红旗又说：“我还怕——”

陈星则打断了她：“我也怕。”

张红旗好奇了。她眯起眼睛看着陈星：“你怕什么？”

陈星说："我怕我不值得——让你怕。我也怕我对你不够好。"

张红旗就笑了。这时，她觉得自己有权利使用一下姑娘家的骄纵了。

她看似斩钉截铁地说："你必须对我好。"

在张红旗的主导下，他们完成了这个小小的又很重要的仪式。两个人都感到一阵轻松，就像经过一个长长的休止符，终于等来到了乐曲接下来的那一个音。轻松之余，疲倦也来了，肚子更是饿了。

在这方面，陈星倒是有资格发言的："我们去吃饺子吧。"

十分钟后，张红旗和陈星坐在了小饭馆里。他们一人手里捏着一块卫生纸，擦着桌上遗留的酱油、菜汤、米饭粒。还有一根鸡骨头，竟然被插在了桌缝里，就像一只小小的桅杆，得由陈星把它从船甲板上拔出来。环境虽然脏了点儿，但服务态度还是挺好，四川口音的老板看出他们很饿，故意开起了玩笑。他每隔几分钟，就要高声宣布饺子的进程。他哪里知道，这顿饺子是浪漫的饺子，甚至可以被称为"定情饺子"呀。浪漫的饺子已经包好啦，浪漫的饺子已经下锅啦，浪漫的饺了还有五分钟，浪漫的饺子还有两分钟。

浪漫的饺子倒计时——浪漫的饺子端上来啦！而就在张红旗和陈星被深口盘子里的云蒸霞蔚熏得一闭眼的空档，一只手伸了过来，抓起了一个饺子。

他们抬起头，看见小北正奋力地嚼着。刚端上来的饺子烫得他满脸跑嘴。

小北一边吃，一边问：“你们怎么在这儿？”

张红旗刚想说：“你怎么在这儿？”小北却朝门外的一个人招呼上了：“过来一块儿吃，都是哥们儿。”

进来的竟然是陈木。张红旗目瞪口呆了，而小北呢，他嘴里塞满了饺子，无限夸张无限渲染无限口齿不清地说：“爱情这东西来得——真是他妈让人始料未及啊！”

11 吵架

对于以美国为首的资本主义体系来说，2000年是一个分水岭。世界刚刚度过了一次区域性经济危机，西方的少数人险些把整个儿东南亚玩儿死。当那些瘦得像猴儿一样的人民被迫失业，忍受饥饿，最终走上街头去暴动、去抗议时，刚刚捞了一票的金融界大佬语重心长地教育他们说：你们的市场经济还不够成熟啊。他们袖口下露出的百达翡丽手表指向千禧年。

对于高举“中国特色社会主义”旗帜的我国来说，2000年是一个分水岭。两个说鸟语的殖民地先后被回收，一批高调的国内新贵不知从哪儿就蹿了出来，而且看他们脸上那神情，仿佛已经富了几百年了。普通的城里人把五年的积蓄投入股市，化为泡影，立刻又用五十年的积蓄托起了房地产业的繁荣。数不胜数的农村兄弟姐妹则早已习惯了一成年就去广东、去浙江，没日没夜地缝鞋补袜子，给国家缝补出了成亿的外汇——然后再去买美国国债。首都省会哪怕县城的广场上都竖起了倒计时钟，激情跳跃的数字指向千禧年。

对于北京大学昌平校区的同学们来说，2000年是一个分水岭。他们在玉米地、黑车司机和狗的包围下苦熬了一年多，终于落实政策，结束下放，被允许回到燕园了。很多外地学生这才算第一次走在了北京以宽以豪华以被路旁写字楼的玻璃晃得睁不开眼睛——著称的大街上；就连北京本地的学生，都由衷地感到一种“进城了”的喜悦。他们把衣服被褥胡乱扔到破败的宿舍楼里，然后就作鸟兽散，迫不及待地奔向电影院、电脑市场、电子乐演出现场。学校旁边的几个咖啡馆和酒吧夜夜笙歌，每个午夜时分的欢叫仿佛都在提前庆祝——千禧年。

也许西方列强就是见不得别人的好，他们铁了心似的不让中国人在一片欢乐祥和的气氛中奔向2000年。那年五月，在悍然对前南联盟发动的空袭中，一枚美国激光制导炸弹把我国驻前南联盟大使馆炸了一个洞。

学生们立刻被激怒了。他们从宿舍、图书馆云集起来，从各个娱乐场所云集起来，从卿卿我我的未名湖畔云集起来。大讲堂前一时间站满了人，几个民间领袖激动地挥舞着手臂，发表现场演说，而更多的人则肃然站着，也不说话，只想“耗”在这样的气氛里。人群久久不愿散去，并且有越来越多的外校学生加入了进来。不时有人传送着新的消息：

美国声称这起事件纯属误炸！

两国领导人已经通电话了，我国表示严正抗议！

有一个女烈士很漂亮！像秋瑾！像赵一曼！

不时有人提出："到美国大使馆去！"

这下急坏了团委干部和负责学生工作的老师。他们已经在人群中潜伏、观察了很久了。一旦有人发出类似的号召，他们立刻跳了出来，扇动着两只臂膀："同学们！要冷静！"

有一些学生故意跟他们对着干："国难当头，就要去！"

干部和老师们说："你们去了能解决问题吗？要听上级统一部署！"

有人嘀咕："他妈的，爱国还要统一部署。"更有人高呼起口号来："打倒卖国贼！"

一个老师委屈地眨巴着眼睛说："是在说我吗？"

当然，学生们能凑在一起，恐怕"无聊"也是重要原因之一。就在一天前，他们中的很多人还在绞尽脑汁地要去美国留学，要到美资公司工作呢。虽然不乏演说和高呼口号的，但是终于还是没有人真的去美国大使馆。又过了两个小时，爱国之情终于没熬过疲倦，大部分人就这么散去了。

因为误炸大使馆事件，张红旗的宿舍也陷入了集体性的忧愁。一个宿舍四个人，三个都是好学生，尤其是英语好。北大的这类学生，基本上都是要去美国的。另一个不是好学生，但有一个好家庭，这类学生更要去美国。而现在，中国大使馆的屋顶被炸漏了，美国大使馆的铁门会不会因此关闭呢？如果关闭的话，它会关闭多长时间？一年，两年，还是永远关闭下去？要知道，再过几个月，就是托福考试的日子了啊。

张红旗之外的两个好学生都在长吁短叹，也没心情看英语了。阔小姐固然是国难不忘爱情，坚持和香港的男朋友打粤语电话，但聊的也是这个问题：

“你们那里可不可以去还？咦？还可以？你们不也是中国人吗？你们是香港人？香港人不也是中国人吗，是啊，香港的穷人就更是中国人喽。妈妈的，听别人说，我们这里好像不行了，给钱也不让去。就是啊，鬼佬都是死心眼。实在不行就只能去英国了——”

她忽然回过头来，问大家：

“英国和美国是不是一伙的呀？我男朋友也不知道。”

抱怨听多了，总会让人乏味。误炸事件的第二天中午，宿舍里还在人心惶惶，张红旗却咽了口口水，走出了宿舍。不出国就不出国了，她有些赌气地想。在国内待着好了，国内不也挺好嘛。

她不光在和美国赌气，而且是在和她家里赌气。去美国上一所排名前五十的大学，是父亲早就替她规划好了的。“规划好了”的事情，总会让人有些不满。只不过你固然不满，也找不出不满的理由。而现在好了，有可能真出不去了。美好蓝图白画了，成废纸了。

除了留学的前景不明朗，还有一件事更让她心乱如麻。前两天，她和陈星也爬过了一个分水岭：“在一起”这么长时间，第一次吵了架。

一直好好的，怎么说吵就吵起来了呢？那个中午，她靠在窗前，追溯他们“在一起”之后的日子，寻觅吵架的源头。

在昌平的时候，非常好。陈星几乎每天都来找她。他还是走着来。早上一起床，他就赶紧跑到食堂，吃尽可能多的东西，然后背包上路。这时的走路已经有了方向，双脚也像有人当家做主一样，力气仿佛使不完。一路阳光灿烂，一路心里在唱歌，走上两三个小时，就到了张红旗那里。

而来了以后，他常常并不能立刻进去，因为张红旗大多数下午都在上课。大一的学生，课都被安排得很满，除了专业课之外，还要上高等数学和大学语文之类的。陈星就在学校外面的田边转转，有时候干脆坐在田埂上休息，吃带来的豆包和发面饼。北部山区的风吹得他直打嗝，而他满心欢喜的样子，就像一个“喜闻又有好政策”的青年种粮大户。

有的时候，他还和田里游荡的狗联络一下感情。这里的狗不挑食，别说豆包和发面饼了，屎都吃。给了狗一点小恩小惠，他就可以拽拽它们的脖子，揉揉它们的肚子。有时候，某条狗会恋恋不舍地跟在他后面，他到哪儿，它也跑到哪儿。直到张红旗来了，听到“城里人”的声音，狗才咻地一下蹿到玉米地里去了。这儿的学生们怕狗，其实狗也怕学生。

上完了课，张红旗就到校外来找陈星。他们无须约定见面地点，因为这儿太空旷了。方圆两里的人，只要不是趴着，放眼一望都能看见。

两个人见了面，其实也没什么话说。过去，他们就都是话不多的人，张红旗是不爱说废话，陈星是不爱说任何话——因为说了也会被人当作废话。于是，他们就在田野里溜溜达达的，还有心无心地扒拉地里的农作物。

有一次，他们在田边碰到一个农民，那个大叔诡秘地问他们：“你们是不是在找麦秸垛？”

他们奇怪地“哦？”了一声，大叔则用更加诡秘的语调说：“现在旅馆都可以随便住啦，谁还找麦秸垛呀。”

他们不明所以地走开了。那个大叔看起来有点“不着四六”，京郊口音也不甚清晰，所以他们也没多琢磨他到底在说什么。

很久以后，张红旗在美国偶遇了陈木，两个人闲来无事忆往昔，她也说起了那次“麦秸垛”。而陈木则叼着一根“骆驼”香烟，大大咧咧地挥挥手说：

“这有什么新鲜的，在八十年代那拨儿作家的小说里，只要有打谷场麦秸垛，就没别的事儿，肯定是干。知青干村姑无赖干寡妇书记干民兵连长。”

她一连说了那么多“干”，说得张红旗都目瞪口呆了。她对陈木说：“这儿华人也挺多的。”

“怎么啦？”陈木把烟一掐，“我说的是学术。”

在田边游荡的日子里，张红旗印象最深的是一个秋天的下午，他们沿着学校门口的那条路走啊走，忽然看到远处升腾着滚滚的白烟。跑过去一看，原来是一个村子在烧荒草。大片的地已经覆盖上了黑色，而边际处，一条火线还在慢慢地蔓延。不知为何，张红旗忽然觉得这景象很美。而陈星就像猜到她的心思一样，陪着她默默地看。

两个小时，他们竟然一句话也没说。看着烧荒草的火，张红旗只怕陈星说一句“天晚了，我得走了”。她希望这情景能永远持续下去。

但最后，还是她先深吸了一口那苍凉的味道，扭过头对他说：“天晚了，你得走了。”

往往没吃晚饭，陈星就得往回走，因为张红旗不放心他走夜路。陈星每天往返十几公里，却还不知道张红旗喜欢吃什么零食，喜欢看什么杂志呢；张红旗也不知道他每天回学校后做什么。然而就在这样的奔波和沉默中，两个人都心满意足。非常的心满意足。

回想起来，昌平的生活就像一部默片电影。无声胜有声，尽在不言中。张红旗是多么怀念昌平啊，因为她一回到燕园，情况就变了。

她到了市里，陈星还在郊外，见面的难度自然大了。那时候中关村和昌平之间还没有城铁，连公共汽车也很少，而且间隔又长，走得又慢。城乡之间比较快捷的交通工具，主要是小公共。但这种车的不确定因素很多，什么时候出车，每天运营到几点，几乎全凭司机的个人喜好。运气好的时候，陈星早上能赶上一趟小公共，来北大找张红旗，但常常耗到下午，就没有回去的车了，于是他只好回家去，和父母六眼相对。还有些时候，是他在昌平左等右等，小公共却总也不来。等了一个多小时，车终于来了，已经时近中午。这时候如果还坚持往城里赶，见到张红旗就是下午了，再磨蹭一下，晚上注定别想回来。而他又不能总是回家去，他觉得，那儿已经够嫌弃他的了。思来想去，只好作罢。

不能来的时候，他也没法悠然自得地歇着。他得去打电话，告诉张红旗，好让她别担心。养鸡场大学只有一部公共电话，什么时候都有人排大队，他只好再步行两公里，到一个镇子上的小超市去打。到了那里，也不是拿起来就打，因为这部电话往往还被一些打工者占用着，他们操着各种口音报平安，报不平安，给家里汇钱，向家里要钱。等到打工者打完了，才轮到他，并且也不是一打就通，因为张红旗的宿舍楼只有一部电话。拨完号，他得寄希望于有人接；有人接了，还得寄希望于人家愿意在楼道里喊一声“张红旗电话”；人家喊了，还得寄希望于张红旗这时恰好在宿舍。

一轮一轮的希望，哪一轮落空了都会前功尽弃。而陈星这边的打工者也是络绎不绝的，当张红旗那边长时间没人接电话，或者她不在宿舍的时候，他只好让出位置，再听一遍他们的南北乡音大联播。新的一轮等待就这么开始了。有几次，他中午开始打电话，等对张红旗说出那句“我来不了”的时候，已经是傍晚了。而张红旗看看天色，说：“哦，那是自然。”

其实，那时候BP机已经普及了。很多家境好的学生腰里都别着一个滴滴乱响的摩托罗拉牌小蛐蛐。如果张红旗向家里提出买一个，也就可以解决联络不畅的问题。但她总也开不了口。为了“谈恋爱”的事儿问家里要钱，这和她一贯的“操守”相互矛盾。而且他们家还有点看不起那种用BP机的人。那时候，刚从少管所光荣毕业的张红兵也想买一个BP机，恨铁不成钢的父亲这样回答了他：

“你已经下定决心，要当一个在胡同口儿守着电话倒钢材的二道贩子了吗？”

由于种种难处，张红旗和陈星只好减少见面的次数。他们从一天一见降为两三天一见，到最后干脆约定每周一见。见面时间是周二，那天张红旗没有课。不能再少了，再少就不是谈恋爱了。

即使是为了保证这“每周一见”，陈星也付出了不小的代价。每逢周二，他要绝早起床，到小公共总站去等第一班车。就算今天没有车，走也要走到城里去。而因为见面的机会如此珍贵，到了北大，他不待到晚上都不合适。

每个礼拜二的傍晚，张红旗都会这么问上一句：“你该回去了吧？”

但陈星说：“还有末班车。”

为了表示“还有末班车”，他这么说的时候，还会煞有介事地看看表。其实他只能到车站去碰运气了。

当然，这还不是主要的。因为距离远，见面少，两个人再相对的时候，心态也有些变了。这才是让张红旗心烦意乱的关键所在。

由于相聚来之不易，张红旗不再满足于只是坐坐，看看，走走。她需要深入挖掘这宝贵的一个下午，把这段时间变成一次真正的约会。于是她提议，我们去看电影吧，我们去喝咖啡吧，我们去动物园看老虎吧。当然，这些项目都是她买单，陈星兜里的钱从来没有超过过五十块。

张红旗还感到，对于“真正的约会”，还有一件事最重要，那就是说话。你看学校里那些别的情侣们，他们的嘴什么时候闲着过？不是在吃就是在亲，不是在亲就是在说。谈恋爱和说相声一样，修炼的都是嘴上功夫。而相比于“吃”和“亲”，“说”的地位尤为重要。说话不只意味着互相交流，增进了解，而且是在营造一种气氛。情侣们不停地说着痴话、傻话、废话，就像蜘蛛吐丝一样，结成一张网，把自己都套牢了。多幸福。

只有几十年的老夫妻才会不说话，这是因为他们的网已经结得太厚太密了，都成了茧，活活把自己闷在里面了。

而她和陈星到底是怎么回事儿？难道一上来就跨越了热恋的阶段，直接进入永恒的沉默了吗？就连聋哑人都会手脚并用地“欧巴欧巴”，他们却像两尊雕像。这难道不可悲么？

这么一想，“说话”的必要性就不只停留在“充分利用时间”这个层面上了，它还关乎爱情的完整性。我们要说话，张红旗想，从我做起。

于是，陈星再来的时候，张红旗就开始主动找话说。刚开始，几乎是自我强迫，说话的内容，则是一周生活综述：这些天上了什么课，吃了什么饭，看了什么书，见了什么人，买了什么东西……这种“说话”的方式，让张红旗想到了过去的“早请示，晚汇报”。而这么一来，“早请示，晚汇报”在她的脑海里，却又像是全国人民一起和一位伟大领袖谈恋爱了。

很快，“早请示，晚汇报”就没意思了。即使回到燕园，生活其实还是很单调，尤其是张红旗这样的好学生。说来说去，也说不出什么花样。也幸亏当年的伟大领袖并不能真正听到全国人民的“早请示，晚汇报”，否则他会引爆原子弹，把这群嗡嗡嗡的苍蝇统统炸个稀巴烂。

陈星倒是不会对张红旗抗议，但经常听着听着就走神了。他走神的时候，还是目视前方，眼神却突然迷离了。

张红旗有所察觉，心里有点不快。我是在努力谈恋爱，你也应该努力呀，可你又不说话。于是她便不时抽查陈星：“我刚才说到哪儿了？”

陈星如实相告：“不知道。你说到哪儿了？”

而这么一打岔，张红旗也忘了。她只好说：“我也不知道。”她垂下头，显得特别沮丧。

张红旗锲而不舍地挖掘谈话的新内容。她想，不如谈点儿高层次的。于是乎，一周生活综述变成了一周课程复习。张红旗开始对陈星讲宏观经济学、微观经济学、自由主义经济学、马克思主义政治经济学。换到这个领域，她倒是精力集中了，而且也利用谈恋爱的时间温习了功课，可谓是学会了弹钢琴——立体地利用时间。可是这样一来，陈星就更要走神了。不光是走神，他还很痛苦。这不是对牛弹琴嘛。他甚至比牛还痛苦，因为牛听得烦了，还能发脾气，他连发脾气的资格都没有。

“你能不能也对我说点儿什么？”有时候，张红旗也口干舌燥地要求陈星。

而陈星的回答很不负责任：“我习惯了听别人说。”

谈话的重担还是落到了张红旗身上。现在她感到谈恋爱真难，比经济学还难。但她也只好知难而上。要想激发陈星“说”的兴趣，首先要让他喜欢“听”。那么，什么东西能让他喜欢听呢？张红旗想到，他爱听相声。可是这也太强人所难了，她张红旗总不能一天到晚对男朋友说：“掌柜的，别让了，再让就——呸——啦。”

不过也可以沿着相声的路子，稍稍探索一下。张红旗认为，相声说的无非是“别人身上那点儿可笑的事儿”。干脆就讲这种东西好啦。于是她绞尽脑汁，琢磨自己的同学有没有可笑的事儿。不琢磨不要紧，一琢磨真发现，原来那些家伙都挺可笑的。她开始对陈星描述那些人：谁的英语口音非常可笑，一上英语课就“呀死，呀死”；谁的汉语口音更可笑，管“牛奶”叫“留癞”；还有谁的男朋友尤其可笑，刚开始说自己的爸爸是“辽宁省的一个书记”，后来才知道，是“辽宁省铁岭市新源区红花街道委员会书记”。

这样的话题，倒是让陈星感兴趣了。他找到了听相声的感觉，眼睛也睁亮了，脖子也伸直了，有两次还像当初那样“咯咯咯”地埋头猛乐。这种情景发生的时候，让张红旗也很有成就感。当然，有时候她也纳闷：她讲的有那么可笑吗？她怎么从没意识到自己还有这种天赋，抑或是陈星的“笑点”太低了？

不过好景不长，这种“说话”的形式也很快就戛然而止了。不是因为张红旗的素材枯竭了，而是她不允许自己再讲下去了。要知道，“讲别人的笑话”，讲多了就变成“传别人的闲话”了——什么人才传人闲话？长舌妇啊。她张红旗怎么得意扬扬地当起一个长舌妇来了？

不仅如此，张红旗还想到了一个人，就是陈星的“前女友”，沈琼。她对沈琼的态度，是又忌讳，又轻蔑的。忌讳自不必说，轻蔑的原因是什么呢？就是她认为沈琼庸俗。庸俗的表现是什么呢，就是沈琼总是在说啊说，说别人的闲话。

现在呢，她不也变得和沈琼——那个自己必须轻蔑的人——一样了吗？这个想法让张红旗惊出了一身冷汗。心里有一个声音很凛然地对自己说："瞧瞧你现在的样子！"

这让张红旗感到挫败，随即便"无名火起"了。她忽然就找了个台阶坐下，抱住膝盖，不理陈星了。而陈星正等着听女版的相声呢，此刻不免愣了一下。他走过去问她："你怎么啦？"

张红旗也不答话，就是不抬头。在意识到自己"是一个长舌妇"之余，她还意识到另一件事：这么久以来，都是她在尽力让两个人高兴，陈星呢，什么也没做过。她这不是在讨好他吗？而从小到大，她又什么时候讨好过别人？她需要讨好谁？陈星又什么让她讨好的资格呢？

她猛地想到了一个字：贱。我可真"贱"啊。

陈星呢，见她不说话，居然就没事人一样，跑到旁边抽烟去了。这让张红旗的火气更大了，简直是一团烈焰在胸口，眼瞅着就要按捺不住了。

张红旗心里想：你可别再气我了，再气我我就要爆发啦——我要爆发啦我爆发啦——

而这时，陈星居然捡了一根树棍，开始玩儿地上的蚂蚁了。这一下，张红旗听到了"砰"的一声。她像一锅爆米花，终于爆发了。

她简直是甩着胳膊走到陈星面前，一脚踢飞了他手里的木棍。陈星"哦"了一声，侧脸望着她。

张红旗的脑袋都在燃烧，她指着陈星的鼻子说：“你到底想怎么样？”

“怎么样，我想怎么样？”陈星也站起来，丈二和尚摸不着头脑，“我怎么样也不想怎么样呀。”

“那你说说，”张红旗气得都哆嗦了，“为什么都是我在说话，你为什么一句话也不说？”

“我说了呀。”陈星说，“说了不只一句。”

张红旗说：“不对！你说的那些根本等于没说！你从来不主动跟我说话！”

陈星眨巴着眼睛，想了想，辩解说：“我不说话，是因为你一直在说……”

“你倒把责任往我身上推！”张红旗简直要跳起来了，“你不跟我说话，是因为你根本不想和我说话，你根本不在乎我的感受！”

说着，她就哭了，脸也湿了，嘴角也咸了。这更让她震惊：她竟然当着别人的面哭了。而这时，周围还有别的学生，大家纷纷扭过头看他们。张红旗简直像受到了奇耻大辱，她决然地扭头就走。

陈星赶紧跟上去。跟到了一个墙角，张红旗突然站住，指着面前的那块地说：“过来！”

她本不想让人看见自己发作，不过她还认为，既然已经发作了，那就应该找个没人的地方尽情地发。

于是，当陈星走过来，张红旗便对他狂风暴雨起来：“现在我才知道，你对我是什么感觉。我在你眼里，竟然连一窝蚂蚁也不如！而且不只这次，你一向就是这样，现在我想起来了，过去在昌平的时候，你的眼睛往哪儿看呢？看看这儿，看看哪儿，看看玉米，看看狗，可就是很少看我——你根本就没主动看过我！我就弄不清楚了，跟我说句话有那么难吗？是你不会说中国话呀，还是你觉得我不会说中国话呀？不说中国话可以呀，你说英语呀，你会说几段儿英语呀？这么长时间，都是我在说话，我在逗你笑，我在讨好你！我有那么贱吗？你见过人家的男朋友是怎么做的吗？人家怎么对女生有那么多话？哎，你是不是看不起我呀？你有什么资格看不起我呀？还是你觉得我讨好你哄着你，你就欺负我，你用不说话来欺负我！你这样的人最坏了，钝刀子割头不觉死，不说话的欺负人才是真的欺负人……”

天啊，张红旗一边说，一边自己都惊叹了：自己怎么这么能吵架呀？

而她也纳闷：怎么陈星就那么愣愣地站着，一句也不反驳呀？难道你想累死我吗？

可是陈星就是默不作声。用句相声的术语：哪儿有这么捧哏的呀。张红旗一直数落了十来分钟，越数落越感到孤单。

最后，她索性走近一点，对着他的脸说：“你说呀！”

她进而贴着陈星的鼻子说：“你说呀！”

她更进而跳起来，像要咬上陈星一口似的：“你说呀！”

终于，陈星说话了。他就说了两个字，却把张红旗吓蒙了。

他说："闭嘴！"

一般人都以为说话少的人，声音也小，张红旗也是这样，所以她才放心大胆地逼近陈星，没有提防这一吼。而吼声一出，她立刻觉得耳朵嗡了一下，脑袋缺氧了，连心脏都险些停跳了。

张红旗立刻抱住了头，惊诧地望着陈星："你竟然对我大吼大叫？"

陈星呢，又不说话了。那副沉默的样子，好像刚才令人心胆俱裂的那句"闭嘴"不是他发出来的。

张红旗转瞬被无限的委屈和自怜笼罩了，她的眼泪像断了线的珠子，滴滴答答地往下掉。她想说："长这么大，还没有人对我吼过呢。"但她却又不想这么说，她觉得这句台词太俗了。好多电视剧里的年轻女性都有这么一句。

流了半晌眼泪，她才对陈星说："你别再找我来了。"

她又对陈星说："你走。"

看到陈星不走，她也喊了起来："你走！"

这一句喊得也很有气魄，连旁边树上的鸟都惊起来了。她仿佛认为，不在动静上压过陈星，就不解气。吵架的最终结果，就是让他们变成了两枚鞭炮。

而陈星竟然扭过头，真的走了。

这就是他们第一次吵架的本末。凭窗而立的张红旗现在想来，真是既伤心，又莫名其妙。他们从来没有高频率地说过这么多话，第一次说（主要也是她对他说），却竟然是因为吵架。而吵架的原因呢，又是“说话”问题。他们真的那么需要说话吗？不说话的时候不也挺好吗？人家话多就让人家说去吧，他们为什么要学人家呢？

张红旗随即又害怕起来。因为人家还说了，情侣之间第一次吵了架，以后就会经常吵，不停地吵下去。吵到分手，或吵到结婚，或吵到再离婚，最后终于活活吵死一个。他们会不会也是这样？

但这个经验，又是“人家”说的。“人家”怎么不总结点儿成功经验，却老是提供失败案例呢？张红旗更烦了，甚至心生厌恶，只不过厌恶的不是“人家”，倒是自己。她厌恶自己总被“人家”左右。

还是想想切实的问题吧。陈星现在在哪儿呢？自从吵了架，他有一个星期没露面了。这个礼拜的“见面日”也没出现。他不会真的听了她的话，“别来找我”了吧？

吵架的那天，别看陈星吼得气势如虹，但他实在也慌了。他从未面对过这样一个张红旗。吵架还让他感到疲倦，疲倦得不愿想任何事儿。而张红旗的那一声“你走”对于他来说，就像大赦一样，使他终于可以逃跑了。

其实他也并没有离开北大。他独自跑到了湖边，抽了半包香烟。坐着坐着，就把太阳给坐了下去。天一黑，湖边对岸竟然传来笛子的声音。《扬鞭催马运粮忙》。他听张红旗说过，几乎每天晚上，都有一个人在这里吹笛子，吹这支曲子。

本来很欢快的音乐，此时听来却是沉闷、呆滞的。于是他想：还是回昌平去吧。

决定走，却又走得很慢。他在湖边踌躇着，走两步，就看一看湖水，再抽一颗烟。好像因为吵了架，他却对张红旗更加恋恋不舍，更想留在距离她近一点的地方了。

看水复看水，抽烟复抽烟，磨蹭了将近一个小时。在他走到湖的另一头，又一次停下来的时候，笛子声忽然停止了。没过多久，有人从后面拍拍他。

陈星回过头，看见一个戴眼镜的男生。那人白白净净的，神色木讷而诚恳，手上攥着一把笛子。

"同学，你该不会是想不开了吧？"那男生问他。

"想不开？"陈星愣了一下。他倒不存在什么"想不开"，而是一碰到什么难题，干脆就懒得想了。他回答对方："没有没有。"

"哦。"那男生释然地笑了一下，"我还以为你也想不开，要跳湖呢。"

"不跳不跳。"陈星尴尬地说。

"那就好。"那男生却又补充说明道，"这儿每年都有人跳湖。"

等到陈星转身要走，那男生又在后面说："你抽烟吗？"

于是陈星再停下来，给他一颗烟。

这样一耽搁，陈星走出校门，天已经黑透了。他在街上等了一个小时，连车的影子也没等来。看来今天是没希望回昌平了。但他也不想回家。这几天，父母的脸色格外不好，大概是又有哪个同事的孩子考上名牌大学了吧。

于是，陈星像没头苍蝇一样，又钻进了北大。他这儿走走，那儿走走，重温了这一天和张红旗去过的地方：地下录像放映厅、书店、湖边的石舫……现在这些地方都是黑的，一副人去楼空的味道。人回来了，楼还是空的。

走累了，他就来到静园草坪上，躺着，看星星。这时还是很有情调的，也有音乐伴奏：几个爱好音乐的大学生，在不远处围成一圈弹吉他。他们弹的都是英文老歌："甲壳虫"、"老鹰"、鲍勃·迪伦……陈星便跟着琴声，在心里哼唱那些曲子。他就这么把吉他一把一把地听少了，把星星一个一个地看灭了。

等到最后两个吉他手打了个哈欠，也回宿舍了，他就开始后悔没有带收音机了。如此静夜，听听"空中笑林"，也是别有一番风情的嘛。而等最后一颗星星在天幕之上消失，他又后悔没带厚衣服来了。下午还是挺暖和的，入了夜天却阴了，还起了风，竟然冻得他直打哆嗦。

陈星只好站起来，继续走路。但他就算比别人能走，也不能这样走一夜吧。他的眼皮逐渐抬不起来了，哈欠也一个一个地跟了上来。他摸摸兜里的钱，只有十几块，肯定是不够住旅馆的了。此时此刻，心里的委屈才像终于熬熟了的汤，汩汩冒着泡儿，翻腾了上来。

他不知道张红旗为什么会发那么大的火。自己有那么坏吗？他想，自己虽然不能算“好”，可也绝对不“坏”呀。不说话又算什么罪过呢？他不是一直以来就不爱说话吗？张红旗还说，她在讨好他，她为了他做了很多，可他自己不也如此吗？在昌平的时候，是谁风尘仆仆地走去找她？回燕园以后，是谁往返一百里和她相见？这才是真真正正的“做”呢。难道在恋爱里，“做”就不能代替“说”，“腿”终究敌不过“嘴”么？

他像孤魂野鬼一样在校园里转。一边转，一边委屈。这样的游走，上高中的时候也有过，只不过现在来得更孤独，更伤感。等到实在想累了也走累了，他对自己说：还是找个地方躺一夜吧。

他开始视察那些犄角旮旯，想找一个避风的地方。但都不行，那些台阶下、墙拐角不是积着污水，就是有虫子。好容易找到一个比较干净的角落，却发现地上赫然放着一卷手纸。看来已经有人使用过这里了。再怎么说，也不能和一泡大便并肩而眠吧。陈星叹了口气，却把那卷手纸捡了起来。

最后他决定，还是在草坪上睡好了。这时候，那卷手纸发挥了作用。他把手纸展开，铺在地上，铺成了一张白白的小床单。随后，他趴了上去——不是仰面躺，因为那样会感觉更冷。

他竟然一沾地就睡着了。一瞬间，风也不吵了草也不扎了，一天的烦恼都消失了。当然，冷还是很冷的，所以在睡梦中，他不自觉地抓起身下的手纸，往脖子上缠，往脑袋上缠，好像手纸真的是床单。冥冥中还有一个意识鼓舞着他：能靠这卷手纸撑过一夜，就是英雄好汉！

可惜夜未过半，他就被弄醒了。有人拿一根棍子捅他。陈星睁眼想看，却只看到一片白幕，白幕背面是一团耀眼的光亮。原来是手纸蒙住了眼睛，他扒拉开手纸，躲着手电的光，看见了两个中年人的脸。

那两个家伙都是胖胖的黑脸膛，他们一边用电警棍捅着陈星的肚子，一边饶有兴致地问："你是在搞行为艺术吗？"

陈星弯腰坐起来，这才发现手纸已经把他的上半身都缠住了。校卫队的师傅们巡逻至此，猛然看到了一个木乃伊。幸亏他们没有真的电击他一下，否则才会领教什么叫作诈尸呢。

"跟我们走一趟吧。"两个老爷们儿指指不远处停着的奥拓车说。

张红旗可不知道陈星那天晚上的遭遇。

他先是被抓到了校卫队的办公室，在夜里的北大，这儿的窗户是唯一亮着的。其灯火长明，堪比中南海里的"那盏明灯儿"。只不过中南海的灯，照耀的是"全国人民"，校卫队的灯，只照耀小偷、酗酒者、在湖边野和的学生。

"自己交代吧，属于盲流还是流氓？"一个胖胖的大叔叼着烟说。

陈星仿佛没听见，他的注意力全集中在了桌上那半瓶“二锅头”酒上。

“来来来一口。”他哆哆嗦嗦地对胖大叔们说。

“哟嗬，小哥们儿瘾还挺大。你是不是还想抽烟呀？”胖大叔被他逗乐了，居然从桌上拿起酒瓶子，抛给他。

“烟我自己有。”陈星咕咚，咕咚，来了两大口。终于暖和点儿了。

胖大叔又催他：“交代问题吧。”

“没什么好交代的，”陈星努力睁着眼睛，做坦诚状，“就是睡觉。”可惜因为严重缺觉，他的眼睛此时仍然非常蒙眬。

所以胖大叔认为他很不真诚：“睡觉不回家睡去，干吗到这儿睡？你在这儿睡，出于什么目的？”

旁边的一位忽而从桌上抄起一叠油印材料，“啪”地往桌上一摔：“最近学校里又冒出仨砸玻璃的，七辆自行车被偷，还有一个仍未归案的流氓犯，躲树林里打伏击见着女的就蹦出来脱裤子。我告诉你，校内严打已经轰轰烈烈地开展了！自己考虑考虑吧。”

几个胖大叔说完，还真就扔下他，到另一个房间里去了。他们要把巡逻前没打完的那局扑克牌善始善终。而把案犯独自锁在屋里，也是一种惯用的审问技巧，寻常小毛贼常常就这么招了。

陈星心里可一点也不着急。作为一个经验丰富的流氓学生，他早已听出胖大叔们是在“诈”他呢。他反而很庆幸，今天晚上正好没地儿睡觉呢。这里虽然没有床，可是比草地上要暖和多了。

于是他脱下外套，当作枕头，继续席地而眠。这一觉，睡得却比刚才难受多了。外面虽然暖和了，可一阵阵的冷却从肚子里冒出来。他没睡多会儿，就爬起来，摸到那瓶二锅头酒，再来两口。如此好几次。

而等到胖大叔们终于打完了牌，重新回来时，看见他正缩在地上发抖呢。一个胖大叔过去捅了捅他："发羊痫风了？"

这么一捅，倒把胖大叔吓了一跳。他抬起头来对其他人说："坏啦。"

天近破晓时，陈星又被塞进了奥拓车，几个胖大叔护送着他。只不过他们没把他送往医院，而是运到了派出所。他们这么做也是有理由的，如果送医院，住院费谁出呢？校卫队的经费是有限的，而且还有被病号讹上的可能。如果是送到政府手里，那就跟他们没关系了。

于是，陈星再一次光临了中关村的那个派出所。他曾经在这里留下过多少青春记忆啊。大叔们急匆匆地把他架进了屋，对值班的警察说："快快，他不行啦。"

而警察仔细看了看来者，忽然笑了："好久不见呀。"

原来这个警察，就是当初审问他和小北的那位。好几年过去了，他还是一个小片儿警，还在值夜班，可见在警界混得也不怎么好。

而胖大叔们一见警察认识陈星，立刻做出很职业，警惕性很高的样子："是惯犯吧？我们一眼就看出来了。"

“惯犯也算不上，不过还真没少来。”警察和胖大叔们握手，送客，转过身来指着桌上的收音机问陈星，“还听不听？一会儿有刘宝瑞的单口。”

“我都这操性了听什么听啊，”陈星抄起墙上的警服就往身上裹，“有扑热息痛吗来两片儿。”

12 倾城之恋

再来说张红旗。误炸事件的第二天中午，她正在凭窗望，乱思量。

可是国有大事，根本容不得小儿女伤春悲秋。这时，游行的队伍终于要出发了。组织游行的，竟然是团委干部和“学工部”的老师。他们欢天喜地地跑到学生宿舍，仿佛宣布一个大好消息：

“同学们，上级批准我们游行抗议啦！”

可是经过昨天的熬夜，大部分学生现在正在睡懒觉呢。干部们一声振臂高呼过后，走廊里竟然还是空空荡荡的。片刻，才有一两个只穿短裤的家伙窜了出来，他们捏着那个东西，一边往厕所跑，一边嘀咕：

“现在换成我们没时间啦。”

干部们急坏了，挨个拍宿舍门：“都出来！都出来！要记考勤的！”

连拉带扯的，总算凑齐了一支睡眼惺忪的乌合之众。老师们给大家分发了横幅、绑在头上的布条，还有写有“北京大学”的旗帜。好在无所事事的人还有很多，队伍走出校门口的时候，又有很多学生和闲杂人等加入了进来。这其中当然有陈木，当年她就是一个游行的积极分子。和她在一块儿的，还有小北。自从和陈木搅在一块儿，小北就常常整天不上课，跑到这边来厮混。“我也是半个北大人了。”小北胡噜着鸡冠头说。

而他们两个只要凑在一起，肯定要捎带上张红旗。他们呼哧带喘地跑到宿舍门口，正好逮住她。

张红旗自然是不想去的。她找了个托词说：“我还等着陈星来找我呢。”

陈木则不由分说，把她拽了出来：“等他干吗？你们前些天不是吵架了吗？”

张红旗有点红脸：“不是吵架……”

“咦，你们也会吵架？哪儿不和谐？”小北挤眉弄眼地说，“不要沉溺于小儿女情长了同志——国难当头啊！”

脑袋乱哄哄的，张红旗就被他们拽进了游行的队伍。她从来把自己当作群众运动的局外人，可是每一次群众运动，又都会被裹挟进来。也不知是怎么搞的。

校门口，已经有几辆租来的公共汽车在等着了。老师把大家轰上了车，一个抹着头油，脑袋像被狗舔过一样的团委干部便开始宣布游行的注意事项，诸如不许打砸抢，不许围攻流落在街头的外国人，更重要的是要分清敌我，我们抗议的只是美帝国主义及北约盟军，亚非拉等大部分国家还是我们的兄弟……

因为大轿子车晃晃悠悠的，这位团委干部宣布注意事项的时候，必须双手张开，一边揪着一支扶手。这就好像一只能说会道的长臂猿，在对一群乱糟糟的狒狒发表演说。

好不容易到了建国门的十字路口，大家呼隆隆地下车，老师同时催促："横幅打开，横幅打开！"

横幅纷纷打开，景象倒也壮阔，的确颇像一支保家卫国的队伍了。那些标语五花八门，有文人情怀深厚的，比如"逝者远去，生者长歌"；有抄袭以往运动的，比如"洒泪祭豪杰，扬眉剑出鞘"；还有贴近今天大学生精神面貌的，比如"不考托，不考G，一心一意反美帝"。而最大的一行字，竟然是"肛肠疾病真痛苦，求医来找二龙路"。那是公共汽车车身上的广告。

满脑袋头油的团委干部站在"肛肠疾病"下方，运了运丹田之气，做五四青年状，势如破竹——真的是"破竹"之声——地喊道："同胞们，国难当头啊！"

大伙儿发一声喊，便进去了。而到里面才发现，早已是人山人海了。那么多的学校，那么多的青年，那么多的横幅标语和口号。大家看见北大的来了，纷纷说："终于来了，终于来了。"好像在示威这方面，北大是老资格，是重头戏，没有北大的游行就是不完整的。

作为“半个北大人”的小北，居然摆出很大牌的样子，和兄弟院校点头寒暄：“不好意思路上有点儿堵。”

而这时，张红旗才发现，小北今天的衣服穿得有点奇怪。他的两条胳膊都没伸进袖子，而是揣在腹部前，隆起了一个大肚子。

她揪了揪小北空荡荡的袖子，故意用小北的语气问他：“干吗把手藏在里面？这样摸哪个部位方便是吗？”

小北则严肃地回应：“我正在扮演一个被北约炸断双臂的南联盟孕妇。”

游行的队伍慢悠悠地往里挪动。因为人太多，哪里还分得清国家，不都是庭院深深的西式小楼么。于是每到一座楼前，队伍里都有人高呼口号，瞥见高大壮硕的黄毛人种，则更要高呼，甚而要扔饮料瓶和砖头。前面的同学看清了标牌，才气急败坏地对后面喊：“不是这儿，这儿是乌克兰！”

混迹在学生中的老师也说：“省省劲儿，到了美国再发飙！”

一些欧洲国家，譬如爱尔兰，更是害怕受到殃及，早早就挂出了汉语的大牌子：“非北约”。

好容易到了美国，排大队排出来的邪火儿终于得以释放了。但情绪一爆发，第一拨儿受荼毒的却是站得离大使馆比较近的学生——后面的人纷纷开始扔东西，有些人的手劲儿不够，便砸到前面人的头上了。张红旗的肩膀就是一疼，原来是一个“可口可乐”瓶子。陈木也挨了一个墨水瓶，身上绽放出了一朵蓝黑的花。

小北扭过头骂道：“你们他妈瞎啦！”

后面的人引用了美国那套说辞：“误炸，误炸！”

刚开始，人群还有组织有秩序地喊口号，被几个意外事件一搅和，就成了无政府运动。粗口也来了，推推搡搡也来了，还有人就地刨甬道上的砖，要“花了丫美国佬”。使馆前维持秩序的武警战士也急了，拿出了抗洪的阵形，手挽手站成一排，防止真有人冲进去。

一排年轻的脸正对着更多年轻的脸。

蹦跳了一会儿，忽然有人说：“我们的口号美国佬听不懂怎么办？”于是外语学院的同学又开始骂英文。现场就变成了英语骂街比赛。大家用美国电影里学来的美国俚语臭骂美国人。

“Son of bitch！”

“Mother fucker！”

“Ball shit！”

而示威中最有创意的举动，还是小北奉献给大家的。他终于把藏着的双手掏了出来，手里居然捧着一只硕大的巴西龟。那只巴西龟，还用荧光粉在壳上注明了“USA”的字样，小北把它放到地上，它便缓慢地前进，爬过了示威者的运动鞋，爬过了武警战士的大皮靴，爬过了大铁门，爬过了水泥地——成功了，它越境了。

群众哈哈大笑：“美国佬是乌龟！”

“去美国的也是乌龟！”

“想去美国的也是乌龟！”

但是这轮口号喊了几句，就稀稀拉拉了。有人被揭了短，戳中痛处，显示出了小资产阶级知识分子的两面性。

在这场狂欢里，张红旗很快便索然了。和上次在燕园的游行一样，她觉得自己不属于这里，进而有了“不知身在何方”之感。小北他们还在其乐融融地折腾，她却向一个偏僻的角落挤了过去，抱着膝盖蹲下歇着。无数条腿在她面前大步走，小步挪，双脚一起向上蹦。置身于腿的森林里，她的感觉更像迷路了。

天已渐渐黑了，人却还不见少。抬头看去，大使馆的一间屋子里，竟然有一个美国人在凭窗招手。他一定过了一把毛主席检阅红卫兵的瘾。但这人马上就跑了，因为有几个力气大的学生接过旁边人递过来的砖头，嗖嗖飞了上去，把窗户砸破了。

今晚的学生中，大概只有张红旗一个人抬起头，看了看天。不管世间充斥着多么大的人的情绪，天空总是沉默不语、例行公事。这时的天空是寂寥的，张红旗也是地上唯一寂寥的人。

渐渐地，她听不清人声，看不清人腿了。再渐渐地，她睁着眼睛，却像睡着了。

但不知“假寐”了多久，眼前忽然一闪，一个高个子的男生晃了过去。她腾的一下，醒了。

那是陈星吗？他们学校也来参加抗议了吗？张红旗站起来，用小臂护着胸，连声说“不好意思”，朝那方向一点一点地移动。人群挤得要命，每蹭过一个人都要费好大的劲。而因为蹲久了，她的腿上像爬了一窝蚂蚁，走起来就更加踉跄。

好容易来到陈星刚才“出现”的地方，他却又不在了。张红旗心里只有一种急切，她想要抓住身边的每个人问：“看到一个高个子的男生了吗？他穿着一件特别旧的帆布外套。”

但就算喊出来，又哪里会有人理她？张红旗只能继续挤，继续说“对不起”，继续寻找。她想起了一个比喻：就像惊涛骇浪中的一叶扁舟，正在寻找灯塔。但这个比喻太俗套了，也太矫情了。实际的情况是，他们像一盒不停滚动的玻璃球——中的两个，一个正在寻找另一个。

能在人群里持续挪动几十米，对于张红旗来说算是一个奇迹了。她气喘吁吁，前襟后襟都是汗。而这里又哪有陈星的影子？寻找之心也早就绝望了。周围都是陌生的脸，甚至分解成了一双双亢奋的眼，一张张聒噪的嘴，一只只失聪的耳朵。她像被抛进了毕加索的抽象画里，被这光怪陆离的景象吓坏了。

她后悔刚才的冲动。其实想一想就知道，陈星他们学校怎么可能组织游行？这是属于北京市区那几所学校的盛宴，而在大家眼里，陈星这种家伙连大学生都算不上。

清醒了的张红旗又开始寻找小北他们。找到他们，才能坐着大轿子车回去。可是连小北也不见了，大使馆门口换了另一拨儿人。既然是游行，队伍肯定是流动的，老赖在舞台上不走，后面的角色便会急吼吼地把你踹下去。

天彻底黑了，张红旗也慌了。这时她真的张开嘴，问周围的每一个人："北大的队伍在哪儿？北大的队伍在哪儿？"

大多数人都没听见她的话。张红旗便拍着其他人的肩膀问，这才有一个男生不耐烦地说："这时候还分什么队伍呀。"

她只好随着人流慢慢移动。因为心灰意冷，她不仅不留意周围的人，连自己的脚踩在平地上还是马路牙子上都不在乎了。

所以当人群里忽然有了一波比较大的骚动时，第一个倒下的就是张红旗。

骚动的源头，是几个航空大学的学生发挥特长，亮出了连夜赶制的火箭。他们一个弯弓搭箭，一个拿打火机一点，砰的一声，竟然在天空划出一条颇有声势的火龙。众人眼前一亮，轰然叫好。北航的学生便再接再厉，继续放箭，大有重演赤壁大战之势。

而这时候，武警上来阻止了，因为动用燃烧工具，是上面明令禁止的。再者学生们的第一箭力道欠佳，直接飞到了一个战士的脑袋上。

当兵的要没收兵器，学生们执意不肯，双方一撕扯，便把学生们的武器库引燃了。那些火箭，都是用煤油浸过的，呼隆一声着起来，瞬间竟形成了一个小火团。旁边的人赶紧往外闪，一个推一个，就像水波荡漾开，波及十几米外的张红旗这里。而她这时刚好一脚踩着一个台阶，再加上精神恍惚，都没来得及想起伸手抓住点儿什么，就轻飘飘地倒了。

而她一倒，立刻绊倒了身边的人。身边的人有绊倒了更远的人。一瞬之间，有好几个人向她压了过来。

张红旗想张嘴叫，但只发出轻轻的“呀”的一声，就被切断了气息。几百斤的重量轰然堆到她身上，让她马上就要窒息了。

不消说，她肯定感到了胸闷、眼冒金星、浑身骨节疼。而张红旗的独特之处，还在于她是一个一个思维能力超群的女青年，这一瞬间，她想的是：如果我真的被压死了，那么我是“为什么”死的呢？死亡这么重大的事件，有了“为什么”，才会具有价值、“死得其所”。而如果没有“为什么”，就那么莫名其妙地死了，那就是轻如鸿毛。“轻如鸿毛”是荒诞、可悲，绝不能接受的。

本着这个潜意识里的思维惯性，张红旗要在临死之前，飞快地为自己找一个“死得其所”的理由。而有其附加意义的死亡，往往被称为“殉”，张红旗被几百斤肉压在下面，是在“殉”什么呢？今天晚上的游行，说起来是为了“爱国”，那么“殉国”是否可以接受呢？肯定不行，这太装蒜了。那么，她是因为“看见”了陈星才会挤得筋疲力尽，才会精神恍惚，才会被压在人堆的最底下，这也算是爱情惹的祸吧。“殉情”可以吗？张红旗一想，可以了，自己就算一个殉情女子好了，像李香君、杜十娘一样。男人冲冠一怒为红颜，红颜一怒呢，奔黄泉。

可惜那些前辈里，妓女居多。

然而刚一决定“殉情了”，张红旗却忽然感觉自己的身子轻了，仿佛正在飘动，往上浮。是死亡真的来了吗？而再往上一看，居然看到了一张脸。

是陈星。

难不成还是幻觉，让她在死前见到了自己喜欢的那个人？而此时此刻，她没有看到爸爸、妈妈、张红兵，却见到了陈星，这说明了什么呢？她那么在乎他吗？

张红旗正在恍惚，却听见陈星说话了。他攥着她的肩膀，在叫她的名字：“张红旗！张红旗！”

随着陈星的声音，周围的声音也传进耳朵了。仍然是鼎沸的口号声，以及被压倒在地的人哇哇叫骂声。她的一条胳膊还在钻心地疼呢。

原来她没死。或者说，可能是要死了，陈星却救了她。张红旗在感动之余，还夹杂着一种神秘的震惊：刚刚决定殉情了，爱情就来救她了。这不是一个奇迹吗？

这天晚上，长安街上的许多人看见了这个情景：一个高个子的男青年，抱着一个女青年在路边跑。男青年满脸都是汗，两眼直视前方，表情好像一匹马。即使抱着一个人，他的步伐还是比很多自行车都要快。而女青年的脸看不清，她的头发抖披散开来了。她把一条胳膊抱在怀里，她把脸扎进男青年的脖子下面。

男青年正在跑，长安街边的路灯唰地亮了。川流不息的车也开了灯，形成了一条璀璨的光河。从高处看，这一瞬间一定是非常壮观的，就像一场盛典。

然而北京的人大概都习惯了，他们挂着安之若素的表情，继续骑车开车。使馆街那边“出了大事”，也不足以令他们动容——这城市的“大事”太多了。那一对青年男女就更是微不足道了。这年头的感情大戏不也天天都有嘛。

但是张红旗的心里在翻江倒海。在这条恢宏壮阔的街上，她感受到了极具震撼性的爱情。过去的爱情都是迟疑、平淡、细水长流的，但今天，因为陈星的从天而降，爱情在她心里有了前所未有的力度。爱情波澜壮阔，爱情荡气回肠。爱情可上九天揽月，爱情可下五洋捉鳖。

爱情甚至就像那些书里写的一样。轰轰烈烈的大时代，微不足道的两个人。张红旗是看过《倾城之恋》的，恍惚间，她几乎希望此刻身处乱世。天塌地陷才好。

很久以后，张红旗对小北说起过当时的感受。他们坐在一个由破厂房改建而成的酒吧里，四周充满了光怪陆离的电子乐。小北端着一杯伏特加酒，盯着张红旗亮晶晶的大眼睛，一字一顿地说：

“张红旗，你最大的缺点，就是小资产阶级幼稚病。”

“别马列主义对人，”张红旗整理了一下自己的“爱玛仕”丝巾，“要说小资你才是真小资呢，而且你比谁都幼稚。”

“你能跟我同病相怜，这一点让我很欣慰。”

那个华灯初上的晚上，陈星在二十分钟内徒步两公里，把张红旗送到了协和医院。医院的长凳上坐满了慕名而来的外地人，他只好继续抱着张红旗——抱着她挂号，抱着她进急诊室，抱着她等医生。

过了好长时间，一个护士才推着担架车过来：“你可以把她放上去了。”

放下张红旗，陈星几乎当场就趴在地上了。护士却羡慕地对张红旗说：“你可真轻啊，我男朋友都抱不动我。”

推着张红旗去拍片子时，护士又问她：“来游行的学生吧？”

张红旗点点头。她的头晕得厉害，到了现在还喘不上气。

“骨折的你是第一个，剩下的都是让自己人扔的石块儿开瓢儿的。”护士说。

张红旗的意识至今还是恍惚的。但她能感觉到，陈星就在自己身旁。护士对他说：“出去吧，你也帮不上忙。”但他也不走。直到护士要给张红旗上夹板时，问她：“脱衣服了啊——你介意他继续参观吗？”陈星这才出去了。

治疗骨折的一系列工序完成了，张红旗被安置在一张病床上，陈星赶紧又跟了进来。张红旗被打了麻药，整条胳膊没有知觉，但头脑却清楚多了。她侧过脸，问陈星：

“你怎么也去使馆了？”

“我到学校找你，你不在。我猜小北他们把你拉走了。”陈星说。他没有说自己被冻得感了冒，又转成肺炎，在医院里躺了小半个月的事儿。到现在，他的身子还在发虚呢。

张红旗点点头。她鼻子一酸，有一种想哭的冲动，但又一想，眼前这个人几天前还对自己大吼呢。不能哭给他看。于是她说：“要没有你，我就被压扁了。按你的道理，我是不是应该报答你呀？你要我怎么报答你？”

陈星眨了眨眼说：“我是来向你道歉的。”

“道什么歉呀？你不是挺有理的吗？”

这么说着，张红旗就后悔了。上次就是这种步步紧逼的口气，把陈星惹急了的。于是她赶紧住了嘴，把头扭向另一侧。但她又一想，这不还是一个逼他服软的姿态吗？不能让他太下不来台。于是她又扭了回来，和陈星对视着。

两个人四目对视，半晌没有说话，却也不觉得闷。他们重新习惯沉默、享受沉默了。就是，这样多好。闭上自己的嘴，让别人说去吧。过了一会儿，病房的窗帘被风吹得鼓了起来，陈星起身去关窗户。

等到他回来，张红旗已经拟好了和解宣言。她说：“我现在知道了，一男一女吵架，总是为了纠缠不清的原因，而且越吵越纠缠不清。”

陈星说：“是啊。”

张红旗说：“既然如此，我们吵得多傻啊。自寻烦恼。”

陈星说：“是啊。”

张红旗说：“有什么会让我们吵架的事，以后我们就都不提它好吗？”

陈星说：“是啊。”

于是，他们就算正式把那次吵架总结清楚了。两个人都感到疲惫而轻松，而且感到很幸运。有问题能解决就是好的嘛，虽然断了一条胳膊。

13 爱情死亡论

新世纪终于来了。假如说时间像流水，那么每个特殊的时刻，比如除夕、圣诞、“纪念什么什么多少周年”，就像河流途中的一个个水坝。时间流过一个个小水坝，越过一座座大水坝，终于来到了那个最大的闸口。流水常日不歇，却也难免间隔；时间本无意义，却又需要标识。“新世纪”就是时间之河中最高最大最恢宏壮阔的那个水坝——“千年一遇”的伟大工程。

在人们的潜意识里，仿佛时间一流过“新世纪”，就要奔腾了，泄洪了，入海了。生活就不是以前的生活了，要对旧时代说拜拜了。

人人都在忙着跨世纪。有咬牙切齿地宣誓立志的，有含情脉脉地无声守望的，有欢天喜地地敲锣打鼓的，有蝇营狗苟地瞻前顾后的。各行各业都在评选“跨世纪人才”，仿佛没评上，你就他妈的不配进入新世纪，你的日历就永远停留在1999年。全世界的电脑都要升级换代，因为IT人士告诉大家：你的电脑里有只虫。还有那么多夫妇，都在努力制造“跨世纪宝宝”，恨不得是看着表读着秒，或保胎或催产或夹着或挤着，一定要让新生儿的那一声啼哭和千年的钟声同步。当然，还有一些神神道道的家伙，看了点子外国邪书，便惶惶不可终日起来：

“快到点儿了吧？到点儿世界就该毁灭了。诺查丹玛斯早就说过。”

而在这历史性的时刻，小北这个混蛋反而忧郁了起来。在北大东门外的一间地下室里，他一边撩拨吉他，一边问陈星：

“你们的爱情看来是要跨世纪了。我的爱情他妈的能不能跨世纪呀？”

小北的世纪忧郁症，体现为爱情忧郁症。具体的症状，就是他变得唠唠叨叨，磨磨唧唧的。以前他的话也很多，但思路荒诞，口气混蛋，且不失创意，听起来还是很有意思的，而现在呢，他成了一个翻来覆去地说车轱辘话的人，且所说的话内容琐碎、混乱，没有条理，都是他和陈木的“那点儿破事儿”。不要说别人，就连他自己都感到乏味。有时候说疲了，他也会“蹦出来”，很有间离效果地问陈星：

“你说，我是不是像一退休干部呀？”

陈星也只有和小北在一块儿，话才会多一点儿，起码有问有答：“不，你比咱们国家的老干部洋派——你像美国前总统里根。”

“怎么讲？”

“他得老年痴呆症了。”

而除了陈星，还有谁能坐在阴冷的水泥地上，充满耐心地听小北说啊说啊，说上一整天呢？小北又是如此迫切地想找个人“倾诉倾诉”。当然，作为回报，他愿意给陈星包吃包住，请他吃鱼香肉丝，和他挤地下室。而为了和张红旗联系畅通，陈星豁出去买了一部手机，这导致他好几个月的伙食费都没着落了。

小北追根溯源，小北天马行空，小北深度挖掘，小北胡言乱语。不知删去了多少废话，指出过多少重复与前后矛盾之处，陈星才算勉强听明白了他和陈木“到底是怎么回事儿”。

到看守所看望张红兵的那天，是陈星和张红旗的定情之时，也是小北和陈木的相好之日。而个中因果，还可以再往前推，推到两个流氓学生护送张红旗回昌平校区的那一晚。那天晚上，他们不是在小饭馆里喝了一夜啤酒吗？次日早上，陈星先等来了车，就上去了，而小北要坐的车在相反的方向，他只好继续独自等待。

这时太阳虽然已经升起了，小北的眼前却还是一片昏天黑地。他的酒量本就不如陈星，喝了七八瓶啤酒，早已“高”了。再加上晨风一吹，受了点凉，小北只感觉肚子里咕噜咕噜的，一团粥状物正在往上顶。一会儿，一辆“巨力”牌农用三轮车“突突”过来，一股汽油味儿钻进了鼻子，他就再也忍不住了，“哇”的一声，呕吐出好大一片。

恰好这时，一辆公共汽车开了过来。小北一边吐着，一边还挣扎着要往上爬。售票员看见他天女散花的架势，哪儿敢让他上去？迎面就是一脚：“去你妈的！”就把小北蹬了下去。

小北滚到路边，都腾不出嘴来回骂售票员一句“操你妈”了，因为他还在吐。我的天啊，他都震惊，自己怎么这么能吐？小北感到，这时候就是面前有一个空的游泳池，他也能把它吐满。

没有办法，小北只好跪在地上，专心地吐。吐了好半天，终于把肚子里的东西倾泻一空了，他已经累得筋疲力尽，便掏出香烟来，点上一支。然而刚抽了一口，就呛着了，他“哇”的一声，又吐了起来。吐的时候，他的手里还夹着那支香烟。这次吐出来的就不是半成品粪便了，而是一团绿色的胆汁。

等到胆汁也吐完了，小北把手凑到嘴边，想再抽一口烟，犒劳犒劳自己的时候，却发现香烟不见了。他还以为掉到地上了呢，可左找右找，也没找到。

正在纳闷，却有一只女人的手把香烟塞进了他的嘴里。小北奋力睁大眼睛，看见一个清秀的姑娘鼻子里喷着白烟，龇着一嘴四环素牙蹲在他面前。她对他说：

“你的吞吐量很大嘛。”

不用说，那个姑娘就是陈木。她为什么这么一大早地跑到校外来呢？其中的原因，小北很久以后才知道。而当时，他对她说的第一句话是：

“快给我找张床，我得躺会儿。”

陈木便架起小北的肩膀，试图让他站起来。可是小北已经完全瘫软了，就像一团烂泥，她只好跑到另一头，一条胳膊夹住小北的一只脚，像拖着一具尸体似的，艰难前进。而小北脸朝下地被她拖了几步，一颠簸，不禁又吐了起来。这种状态下的小北，就像一只湿漉漉的拖把，在地上留下了长长的印记。

自己究竟是怎么被陈木弄到床上的，小北后来全忘了。他只记得他们到达了一间乡村小旅馆：脏、潮、霉味冲天。好在这里还有一张床，小北“扑通”一声，就拍在了上面，随后就呼呼大睡了起来。

等他醒了，已经时近中午，窗外响晴白日。脸上湿漉漉，凉飕飕的，看来是有谁给自己擦过。他依稀记得那个姑娘，便翻起身来找她：

“妹妹，谢谢你。”

坐在床头的陈木则递上了一杯香气扑鼻的茉莉花茶：

“还想吐吗？”

“不吐了不吐了。”小北打量着她。如果不考虑那排四环素牙的话，她的长相还是清丽的，而且眉宇之间有着一股子忧郁。这让她显得更动人了。

这就是小北清醒之后，对陈木的第一印象。

而他对陈木的第二印象则是：这姑娘的舌头真有劲儿呀。

他刚用茶水漱完口，陈木便揪着他领子，把他的脑袋拽了过来，“噗”的一声，吻在了一起。震惊之下，小北还想抗拒，可陈木却已经用舌头撬开了他的牙齿，长驱直入了进来。她要穿过他的嘴巴去吻他的肺。

两个人也不多说，就势飞快地脱衣服，滚在一起。

这一趟滚了十五分钟。滚完以后，两人一人叼着一根烟，并排坐在床头。小北看着陈木光洁、紧绷的腿，心想，她一定很擅长跑步。

而陈木刚把气儿喘匀了，就扭过脸叫小北：“喂。”

小北还以为她想和自己互通姓名呢。他说：“叫我……”

可他还没说完，就被陈木的动作打断了。她非常果断地又抓住了他的下面。她现在还没有自我介绍的兴趣，她只想确定身边这具男性肉身是否还有余勇可贾。

再次骑上小北的时候，陈木还是那么急躁。她仿佛对做爱以外的事情都很厌烦。小北则带着三分无奈，躺着，任她驰骋。

这一次完事儿，小北感到自己下身冰凉，简直失去了知觉。他怀疑自己被搞得中风了，下身瘫痪了。而陈木呢，她终于平静了，酥软了，怅然了。

她又点燃了一根烟，喃喃背诵起什么押韵的四六句来："拨灯书尽红笺也依旧无聊玉漏迢迢梦里寒花隔玉箫……"

小北被那些花里胡哨的字眼儿搞得更晕了。他说："您念什么咒儿呢？"

陈木靠过来，把脑袋枕在小北的肩上说："这是纳兰性德。"

小北说："外国人写的？讲什么意思？"

陈木咬着小北的耳朵说："是关于爱情的。"

这天中午，两个双腿发软的青年回到昌平园，正好在小饭馆碰到了张红旗和陈星。小北抓起一个饺子就吃。那顿浪漫的饺子，可以说是他们四个人的定情饭。而通过各自的朋友，小北和陈木这才知道了对方叫什么。

"名字只是一个符号。"陈木对瓶儿吹着啤酒，不屑地说。

吃着饺子，张红旗又问起陈木，她被校卫队抓走的事。张红旗直在为她担心呢："他们没对你怎么样吧？"

"怎么可能。"陈木说，"他们还怕我对自己怎么样呢。"

听陈木说，那天晚上，校卫队的胖大叔们刚把她塞到奥拓车里面，就后悔了。她疯狂地抓、咬，逮着哪块儿肉就是哪块儿肉。因为空间小，肉太多，大叔们连躲都没地儿躲。而好容易把陈木的手脚脑袋都按住，更麻烦的事儿又来了。她居然开始咬自己的舌头。

要是真让她咬了，那还得了——传出去，很可能就是“校工轮奸女生，烈女咬舌自尽”之类的新闻啊。大叔们一阵手忙脚乱，好歹有一个脱下了自己的旧皮鞋，塞进了陈木的嘴里。

而他们把叼着臭皮鞋，呜呜乱叫乱挣扎的陈木抬进校卫队办公室的时候，路人纷纷驻足围观：“这是怎么啦？”

“羊痫风羊痫风。”光着一只脚的那位这样解释。他把陈木嘴里的鞋塞得更紧了，生怕她喊出“校卫队要流氓”之类的话来。

而如果此刻真让陈木喊，她喊出来的却应该是“打倒校内白色恐怖”“和专制机构斗争到底”之类的革命口号。被抬到屋里，拔出了臭皮鞋，她知道喊也没用了，门早已被关得死死的。于是她便开始撞墙：低着头，向任何坚硬的东西冲锋。没一会儿的工夫，桌子也掀翻了，暖壶也打破了，泼了一地的热水，几乎把胖大叔们的脚都给烫熟了。

在一片白雾腾腾中，两个胖大叔还在交流家庭和睦问题：“你不是老说你老婆是泼妇吗？我看这女学生比你老婆泼多啦。”

“我媳妇儿那是更年期，这个是青春期，不是一码事儿。”

好容易又把陈木按住，胖大叔们哭丧着脸说：“姑奶奶，我们抓错人了还不行吗？您也别闹了，从这儿出去吧！”

“不走！”陈木响亮地回答，“有本事你们打我呀，打我呀！”

胖大叔们不禁搓起了手。当然，搓手有两种含义，一是真要打了，正在热身，二是感到很不好办。胖大叔们属于后者。

真是请神容易送神难。胖大叔们你看看我，我看看你，互相抱怨起来："当初谁说要把她抓进来的？"

而胖大叔们正在踌躇，陈木却自己对自己动起手来。她先把自己的头发撕扯得一团糟，头皮都噼噼啪啪地响，然后又左右开弓地抽起了自己的嘴巴。

她一边打，还一边说："我要让同学们看到你们是怎么迫害我的！"

胖大叔们哭笑不得，赶紧又把她抓住："奶奶仔细手疼。"

足折腾了两个小时之久，陈木才终于在一片狼藉中消停了下来。接着，她叉着腰，坐在椅子上，像吩咐仆人一样指挥着那些胖大叔：

"给我弄碗方便面来，不要辣的。"

"有烟么给我一颗。"

胖大叔们被支使得团团转。他们小心翼翼地伺候着这位姑奶奶，并像老式圆形闹钟那样，隔一会儿就来一次报时：

"十一点啦。"

"十二点啦。"

终于，一个胖大叔走到陈木面前，蹲下来，极其诚恳地说："姑娘，您看现在这情况，我们也没敢打你也没敢骂你，你呢，吃也吃饱了喝也喝足了，红塔山都抽了半包儿了，也该打道回府了吧。我们也不容易，家里都有老人孩子……"

其他胖大叔纷纷附和："就是，您牛×牛×得了，别逼人太甚了。"

陈木极其轻蔑地扫了这一屋胖胖的中年人："男的——个个儿都是怂货。"

但她站起来，刚要大摇大摆地走出去，却被胖大叔们又拦住了。因为大家一合计，不能让她一个人走：如此一个月黑风高的时分，把这么一个疯疯癫癫的姑娘放出去，万一她再惹出点什么乱子怎么办？看样子，她也是昌平园的，这么晚回昌平，再被杀了或者强奸了，那个责任校卫队可担不起。

于是胖大叔们小心翼翼地又问："姑娘，你是哪个系的呀？"

"中文系，怎么啦？"

"我看还是找你们系的人来接你吧——你不用担心示威的事儿被系里知道，不叫老师也行，找个同学什么的也行——"

陈木脆生生地回答说："那你们给二十八楼打电话，找一个叫王明明的人来接我。那是一个博士。"

大家又度秒如年地枯坐了半个多小时，那个叫王明明的人终于来了。胖大叔们像见了亲人一样，上去握手："您可算来了——我们可一个指头都没动她。"

而王明明则对他们视若无睹，径直走到陈木面前，霍地蹲下来，握住了她的手："你这又何必呢？"

王明明的声线极度温柔，温柔得让胖大叔们浑身一颤，肚皮也跟着抖三抖。这样的嗓音，使人想起中央人民广播电台里那经典的诗朗诵：好雨知时节，当春——乃发生。

而陈木则倔强地扭开脸，面向斜上方四十五度。她的下巴尖得像一只即将破弦而出的箭。

王明明低着头，长久地摸着陈木的手，继续柔声道：“是我对不起你。”

胖大叔们被这一幕突如其来的言情大戏镇住了。他们屏住呼吸，默不作声，偷偷看看王明明博士的脸，再看看陈木的脸。两个人的表情里都有那么多欲言又止，那么多问世间情为何物，那么多不思量自难忘。时间仿佛静止，画面长期定格，就像一部演了几十集的电视剧终于到了结尾——就等着音乐起上字幕了。

而胖大叔们清楚地看到，陈木的眼睛湿润了，晶莹了，一颗两颗三颗泪珠依次滚了下来。泪珠划过脸庞，凌空飘散，落在王明明干瘦、颀长的手背上。

王明明博士转过头，和蔼地问胖大叔们：“我可以把她带走了吗？”

“走您的。”胖大叔们像一群呆傻儿一样异口同声。

他们走出去的时候，王明明还不忘从兜里掏出一百块钱，塞到一个胖大叔的口袋里：“她打坏的东西，我来赔偿。”

然而两个人到了门外，却并没有立刻离开。胖大叔们正在扫地、摆桌子呢，却听到陈木尖厉地叫了一声。大家立刻像看不够一样，又围到了窗口。

陈木又蹲到了地上，双手抱膝。她的眼睛已经肿成了两只桃子，而且还是那种熟透了，正在流汤儿的桃子。她看着地，呆呆地说："你带我回你宿舍。"

王明明也蹲了下来，继续温柔并沉痛着，回答陈木："我对不起你。"

"你带我回你宿舍。"

"我对不起你。"

"你带我回你宿舍。"

"我对不起你。"

两个人你一句我一句地扯起皮来，好像在进行一场耐心比赛。

屋里的人都听腻歪了。一个胖大叔终于按捺不住，跳了出来。

他对王明明博士吼道："你就把她带回家去吧！保证警察不管！"

而王明明像惯性一样，又回答了一句："我对不起你。"

陈木则腾地站起来，鄙视地瞪了胖大叔一眼："无聊。"说完就像猫一样窜跑了。

"我无聊？"胖大叔不服气地嘟囔，"你们一句车轱辘话说了八百遍，还有脸说我无聊？"

这一夜，陈木终究没去成王明明的宿舍。她也没回自己的宿舍，而是到昌平园校外的小旅馆窝了一夜。第二天早上回来时，她遇到了小北。

小北立刻迷上了陈木。从当初的大眼妹妹到上大学，他也算接触过不少姑娘，但大都是些胡同美人和部队大院儿里游手好闲的“圈子”，像陈木这样的女青年，他还是头一次见识。

陈木叼着烟蔑视一切的态度让小北着迷。陈木在欢声笑语中忽然就惆怅地叹一口气的神情让小北着迷。陈木在做爱后发着呆，喃喃自语地背诵纳兰性德的习惯更让小北着迷。

就连陈木号称自己是女权主义者，小北都着迷。坐车的时候，她拒绝小北让座，吃饭的时候，她拒绝小北买单。这倒便宜了小北。他对陈木说：

“将来结婚的时候，我让你站左边儿，举行完婚礼，我让你在上边儿。”

小北觉得陈木太——不俗——了。这样的姑娘太适合他这个“Fuck the world”的摇滚艺术家了。他们金风玉露一相逢，就好比约翰·列农遇到了大野洋子。

但在陈木的诸多特质中，最让小北着迷的，还是她对“爱情”的态度。她让小北知道：爱情不是请客吃饭，不是狼狈为奸，不是青春期的躁动，爱情是心灵的交汇是命定的前缘，是超越世俗，是最崇高最伟大的人类灵魂的震撼。

和以前的大眼妹妹一样，陈木也喜欢对小北讲故事。但她讲的不是色情故事，而是殉情故事。对于小北这种没文化的人，得从最基础的讲起——杜十娘，死了；林黛玉，死了；祝英台，死了；霍小玉，死了；步非烟，死了。

“还有白雪公主和七个小矮人呢，那个特殊点儿，先死后活。”小北补充道。

陈木说：“先死后活的中国也有，杜丽娘。”

小北问：“是杜十娘的姐姐吗？”

总之，那些爱情标兵就像我们国家的先进典型一样，不死不够伟大，死了才能追授。中国爱情史，就是一部美女死亡史，她们前仆后继，尸横遍野的，让陈木无比迷醉。

一将功成万骨枯，一段恋曲也是万骨枯。没有万骨枯，爱情又怎么会如此神圣呢？

所以陈木告诉小北：“你知道什么才是爱得最深爱得最真吗？就是两个人走在一起，迎面开过来一辆汽车，你突然就有钻到汽车轮子底下的冲动——没有任何原因，但就是有这种冲动。”

这个“爱情死亡论”把小北震撼得热泪盈眶。他就像一个没有信仰的羔羊皈依了宗教，一个脱离部队的战士找到了组织。我操，爱情真是，真是——

“伟大个屁。”在阴暗潮湿的地下室，小北却这样对陈星愤愤地说，“纯属内分泌失调。”

但他马上更悲伤了：“可是我的内分泌失调之后，却调不回去啦。”

一般失败的恋爱，也总是先有一段甜蜜的时光，然后才开始吵架，谅解，再吵架，再谅解，一直到有些人生出疲倦，有些人生出仇恨，最后想看两厌，甚至咬牙切齿。而小北和陈木却打破了常规，他们刚在一起，就直接进入了深仇大恨的阶段。

小北受到的第一个伤害，就是在陈木说出“钻到车轮子底下”这段话之后。当时他们正走在昌平的林荫道上。一辆满载玉米秆的农用车突突驶过，小北很动感情地拽住了陈木的胳膊，抓得很牢。

“你做什么？”陈木问他。

小北看着来来往往的车辆说：“我怕你——”

陈木笑了一下，笃定地告诉小北：“你放心，我现在没有那种冲动。”

小北轻轻吁了口气，却像把身休里的热量都吁了出去。他的心啊，一下子就凉了。陈木的意思很明白：爱到想死的冲动，她和小北在一起是没有的。什么超凡脱俗什么生死相许，听着够牛×的吧，可是与你无关。

小北便问陈木：“那你以前有过吗？”

陈木更加笃定地说：“当然有。”

小北的脸一下子就绿了：“和谁？”

陈木说：“和一个人。”

她这么说完，就拒绝再做任何回答了。两个人都很烦闷。陈木的眼神飘散着迷离着，一眼而知，她在追忆往昔。她还忘不了“那个人”。小北的心更痛了：陈木爱过的是谁呢？他们爱得有多深？因为“那个人”，他小北便不能得到“那样的”爱情了吗？

小北进而回想起刚遇到陈木的那一天。她还不知道他叫什么，就和他脱光了衣服，滚在了一起。原来小北还以为自己的魅力很大呢，现在想来，陈木只是把他当作“那个人”的替代品了吧。甚至连替代品都不是，他只是一个工具，用来让她忙起来，暂时不去思念“那个人”。换句话说，如果那天早上不是小北遇到了她，而是别人，她一样会把人家拽到旅馆里去。哪怕碰到的是一个老实巴交的农民伯伯。

她的身体是免费进入的广场，心灵却是大门紧锁的圣地。这是小北对陈木的新认识。恰恰因为如此，他一边煎熬着，一边却更迷陈木了。

“有情有义的婊子，这也是中国历史上一个典型人物吧？李香君赛金花之流。”面对陈星，小北进行着深入剖析，“这种女的对男的诱惑太大了，因为她们不爱的人可以干她们，并以为自己正在干一个圣女；被她们爱的人呢，却往往不干她们，这样就可以做一个圣人啦。”

“跟人家搅和在一起，还这么恶毒攻击人家，这不好吧？”陈星对小北说。

小北则严肃地说："这不是恶毒攻击，这是辩证法。"

而陈星知道，每当小北进入深层分析，说出很学院派的字眼儿的时候，也是他的脑袋最混乱最癫狂的时候。他需要适时地打断小北一下："开饭吧，今儿中午我想吃鱼香肝尖。"

在昌平的时候，小北与陈木把校外的那个小旅馆当作了他们的根据地。乃至于每次去找陈木，小北在音乐学院刚一上车，似乎就闻到了乡村旅馆特有的霉味。

路途实在遥远，他往往刚一下车，就要直奔旅馆。因为天黑了，没地儿去了，陈木已经在那儿等他了。虽然同在昌平游荡，但小北那时却没时间和陈星见面。他们各有各的爱情需要品尝。

他和陈木常常在村口吃点素炒饼之类的东西，喝两瓶啤酒，然后便到旅馆里去厮守缠绵。对于小北来说，那是多么迷醉，又多么困惑和伤心的时光啊。接吻的时候，陈木的脸上总是挂着悲哀，这仿佛说明，她爱的并不是小北。但做爱起来，她又是那么投入。在这个小小的破败的房间里，她营造了一种特殊的气氛。这气氛让心灵痛苦，却让肉体像殊死搏斗一般亢奋。有的时候小北做着做着，就突然想哭。而十有八九，做着做着，陈木就已经哭了。

但这还不是最累人的运动。当两个人喘息甫定，靠在床头抽着烟的时候，真正的拉锯战才算开始。小北就像中了魔咒一样，只想和陈木讨论一个话题："那个人"究竟是谁？他们是怎么"爱"的？

陈木缄口不言，小北却要深挖狠挖用力挖，一直挖到她的灵魂里去。他有一个残忍的战术，就是不断地提及“那个人”，刺激陈木最敏感的记忆，使她难以忍受。他想，终有一天她会崩塌下去，宣泄出来，告诉他全部的。

但告诉他全部之后，又能如何呢？难道她的“过去”是小学生作业本里的错字，找到了，就能擦掉重写吗？小北倒没想过这个，他那时要做的只是“知道”。

由于“那个人”在小北的脑袋里，是个连名字都没有的抽象符号，因此他最初的那些问题，就像综艺节目里的“猜猜他是谁”游戏一样：

“他是你的同学吗？”

“他身高有一米八吗？”

“他有什么特长？”

“他现在在国内吗？”

“他从事的职业是什么？”

这样的问题对陈木的触及并不是很大，她只是幽幽地叹口气，点头或摇头。所以小北想，他需要更赤裸裸，更有杀伤性的提问方式：

“他做爱的习惯和我不一样吧？”

“和他做爱的时候，你的叫声也这么大吗？”

“你有没有统计过，和他做过多少次爱？是不是做得太多了，人家就玩儿腻歪了，不要你了？”

一问到这些，陈木自然就受不了了。她无限仇恨地直视小北，目眦欲裂。而小北则拿出一副流氓相。

于是他们就对骂起来。在说脏话这方面，陈木是不遑多让的。要知道，女权主义者的一大特点，就是能骂出男人的粗口。两个刚刚还喘息着抱在一起的人，现在却要操对方的妈，操对方的大爷，操对方的祖宗八代不分性别。

只不过，在这场屎尿横流的论战中，最终占据优势的还是小北。陈木有一个弱点，就是她骂得太投入。她真的怒火中烧。而小北则是悠然自得的，几乎是享受骂脏话的乐趣。到了最脏最猛烈的关头，他还能够笑眯眯地叼着烟，不紧不慢地发挥想象力。因为这一点，他往往也能创造出更加花样翻新的措辞。而陈木肚子里的那许多金香玉、婉约词，这时候就帮不上忙了。

所以她选择了：跑出去。往往高频率地吵上半个小时，陈木忽然就沉默了。然后她穿衣服，摔门，用长跑运动员的架势往外跑去。

刚开始，小北还在后面得意扬扬地说："落荒而逃啦。"可后来，他也害怕了。陈木的跑绝非逃跑，她的表情是彻底绝望的，仿佛胸中的悲愤无处发泄，便要和外面的寒风、旷野、外面无穷无尽的黑夜去搏斗——死而后已。

再加上陈木谈爱情的时候，总是死呀活呀的，认真地乱说，小北不禁想道：她不会真的去死了吧？

小北便追出去，找陈木。可是陈木跑得很快，早已溶化在夜色中了。小北站在路灯下，看看家家户门紧锁的村子，看看远方无穷无尽的公路，不知道应该到哪里去找。

可是没办法，他也只能硬着头皮，萧何月下追韩信。他常常先在村子里绕一圈，一边东张西望，一边用脚翻动路边的秸秆和盖白菜的塑料布。他仿佛认为陈木会藏在这些破烂里。毫无疑问，小北这么做的时候，很像一个小偷。就算他不会被村民发现，也会把狗惊醒。一条狗大吠起来，激活了其他的狗，转瞬之间，整个村里的几十条狗都在叫。狗的大合唱让小北不得不撒腿就跑，因为过不了多久，院子里就会冲出人来，他们或者拿着砖头，或者拎着铁锹，看见不认识的人就往死里揍。

小北寻找陈木的下一个方向，自然是公路上了。比起村子，这里更加危机四伏。天垂旷野，四下除了风吹玉米唰唰响，没有一星别的声音。连狗都不见了，更别说人。而且在这里，碰到人会更可怕。

小北一边跑着，一边心惊肉跳。男的尚且如此，何况陈木。昌平园有个女生遇害的事儿，他也是听说过的。那姑娘的尸体，不就是在学校外面的农田里被发现的么？死者的阴魂仍未飘散，她陈木怎么就这么不要命呢？

好在陈木很幸运，她多次不要命地往外跑，却从来没有真出什么事儿。有时候小北筋疲力尽地回到旅馆，却发现陈木已经回来了。而且她冷静得很，仿佛什么事儿也没发生过。

小北问她：“刚才你跑什么？”

陈木说：“不为什么。我只是不想和你待在一起。”

小北被气得胸口犯堵。他想说：有本事你别回来呀。但他却不敢说了，因为他怕陈木真的再跑一趟，那他就别想睡觉了。

而有的时候，他还真的没法睡觉，因为陈木没回来。他只好摸进昌平园，确定陈木有没有到那里去。有几个晚上，张红旗都听见他在楼下鬼哭狼嚎地叫：“陈木！陈木！”

宿舍楼的灯光被他叫亮了好几盏，对面的男生楼干脆扔下酒瓶子来：“你他妈叫春哪？”

没办法，张红旗只好到陈木的宿舍。推开门，就看见陈木咬着牙，恨恨地坐在床头。这种时候，她的裤腿总是脏的，额头跑出了一层汗珠。而她同宿舍的女生都坐了起来，却也不说话，只是惶恐或者烦躁地看着她。

张红旗说：“你倒是答应他一声呀。”

陈木说：“就当他是一条狗好了，愿意叫就叫去。”

张红旗严肃地回答道：“狗也是你招来的，不要影响别人睡觉。”

然后她便打开窗户，对楼下喊一声：“她在屋里呢，别叫唤啦！”

小北听见张红旗这么说，真的就不叫了。他转过头去，像狗一样甩甩脑袋，走了。每次这么闹一场，小北在几天之内眼圈都是肿的。他哈欠连天地想：谈个恋爱可真他妈累呀。是每个人都这么累呢，还是我自找的？

后来小北对陈星总结说：“昌平的白天属于你们，晚上则属于我们。你们在玩儿我们都是木头人，我们在玩儿捉迷藏。”就这样，终于等到陈木她们回燕园，小北认为可以轻松一些了。城里的夜晚是灯火通明的，许多咖啡馆和网吧都通宵达旦地营业。对于夜奔人，这些地方都是好去处。即使陈木再往出跑，他也不用担心她在第二天太阳升起之际，变成一具裸体女尸了。

由于中关村这边的宾馆价格相对高一些，小北便在北大东门外租下了这间地下室。从此，他几乎整天都泡在这里，也不回音乐学院了。白天，他独自在屋里弹吉他，专心致志地做一个摇滚艺术家；晚上，陈木来找他，他们便继续做爱、吵架。吵架的结果，还是他把她给骂跑了。但是现在，小北是高枕无忧的。他懒洋洋地点上一颗烟，心里甚至有点得意：就算陈木心里有“那个人”，但她还不是要来找他吗？今天骂跑了，明天还会来。也许小北在陈木心里的地位，早已超越了“那个人”，只不过她自己没有察觉而已。

心情很好的小北盘腿坐在海绵垫子上，摇头晃脑地弹吉他，浑身抽搐着。如果说小北这么多年埋头苦干过什么事儿，那只有弹吉他了。除了弹琴，他还拖来了一只巨大的音箱，在屋里放各国歌曲。早晨，他用《新长征路上的摇滚》送邻居们出门，傍晚，则用一曲《乡村小路送我回家》欢迎他们回来。

住在地下室隔壁房间的，基本是些十八九岁的打工妹。她们有当收银员的，有在批发市场摆小摊的，还有披星戴月煮馄饨的。她们都有着红扑扑的脸庞，亮晶晶的眼睛。混迹在她们中间，也让小北很高兴。

每个清晨，小北还会和姑娘们一起倒尿盆。不要小看这个活动，在小北眼里，它简直是诗情画意的。由于地下室只有一个公共洗手间，而且地处走廊的尽头，所以住户们的起夜问题，基本要用尿盆来解决。晚上注满了，早晨就要倒出去。而那厕所只有一个坑位，倒起来必须要排队。排队的时候，姑娘们自然不会闲着，她们端着尿盆聊天，讲笑话，交换新闻，搞得欢声笑语的。那场面，就像小镇的水井旁，或者村外的小河畔。

小北则是尿盆队伍里唯一的男性。被女性青春的身体、青春的欢笑和青春的汁液包围着，连他这个流氓学生都不好意思了。他往往红着脸，主动排到队伍的最后去。但次数多了，自然也就熟起来。姑娘们问他："在屋里弹琴的是你吗？"

小北说："是呀。"

姑娘们就叽叽喳喳地问他，你会弹这个吗？你会弹那个吗？问的都是港台九十年代的流行歌曲。

小北说："我不弹那些。"

姑娘们略显遗憾地说："你要是会弹谢霆锋多好，我们最喜欢谢霆锋。"

她们又问了几个明星，都是在县城里广告牌上常见的，低档运动服和摩托车的“代言人”。

如果在学校里，有人这样说，小北一定会说他是一个傻×——比谢霆锋还傻×的傻×。但是面对这样的姑娘们，他就不忍心坚持自己的艺术立场了。

他说：“我要努力向谢霆锋学习。”

姑娘们又问小北：“北京到底有什么好玩儿的地方呢？”

这个问题让小北更不好回答了。他知道，这些姑娘们眼里的北京，只是地下室和批发市场、理发馆、馄饨摊。她们可能还没见过长安街呢。对她们描述另一个北京，他于心有愧。

于是他说：“北京什么好玩儿的都没有。”

可是姑娘们自然是不信的。她们有些惆怅地垂了垂眼睛。

而她们也会教给小北一些常识，比如关于尿盆的知识。小北的尿盆是一个从宿舍里拎来的塑料脸盆，姑娘们说：“这种晚上味道会很大的。”

那么专业的尿盆是什么样的呢？那是一种叫“痰盂”的东西。八十年代的时候，小北还见过，后来就在条件较好的人家里绝迹了。姑娘们晃了晃那东西说：“这个就好一些，还有盖子。”

在这些姑娘里，小北最喜欢的是一个河南来的小妹子。她有一双水汪汪的大眼睛，和两根垂在肩上的小辫子。看见她，就会想起一只刚摘下来的小鸭梨——浑身都是圆滚滚，紧绷绷的。

“我将她命名为尿盆西施。”小北对陈星说，“绝不带任何侮辱性质的称呼。”

“我觉得你在这儿过得挺滋润的啊，落难公子哥儿似的，”陈星说，“先前诉的那么多苦开始显得不真实了。”

小北立刻重新哭丧了脸：“我多希望自己能爱上这么一个纯朴的姑娘啊，那样我的人生会明媚得多。”

小北的高兴并不持久，他很快陷入了更大的烦恼之中。陈木在地下室来来往往了一阵子，她迎风流泪地跑出去，垂头丧气地走回来，就像上班一样守时。但突然有一天，她失踪了。

失踪之前，固然又是一次粗口饶舌的对骂。陈木的把牙咬得咯咯响，对小北宣誓：“你这么有恃无恐，不就是认准我明天还会来吗？我告诉你，这一次你想错啦。”

“不来就不来。”小北满不在乎地说，“明儿谁敲我门谁是王八养的。”

陈木往外跑的时候，他还帮她开门呢：“慢走您。”

可是陈木这一次真的说到做到。第二天，她没有来敲门。刚开始，小北还劝自己：“小鬼，沉住气。”但弹了会儿吉他，看看表，又到晚上了，小北便慌了。

百爪挠心地把手表时针耗过了一圈，这一夜，小北都没怎么睡。到了第三天上午，他实在坐不住了，只好出门上楼梯，去找陈木。因为长时间闷在地下室，他像一个地铁职工一样皮白肉嫩，被太阳晃得睁不开眼。

按照常理，陈木应该是回宿舍去了。小北便到宿舍去找她。可是燕园不比昌平园，这里林子大，鸟儿也多，他问了好几个人，才找到陈木那个年级的女生楼。他又像原来一样，扯着嗓子喊了起来：

“陈木！陈木！”

可是回到燕园的学生们都变得冷漠了，别说有人答应他一声了，就连开窗骂一句的也没有。小北喊了半个小时，嗓子都劈了，宿舍楼却像一座鬼城，寂静无声。只有传达室里的老太太，隔一会儿就从报纸后面探出头来，看一眼，再迅速回到报纸里去。

这种老太太也许是就喜欢看学生们的感情戏。然而等到小北口干舌燥地坐下来时，她却忽然对他招招手：

“那小伙子你过来。”

小北还以为老太太能帮什么忙呢，他感激地闪烁着大眼睛跑过去。

但老太太却拿起桌上的闹钟，展示给他：“你可以号叫到中午十二点，等到学生们回来午睡你要还出声儿，我就叫校卫队。”

然后她又把脸往报纸后面一藏：“接着叫吧，记着要文斗不要武斗，拿猴皮筋儿作弹弓𩨨玻璃这一套你想都别想。”

老太太没想到，小北可不是那种老实巴交的北大情种，你要是激他，他真敢犯浑。他把烟头往地上一吐，晃晃悠悠地走到花坛后面去，没一会儿，拎着半块砖头回来了。

老太太惊得胸前俩大面口袋一颤：“你要干吗？”

小北脆生生地说：“我要攻城！”

他又向楼上高喊了一声：“姑娘们，我来解放你们啦！”说完飞手一砖，哗啦，把传达室外的玻璃门砸了一个大洞。

这样一搞，老太太真要神经错乱了。她两手乱扇地在乱跑，好像一只妄想起飞的母鸡：“造反啦！造反啦！”但她却不敢冲出去，勇斗歹徒。小北就那么得意扬扬地从洞里钻了进去。

女生楼里晾满了各种各样的衣服，从内到外都有。小北就像张艺谋电影里的人物一样，在大片飘荡的布中亢奋地跑来跑去，碰到人就问：“中文系的宿舍在哪儿？你认识陈木吗？”

一片惊声尖叫中，终于有一个胆儿大的姑娘指指天花板：“二楼二楼。”

小北便噌噌噌地跑上去，挨个儿拍门：“陈木！陈木！”可是二楼的房门都紧锁着，也没人回应。他一间间地拍过去，终于推开了一扇。

屋里灯光昏暗，一个憔悴的姑娘从床上坐起来，哑着嗓子说：“你是谁？”

“别害怕，妹妹。”小北放低声音，对她挤挤眼，“真不是坏人，对你也没企图。”

“那我就放心了。”姑娘幽幽地说，“她们都上课去了。”

“哪个教学楼？”

姑娘说了上课地点，却又指指不远处的桌子：“能把水递给我吗？我渴。”

小北便走进屋，为她拿了杯子，又很细心地兑了热水，试了试温度递给她：“你怎么了？”

“看不出来呀？我病了，感冒。”

“那可得多喝水——吃苹果么我给你削一个。”

“这会子不想吃，”姑娘像病晴雯似的摇摇头，“你拿一个吃吧，看你嗓子也哑了。”

小北便从桌上拿了个苹果，礼貌地和姑娘再见。但他没走出去两步，又缩了回来，因为楼下已经传来了校卫队的声音。胖大叔们正在兴致勃勃地问一楼的女生：“你看到流氓了吗？”

“唉，”床上那姑娘又叫了小北一声，她指指窗户，“从这儿也能出去。”

小北便尽量文雅地翻着窗户，不忘对姑娘道谢：“唐突唐突，你们看的那些书里，是不是只有淫贼才这么干呀？”

姑娘娇嗔一声，抄起本书去砸小北：“快走吧，没的污了人家清白。”

十分钟之后，勇闯女生宿舍的孤胆英雄出现在了北大文史楼。此时此刻，小北的自我感觉还相当好呢——到哪儿都有人跟他调情，这说明了他的魅力。如果不是迷上了陈木，他肯定会变成一架播种机的。

但仅仅两分钟以后，小北的心情便急转而下了。这个破败、萧瑟的小楼，注定是小北的伤心地。下课铃声响起，学生们呼啦啦地蜂拥而出，他看到几个女生手里拿着《中国古代文学史》，便顺着她们来的方向找去。

他满心以为能迎上陈木，但学生们都走干净了，却仍未见她的踪影。方才上课的教室空荡荡的，只剩下黑板是满的，遒劲的大字在上面写着七零八落的唐诗宋词。

难道陈木没来上课吗？那她能到哪儿去呢？小北坐到一张课桌上，抽了一颗烟，考虑着是不是要去找一下张红旗。或许她知道。

而这时，楼上忽然有个女人的哭声传了下来。声音悲切而含糊，本来听不出是谁的，但小北却蓦地警觉起来。他轻手轻脚地跳下地，无声地贴着墙上了楼。

在一楼和二楼之间的拐角处，他先看到了一个消瘦、高挑的背影。那人穿着一件质地不太好，有些皱了的黑风衣，头发倒挺长，脏了吧唧地披在脑后。大学校园里常见这种人，用王朔的话说，都是一些“诗人兼手淫犯”。而穿过那人的两腿之间，小北看到了一双穿牛仔裤的女生的腿。腿的主人正坐在地上。对这双腿，小北太熟悉了。

陈木坐在地上哭。从腿的动作看来，她还在不停地甩头，扭动着身体。那个穿黑风衣的家伙则一次又一次地弯下腰，试图把她拉起来。

那人还用晚春细雨般温柔的嗓音劝她："你要坚强点。"

陈木还只是哭。那人又说："一会儿就有人来了。"

过了很久，陈木才仰起头来，喷射着汁液喊道："谁知道了也不怕！"

小北在下面想：也不怕我吗？

那人束手无策地站着。陈木却站起来，没命地往那男人胸前扎："如果你不爱我，当初为什么那样对我？"

这声雷鸣在小北脑海中阴云密布地酝酿了好久，终于轰隆一声炸响了。他的脑袋里一片空白，身体的反应却果断而坚决——三步化作两步地冲上去，拽着那人的后脖领子，像阶级斗争主题的画报人物一样高高挥起拳头：

"我操你妈！"

但这一拳却没有打下去。小北转瞬呆住了，倒退两步，仿佛离那张脸太近了以致看不清楚——而他的确需要仔细看看清楚。

他正前方二十公分，是一张清秀、憔悴的女人的脸。

14 每周一割

这个下午，很多学生都在校园里看到了这样一景：一个女青年低着头，执拗地向前走，一个男青年则怒视着她的后脑勺，人家走到哪儿，他就跟到哪儿。

陈木突然回头喊：“不要跟着我了好不好！”

小北说：“就不。你非得说清楚了不可。”

陈木冷冷地说：“这事儿说不清楚。但有一点你应该知道了，就是——我不爱你。”

小北说：“不爱就不爱。不爱也得说清楚了。”

“我都不爱你了跟你说那么多干吗？”陈木哧笑一声：“你的大脑是不是混乱了？而且你不觉得自己特别贱吗？”

“彼此。”小北脸色苍白地对攻，“你也是个贱人。”

路边有男生看不过，上来问陈木：“同学要帮忙吗？”

陈木指着小北的鼻子说：“打丫的。”

小北则冷笑着和见义勇为者对视：“打呀——不过别妄想勾搭这位女同志，人家可不好你们这口儿。”

终于有两个身高体壮的男生和小北动起手来。那两个家伙都是法律系招收的体育特长生，饶是小北心狠手黑，也转瞬被打翻在地。他们把小北的脑袋往地上按着，问陈木：

“要不要送派出所？”

可随即，一个小伙子就嗷嗷叫了起来，因为小北突然咬住了他的手指，咯吱咯吱响。另一个男生对陈木大叫：“快叫他松嘴快叫他松嘴——”

陈木却阴阴地一笑：“谁让你们多管闲事儿的。”

两个男生气急败坏地喊："你们他妈是不是有病呀？"

"我就是有病。"

直到对方认怂了，求饶了，小北这才松开嘴。被咬的小伙子一边走一边骂："他妈属王八的。"

小北却坐在地上，如丧考妣地哀鸣了起来："你说，我算不算做了王八呢？"

过了几天，小北终于知道了陈木和"那个人"的事儿。是她亲口对他说的。

那个面容憔悴的大龄女青年，就是曾到校卫队接过陈木的王明明博士。她和陈木的缘分，还要从几年前说起。那时候，陈木还是个叛逆的高中生，王明明则刚刚结束了连考三年研究生的血泪历程，从外地某师范学院窜到北京大学来，成了一个"国学大师"的关门弟子，研究纳兰性德。她的师兄，就是陈木的父亲，那时已经在另一所重点大学任教了。

刚来北京的王明明举目无亲，经常到师兄家去做客。除了蹭吃蹭喝，她还有一个任务，就是督促陈木复习功课。

当时的陈木，已经初具了某一类小资女性的雏形：内分泌过剩，孤芳自赏，不屑与凡俗为伍。因为颇看了几本劳什子的闲书，她满脑子伤春悲秋，偏科偏得厉害，数理化总是不及格。不光学校里的老师没办法，当教授的父亲也束手无策。

更关键的是，陈木小小年纪，却流过一次产。那男的也只有二十岁上下，长得倒是眉清目秀，只不过是个地痞流氓，常年玩弄女中学生。陈木为他在手术台上撕心裂肺的时候，那家伙正高高兴兴地把另一个姑娘往旅馆里拽呢。

“眼看就要考不上大学了。”陈木的父亲对王明明说，“你们都是年轻人，我看她也愿意跟你说话，不如你替我们劝劝她吧。”

那时候还没有傻乎乎的“大学校园励志游”，王明明却说得上是这一套的发明者。她把陈木带到北京大学，两个人一起逛园子。在湖边、图书馆里、草坪上，她挥洒自如地对小姑娘喷射着动听的字眼儿。

“未名湖是个海洋！”

“天地玄黄，宇宙洪荒！”

“中国知识分子应该具有独立人格！”

不用说，陈木被唬得五迷三道的。作为一个知识分子家庭的孩子，她对这一套本来就感兴趣。王明明又说起了纳兰性德，抛出的观点对陈木来说，简直是振聋发聩。

王明明说：“纳兰性德是一个女人。她家里把她当男孩儿养的。你看她的那些词，那么干净、清澈，怎么是男人写得出来的？明明是一个女人对另一个女人的爱。”

两个女青年谈起了爱情。小姑娘陈木用力地渲染着自己的那点子伤心事。她又问王明明：“你呢，你谈过恋爱吗？”

“谈过。”王明明含蓄地笑着，“但没谈长。现在也不去谈了。”

“为什么？”

“也许男人不适合我。”

陈木若有所思地望着湖水。王明明摸了摸陈木的脑袋，突然把鼻子贴在她的头发上，用力地闻了一下。这举动让陈木心里一颤，宛如水中央落了一片叶子，水纹微妙地扩散开来。

王明明的嘴唇找着陈木的耳朵：“好好用功吧，过两年到北大来。”

陈木果然变了个人。她学习努力了，也不和不三不四的男生接触了。每逢节假日，她便骑着自行车去北大，找王明明，两个人一起看书。父母自然很欣慰，他们很感激王明明。

“我们单位有个小伙子，各方面都好，介绍给王明明正合适。”吃饭的时候，陈木的母亲常常这样说。

她没有留意到女儿眼里，流出怨毒的目光。

心里的念头一旦生了，就不可遏制。陈木只要一闲下来，脑海中就全是王明明。王明明的音容笑貌总是伴随着纳兰性德的词句出现，像电影宣传片一样回环往复。她常常后半夜也难以入睡，夹紧双腿，蜷在被窝里像兔子一样短促地喘息。好容易熬累了，昏过去，王明明又到梦里来了，而且扮相更加千奇百怪：有时穿着紧身卡腰的黑西装，戴礼帽，手里拎着一条斯迪克；有时是一套古时军人的戎装；最多的还是清朝公子哥儿的模样——就是纳兰性德本人——一早起床，抹脸涂胭脂，却穿了一身丝光华丽的男装，悠然走出相府。

周末去北大的时候，陈木一路都是面红心跳的。敲敲王明明宿舍的门，迎来的总是一双闪着喜悦的眼睛。

王明明拿过毛巾，给陈木擦汗："下次骑慢点儿。"陈木的上半身都软了。

大好的下午，两个女青年什么也不做，就是凭窗或靠床或坐着，读书。王明明给陈木朗诵纳兰性德，听着那珠圆玉润的声音，陈木有意无意地向她靠过去，头枕在她的肩膀上。王明明自然也有意无意地歪下头，闻闻她的头发和耳朵。

有一次，她们还学着电影《游园惊梦》的情节，两个女人作起《牡丹亭》来。谁也不会唱昆曲，只是捧着书，随意地给那些词句加上调子，却唱得极其认真。据说汤显祖写到杜丽娘死时，再也按捺不住，竟然跑去柴房大哭了一场。陈木和王明明虽然不至于，但也一腔幽怨没有地方宣泄，生生把眼睛都憋红了。

真是良辰美景奈何天啊。

时光就这么真真假假，遮遮掩掩地流走。不到关键处，是不会把下面的底牌揭出来的。到了高三的下学期，陈木填报志愿的时候，自然写了北大中文系。他父亲有些得意，还以为女儿是受了自己的影响呢。

而就在高考的前一天，一家人在吃午饭，为了不让女儿紧张，父母故意聊点儿不相干的话题。母亲的一句话，险些让陈木进不了考场。

她说：“小姑娘长大了，总算也快把那个老姑娘嫁出去了。”

父亲笑道：“你说王明明呀？”

母亲说：“就是上次介绍的那个小伙子，中科院地质学所的，两个人据说谈得挺好。”

父亲打趣道：“那人就是有点儿胖，不过在胖子里也应该算帅的了。”

“还爱好运动呢特喜欢游泳，原来有个外号儿叫黄色潜水艇。”

在父母的一片哈哈哈中，陈木的心冰凉了。怪不得这几天，王明明没叫她去北大。说是怕影响她的最后冲刺，其实是和男人……

陈木当地把碗摔在桌上，扭身回了房间。她身后，母亲被惊得目瞪口呆，好在父亲让她什么也不要说。

一直到晚上，陈木都只是趴着。她有一种被骗了的感觉，但却又觉得王明明不会骗她。可分明是有一个人要受骗的呀。王明明骗的是自己，还是那个搞地质的“特帅的胖子”？

这一夜，她自然失眠了。眼看着石英钟的指针默不作声地走着，陈木想哭都哭不出来。关于王明明的种种又浮现上来：她的一颦一笑、男人般低沉温柔的声音、朗诵的那些纳兰性德——陈木又夹紧了双腿，像兔子一样喘气。她霍地翻起来，从床头拿起一本纳兰性德，小声吟哦。心乱如麻地读了会儿子，越读越心乱如麻。陈木索性穿上衣服，开门跑了出去。

夏天的午夜，这小姑娘在空无一人的街上飞快地蹬着车。她像在飞逝的青春韶年里穿行，又像在某个人的呼吸里穿行。没一会儿，她到了北大。

王明明披着一件男式白衬衫开了门。看到陈木，她自然呆了。到了这份儿上，她们不必再说什么客套话了。千种万种心情都在一秒钟的沉默里流淌了出来。

陈木的眼圈蓦地红了，她低头扯了扯王明明的衬衫下摆，随即又尖刻地问：“这是那个胖子的吧？”

王明明几乎哭出来。但她终究大上十岁，稳住了心情，拍了拍陈木的后脑勺说：“傻瓜。”

没想到，陈木竟然顺势把嘴送了上去。

两个人在门口无声地吻了一下，却被宿舍里的另一个人声吓得立刻分开：“谁呀？”

那是王明明的室友，另一个女博士。王明明对她说：“我的一个妹妹刚到北京，在我这儿挤挤。”

陈木被王明明攥着手，摸到床上。王明明脱衬衫的时候，忽然指指墙上挂的另外两件：“你没注意呀？我穿的都是男式衬衫。”

陈木猛地抱住了王明明，箍得她的肋骨都快断了。王明明被这小姑娘的力气震撼了。

“在咱们国家，鸡奸是违法的吧？东单公园派出所专门抓那样儿的。”地下室里，小北还在喋喋不休，“那磨豆腐呢，磨豆腐违法不违法？”

“挺美好的事儿你怎么老爱往脏了说呀？”陈星吃着盒饭含混不清地说，“你这不叫戴绿帽子没必要吃醋。”

“那是你没赶上！下次张红旗抱着同性狂嘬一回看你什么感受。”

王明明和陈木厮混了几个月。高考后的那个暑假，她们天天泡在一起，还坐火车去了趟青海。在这条道儿上，陈木走得一往无前，常常是在公共场合，她就和王明明耳鬓厮磨的。

“我是因为你才考了北大的。”她带着风雨过后见彩虹的表情，“我们如愿以偿了。”

可王明明不像陈木那样想。她毕竟大她十岁。王明明知道，陈木“爱上了女人”，与其说是需要，倒不如说是迷醉于“卓尔不群的感觉”。说到底，还是小资女青年的那点子自恋。陈木还小，她想不到日后的压力、非议、指指戳戳。光是大龄单身这一条，就已经让王明明被视为怪人了。

况且陈木的父亲还是王明明的师兄，他们共同打着一个大师的旗号在学术圈儿里招摇撞骗。王明明是知道轻重的。她可不想把这事儿闹到不可收拾的地步。

正好那时陈木要去昌平园，王明明一发狠，两个月没去找她。

陈木自然百爪挠心。她还听说，王明明和那个学地质的“帅胖子”分分合合了两次，又在一起了。这次还是她倒追的人家。

陈木便到燕园，要找王明明去“说清楚”。这本该又是一场“是谁爱上谁是谁辜负谁”的辩论大赛，可谁想见了面，陈木却没有说话的机会。对方有一大套说教在等着她呢。诸如“人首先是社会人其次才是女人其次才是同性恋的女人”云云，王明明滔滔不绝地说了一下午。最后她总结：

“我是不忍心耽误你。我知道，你是——起码是不仅仅——喜欢女人的。你以后的路还长，找个帅小伙子谈次正常的恋爱吧。”

“我是！”这说辞让陈木勃然大怒，“你才喜欢男人了！你是叛徒！”

“我没有。”王明明无力地说，流下一行眼泪，“我是迫不得已，我是为你好。”

“你就是！”

“我不是！”

两个人争得脸红脖子粗，好像是在指责对方背叛了革命。到头来陈木摔门而去。也正是那天晚上，陈木找张红旗喝酒，抱着她说自己“是个同性恋”。

也就可以理解后来陈木为什么那么亢奋地参加各种群众活动了。她心里有一团无名的力量，却没有使出的地方。

当然，最觉得吃亏的还是小北。从刚和陈木在一起，他就在“那个人”的阴影下爱着动着呢喃着，可谁想到“那个人”连个男的也不是。这他妈的也太操蛋了吧。他对眼神已经发木的陈星说啊说啊，说到最后，忽然抽了自己两个大嘴巴：

“和这些不男不女的家伙搅在一起，我觉得自己都不像个爷们儿了。”

“就是，你需要振作一下儿。”陈星头昏脑胀地机械性应答。

“一个男人应该从哪方面振作呢？”小北却还精神头十足，目光炯炯地瞪着陈星。

“你说你说。”

“当然是女人啦！”

“那固然。”陈星打了个哈欠，一头扎倒在海绵垫子上。这地下室太不通风了，两个人又一颗接一颗地抽烟，他都缺氧了。

陈星随意应和，小北却说到做到。他太急于忘掉陈木了，因此重操了流氓犯的旧业。那个早上，他从地下室里走出去，沐浴着清晨第一缕阳光，所做的第一件事就是给所有认识的女青年打电话。从高中同学到大学同学到“玩儿摇滚”时认识的胡同妞儿，只要有号码，无一漏网。

那些姑娘往往还没有起床呢，活活被他肉麻出一身鸡皮疙瘩。小北措辞文雅语调温柔——更敬业的是，他握着电话筒，眼里就放出了无限惆怅的贼光——就好像眼前的投币电话是一位失散多年的恋人。

“我是北北呀，”打到最后，他的开场白就是这么一句，“你寂寞吗？”

好几个姑娘的第一反应是：“你改行做鸭啦？”

经过一段时间的电话传情，他居然颇有斩获。小北还是很帅的，又会卖弄风骚，假如有些姑娘恰好也处于失恋期或发情期，他无疑是一个很好的选择。那段日子，他可真忙啊，上午要换十几块钱的硬币去打电话，下午则约了两三位姑娘分批吃饭喝茶，晚上便火急火燎地奔向某个姑娘的家里——“把工作做到实处”。

用他的话说：“我需要更多的女人来疗伤！”

重新投入情场的小北把造型也换了，他穿上了卡腰短西服紧绷牛仔裤韩版毛线帽子外带茶色墨镜，脖子上居然还煞有介事地挂着一条刚流行起来的细领带。

“瞧你丫这操性，”陈星揪着他的细领带说：“上吊挺方便的。”

“我也不想这么打扮，但那话怎么说的？”小北厚颜无耻地回答，“人民政府心系人民，人民妇联服务妇女。”

“你要再穿身儿黑色紧绷网眼露乳头小衬衫那就太像——”

“中央戏剧学院的学生是吗？”

“不不——像冒牌香港理发师，阿明阿健阿泡儿之流。”

在那段疯狂的日子，陈星已经习惯于半夜接到小北的电话了。这家伙往往一边系着裤子一边十万火急地说：“我又被戴绿帽子的糙汉堵胡同儿里了，赶紧抄家伙救驾来。”

也就是在那些天，小北重逢了他的初恋及初夜情人大眼妹妹。大眼妹妹已经职高毕业，在一家风光不再的老饭店当上了前台。那个下午，小北正和一位姿色平庸的姑娘谈人生“都是午夜伤心人”，一转眼，却看见穿着黑套裙的大眼妹妹正明眸善睐地冲他笑呢。

姿色平庸的姑娘刚上了个洗手间，小北就没影了。她焦急地找了两圈儿，最后跑到前台问：“刚才跟我一块儿那小伙子呢？”

“他呀，”大眼妹妹露着八颗牙职业地笑着，“也不知有什么急事儿撒腿就跑——麻烦您把咖啡馆儿的账结一下。”

而刚才的实际情况则是：小北一步三晃地走向大眼妹妹，途中一直深沉地和她对视着。他走到面前说：“成白领丽人了？”

“别骂我。”大眼妹妹含笑盯着他。

“给我开间房，”小北掏出钱包，“我等你下班儿，咱们深入聊聊。”

自从高中临毕业时，陈星和小北因为大眼妹妹的事儿一个进了拘留所，一个进了医院，他们便和这姑娘断了联系。小北以为，大眼妹妹肯定被古力重新“带”了起来。刚开始，他还有点儿惋惜，但后来也就不多想了。大学里还有许多姑娘，等着他去偷鸡摸狗呢。和陈木搅和到一起之后，大眼妹妹更是被丢到爪哇国去了。

而久别重逢，小北立刻看出，大眼妹妹变了。她不复是原先那个管儿厂的“城乡结合喇”了。她变得明艳、大方，充满了自食其力的信心，并带着一股子“惯看秋月春风及世间各路大尾巴狼”的优越感。套用一句老舍先生的话，大眼妹妹变成一“外场人”了。

小北唯一担心的，就是古力。他试探着问她：“你跟过去——熟人，还有联系吗？”

“你是说古力吗？”大眼妹妹开宗明义地说，“早不在一块儿了。听说他到南方去了，连他家里人都没他信儿了。”

“其实我挺替你们俩可惜的。”小北松了一口气说，“那也是个有情有义的流氓。”

“有情有义的人多了，我干吗非找流氓呀？”大眼妹妹熟练地递了个眼风过去。每天都在饭店大堂站着，这些招数她已经信手拈来了。

两个老战士重新厮混在了一起。大眼妹妹早已搬出了地铁家属院，她在紫竹桥附近的那片新兴住宅区里租了间公寓。接连好几天，小北都窝在那里，早上送大眼妹妹上班，晚上则笨手笨脚地做一桌子饭，等她回来。当然，大眼妹妹也不亏待他，食宿全包是起码的，饭店给管理人员配的手机，她还给他搞了一部。

大眼妹妹不在的时候，小北便把陈星叫过去玩儿：“随便吃随便喝，地主小姐的牙床，泥腿子也可以上去滚一滚。”

“这人怎么看着这么熟啊？”陈星端详着客厅里大眼妹妹的照片说。

“似是故人来吧？”小北笑吟吟地说，“你仔细回忆一下儿，眼睛占脸部面积三分之一的生物——除了蝗虫咱们还认识谁？”

“哦哦。”陈星反应过来，感叹着，“今非昔比呀。”

“软饭是最好吃的饭。”小北对陈星说，“小白领配小白脸，你还找出更完美的一对儿狗男女吗？”

临走，小北把地下室的钥匙扔给陈星：“给你提供一作案地点。”

“那谢谢了，”陈星说，“这样我就不用天天往昌平赶了。”

“不是让你睡觉用的，是让你跟别人一起睡觉用的。”小北猥亵地笑着，“都二十多了，你不会还是个阳痿吧？”

陈星接替小北，住进了地下室。这事儿他并没对张红旗说。告诉人家他弄了间房子，像是有什么企图似的。实际上，他们“在一起”快两年了，最亲密的活动，还只是上次张红旗过生日，他亲了她的脸一下。那个吻轻得不像吻，倒像小狗闻到了什么不喜欢的东西，立刻就把鼻子挪开了。

但这样一来，他也不好向她解释，自己何以能够第一天晚上刚“回去”，第二天一大早又“来了”。所以陈星并没有天天去找张红旗。他玩儿起了一个微妙的游戏：潜入校园，在暗中观察她。

早上，张红旗刚走出宿舍楼，陈星就已经在一棵杨树后面躲着了。他跟着她走到食堂，趁她吃早饭的当儿，迅速吞下两个包子，然后再跟着她去教学楼。上课铃打响，张红旗开始听课，陈星便跑到楼下的足球场，和上体育课的学生踢两脚。踢累了，他就又回到教学楼里，迅速地透过门上的玻璃窗向里瞥一眼，看看认真听讲的张红旗。

张红旗永远坐在正对着老师的前排座位上，一手托着下巴，一手记笔记。即使是上“马克思主义哲学”这样的课，旁边的同学咬耳朵的咬耳朵，睡大觉的睡大觉，她还保持着这副姿态。从上中学时，她就是这样，几年过去了，一直没变，就连搭在脖子上的马尾辫都没变。仿佛是一幅油画里的人物被剪下来，贴到了不同的背景里。

上完课，陈星再尾随她去食堂吃饭，然后是下午的课，然后是晚饭，然后是晚自习。好学生张红旗的一天真够枯燥的。好在当事者张红旗并不觉得，旁观者陈星也乐在其中。

陈星感到，他只要能“看到”张红旗，就足够好了。甚至比和她面对面还要好，因为那时他的快乐也仅限于“看到”，却还必须随时和她说话，随时留心她什么时候累了倦了不开心了——而张红旗又不是一个有话直说的人，猜她的心思也很累。

而现在，陈星觉得他和张红旗之间隔了一层玻璃。是那种特殊的，单向透光的玻璃，他能看见她，她却看不见他。这感觉是很奇妙的，因为张红旗一旦在“玻璃”那边了，周围的所有事物就都像被装进了一个鱼缸里。陈星感到自己变成了一个孤立于世界之外的观察者。

他得承认，这么爱着对方，实则也是很自私的；甚至可以说是邪恶的。怎么说呢，你也可以把它理解成类似“报复”的东西。自从他和张红旗在一起，就有了这样一种错觉：即使独自一人，也总感到张红旗就在身边，在暗处，在冥冥苍穹之外——“看”着自己。他的一举一动都无法遮掩，他的私心杂念都暴露无遗。幻觉中无处不在的张红旗在督促他做一个高尚的人，纯洁的人，脱离了低级趣味的人。

因为这种感觉，有时他甚至会恨起来：如此一来，不就相当于失去自由了吗？人生而自由，却无处不在桎梏之中。这话原来是说爱情的。

陈星也明白，之所以如此，还是因为他太在乎张红旗了。张红旗无须掌握寻常女生含嗔带笑卖弄风情的一切本领，却恰恰让他心醉。

而现在，他终于也可以这么“看”张红旗了。只不过他是真的“看”，她却浑然不自知。这么说来，他的爱情“反击战”并不能算实现了战略意图。

上完晚自习，已经十点多了。张红旗自然要回宿舍去睡觉，而陈星固然要送完她这最后一程。他不仅为张红旗的身体健康担心起来：一天到晚都这么坐着，她太缺乏锻炼了。他又想起小北曾经挤眉弄眼地说过：“你没发现张红旗的——臀部——略显大点儿吗？”

“我得提醒你注意，说的是朋友妻啊。”

“不不，绝无任何下流的想法，纯粹是学术性的讨论。我是说，因为她一天到晚都在伏案，坐着，生生就把臀部给坐大了。我们那儿钢琴专业的乔男女也有这个特点，我说他们丫的得穿燕尾服呢，那两条儿就是屁帘儿。还有还有，你还记得咱们揍过的那孙子吗？浪费宽度？”

“我倒是记得过去就问过你这个问题：你丫脑袋里到底进什

么了？”

小北却开始忧国忧民起来了：“再这么坐下去，大屁股也要成为知识分子的常见病了，和颈椎病一样。我得给国家体育总局全民健身司写封信专门谈谈这事儿。”

而当张红旗静静地走在路灯下，陈星不远不近地跟着，他确实发现她的臀部稍微有点儿宽。这还是他第一次如此认真地观察她的第二性征呢，得出的结论却是：下次和她在一起，应该有意识地多走走路。

这样跟到张红旗的宿舍楼下，却见她拐进了旁边的电话亭。陈星赶紧掉头就跑，他突然想起来，每天这个时候，她都会给他打一个电话，打他新买的手机。如果刚一拨通电话，身后就铃声响起，那他可没法儿解释。

幸亏他腿脚快，接电话的时候已经在一百米之外了。

“你做什么呢？喘什么气呀？”张红旗在电话里问他。

“没什么，刚才和同学踢球来着。”

“这么晚了还踢球，你们的生活可真悠闲。”

地下室的生活，倒真如小北所说，是生机勃勃的。当陈星回去，打工妹们早已下了班，她们有说有笑，叽叽喳喳的，有时还开起了小型文艺联欢会：每个人演一个节目，常常是唱歌。《忘情水》或者《潇洒走一回》之类的港台老歌。

有一次，陈星正在摆弄他的收音机，搜索相声节目，忽然有人敲门。进来的就是小北所说的那个“尿盆西施”，她扎着两根小辫子，脸红扑扑的。

“原来住这里的——学生——”那姑娘看到陈星之后一愣，都结巴了，“搬走了？”

“也不能算搬走。”陈星对她笑笑，“我借住两天。”

“哦。”姑娘有些失望地走回去，忽然又转过头来说，“那你会弹吉他吗？”

“吉他？”陈星看看墙角的吉他说，“我不会。”

他明白这姑娘为什么来了，又说：“等他回来，再给你们伴奏好了。”

“不是要伴奏。”姑娘垂着眼睛说，“是想跟他学习。过一段，我们也要凑钱买一把吉他。”

小姑娘的神情把陈星打动了，他拎起那把“红棉”牌木吉他说：“我替他送给你了。”

“不好吧？”姑娘又喜悦又害羞地说。

“有什么不好的，他还有好多把呢。”陈星说，“你们先自个儿摸索摸索，等他回来再给你们上课。”

姑娘走后，隔壁很快传来不成调的拨弦声。她们反而不笑也不闹了，集体静静地听着那寻常事物无法发出的音色。一把别人随手送的吉他，几乎就是这些姑娘们在北京这个“文化中心”能得到的全部

“文化生活”了吧。

陈星失落地把他的“评书宝”往书包里一塞。在这个地下十几米深的地方，连广播信号都没有。

而一天夜里，陈星都睡了，却又听到有人敲门。这倒让他紧张了，大半夜的，无论来者是男是女都不好办。

“谁呀？”陈星说，“我睡了。”

门外却是一个尖厉的女声在喊：“王八蛋，开门！”

陈星吓了一跳，随口说：“你他妈疯了吧？”

谁想到外面扑通一声，显然是那人瘫倒在门外了。随即传来了小声的哭泣：“小北，开开门，我不想活了……”

陈星想起什么，打开门，果然是陈木。她哭得满脸都是液体，还在拿头撞着墙。

“为什么这样对我，”她说，“为什么你们都这样对我……”

陈星束手无策，只好看着她哭。咚咚咚，陈木撞墙的声音像在打鼓，使她抽泣得很有节奏感。不时有打工妹开门，探头看一眼，又吐了吐舌头缩回去。

好不容易等到陈木哭累了，头也撞肿了，歪在地上喘气的当儿，陈星才试探着说：“小北不在这儿……”

“我知道了。”陈木喃喃道，“他肯定在那个女人那儿。”

“也不是……”陈星不知道该怎么为小北掩饰。

陈木却歪着头，愣愣地看了他一眼："没必要骗我，谁他妈也不傻。"

她说完，爬起来，摇摇晃晃地走了。

陈星回到房里，烦躁地抽了颗烟，想给小北打个电话，但犹豫了一下，又作罢了。他们的事儿，还是他们自己解决的好。最好不要把他卷进去，他可不善于处理哭天抢地的女青年。

可才迷瞪到六点多，陈木又来了。这次她的脸色更差：不止苍白，而且透出青灰色。显然是一夜没睡。但她的神情却平静了许多，那许多汁液也擦干净了。

"带我去找小北吧，我想跟他谈谈。"陈木咬了咬嘴唇说，"谢谢你。"

陈星看了她一眼，说："好吧。不过我得先倒尿盆。"

端着尿盆在打工妹们后面排队的时候，扎着两个小辫的尿盆西施偷偷问他："昨晚来的是弹吉他那个学生的女朋友吧？"

"是呀，"陈星回答她说，"他们吵架了。"

那姑娘说："城里人谈恋爱，真跟电视里演的一样呀。"

排完队回来，陈星又不紧不慢地拿着牙具，到水房去洗漱。他已经想好了对策，就是尽量拖延陈木，要在大眼妹妹上班之后，再把她带过去。否则新的还没起床，旧的打上门来（或者说是旧的还没起床，新的打上门来），那可就真不好收拾啦。

于是，他刷了足足半个小时的牙，回来的时候牙梆子都快肿了。

两个人爬出地面，还没走几步，陈星又说：“我要吃早饭。你也还没吃饭吧？”

这又是一顿创纪录的早饭。陈星慢悠悠地喝了五碗馄饨，喝得卖早点的老板都不好意思了。要到最后一碗的时候，人家又给他拿来一个油饼：“我知道我这儿的馄饨干货少——放心我管你饱。”

而陈木则一直阴着脸坐在旁边，面前的馄饨一口都没动，早就凉了。陈星也不是没动过把她扔在这儿撒腿就跑的念头，但一想，那也太操蛋了。好歹吃完，上公共汽车的时候，他的肚子已经咕噜咕噜的了。没坐两站，随着一个急刹车，陈星瞬间感到了下身一股即将决堤的潮涌。糟了，也可以说正好。他夹着屁股跳跃着，对陈木说：

“下一站我必须下去一趟。”

“临盆了？”陈木冷冷地瞥了他一眼说。

“这是什么术语？”

“小北每次拉稀的时候都这么说。”

那个时候，公共厕所还是收费的呢，因此下车没跑几步，陈星又折回来对陈木说：“给我三毛钱。”

蹲在臭气熏天的坑位上，危机才算解除。陈星看了看手表，另一个危机也解除了。他成功地磨到了八点钟，大眼妹妹应该已经离开家门了。

公寓里果然只有小北一人。听到敲门声，那家伙只穿一条睡裤就跑了出来：“意犹未尽吗宝贝儿？”

陈星爱莫能助地耸了耸肩：“不是我出卖战友，我也没辙。”

小北看到他身后的陈木，先是目瞪口呆，但随即镇定下来。他脸上挂出了报复性的笑：“这位同志是谁呀？”

陈木不动声色地看着小北：“我想跟你谈谈。”

“容我先换件会客的衣服行吗？咱们都是文明人，没有光着谈判的。”

“别装孙子了这儿挺暖和的。”陈木径直坐到餐桌前，“你那点儿东西我又不是没看过。”

“给你看还真等于白看。”

他们你一句我一句地斗着嘴，陈星好容易插了一嗓子：“能告诉我厕所在哪儿吗我又不行了。”

陈星钻进厕所，第二次奔放地排泄，完事儿了却还在马桶上坐着。这种时候，还是待在这里比较好，如果出去的话，最尴尬的人就会是他。门外传来陈木和小北的对话声，就像两只苍蝇碰壁嗡嗡啼，不时高出一嗓子。这样就好，有话摊开来说嘛，早谈早解决。出于无聊，陈星开始看放在暖气上的杂志。除了一两本展示“酒店风采”的宣传画册，大部分都是婚姻家庭通奸偷情一类的地摊读物。大眼妹妹已经麻雀变凤凰了，本色里的那点子爱好却还没有变。

这种杂志是名副其实的厕所读物，它们能使拉屎的时间显得很短，也能把一泡屎无限延长。不知看了多久，陈星都快在马桶上睡着了，却忽然听见小北在外面叫他：“你丫把自己冲下去了？”

“谈完了？”陈星疲倦地找着手纸说。

“出人命啦！”小北耸人听闻地喊叫。

陈星在水箱的抽水声中出门，眼前的情景让他嗡的一下，脑袋里也像冲了水。陈木已经躺倒在地，胳膊上、衣服上都是大片的血。她的左手腕上，赫然是一个大口子，右手则捏着一只刀片。

接下来的情景，就是两个男青年架着陈木，在车如流水的三环路边等救护车。陈木流血的那只手架在小北的脖子上，流得他满头满脸都是红的，酷似一个刚从前线下来的战士。路边行人对他们侧目而视，避之不及，却有几个闲得没事儿的大妈一边做惊恐状一边恋恋不舍地在围观。

“第三者，肯定是第三者。”一个大妈愤愤地说。

“去你妈的吧，”血流满面的小北回头就骂，“第三者早他妈过时了，现在流行的是同性恋。”

好在救护车来得及时，陈木被抬进病房的时候还能挣扎呢：“让我死去让我死去！”

“幸好没割着动脉，”医生职业性地检查了一下伤口说，“现在的小姑娘都够烈的，随身带刀片儿逮哪儿死哪儿，这礼拜割腕的我们这儿来仨了。”

在抢救室外等着的时候，小北才把事情的原委说清了。陈木对小北坦陈了那段往事后，本来是打算到王明明那里去的。在她的心里，多少有点儿把小北当作“投名状”的意思：你看，我已经和“男的”

分了，你能说我不是真心的吗？可她的这种赌气，在王明明看来却是幼稚的。陈木这年岁，考虑起爱情，还只有爱情，不管对方是男是女。而王明明却并非如此。她正面临着毕业分配的当口，对于一个打算进入学术机构的未来女教师来说，是绝不能闹出这种丑闻的。

再离经叛道的爱情也不如前程重要。可以说，如今不坚定的其实是王明明。她铁了心闭了眼地拒绝陈木，一次又一次。不管陈木说什么哭多久，王明明只有一句话：

“我对不起你。”

更让陈木伤心的是，她居然思念起小北来。不知是第几次到王明明那里哭诉哀求，无果而归了，她独自在林荫道上走着，不停地踢脚下的树叶。踢着踢着，蹲下来哭了。她想：如果小北在她身边多好啊。如果小北能玩世不恭地对她说点儿“牝鸡司晨是逆历史潮流而动”云云，多好啊。

陈木昏昏沉沉的，在街上晃荡了半日，到了晚上，就不自觉地向小北的地下室走去。走到门口，她思想斗争了一下：毫无疑问，小北是肯定会记仇的，指不定他会怎么冷嘲热讽呢；也许一气之下，他还会赶她走。但陈木决定，如果他讥笑她，她就忍了，如果他赶她走，她就求他。她受不了孤零零的日子，每一秒都是煎熬。另外，她相信小北是会接纳她的，因为他们年纪相仿，还都在心软的年纪。而到王明明那岁数，心就硬了，结壳了。

可是地下室没人。小北去哪儿了呢？扑了空的陈木心里只有一个念头，就是怕寂寞。于是她往人多的地方走去。在夜晚的商场、咖啡馆，她不买不看不吃不喝，只是往人堆里扎。有一次，看见一辆装得满满的末班车，她都冲动着要挤上去。和她有相似行动的，大概只有急于捞一票的扒手。

她像个疯婆子一样，在夜晚的北京游逛。街头有无数的红男绿女，但无论对男对女而言，她都是陌生人。有几个晚上，她干脆就没有回宿舍去。反正回去也睡不着，反正同宿舍的人也早把她当个怪物看了。她也不愿去找张红旗，张红旗正幸福着呢。她没力气去羡慕张红旗有条不紊、细水长流的满足。她或者在夜场电影院里窝着，或者在某个小酒吧里喝两杯，趴着就睡着了。每逢此时，都有用心不良的人来滋扰她——脸上挂着特关切的表情。

“少他妈来这套！”陈木说，“我不需要男的。”

恰恰因为这份孤单，陈木更想小北了。或者说，过去她没有放开心去爱小北，现在却像闸门打开，巨大的势能驱动流水，不可阻挡地向小北那里涌去。可小北却不见了。在陈木的潜意识里，不知怎么就有了个念头：这世上的人都会嫌弃她，只有小北不会。可小北却不见了。当初她妄想用小北代替王明明，现在却无法用王明明代替小北了；那两个人，到底谁代替了谁，她也想不清楚了。可小北却不见了。

终于，陈木在街头看见了小北。那是在新开张的一家西餐馆门口，她饥肠辘辘地走过，向窗子里一瞥，正看到小北夹着一颗烟，似笑非笑地说着什么呢。他对面的人是谁呢？被大理石面的柱子挡住了，看不清。陈木便半弯下腰，像只猫似的挪动脚步，调整视线——既想发现小北对面的人，又怕被小北发现。柱子慢慢移过去，后面的那张脸一寸一寸地现出来。

其实不用看也能知道，那肯定是个女的。

于是就有了割腕的那一幕。其实小北会去找别的女青年，这陈木也不是没想到。但她自信，他只会像伤心的孩子破坏玩具那样对待她们。可没想到，小北面对西餐馆里那个大眼睛女孩的时候，神情竟然那么投入，嘴角的笑里都透着迷醉。更可怕的是，他们像已经熟识了多少年似的，两个人的气场中全没一点隔阂。陈木是个敏感的人，她感觉得到这一点儿。

就连小北都会变得那么快，这世上还有什么可值得相信的东西？陈木的脑袋像泥石流一样崩塌了。她可是把小北当作最后的依托了啊。在陈木看来，小北不仅抛弃了她，更辜负了她的信任。后一点儿是更让她伤心的。陈木倒把她对小北的伤全忘了，认定了自己才是最可怜的受害者。

于是，决定去找小北“谈谈”之前，她已经买好了刀片。她想：我恳求他三遍，如果他不回心转意的话，那就死在他面前好了。反正在她迷信的“爱情”里，死不是最美的表现手法吗？让他目睹一次死，既是报答，也是惩罚，既是抒情，也是明志。

可现在，陈木躺在病床上，看着天花板，心里那些激荡的感情早已随着血流光了，剩下的只有伤心。就像咖啡壶里的渣滓，味道全没了，只可以碾烟头。有些女人，就有本事把自己折腾到只剩渣滓，一次折腾得不够，她还会再来第二次，直到变成真的渣滓——所谓心如死灰。

而这时，小北悄无声息地进来了。他在陈木身旁坐下，头顶着床帮，哭了。小北的眼泪一滴两滴，无声地掉到地上，在干净的瓷砖上炸开，复又凝结成一片。生长了二十多年，小北在别人眼里还是一个任性的孩子，一个脑袋里堆满荒唐想法的混蛋，但小北也有他的多愁善感和柔情似水。在别人面前隐藏得非常好，在陈木那里就露出来了。

"小北。"陈木嘴唇干裂地小声叫他。

"干什么？"小北委屈似的应一声。

"你还喜欢我吗？"

"不知道。"

"喜欢她吗？"

"不知道。"

小北什么都不知道。他还不知道，自己后面的麻烦会有多大。陈木在医院里躺了三天，像没事人一样出了院。这时小北还不放心，送她回宿舍，帮她收拾床铺，还陪她到食堂吃饭。

"你应该多吃点儿猪肝，"小北说，"那东西补血。"

“有什么的呀。”陈木大大咧咧地甩着手腕说，“无非相当于多月了两次经。”

“你这种革命乐观主义精神很值得称道。”

于是，小北就放心地回大眼妹妹那儿去了。在他看来，陈木和大眼妹妹各有各的好，都让他喜欢，但和陈木在一起，无疑会“累”得多。大眼妹妹不会随时摆脸色给他看，不会为了一点儿屁大的事儿跟他争论得声嘶力竭，更不会话不投机，拔腿就跑。大眼妹妹现在成熟了，也自立自强了，在她面前，小北就像一个孩子。而他是乐于当孩子的。

和陈木分手的时候，他还装模作样地说：“不管你的下一个是男是女，都祝你幸福。”

“我正考虑找一二尾子呢。”陈木浑不吝地说。

可没过几天，陈木又找他来了。那又是一个夜里，小北被手机的响声叫醒，他烦躁地说：“谁呀？”

而电话那头没有说话，只有抽泣。小北立刻猜到了。他瞥瞥身旁的大眼妹妹，小声说：“你有事儿吗？”

“小北，陪我聊聊。”陈木说，“我心里难受。”

“哦，那你说吧。”小北拿着电话进了洗手间，“我裸体听着。”

“我要你跟我说话。”

“我跟你说？说什么呀？”

“说什么都行。我就是心里难受。”

“你这种需求，我建议打声讯台，午夜寂寞热线之类的。”小北无奈地应付她，“我其实是一不善言辞的人。”

而那边，陈木却勃然大怒了：“你陪不陪我说话？”

“我不是不想陪你是不能陪你，这儿还有——”小北想说“这儿还有更需要我的同志”，但临到嘴边打住了。

陈木便发泄地大骂起来。她说小北是一个混蛋，流氓，见色忘义见利忘色，她说小北欺骗了她，玩弄了她，搞完她就不理她啦。她还说：“你他妈的现在过得还像个男人吗？吃女人的喝女人的，你他妈就是一个小白脸。”

“小白脸前面加个定语——我是个性取向很正常的小白脸。”小北也生气了。明明是她先找女人搞了一腿，怎么现在说起来倒像自己辜负了她了？这他妈的也太能信口雌黄了吧。小北还嫌不解气，也对电话吼了起来：

“你他妈的要是抽风，就到安定医院门口抽去！”

“我是抽风，”陈木哭着说，“我还不想活了呢！”

小北气狠狠地说：“那你就接着死去——把未竟的事业进行到底。”

“这是你说的。”陈木的口气却忽然冷却了下来，“那我就听你的。”

电话里嘈杂了一下，再听到陈木的声音，她倒在哈哈大笑了：

“这下你得逞了，我马上就要死了。”

“你吓唬谁呀？”小北心虚了，但仍嘴硬，“你倒不如说，你已经死了，是个鬼给我打电话，这还更可怕点儿。”

“你不信？”陈木还在笑，听起来却阴森森的了，她冲旁边喊了一句，“你们说说，我是不是要死啦？”

电话里响起一片惊愕的大叫，其间还有杯盘落地的声音。没过一会儿，一个男人的声音响起了：“你们是不是有病呀？”

“她——怎么了？”小北问。

“你说怎么啦？她在我店里割腕啦！”

“真割啦！”

“操你妈我犯得着骗你吗？”那男人怒吼道。

“您那儿是哪儿啊？”

对方说了一个咖啡馆的名字：“我现在给医院打电话，今儿他妈算我倒霉了，下次要死找没人地儿死去——咱们得有公德吧？”

等到小北赶到医院，陈木已经在急救室里躺着了。她的样子还和上次一样：脸色苍白，睁大眼睛看着天花板，手上缠着大块纱布。看到小北，她却笑了。

“你还是舍不下我。”陈木胜利地说。

“跟感情没关系。”小北疲倦地揉了揉眼睛，帮她盖好被子，“大小也是个性命。”

这样的情况后来还发生过多少回，小北几乎数不清楚了。每次出院，陈木都阳光灿烂的，逮谁跟谁没心没肺地傻笑，但没过几天，她的心情就不好了，然后去喝酒，然后便给小北打电话，或者给王明明打电话。她理直气壮地质问他们两个：

“你他妈的为什么不要我？”

而不管小北或王明明是劝导，是忏悔，是虚与委蛇，结局都只有一个：陈木手起刀落，照着自己的手腕就是一家伙。小北都不敢接电话了，直到几年后，他的手机还永远是振动的，因为他形成了一个条件反射：只要听到电话铃声，就仿佛看到了陈木血溅五步的壮烈场面。幸好陈木的每次割腕都是即兴发挥，没有精心策划周密准备，所以也只限于在视觉效果上吓吓人，并没有真的危及生命——当然，也没人怀疑她在装样子。而到医院给陈木善后的次数太多了，医生都认识小北了：“你能不能负点儿责任？”

“又麻烦您了，”小北说，“要不您给她手腕上装一拉锁得了，你和她都省事儿。”

“你怎么就不安慰安慰她呢？非得看着她死吗？”作为朋友，张红旗也指责过小北。

“别说安慰了，慰安都行——根本就不是轻易能解决的事儿！”小北痛苦地说，“她非要我跟她在一块儿，可她是一个割腕割上瘾的人，你说说，你敢跟她过日子吗？”

痛苦之余，小北却忽然神经质地笑了：“给你们玩儿个智力游戏——陈木现在这状态，打中央电视台某栏目名称。”

“什么呀？”

“每周一割。”

陈木的每周一割，割过了共和国五十华诞，割过了千禧年，并且看样子会在新世纪里持续不断地割下去。这期间她办了休学，被家里送到精神病医院治疗了两个月，但出来之后还在割。医生的诊断是，她患上了严重的抑郁症。

“狗屁，我一点儿也不抑郁。”陈木说，“你们不知道，割腕的感觉挺爽的。”

和小北分开后，她又找过一个男朋友，但没谈几天又掰了。和那家伙吵完架，她固然还是要轻车熟路地割一割。小北的继任者是个聪明透顶的金融专业高才生，他立刻判断出了陈木是个“套儿”——类似于坏账太多的上市公司——专门捕获心慈手软的痴情种，与其相互绞杀，同归于尽。要想从这“套儿”里全身而退，那必须得足够混蛋才行。

于是，在陈木的又一次割腕后，这家伙没有往医院赶，而是找到了小北的电话。

“喂，您是陈木的前男友吗？”他彬彬有礼地问小北。

“你是现男友？”小北讥讽着，故意做出同情的口吻说。

“不不，”对方回答，“从此时此刻起，我也是‘前’字辈儿的啦。”

“那你找我干吗？”小北说，“想交流交流经验？”

“没那个必要，纯粹就是对先行者表达一下敬意。”那家伙顿了顿说，“顺便通知您一声，这姑娘现在又在医院里躺着呢。”

小北立刻大喊大叫起来：“这明明已经是你的责任了——”

“我本来是想去的，但再一考虑，还是您更有经验。”那家伙皮笑肉不笑地说，“我就不越俎代庖啦。”

小北只好叫上陈星，再次往医院赶。在路上，他这么评价陈木的下一位男朋友：“这孙子是个能干大事儿的人。”

在如此高频率的割腕运动中，陈木却还能保持存活，并精力勃勃地继续割下去，这不管在谁看来都是一个奇迹。假如吉尼斯世界纪录里有割腕这个项目，陈木绝对能够标榜史册。当然，饶是以命相搏，重复上演无数遍也会令人倦怠。现在小北再往医院跑，已经没有一点儿心理波动了。无论在饭桌上、在球场上、在床上接到割腕热线，他都只是“哦哦”两声，然后一边穿衣服，一边对大眼妹妹交代一句：

“我前女友又自杀啦。”

“到那边表现得热忱点儿。”大眼妹妹也疲了，“你现在的口气特别冷血。”

“这不怪我，你看过《红楼梦》里尤三姐抹脖子那段儿吧？要是循环播放一百遍，估计全国人民没一个感动的，全得吐了。”小北说，“我的感受，只有导演王扶林老师堪比——Cut，重来重来再重来。”

的确，长期处理割腕的善后事宜，让小北平添了不少人生感悟。

“你们知道陈木为什么割了那么多回都没把自己割死吗？”有一次他喝多了，大着舌头对陈星和张红旗长篇大论，“跟手法绝没关系，只有一个原因：她根本就没想死。她这人最本质的特点就俩字儿：作态。你说她真那么喜欢纳兰性德吗？真是同性恋吗？真不想活了吗？通通不是，这些都是作态。这种小资产阶级女青年，太想显得卓尔不群超凡脱俗太想和人民群众划清界限了，她们如此自恋如此渴望受人关注，所以才会奔撒哈拉奔西藏满世界披头散发地抽风，而当这些伎俩都不足以自我满足的时候，她们就开始玩儿终极的——也就是玩儿命。并不渴望死，却迷恋于寻死的过程，通过寻死来凸显自己的与众不同，这就是陈木及我们时代的小资产阶级知识分子。要说这之中还有层次高低之分，就是有人真把自己玩儿死了有人纯属装装样子——陈木就是后者，更令人觉得可笑。这和泼妇有什么区别呀？泼妇也是一哭二闹三上吊，上吊的时候打活扣儿。”

他一口气说完，征询性地直视面前的两位：“这段儿分析特学术吧？起个题目《小资本论》，足够她们中文系的研究生水平了。”

陈星直勾勾地瞪眼无言。小北说：“显然，你的思维能力有限。”他转向张红旗，“你发表发表意见。”

“我就想指出一点，”张红旗也学着小北的口气，“特学术”地说，“刻薄——你太刻薄了。你在生活中是个心眼儿挺好的人这我承认——否则也不会不厌其烦地给陈木善后，但那恰恰也是你的小资产阶级本性。从本质上，你没有体会别人痛苦的能力。”

“也许你说得对。”小北摊摊手说，“我刚才的论调是挺刻薄的。只不过拿自己的痛苦要挟别人也不道德吧？陈木就是在拿她的痛苦要挟我，哥们儿也算仁至义尽了，还不允许我刻薄点儿？”

“那现在这样你倒该庆幸——按你的说法，陈木半真半假地自杀就是作态就是要挟你，有一天她要是懒得作态了觉得要挟你也没意义了呢？”

“那就是她的死期。”

“我就是这个意思。”

一直没说话的陈星忽然插进来：“我怎么听着毛骨悚然的，你们俩在这儿讨论一个人应该什么时候真把自个儿杀了——”

“的确有点儿铁石心肠，这话题还是不讨论了吧，”小北忽然又凑近了他们两个，“不过我还有个推断：假如陈木真想死，她绝对不会再用割腕这招儿了，她得标新立异。”

不敢说“知陈木者莫如小北”，但后来她的确用了割腕以外的自杀手法时，所有人都明白，陈木是真的不想活了。起码在那一瞬间，她是不想活了。说得再准确点儿：陈木自杀过许多回，却只有两回是真心实意的不想活了——一回是首次割腕，另一回就是最后一次的跳湖。

那是一个吹着寒风的夜晚，冬天快到了，湖边的树秃了大半。景色自然是萧索的，不仅没有恋人卿卿我我，就连爱在这里跑步的外国留学生也暂时歇了。陈木昏头昏脑地在湖边走着，既在看风景，眼里又没风景。

这时，她的状态是昏头昏脑的。仿佛明明睁了眼，却感觉头脑还睡着。大概是三天两头地割腕，失血太多的缘故吧。好在喝了点儿酒，身子仍然是暖和的。

笛子声却忽然响起了。那声音发源于湖畔山上的某一处高点，是革命时代的曲子《扬鞭催马运粮忙》。单说音调，它是轻快、昂扬的，带着质朴的喜悦，颇有点繁花似锦的味道。但在萧瑟的校园里，在发达资本主义时代中，这段笛声却又显得索然无味。它是与周围的一切脱节的异质的声音。其实，陈木以前也常在湖畔听到笛声的，都是那支笛子，都是那支曲子，但那时她却从无感觉，就像在酒店听到的背景音乐。而这时，笛声却显得格外突兀，挟着股不屈不挠的力量钻进她的耳朵。

欢快的曲子却像悲歌了。陈木感到了悲伤。以前，她只会负气、狂怒，在精神的波峰上忘乎所以，但她现在学会了平静地悲伤。含情脉脉一般的悲伤。

她转眼看看湖水，湖水平静。人家说过，未名湖是个海洋，但海上有风却没有浪，海上有船却没有帆。陈木看到的却既不是湖也不是海，在她眼里那只是一片水。

她站住脚，盯着眼前方寸之大的一片水，看了会子。她想，自己的生活原来是那么没意思。同性恋没意思，异性恋也没意思，恋人们不够意思，自己也不知道想表达什么意思。缠绵没意思，割腕也没意思。以前就没什么意思，以后的日子也一定是不会有意思的。

于是，陈木踮了踮脚尖，做了个向湖里腾跃的姿态。但她却没有立刻跳，而是又绕着湖走了一段，来到一处伸向湖水中的岩石上，目测了一下水的深度——大概是能没过头顶的。然后陈木便站好，肩膀向前一倾，像段木头一样，不屈不折地倒进水里去了。

也就是在水花激起的那一刻，山上的笛子突然停了。被惊跑的几只飞鸟划过天空，湖边陡然彻底地安静，连风掠过树枝的声音似都没有了。

旋即，一个消瘦的男生慌里慌张地从山上跑下来，手里大幅度地挥舞着一支笛子。他的姿势，好像是在庆祝什么一样：

“有人跳湖啦！有人跳湖啦！”

可那男生还没有赶到湖边，早有人向陈木扑腾起的水花跑了过去。那是个老人的身影：短小、干枯，白发飘扬。

老人弯腰驼背的，动作却很迅捷。他三步并作两步到了湖边，往水里看了看，确定不能在岸上打捞陈木，便毫不犹豫地跃了下去。

陈木呢，实际上刚一落水就反悔了。冰冷的湖水强有力地从领口、裤脚、袖口灌了进来，和渗透衣服的水里应外合，一瞬之间就把她冻了个透心凉。但这冰冷的温度却激活了陈木的感觉，她透过湖水看看天，突然觉得自己的生活还是有意思的。纵有伤心，不也有快乐吗？就算是怀着血刃仇敌的恨意割自己手腕，那种“杀之而后快”的感觉也是快乐的。就算是孑然一身被抛弃在人海里，但年轻的肺呼吸着五味杂陈的空气，也是快乐的。就算真的真的真的不想活了——求生的本能让她觉得只要自己还存在，就是快乐的。

于是陈木不顾一切地挣扎了起来。她扑腾着，张开手去乱抓，想抓住四面八方的水，把它从自己身上甩出去。当然，这是徒劳的。越是扑腾，她越发觉求生无望。她的身体似在慢慢下沉，没一会儿工夫，仿佛已经沉了几十米、几百米。

这么深。难道未名湖真是个海洋？

一个念头在她脑海里划过：难道我就这么死了？我做好死的准备了吗？

想想也真是滑稽啊，她“死”了那么多次，这才是第一次思考这样的问题。

但就在这时候，陈木却感觉自己正在莫名其妙地上升。一股力气从她的腰上传上来，把她向上托，向上托，直托到光明的环境中去。她还以为这就是死的感觉呢。她想，可不要升到水面之上的那团光里去呀，升上去了，她就真的一劳永逸了。

但那力量无法抵抗，简直是让她飞了上去。陈木闭上眼，既无可奈何又自我激励地等待死去。但几秒钟之后，她却听到了自己破水而出的声音，大张的嘴巴也下意识地吸进了第一口空气。

那赶到岸边的吹笛子的男生呆立着，眼睁睁地看着陈木从湖水的莲花里绽放出来。而她身下的老人高擎着双手，仪态威严，就像神话里的海神一样。

“不要跳湖呀，不要跳湖呀。”吹笛子的男生念念叨叨地接过陈木的手，把她拽上岸来。这时陈木的气管里已经充满了水，饶是扭曲着脖子痛苦地摇曳，却也无法完成呼吸。那男生让她平躺在地上，用力地拍着她的脸：

“喘口气！喘口气！”

可这样肯定是无补于事的。陈木的眼睛翻白，断断续续地哼哼着，也未见什么好转。好在那老人也上来了，他什么也没说，弯腰抓住陈木的脚，把她扛在肩上，对男生说了一句：“扶着。”

陈木倒挂在老人的身上，老人猛跑了百十步。一番颠簸，她果然哇的一声，吐出水来，七窍像也同时开了，鼻子里耳朵里的水都倾泻了出来。这时她就有声音了，对着眼前颠倒的地和天人哭起来。

老人重又把陈木放到地上，她却猛地抓住了对方的肩膀，把脑袋扎进他的肋下去哭。她哭得那么委屈，像要把二十几年的积怨全都清空。而老人便任由年轻的陈木这样哭。两个湿漉漉的身体靠在一块儿，被水溶得不分你我。

好久，陈木哭完了，才撑着站起来。这时年老与年少的角色才恢复了常态：老人经过了那么猛烈的运动，又长时间地蹲着，腰腿自然都僵了。他需要年轻人扶着他的胳膊，把他搀起来。

吹笛子的男生问："要不要去医院？"也不知他是在问陈木，还是问老人。

而老人却果断地摇了摇头。他对陈木说："到我那儿去换件衣服就行了吧。"

吹笛子的男生就眼睁睁地看着这两个人相互搀扶着，向远处一片低矮的旧式小楼挪过去了。他们身后遗下了一条长长的水迹。

那老人与陈木确实是有缘分的。

这是个高鼻抠眼，眉毛浓重的老人家，年轻时长得一定很像外国人。湖边人来人往的时候，没人会注意他，但他却每天都坐在湖边，看水。和树丛里的埃德加·斯诺墓、远处草坪上的塞万提斯像一样，他也是这园子里可以忽略的风景——他看着所有人，却无人看他。

也许有的人老到一定地步，就有了一种特异功能：使了隐身法似的，可以在闹市里、人海中，甚至咫尺之内的人的眼中消失。他们能把自己变成一棵树，一块石头，一团雾。陈木跳水的时候，他就坐在几米之外的一张长椅上。但在陈木眼里却全没有他。而等到陈木跳进去了，老人才被激活了，现身了，并像传说中的那些老英雄一样勇猛，只凭一己之力，救起了一个如花少女。

而与老人相互搀扶着离开时，陈木自然心情激荡。像刚刚做完爱一样，她的嘴自顾自地念叨起来："拨灯书尽红笺也依旧无聊玉漏迢迢梦里寒花隔玉箫……"

孰料，身边苍老的声音也接了上来："几竿修竹三更雨叶叶萧萧分付秋潮莫误双鱼到谢桥……"

陈木惊愕地转过头，看着老人。因为浸了水的缘故，那皱巴巴的脸竟显得很年轻，就连老人斑也像雨花石上的纹路呢。这是怎样一个沧桑又清澈的老家伙呀。

从那天起，陈木便消失了。她课也不去上，期中期末考试都免了，竟然也没人过问。早有人向系里打了招呼，打招呼的来头如此之大，足以为一个姑娘安排戏剧性的人生。

过了很久，陈木的父亲和已经留校任教的王明明才知道，原来那天救了陈木的老人，就是他们的授业恩师贺先生。这个国学大师，比熊猫还珍贵的老头儿，早就对校方宣布，不再招收学生了，但这时却为陈木破了例。陈木的父亲忐忑地去向老先生道谢，却根本没被请进门。

"你女儿要寻死。"贺先生在门口平静地说。

"给您添麻烦了。"陈木的父亲不知该说什么。

"不，我要谢谢她。"贺先生说，"她跳进湖去的时候，我倒是活了过来。"

陈木离开后，小北像是庆祝自己终于脱身一样，敲锣打鼓地召集了各式各样的娱乐活动：喝酒、唱歌、在大眼妹妹的屋子里开Party，每天都要折腾到筋疲力尽才罢休。朋友，朋友的朋友，朋友的朋友的朋友全都慕名而来，一时间，以小北为核心，形成了一个游手好闲者的小沙龙，长发男青年和剃着板寸的女青年络绎不绝。有一次，他们竟然在楼下的草坪上插上音箱，要为整个小区奉献一个现场音乐会，最后大家一起被请进了派出所。

接待他们的还是那个爱听相声的警察，他还没发言，小北就自觉地解下了裤腰带，并要求一同前来的那些乔男女也这样做：

“这儿我熟，就这规矩。”

但只有陈星和张红旗才看得出小北的落寞。每当那些驴头狗脸的家伙走光了，他经常慢慢地坐到地上，看着窗外的夕阳，抽一颗烟。他一定在怀念陈木吧：不管心里是否有份舍不得，她就这么走了。

而小北与大眼妹妹之间，也像隔了什么。也许大眼妹妹不觉得，但小北看得很清楚。他对陈星和张红旗说：“我们也就是过日子了。”

“我觉得你们挺恩爱的，称得上相濡以沫。”张红旗说。

“我们不是相濡以沫。”小北说，“你知道相濡以沫的本意是什么吗：两只鱼，一块儿躺在岸上，互相吐吐沫，互相温暖着又互相恶心着。如果我和陈木在一起，才叫相濡以沫。现在只是过日子。”

日子如果一门心思地去“过”，便会加速，变形，像高速行驶的列车窗外的景致一样——终成浮光掠影。一转眼，他们这些人的大学眼看就要念完了。

因为整整四年没怎么上过课，小北自然没有拿到音乐学院的毕业证。但他却也不着急。新世纪的头两年，北京的夜生活得到了空前的大发展，东二环外扎堆儿地开了一大批所谓的“夜店”，明星、房地产商，不知在什么道儿上捞着钱的人纷纷投入了娱乐大众，传播黄毒赌的事业里。这个产业需要大量调音师和现场DJ，摇滚艺术家小北把吉他一扔，摇身一变成了一个小有名气的“打碟高手”。一时间，他的日子过得比那些演奏系指挥系的高材生还忙碌。他开着一辆“本田125”摩托车，风风火火地在几家夜店间穿梭赶场。每天晚上，他都要登上舞池的最高处，对那些没有吸毒胜似吸毒乔男女高喊一声：

“Everybody hands up！Show，show，show一下你们的肉！”

大眼妹妹在几家外资酒店间跳了几回槽，已经做上了小头目——不再需要每天重复一千遍“你好谢谢对不起”了。现在，她穿着套装在大堂里悠然地踱来踱去，碰见值得一问的人物，才会笑眼含春地上去打个招呼。这段时期，她出于为公为私的原因，也和来路不同的男人勾搭过几场，但都控制在了不影响既有生活的范围之内。大眼妹妹很聪明，她知道自己喜欢的是谁，能和自己长久做伴的是谁。

对于大眼妹妹的出轨，小北倒也想开了。有一次，他和大眼妹妹又为了哪个男人的事儿大吵起来，还是陈星拉着才没动手，谁想到刚一出门，小北却咯咯笑了。那晚上在夜店，他对陈星挤眉弄眼的，忽然拿出一张唱片放起来：

“我当个石油工人多荣耀，头戴绿盔走天涯……”

舞池里的人听了一愣，但小北把节奏加进来，他们便扭得更欢了。

“你丫还挺能自嘲。”陈星在隆隆的节拍声中捂着耳朵对他喊。

小北得意地冲不远处一个送啤酒的姑娘飞了个媚眼：“咱们不能马列主义对人——其实哥们儿也没闲着。”

陈星和张红旗呢，他们看起来还是老样子，不咸不淡地交往着。陈星上的民办大学只有两年的学制，到了日子，甭管考试及格不及格，都发一张毕业证，让他们赶紧滚蛋，把床腾出来。工作自然也找不到正经的，这个月在超市当收银员，下个月就可能在酒店门口给人开门，但凭着这点零七八碎的收入，倒也不用管家里要钱了。他名正言顺地漂在了外面。

只要有时间，他就在大学里陪着张红旗。两个人一起到食堂吃饭，到录像厅看电影，手拉手地走在林荫道上。看起来，他们真像一对大学里的情侣。住地下室的事儿，陈星也对张红旗公开了。按照常理，在一起这么久，总会搬到一块儿住上几晚才对，但他却从没提出过。他总是想，还有明天呢，还有明天呢。张红旗呢，大概也觉得不用着急吧。

有两次天突然下起了大雨，他们明明在校外，但陈星却还是用外套当伞，撑在张红旗头上，把她送回了宿舍。道再见的时候，张红旗明显是失落的。虽然从一开始，他们就是这种细水长流的恋爱，但流了这么久，也总该有水滴石穿的那天呀。陈星却从来没动过这种想法似的。他真是一个怪人，仿佛能默默地陪着她，就已经知足了。

到了大四，张红旗的室友都已经常常不在宿舍住了。她们各有各的男朋友，隔三岔五就要出去。有时候张红旗回来，屋里只有她一个人。她坐着看月亮，竟然看出了恍惚的感觉：我是在谈恋爱，还是过日子呢？她想，谈恋爱和过日子应该是不一样的吧，但又想，谈恋爱和过日子也没必要有区别吧。现在不是挺好吗？

于是她更发奋地学习起来。当初考进北大经济系的学生，几乎都是中学的第一名，但到了大四，第一名只有一个，就是张红旗。顺理成章地，她开始学GRE的课程，报名参加了一所叫“新东方”的学校课程，而后查阅起了美国排名靠前的大学资料。

直到走进GRE考场，张红旗才突然醒悟似的，想：如果考上了，就要和陈星分开了呀。起码要分开两三年呢。

但以她张红旗，又怎么会考不上呢？

从考场出来，她也没有给陈星打电话，而是一个人到湖边去走。她想起几年前，刚进大学的时候，这儿总有个人在吹笛子。而不知什么时候起，吹笛子的那个戴眼镜的男生消失了。年头再久远的大学，也是铁打的营盘流水的兵，是人总会走的。

就怕人一走，以前的生活便像隔世了。

而正心无定所地徘徊，张红旗却瞥见了陈木。说来两人也有快一年没见面了，突然相逢，都露出了诧异。现在的陈木已经换了个人：穿着一身灯芯绒的列宁装，戴着黑边眼镜，头发也剪整齐了，别了根卡子。如果只看背影，还以为是个女教师呢。

张红旗脱口而出：“没想到在这儿见到你。”

陈木却说：“其实我一直都在学校里呀。”她指指湖边的一栋旧式小楼。那是贺先生的家，而她如今的身份是贺先生的关门女弟子。

张红旗有点尴尬，没话找话地说：“忙什么？”

“什么也不忙，”陈木又换了个方向指了一下，“每天陪老头儿出来坐坐，然后回去读书。”

湖边独坐着一个老人，呆呆地凝望着湖水。张红旗很惊奇，刚才她还从那地方经过呢，竟没注意到那儿坐着个人。这幽灵般的老人，就是贺先生吧。

陈木又问张红旗：“你呢？”

张红旗说：“也不忙。可能过些段时间要出国了。”

陈木无声地点了点头。现在的她端庄宁静，一点也不像那个随时会割腕的姑娘了。在外人看来，她如同被贺先生点化了，超脱出世了。

可是张红旗要告辞离开时，陈木却忽然拽住她，又说了两句话。那一瞬间，张红旗感到毛骨悚然。

陈木说：“你知道我现在最怕什么吗？”

张红旗不知她为什么问这个：“什么？”

“最怕见到外国人吃火鸡。火鸡的脖子，和老头子的脖子实在是像极了。”

陈木说这话的时候，声音很低，什么表情也没有，但张红旗却觉得她是咬牙切齿的，整张脸都扭曲了。

张红旗想，陈木一定对这世界怀有极大的恨意。

但这事儿是不是要对小北说，她犹豫了好久。一拖再拖，又过了个把月，报上登出消息，国学大师贺先生以八十高龄再度结婚了。新娘是他的关门女弟子。

15 西征与南下

出国的事情办得很顺利。考试、联系美国的大学、申请奖学金都没有碰到什么麻烦。有三所美国学校同意接受张红旗，她最终选择了纽约州立大学。那学校的名气虽然不是最大，但那两年新去了几个有名的教授，都是在中国的经济学界名气极大的。另外纽约是个大城市，有华尔街，毕业实习很方便。学经济的人很看重这个。

唯一令张红旗有点担心的是签证。美国鬼子的使馆和大学有点各行其是的意思，大学要了，使馆未必给你放行。因为前南联盟的事儿，中美发生过摩擦（说来张红旗自己还参加过游行呢），再加上现在美国正在中东打仗，中国人赴美，据说比前些年的难度大了。

到了使馆排队，果然看到出来的净是骂骂咧咧的人。最逗的是一个五十多岁的阿姨，她说："我卵巢都割了，还说我有移民倾向，他们他妈懂科学吗？"

还有一个老大爷，签证官问他：“到美国干什么去？”他说：“我孙子是美国公民。”没想到签证官是个半吊子中国通，愣说他对美国不尊敬。老大爷委屈地说：“我孙子真在美国呀。”

然而到了张红旗，签证官的态度还是很好。想来不管什么时候，移民国家招降纳叛的基本国策都是不变的，再加上她说得一口漂亮的英语，也让对方相信她确乎“不是异类”。咣当一声，干脆利索地盖了章，您可以顺路去订机票了。

那一瞬间，张红旗的舍不得却像满满一碗水，不碰它，没动静，一碰它，溢出来，流得满心都是。出来看看北京肃穆、宁静的街道，她伤感得几乎想哭。从小生长在北京，可二十多年都趴在书桌上，北京的生活到底是什么滋味还没真正感受呢，这就要去美国了。

她拿出电话，拨了陈星的号码。

“陪我转转。”她对陈星说。

陈星想了一下：“我正在上班呢。”他这段时间的工作是在一家西餐馆当服务生。

“你不早就腻歪打领结了吗？”张红旗干脆地说，“提前辞了吧。”

在以前，张红旗不会对陈星这么说话。相反，她还要表现出对那些工作的“尊敬”，鼓励他勤勉地去干。一来，他们在一起的那点儿花销，陈星都坚持买单，而钱就来自于这些端盘子递碗的工作；二来，除了端盘子递碗，陈星也没别的“正事儿”了。

又在街边站了一会儿，陈星才来了。他微微喘着气说："什么事儿？"

"走走，"张红旗说，"在二环路里边走走。"

陈星便默不作声地陪她走。他们走过使馆区，走上长安街，再往南，走到所谓的"前三门子"，从恢宏壮阔走进了砖墙瓦舍。一走就走过了整个下午，张红旗赌气似的把自己走得很累，而陈星的脸上却泛出了红光，看得出来心情不错。张红旗想起来，他以前就是爱好"走路"的，不拘在哪儿，默默地走就行。而这两年，因为和她在一起，这个爱好也断了。

最后，他们又向北，走到西直门外的展览馆一带，天已见黑了。老舍的《四世同堂》里写，出了西直门就算出了北京，今天的北京一游，到这儿就结束了。

路过莫斯科餐厅的时候，张红旗拽拽陈星："我们吃饭吧。"

"啊……"陈星犹豫着。原因很简单，这地方不便宜，他没带（或者说压根儿没有）那么多钱。

张红旗撒娇似的拖着他的胳膊："我请客。"

张红旗以前是来过"老莫"的。在她父亲那拨儿人里，这饭馆享有盛誉：要说饭菜也不是多么好吃，但却曾是共和国第一批干部子弟的标志性符号。而对于张红旗来说，在这儿吃顿饭，算是完成了一个告别的日子：和千年的北京告别，和百年的北京告别，和二十年前的北京告别。

她也知道，陈星虽然沉默，却不是个迟钝的人。他一定感觉到了今天的特殊。

于是，等到红酒拿上来，她开宗明义地说："我的签证下来了。"

陈星低了低头，不答话。他算是把张红旗"晾"在那儿了。张红旗心里一慌，一股脑儿地说了下去：

"学校是纽约州立大学，就在纽约市。专业还是经济管理，跟的教授也挺好，诺贝尔经济学奖得主的学生，商学院的学制有点特殊，先读两年书，然后要实习……"

但还没说完，她就停住了。陈星的眼神打断了她。那眼神混合着伤感、失落，还有点子自怨自艾的"犟"在里面。张红旗刚舒展开来的心又拧了一下。

但陈星却不愿把他的感觉说出来，他只是事务性地，像问不相干的人似的说："什么时候走？"

"再过一个多月，从北大拿到毕业证就走。"

两个人都沉默不语了。好在菜也上来了，他们便默默地吃。奶油烤杂拌和炸猪排的油太大，没吃两口就"顶"着了。陈星还在吃，张红旗只好靠到椅背上看着他吃。

看了一会儿，她就走神了。脑子里一会儿是他们在昌平的林荫道上走路的情景，一会儿是自己将在纽约街头茫然无措的样子。

"跟我说点儿什么吧，"她妥协一般叹了口气，"我都要走了……”

没想到陈星放下刀叉，盯着她，愣愣地说：“你放心走吧，别管我。”

陈星的表情更复杂了，除了伤感失落自怨自艾，还夹进了一股——悲壮。既气势磅礴，有如千钧重担压在肩，又不怨自哀，仿佛刚被谁秋风扫了落叶。

他的表现让张红旗的伤感加倍了。其实一个人要出国，另一个人的感受，张红旗是能理解的。学校里不也传满了这样的故事吗？在有些人看来，出国和婚姻一样，都是爱情的坟墓——但也无奈，大家只能欢天喜地地奔向坟墓。而她和陈星呢，更特殊点，一个奔着锦片儿似的前途去了，一个却只能继续在街头晃悠，这样的关系看起来就更加不牢固了。

以前，张红旗是不在乎两个人的差距的。不是这样吗？从上高中起，他们就应该是平行线，但这两条线偏偏莫名其妙地交汇了。这在张红旗心里，一直是一件奇妙的事。张红旗也曾梳理过自己的爱情观：她认为爱情就是爱情，和上什么大学出不出国以后变成何等样人——无关。只要看对了眼，双方有口气，就能爱。

好像是恩格斯说过吧，人是一切社会关系的总和，那么爱情也是社会关系的总和的总和喽。可那时的张红旗偏不认同这个论断。她认定“人”就是“人”，爱的被爱的也是“人”。纯然的人大写的人，干净得像清水一样的人。爱情呢，就是超越一切政治经济社会地位的

“人”与“人”的感情。她才不管一切社会关系的总和呢。

在她心底，也曾以这样的信念为荣。从这个角度讲，以前的张红旗是一个爱情的梦想家。也正是因为这个，说是不牢固，他们这几年也过来了。

但就在真正着手准备出国的时候，张红旗却忽然不自信了。首先，她对时间与空间的距离不自信：要知道，她去的可是美国呀，地球的另一端，而且这一去可就是几年呀。这么长时间不见面，他们能坚持下去吗？人家都说，一方出国以后，情侣的关系会慢慢“淡”下去，“淡”到一定份儿上，就断了；可他们呢，好像在一起的时候就没“浓”过。过去还觉得这种细水长流的感情很好，但现在看来，能不能禁得起考验，还很难说。

其次，她对自己的爱情观也不自信了。越到临走前，她越容易这样想：过去是不是太幼稚了呢？就算她不嫌弃陈星，不在乎他有没有学历有没有工作，但将来别人会怎么想？尤其是她父母，能接受他这样一个家伙吗？到时候，她有没有勇气和反对他们的一切外部力量对抗到底——就像香港烂片里的纯情少女一样？

进而，她对陈星也不自信。假如将来所有人都不同意他们在一起，他会不会和自己站在一条战线上，死抗到底呢？她感觉他不会。据张红旗的了解，陈星有一颗无比脆弱的自尊心，假如受到半点儿伤害，一定会选择退出。他仿佛时刻会对所有人说：哥们儿不陪你们玩儿了。越是他在乎的事儿，他就会越果断地选择“不玩儿了”。他是一个卑贱而又骄傲的人。

到了最后，张红旗所有的不自信，通通转化为了对陈星的不满：假如他知道自己的忧虑、自己的苦衷，就应该负起责任来，考上一所大学。不必太好，也不必出国什么的，只要过得去，别把压力都丢给她就行。就算不考大学，如果他能努力工作，学一门足以安身立命的手艺，也足以给他、给张红旗一个体面呀。但是这么容易的事儿，陈星却压根儿没有去做的意思。几年来，他一直都在晃悠，在街上晃悠，在学校晃悠，在小北那儿晃悠。他连像样的业余爱好都没有，除了听相声听评书，就是像迷路一样在街头游走。陈星仿佛是一个天生的混子，并且混得乐在其中。

不知多少次，她都想和陈星“好好谈谈”这个问题。她想对他说：为了我们两个，你做一些改变行吗？但这话却总悬在嘴边，没有出口。她知道那会刺伤他，她不忍心。

而现在，所有烦心的事儿一股脑儿涌上来，让张红旗的心情乱极了。

这顿饭吃得无言而散。而后张红旗没去学校，她要回家里去拿点儿钱。走之前，总得尽可能多带美国买不到的东西。

母亲帮她收拾出大箱小箱的衣服和日用品，父亲端着茶杯，含笑看着妻子和女儿忙碌。看得出来，他们的兴致都相当高，然而这高兴又是“意料之中”的。对于他们，女儿出国是早已计划好、迟早要实现的一件事。

这两年，母亲的话变得很多。她手上忙活着，嘴也没停。说话的内容，又和弟弟张红兵有关。这个张红兵，姐姐就要出远门了，也不回来看看；他现在倒像是学点儿好了，只不过以前耽误得太厉害，想赶上张红旗是别指望了；其实他还是很聪明的，如果当初有张红旗一半的踏实，没准现在也正在考托福呢吧……

张红兵从工读学校毕业后，被直接分配去了一家制造象棋的工厂，干的还是原来那些活儿。因为厂子在郊区，他十天半个月才能回一次家。

母亲继续唠叨着："不过张红兵手艺练得挺好，还帮他爸爸刻了一个图章呢，可惜现在的印刷厂不用以前那种排字系统了，否则我可以托托关系，让他去当排字工，再过些日子，还可以到我们出版社去做校对……"

没想到母亲说完张红兵和"车马炮"的前途，突然"话锋一转"："咦，张红旗都快本科毕业了，还没谈过男朋友呢。"

她拍着脑袋自责："哎呀哎呀，女儿快出国了，再提这事儿有什么用。"

和陈星的事儿，张红旗并没告诉过父母。原因只有一个：怕麻烦。和那样一个家伙恋爱，对于她的父母来说，多少是一个"麻烦"吧。就算嘴里不说，心里也会麻烦。心里的麻烦才会引出更多的麻烦。

母亲还在那儿自顾自地嘴巴带着脑袋跑："你在这方面没经验，到了那边，要多动点脑子，别太轻易地找海外华人，海外华人的好多想法咱们接受不了；也别太轻易找台湾人，台湾人说到底还是小地方来的，难免小家子气；也别太轻易找咱们大陆人，尤其是那些家里出钱送过去的，说不定哪天国内一查——当然还有欧美人，欧美人也不能轻易找……"

张红旗好笑地打断她："您放心，我会找一个非洲人的。"

母亲一愣，随即反应过来女儿在开玩笑。她哈哈大笑起来。可张红旗的心却不知为什么阴了。她进而觉得在这儿坐着都是煎熬，一下没忍住，忽然撂下手里的东西回房间了。

外面，母亲诧异地说："我们是不是把女儿教得太出类拔萃了，这种事儿都说不得。"

张红旗气鼓鼓地坐在床上，也理不清在为什么生气。此刻，她倒像一个十来岁的小女孩了，她正在讨厌包括自己的一切东西。片刻，父亲敲敲门进来说：

"看出来了吧，你妈妈的岁数是真大了——我也一样。"

张红旗说："哦。"

父亲递给张红旗一杯茶，然后坐到沙发上。这是个"等待她调整情绪"的姿态。

张红旗低头笑了笑，抬头望着父亲。这是个"我准备好了"的姿态。

于是父亲说起“正经事”来了。他用自己领导的那家大型国有企业作为例证，分析着国际国内金融行业和资本市场的现状和走势，进而引申到张红旗在美国的学习中，应该留心某些方面的问题；再进而引申到张红旗将来毕业，选择哪个工作更容易大有作为。

“这些年国内的经济界，基本是厉先生那一路的声音占主流，股份制改革也搞了有些年头。到现在，不可避免会进入高端的资本运作层面，又有那么多大国企排着队要上市，审计这方面的工作显得越来越重要，外国的投资银行也会介入，等你毕业，去‘四大’会计师事务所还是‘雷曼兄弟’这样的投行，应该都是很好的选择。当然，也有些高学历的年轻人现在更倾向于去小一点儿的地方，或者干脆自己创业。我对这样的想法倒是持保留意见，资本主义有神话，但不会遍地是神话，大公司大单位里，年轻人不容易出头，这是事实，但从长远来看，有决定权的，还是那些大的……”

张红旗好容易听父亲说完，回答道：“您说的我会考虑。”

父亲的脸上，还是那种“不说二遍”的信任。起身出去的时候，他又说：

“至于谈朋友的问题，我们其实是没什么意见的。把你的事业做好，别的问题都不是问题。”

张红旗静静地坐着，有点缓不过神来。这些年，父亲和她说话时越来越平和，越来越信任，但每次谈完，都让她悲从中来。

他们明明是完美的父女关系，张红旗也明明是个完美的——女儿、女孩、女性，可是她又明明觉得自己要疯了。

无声无息，她觉得脸上一湿，是自己哭了。这可以理解为“去国怀乡”的泪水吗？如果有人问她，张红旗会说是的。

她坐到桌边趴下，看着窗外。从小到大，她有多少时光是在这张写字台前伏案度过的呀。学数学，学英语，学经济学。但像不用功的孩子那样趴着，走一晚上的神，这种经验她还没有过。现在张红旗却很想这样：神情恍惚，无思无绪，浪费掉很长的一段时间。张红旗觉得那样很幸福。

于是，她真的像猫一样趴到了夜里。

直到很困了，张红旗才恋恋不舍地爬起来。她往窗外一瞥，看到楼下的花坛里，有个一明一灭的亮点。那是一个人在抽烟。

不知道为什么，张红旗下意识地认定楼下的人是陈星。她按捺不住，穿上衣服就跑了下去。听着脚步在楼道里的回音，她直骂自己傻。

怎么那么肯定就是他呢？

不想出了楼道口一看，那地方坐着的果然是陈星。他还不知道她已经下来，仍然一边抽着烟，一边仰望楼上那扇亮着灯的窗户。

张红旗走过去，坐在他身旁，陈星才“哦”了一声。他的表情既意外，又不意外。

张红旗看看地上，已经散落了一小堆烟头了。这个晚上，她都在看着窗子发呆，而他则在看着她的窗子发呆。

张红旗心里升起了一团笑意——那笑一直泛到脸上来。她用胳膊碰碰陈星，说："你在看什么呢？"

陈星把烟头扔在地上，说："看你房间里的灯。"

张红旗就说："那我陪你一起看。"

两个人真的望着楼上的那盏灯，静默了一会子。然后张红旗才又说：

"我真想知道你看着我的窗子时，心里有什么感受。"

陈星说："我没有感受。我所有的心思，都在揣测窗子里的你——的感受了。"

张红旗又笑了，但这次笑得眼圈一热，又想哭了。她把头靠过去，靠在陈星的肩膀上。

陈星也伸过手去，搂住了张红旗，让她的马尾辫扎着自己的脖子。当年用自行车大梁带着张红旗时，她就是这个发型，这么多年也没变过。他们在一起的一天天时间，一件件小事全涌了上来。分明是些寻常的记忆，此时却那样丰富。假如真要回味，恐怕会把今晚的时间都撑爆了。

能这么坐在一起，多美好啊。可惜两个人都知道，过不了几天，张红旗就要走了。

照理，陈星这时候应该亲一亲张红旗了。到了机场可能就没机会了。但是他没这样做。

果不其然，张红旗走的时候，全家人都到机场来送行。就连她爷爷也来了。老头子穿着中山装，拄着拐杖，很威严的样子，身边还有一个司机和一个秘书，不时隔开拉着旅行箱的人们。

陈星靠在不远处的柱子上，默默地看着张红旗。她低着头，平静地听了每一句叮嘱或者期望，和所有家人一一道别。

直到这套程序都结束了，她才抬起头，向人群里扫了一下。陈星的个子很高，所以一眼就看到了。他们便隔着十几个移动中的脑袋对视了一下——大概两秒钟——就分开了。连点头都没点一下。

然后，张红旗便拖着大大的旅行箱，进了过关口。她的马尾辫一晃一晃的，搅得陈星的心很乱。他非常想冲过去，和她并肩走完这一段，哪怕是假装自己也是一个旅客，帮她拖着箱子也行啊。可是连这也不可能。

等到张红旗办完手续，到了过关口里面，和家人摇手道了别，才侧着脸——假装发呆似的——和陈星又对视了起来。

这一次他们互看了很久。从理论上来说，这也算得上隔海相望了吧。

因为距离远，陈星连张红旗是否哭了都没看见。但他的眼睛却真的模糊了。

他就一直站在那里，直到张红旗的家人都走了，他还在兀自发呆。

出来等机场的公共汽车时，一辆皇冠车从专用道上驶过来，后面跟着一辆本田雅阁。因为穿行的旅客很多，两辆车都开得很慢。经过陈星时，本田车的车窗忽然摇了下来，露出张红兵的脸。他热情地做了个鬼脸，但却没有叫陈星。

两个人心照不宣地笑了笑。

这时，一架比大象还大的波音767在巨大的噪声中腾空而起，掠过千万人的头顶。陈星仰头看着它，心想，张红旗大概就在这架飞机上吧。她飞呀飞，飞到十二个小时以后去了。

张红旗走后的前几天，陈星固然是失魂落魄的。他与其说是思念张红旗，倒不如说是无法面对突然空闲出来的大段时间。以前，他在超市或者西餐厅上班，就算再无聊再辛苦，心里也有个念想，知道下班之后将去哪里。而现在，念想没了，独自度过的每一分每一秒都是空的。

就连小北也不能经常陪他。这家伙现在忙得很，每晚要到好几个夜店去赶场打碟，白天则一半睡觉，一半用来和五花八门的艺术家谈音乐。那种场合让陈星很不自在：周围坐满了云山雾罩的人，说的都是云山雾罩的词。别说没兴趣插话了，就是想插也插不进去。

有些人也问小北，陈星是干什么的。他是唯一不像“搞艺术”的人，却怎么每天都在这里？

小北说：“这哥们儿是一玩儿行为的。行为艺术家。”

“有什么作品吗？”

"跟一姑娘谈了三年多没上床，这作品怎么样？"

"哦，大概明白了。"对方若有所思地说，"是想在现代社会里重塑古典主义的男女关系吧？"

而有一天，陈星正在人堆里坐着，一个疯疯癫癫的大龄女青年忽然向他扑过来，一边撕扯着他的衣服一边把他往卧室拽。众人哄笑着为她鼓掌，直到陈星眼看就真急了，小北才笑着把她拉开："扑他也没用，他阳痿。"

"这人要干吗？"陈星问小北。

"也是玩儿行为的——跟你一样。"小北说，"但她管自己的艺术叫'反行为'，意思就是破坏别人的行为艺术。对于你，把你'办'了就算成功。"

陈星却生气了："我怎么觉得你们丫那么无聊啊？"

"我们是无聊。"小北反唇相讥，"你不无聊你一天到晚泡在这儿干吗？"

没想到，陈星真的拔腿就走，小北怎么拉也拉不住。

接下来的两天，陈星都没在小北的Party上露面，还是大眼妹妹劝小北："你也不过去看看他，你这哥们儿现在精神应该挺脆弱的。"

"我也觉得。怎么张红旗一走他就跟经期妇女似的，那么不禁逗。"下午，小北开着本田125，来到自己"曾经战斗过的地方"，正看到陈星捧着一个收音机，在马路牙子上呆坐呢。

小北停了车，慢慢走近，陈星竟然没察觉。收音机里放的还是侯宝林大师的相声，可抖出一个包袱，陈星却连一丝笑意也没露出来。

小北点上一颗烟，插到他嘴里，陈星这才如梦方醒。

“坐这儿听相声，还说自己不是玩儿行为的。”小北说。

“地下室不是没信号吗。”陈星说。

“我觉得你也该培养点儿别的兴趣爱好——要不跟着我打碟得了。”

没想到，陈星却忽然转过头来，很严肃地答非所问：“你说，我跟张红旗还有戏吗？”

小北在他的逼视下，不由得眼神飘忽，躲避着说：“有戏有戏，怎么就没戏了呢？”

陈星转过头去，继续两眼发直。路上车来车往，熏得他们灰头土脸的。

在横越太平洋的飞机上，张红旗几乎没怎么睡觉。十几个小时后，波音767降落在纽约肯尼迪国际机场。着陆的那一瞬间，机舱里的人们纷纷鼓起掌来。这是“9·11”后不成文的习惯。

也就在心里确定“到美国了”时，张红旗也决定了另一件事：她要打电话给陈星，和他好好谈谈。也许当面不好说的问题，在电话里会更容易解决。

但头几天，她忙得不可开交。在宾馆睡了一天，刚把时差倒过来，立刻就要到学校去报到、买参考书目。最麻烦的还是租房子，她像没头苍蝇一样转了两天，后来还是在系里助教的帮助下，租到了一间便宜的留学生公寓。而此后的收拾打理，就得她一个人完成了。上一位租户就像传说中的嬉皮士一样，把小小的一室一厅变成了垃圾场，脏东西堆得和窗台一样高，还有蟑螂钻进钻出。张红旗像蚂蚁搬家一样，一点一点拾掇，光是把所有那些破烂扔出去，就耗费了两天的时间。此后，她又像美国穷人一样，买来油漆自己刷墙，把满屋子的“fuck”和“shit”都擦掉。这活儿干得她的腰都快断了。而这还不算完，因为新买的家具都是宜家的，她紧接着便攥着螺丝刀，拼了两天的积木。装家具的时候一个不小心，把手腕都扭了。

在中国，她哪儿干过这些事儿啊。但想一想，别的留学生不也是这样过来的吗？凭着韧劲儿，一个星期后，总算大功告成。

手上缠着绷带的张红旗看着自己的小房间，心里当然很有成就感。应该和谁分享来美国后的第一份喜悦呢？当然是陈星了。

于是，张红旗拨通了越洋电话，直接打到陈星的手机上。和所有留学生一样，她用的是美国的IP卡，这样花费就会非常便宜。当然，为了省钱，她需要按完眼花缭乱的几十个数字，通话质量还不好。

这可是他们的第一次越洋电话呀。想一想他在北京，而她却在地球的另一端了，这就足够令人感动的了。

“陈星吗？”

“张红旗？”陈星知道是她。

“我……”张红旗想说“我到了”，但又一想，都到了好几天了。于是她说，“我这些天一直在收拾房子，你不知道这间房子到底有多乱，我还在想，究竟是什么人住在这儿啊，难不成真是小北那种玩儿摇滚乐的？这人简直比小北还要邋遢，是不是在他们这个领域里越脏越乱就越艺术呀？那小北还真得再努力努力……”

也不知为什么，她此刻特别渴望说话。过去为了“说话”的事儿，她还和陈星吵过架，而此时，一想到自己的声音能够一个字不差地跨越整个太平洋，传到陈星的耳朵里，她就欣喜得不可名状，只想一直说下去。

其实，之所以说那些无关痛痒的话，还有一个原因，就是张红旗想拖延时间。决定好了要和陈星谈的事儿让她紧张。

于是，她颠三倒四地说着自己如何收拾房间。

而陈星在那边只是“哦”“哦”。

她又开始说自己的学校，还有仅仅窥见了一角的纽约。

陈星还是“哦”“哦”。

一直说得嗓子都干了，张红旗看看表，诧异了一下：足足说了半个小时。怎么这么能说。

但随后她便失落了：这半个小时里，陈星的回应只有一个字：“哦。”

难道他还像过去那样，对说话不感兴趣吗？要知道，她可是在美国呀，这可是越洋电话呀。如果不说话，他们就没法感觉到对方的存在了。

于是张红旗有些不满地问了一句：“你——在听吗？”

“哦。”

这下，张红旗就有些奇怪了。就算沉默寡言如陈星，也不会这样一“哦”到底啊。他总该说一句“我在听”或者“好辛苦”这类的话吧。

她的语调也冷下来：“你——怎么了？”

陈星这才说了一句完整的话：“你想对我说的，不是这些事儿吧。”

他的回答让张红旗震惊：他怎么知道的？他能够看穿她一切的想法吗？张红旗心里既感伤，又温暖。

隔着千里万里，电话里的气氛一下子僵住了。张红旗用两只手握住了听筒。扭伤的手腕又疼了一下。

“你知道？”

“你说吧。”

既然想好了就说吧。张红旗深呼吸了一下，说：“陈星，你重新回学校学习，考所大学吧。”

陈星没有应答。电话里只剩下一阵杂音，就像太平洋的潮声传了出来。

“我是说认真的。”张红旗补充了一句。

陈星仍然没应答。

张红旗一紧张，索性一股脑儿地把话都说了出来：“你应该明白，我没有一点儿瞧不起你的意思。但是我觉得，如果你总是现在这个状态，我们将来会遇到很多困难。比如我家里，就算他们再开通，心里也会有芥蒂吧？我也不希望自己找一个让父母为难的人啊。还有更现实的问题，难道你愿意让我扛起经济的重担吗？也许你觉得我们现在还年轻，这些事情还很远，但实际上，该面对的问题不是迟早要面对吗？与其那个时候烦恼，不如现在早做准备。从这个意义上来讲，我希望你是一个负责任的人，希望你能为我们的未来着想……”

她尖着嗓子，说了一大串，但陈星那边仍然在沉默。有一瞬间，张红旗都怀疑电话断线了。她甚至真的隐隐希望电话断线，心也越发虚了。

后来，她的声音就低了，几乎是嗫嚅着说：“我不希望你在——那些方面——表现得多么优秀，但总要过得去呀。如果你考个正经大学，找份正经工作，我们的未来会轻松得多。”

而这时候，陈星才终于又说话了。他说：“张红旗，我们还是别在一起了吧。”

最初，张红旗并没反应过来，她好像只听到陈星的嗓子咕噜了一声。但那句话倒像有了生命似的，在她的脑袋里自动重组、呈现，发出清晰的声音：

“我们还是别在一起了吧。”

接着，张红旗的脑中就轰隆了一声。她登时傻在了当地，所有的想法都断了线，只感到自己的嘴唇在发抖。

而陈星又不说话了。他们就这样，在大洋两岸手握电话，僵持了很久。

慢慢地，意识一点一点回到了张红旗的脑袋里。她哆哆嗦嗦地问他：“为什么？”

又过了好一会儿，陈星才回答她：“我知道我配不上你。我也知道，这一天迟早要来的。”

“你说真的？”

“说真的。”

这一下，倒真把张红旗逼到死角去了。人家已经明确地提出了分手，理由是“配不上”，如果她再全力挽回，论证对方“配得上”自己，那可真是太贱了。

像是照着棋谱走完残局似的，张红旗几乎是迫不得已地说了：“是你提出的。”

陈星说：“我对不起你。”

这时，张红旗又想不通了：自己对陈星提出的要求，明明是再合理不过的了。劝男友上进，不是所有认真对待爱情的女孩都应该做的吗？这到底触犯了他哪条底线，竟然让他提出分手？而且“对不起”三个字说得轻如鸿毛，几乎带着嘲讽的意味。在爱情中，总是狠心的一方说“对不起”，“对不起”几乎是“我伤害了你”或者“你是个傻瓜”的同义词。这太不公平了。

张红旗的心里登时升起一股怒火。她的骄傲又回来了。这样一来，她反而恢复了平静。

她冷冷地问："那我挂了？"

"挂吧。"

陈星还没说完，她已经挂了电话。

随即，她坐到地上，呆呆地望着收拾一新的房间。早知道来美国之后会这样，还不如不收拾呢。满墙都是"fuck"和"shit"的背景，仿佛更符合她的心情。

张红旗也不知过了多久，才从头脑的一片真空中挣扎出来。再看看表，已经是晚上了。她就这么一直坐了几个小时。

再摸摸脸，竟然没有泪水。是她没流泪呢，还是泪已经流干了又吹干了？

而这时她想做的第一件事，竟然不是喝水，也不是上厕所，而是打电话。她想再听一下陈星的声音。上次打电话说了什么，她已经记不得了。

就算骂着自己没出息，她还是无法自控地拨了陈星的手机。

刚一拨完，陈星就接了。但他还是没有说话，沉默地等着她。

张红旗叹了口气，慢慢地、吐字清晰地问他："你——想好了？"

半分钟过去，陈星才说："想好了。"

张红旗眼睛一红，就要把电话挂掉。要挂没挂时，听筒里却又传来大喊似的声音："张红旗——"听起来好像陈星正在跌入无底深渊。

张红旗的手像弹簧似的，立刻把听筒放回耳边。

陈星一字一顿地说："我最亲的人就是你。"

这句话让张红旗几乎放声大哭。但这时候讲这个有什么用呢？这不是钝刀子割肉吗。

她回答他："以后就不是了。"

她看着粉刷一新的墙壁，明白自己真的孤身一人了。

很长时间以后，小北回想起来，陈星可能高中时就喜欢上张红旗了。当年他分明不喜欢沈琼还追人家，可能就是为了张红旗。

但说实话，小北从未认为张红旗有魅力。别说魅力了，他觉得她连亲和力都没有。她对谁说话，都是公事公办的，语调里透着一股别人都是蠢货，就她自己聪明的优越感。就连她和陈星说话，听起来也是这样。可是小北得承认，没有魅力的张红旗，不知怎么便把陈星"魅"住了。

究竟又是什么力量，把这两个看似不应该有关系的人拽在了一起呢？小北想，大概因为他们骨子里都是孤独的人吧。

一连好几天，小北都没见到陈星，打他的电话也是"不在服务区"。小北到地下室找过他，但敲了半天门，也无人应答。陈星到哪儿去了呢？小北嘀咕着："他他妈的不会死了吧。"

一个礼拜过去，陈星还是没露面。这下小北可真急了。他猜到陈星和张红旗之间可能出了什么事儿。他又跑到地下室，一脚踹开了门，想找找这个失踪的家伙留下了什么线索。

没想到，陈星就在地板上呆坐着呢。门被踹开，他也一点反应也没有。这时的陈星瘦得可怕，就算穿着帆布外套，仿佛还能看出肩胛骨的轮廓。脸上也是脏兮兮，胡子拉碴的。

看起来，这家伙把自己关在了斗室之中，不吃不喝，玩儿了一次“闭关修行”。

小北的鼻子都气歪了，他过去踹了陈星的腿一脚：“你他妈得自闭症了？”

陈星抬头扫了一眼小北，还是闷不作声。他的眼睛里全是血丝，像是连觉都没怎么睡。

小北在陈星面前蹲下，揪着他的头发摇晃起来：“你他妈到底怎么啦？吃屎啦？”

陈星这才瓮声瓮气地回答了一句：“我和张红旗掰了。”

小北瞪大了眼睛：“为什么？”

“不为什么，反正就是掰了。”陈星又低下头去。他的表情让小北不敢再问。

陈星的状态让小北担心极了。那几天，他也不到夜店去打碟了，早上一睁眼就去找陈星，强迫他吃喝，把他拽到外面去解闷。两个家伙又像高中时一样，肩并肩地在街上闲逛。

经过人大附中的校门口时，小北颇为感慨地对陈星说：“当年咱们多他妈叱咤，这片儿的小×崽儿看都不敢看咱们一眼。”

只不过江山代有才人出，地痞流氓也早就更新换代了。小北正在重温当年顾盼自雄的丰姿，路边却有两个叼着烟的男青年斜着眼，“照”住了他们。

小北现在倒也学乖了，他低眉臊眼地躲开对方的眼神。可没想到，陈星却一声不吭地冲过去，对着一个男青年的脸就是一记直拳。

三个人立刻像狗一样滚在一起，小北拍着大腿，摇头晃脑：“这他妈都是哪儿跟哪儿啊？”他一边骂着，一边只好也加入战团。于是场面变成了四条狗滚在一起。

因为陈星在身手上的明显优势，他们很快就把对方打翻在地。小北一边打量着路口有没有警察，一边掐着一个男青年的脖子：“服不服服不服？”

“大哥我错了。”那孩子也是个勇于挑事儿敢于认怂的专业流氓。

这时却听到旁边咚咚咚，原来是陈星揪着另一个男青年的头发，仍在疯狂地打。对方早已没有了还手之力，牙都掉了几颗了，满脸是血。

小北这才吓坏了，跑过去抱住陈星：“你他妈疯了？”

而陈星却像机器一样，仍然在专心致志地打。小北真急了，全力扯住陈星的胳膊：“我他妈可不想陪你进派出所了！”

那天到了晚上，小北还没消气，一个劲儿地数落陈星：“你他妈精神不正常了吧？不就是个婆子吗？瞧他妈你这点儿出息。”

陈星一直低着头，面无表情。

小北说：“骂你都觉得没劲。”

过了几天，陈星却忽然来向小北告别了。

“哥们儿要南下了。”

事情的起因，是陈星那天回家，正好赶上他叔叔突然打了个电话过来。这人早年也是一所三流大学的老师，后来抓了个机会，到日本做过半年访问学者，没想到在那儿却发现了一个“商机”。他带着日本一家野鸡科技公司的产品授权书回了国，辞去公职，转战深圳。根据断断续续的消息，亲戚们知道他在那边“混得不错”，经营着一家欣欣向荣的小公司，还买了车和房子。

这次打电话来，家里人才知道他到底做的是什么买卖。

“我就盼着咱们国家盖大楼，楼越高，市场前景就越广阔。”叔叔在电话里亢奋地说。

原来，他从日本带回来一种叫“缓降器”的玩意儿。这个小机器构造很简单，就是一卷钢丝绳，外带固定装置。一旦高楼发生火灾，楼上的住户可以用它来逃生。

“……正所谓高处不胜寒，高层虽好，火灾难防。你说，万一熊熊烈火烧起来了，我们应该怎么办？跳楼？必死无疑。不跳？死得更痛苦。这时候就需要我们的缓降器了，有了它你绝对可以放心跳楼——当然不是真的跳楼啦，腰上拴着钢丝绳呢，相当于吊威亚啦。威亚你不懂？那你见过蹦极吗？我们的产品就跟蹦极差不多。当然，下降速度还是非常缓慢的，绝不是自由落体——有心脏病高血压的人也能使，广东人怎么说的？牟问题啦。所以我们的广告词是这么写的：神兵天降，高枕无忧……”

叔叔在电话里说得天花乱坠的，让陈星的父亲摸不着头脑：“你的意思是我们也买一个？你忘了我们家住二楼的？楼底下就是一堆大白菜，不用钢丝绳也敢往下蹦……”

“不是这个意思。”叔叔说，“我就是想跟你们介绍一下我们这个产品的前景。”

“跟我介绍有什么用？谁住得高找谁去。”陈星的父亲不耐烦地说。

叔叔这才说出了真实用意：“我就是想找你们融点儿资。我已经跟这边儿的消防部门谈好了，明年就要政府采购，可现在的厂房太小，需要一笔钱来扩大规模……”

“你是说，你的公司现在很挣钱，前景也不错？”

“那当然。我给你算算，就算三层楼往上一层配备一部，深圳有多少高楼？我得卖出多少缓降器？深圳的市场饱和了，还有广州、北京、上海……万丈高楼平地起，我们的生意也会平地起。”叔叔说得口干舌燥，“怎么样，你要是打算炒股，那我劝你还不如在我这儿做一下投资，我保证收益会比……”

“钱没有。我们的情况你又不是不知道，这两年单位房改已经掏了个底儿掉。”陈星的父亲干脆地说。

叔叔明显很失望，但兄弟之间除了钱以外，还得有点儿别的话题吧。他只好东拉西扯了两句，又问：“陈星这些年怎么样？”

“挺好的，成天在街上晃悠，快成流氓了。”父亲更没好气了。

叔叔讪讪地劝他宽心，便挂了电话。

没想到父亲刚挂电话，坐在一旁的陈星却瓮声瓮气地开了口：“干脆我去深圳得了。”

“什么？”父亲好像没听清楚。

“我说我去深圳怎么样？”

“干吗去？”

“跟着我叔叔干两年，看看能不能混出什么名堂。”陈星叼着烟抬起头来，直视父亲。

这是这么多年来，陈星第一次对自己的前途提出建议。他父亲一下子愣了。

16 海上花开

2002年初冬，陈星乘坐T108路列车到达了深圳。他只背着一个帆布包，里面装着几件换洗衣服。火车站的景象汹涌澎湃，这城市会聚了那样多的人。他们和他一样，都是来搏世界的。

因为急于动身，他错过了张红旗写给他的第一封信。

作为一个没出过远门的年轻人，深圳有几件事让他惊奇。

第一件当然是气候。出了火车站，他立刻急吼吼地找地儿脱衣服。时近年底，这里的气温还有二十度上下呢，本地人都只穿一件衬衫。他满头大汗地钻进一个公共厕所，脱下毛衣和薄棉外套。扭头一看，洗手池底下已经堆着好几件棉衣了，都是北方来的兄弟们扔在这儿的。这城市是用不着棉衣的。

陈星想了想，也把棉衣一卷，扔在了洗手池底下。这一扔，倒很有点破釜沉舟的架势了。

第二件惊奇的事就是口音。本以为这里是一个鸟语花香的城市呢，可走在街上，花香固然很少，说鸟儿语的人也不多。人人操着一口硬邦邦的普通话。

这倒也方便，他问了两次路，很快找到了叔叔的公司。

第三件事，要算叔叔的公司了。“盛世辉腾科贸有限公司”——多么壮丽的名字，谁想到就在一栋破破烂烂的塔楼里，门口连招牌都没有。他还以为走错了地方呢，可再看看房间号，没错呀。

陈星的心凉了一半，但也只好硬着头皮敲门。片刻，一个头发花白，长得比他父亲还沧桑的男人开了门：

“是陈星吧？”

“您是？”

“我是你叔叔呀。我去日本之前，还到你们家去过呢，那时候你刚十岁。”

陈星记忆里的叔叔，明明是一个文质彬彬、举止潇洒的青年知识分子，怎么才过十几年，就变成一个落拓的老头了。也不知是谁把他摧残成这样的，是日本吗？还是深圳？

进到屋里，就更和想象中不一样了：别说办公桌和电脑了，连把椅子都没有，只是空空荡荡的两个房间，水泥地坦白地裂了一道缝。一个房间当中，倒是放着一堆纸箱子，已经积满了灰尘。陈星捏着鼻子吹了一口，灰尘下露出几个字：神兵牌高楼缓降器。

叔叔尴尬地笑着：“这就是我们的产品。”

陈星几乎抱着“必死”的信念问：“咱们是在这儿等着人家来买，还是要出去跑业务？”

“甭琢磨这个了。”叔叔说，“大老远的来了，先吃饭吧。你吃过烧鹅吗？”

陈星便背着帆布包，跟着叔叔，来到街口的一家小饭馆。初来乍到，他还不好意思喝酒，叔叔却坚决地对服务员说：“来一瓶金六福。”

叔叔像渴了似的大口喝酒，咚咚咚半瓶下肚，人才有了精气神，说话也欢快了。“其实你来得有点儿不巧，因为我们的公司马上就要转型啦。当初我做这项目的时候，产品价格、适用人群都考虑到了，就连深圳有多少高楼都数了一遍，可就是忘了考虑一条——他妈中国人不要命！”他愤愤不平地说，“一台缓降器就一千块钱，着火的时候能救命呀，他们丫的偏偏几十万的房子都买了一千块钱倒舍不得掏。”

“您不是说，和消防部门谈好了，可以让政府采购什么的……”陈星问。

“政府要买进口的，”叔叔干脆地回答，“咱们这是自主品牌，人家嫌档次不高。”

“敢情不光咱们卖这个呀。”陈星嘟囔了一句，不想说话了。

不过叔叔的气势却借着酒劲越来越高昂了：“不过没关系，我不是说过，咱们马上就要转型了吗？船小好掉头，也许机会就在下一个项目上！”他干了杯中酒，又看看陈星，“我本来是不太赞成你来的，可你爸非让我带带你。这么着吧，我托几个朋友，给你找份儿工作先干着，等我把公司重新开起来，你再过来怎么样？别担心，时间长不了，也就是俩月的工夫，深圳这边工商局的效率高。”

陈星只好说：“好好。”

“来时候带着生活费呢吧？那我就不给你钱了。住处都是现成的，自己坐两站车到小商品市场买床褥子，往地上一铺就行。我在日本的时候就没睡过床。”

“那倒无所谓，我在北京还睡地下室呢。”

陈星便在单元楼里打起了地铺，等着叔叔给他介绍工作。谁想到叔叔醉醺醺地走了，三天都没露面。他在屋子里闷得发慌，只好到街上去闲逛。

这虽然是一座说普通话的城市，但生活习惯上却还保留着广东风格。在酒店的一楼，时近中午还有人喝早茶。那大多是悠闲的中年人，穿着真丝衬衫，头发抹得锃亮。外地人常以为他们就是传说中的黑道分子，其实不过是些发了小财的买卖人或者本地房东。

一天中午，陈星竟然在街上看见一伙少数民族。可能是傣族，也可能是布依族，大概是云贵那一带的。这么热的天，他们还穿着厚厚的、印着花的棉布衣服，身上挂满了叮叮当当的银首饰。无论男女，皮肤都很黑，连眼神都是风尘仆仆的。碰到路人，他们就摇摇手里的一大把首饰。

可能是因为无聊，他竟跟着那些少数民族走了半天。他想看看他们究竟能不能卖出首饰。但直到晚上，也仅仅有两个姑娘买走了一枚戒指和一串项链。少数民族同胞一定也对这个城市很失望，就像陈星一样。

天一黑，少数民族便立刻坐到地上，集体休息。陈星便也在不远处蹲下。这时，忽然有一个矮壮的少数民族汉子冲陈星招招手，示意他过去。

是不是自己的跟踪让人家不快了呢？陈星有点担心。他听说，很多少数民族都是随身带刀的。但他走过去，汉子却笑了，从首饰串上摘下一条项链，递给他。

陈星一愣，随即接下了。他对那汉子说谢谢。

汉子又笑了一笑，便转过头去，自顾自和同伴说起话来，用的是他们本族的语言。陈星猜想，他们一定在讨论什么时候离开这里。

也许他们明天就走了。

陈星拿着项链离开，走过一片繁华的商业街时，忽然觉得饥渴难耐。说来也是，一天都没吃东西了。他便就近找了一家茶餐厅，叫了份烧鹅饭。

餐厅里人非常多，声音也很嘈杂。但喝着可乐的时候，他却忽然注意到了身后一个女孩的声音。那声音并不大，但因为是清脆的北京话，让他不由得竖起了耳朵。

陈星背对着那声音，也听不清对方说的到底是什么，只感觉那女孩在抱怨：高频率、充满情绪的抱怨。不知为何，他忽然觉得说话的人似曾相识，便转过头去找她。

可才一转头，却看见一个女孩正飞快地走出去，丢下一个高个儿男青年，气鼓鼓地望着两份叉烧饭发呆。没一会儿，那女孩的背影就消失在街上的人群中了。

陈星只记得她留着一头栗色的长发。

也许是栗色长发的女孩触动了陈星的神经。这天夜里，他无可救药地思念起张红旗来。他在地铺上僵硬地躺了两个小时，怎么都无法睡去，只好睁着眼，呆看着天花板。因为黑，天花板仿佛也不是天花板了，而变成了深不见底的苍穹。苍穹有多大，张红旗的笑颜就有多大，目光有多长，张红旗的背影就有多远。

如果能睡去，能在梦里见到张红旗，那么情况会比眼下好得多。醒着的思念是实实在在，有质感地硌在心上的，让他的灵魂都疼了。

不知夜里几点，陈星一骨碌爬起来，重新走进深圳的黑夜。即使南方的夜晚比北方长，这时街上也几乎全黑了。只有远处的一栋建筑还通体金黄地亮着灯，那一定是间夜总会。马路上驶过的基本都是出租车，载着一些长发飞扬到车窗外的女人。离得很远，都能闻到她们散发出来的香。连夜总会的姑娘们都下班了。她们来自山南水北，目的也和他一样。他们要靠不同的部位来“搏世界”。

在这南方深夜的街头，陈星回想着和张红旗说分手时的情景。一遍又一遍。

当时他正坐在北大对面的一家快餐店里，桌上立着两瓶啤酒，手上夹着一颗香烟。

因为已经过了饭点儿，那家快餐店里没有什么人，因此就算他声音不高，站在不远处的服务员大概也能听清他的话。他先是“哦哦啊啊”了一阵，然后沉默，然后便径直向张红旗提出了分手，然后他再说对不起，然后再沉默，然后挂电话，闷头吃饭。

在旁人眼里，他就像一个惯于和女生说分手的狠心家伙。话音不高但言辞果断，绝不拖泥带水，就连“对不起”都说得水到渠成、干净利索。

对于陈星而言，这一天确实是迟早的事儿啊。

自从刚在一起，陈星就隐隐感到，他和张红旗的关系不会长久。他和张红旗本来就应该是两根平行线，突然之间交汇在一起，一定是因为他们的运行轨迹出了什么问题。

他了解张红旗的想法：爱情是纯粹的、超脱的，与世上其他因素无关；爱情就是爱情。但他认为，这样的信念实则是一件奢侈品。它只属于张红旗这种各方面条件都良好，自我感觉尤其良好的女孩儿。有了这一信念，张红旗的年轻时代就算循规蹈矩，本质上却是浪漫的。

可谁能保证张红旗永远不变呢？她一定会毕业、出国、找一份体面工作。到时候别说别人了，就连她自己都会感到和他的隔阂。她也许不会瞧不起他，但却会认为他应该为她做出相应的改变。为了他们的长久之计，他应该去考大学，找一份像样的工作，以保证在和她同一水平线上生活，使她不那么尴尬。

然而陈星自有他的想法。一方面，他不打算追赶张红旗。张红旗是北大毕业的，还去美国留学，以他的情况，追也是追不上的。就算他回到学校从头再来，想必也只能上一所差强人意的大学，找一份凑凑合合的工作。那时他们就算能凑合着在一起，他也将永久性地定格在“失败者”的形象上。而且，一旦成为张红旗的“附庸”，他的失败会逐渐加剧，他将在绝无希望的路上一头走到黑。

另一方面，也是更重要的一方面，是他实在对“走正道儿”提不起兴趣来。也不知是为什么，什么考大学呀，找工作呀，挣越多越好的钱呀，这些勾当在他看来特别没劲。特别特别没劲。这种心态不知是从何时开始的，可能是小时候逆反过度，最后形成了条件反射吧。反正一想到别人孜孜以求的那些目标，他就有一种呕吐的冲动。他没法想象自己像一棵向日葵一样，和所有向日葵簇拥在一起，朝着同一个太阳奋力拔高儿。

在陈星心里，什么样的生活算是幸福的呢？他也没有明确的想象。假如一定让他勾勒出美好的蓝图，也许是这样的：在广阔的祖国大地上徒步行走，走累了，就坐在路边，打开收音机，听一段相声节目。别人早已厌倦的包袱会让他笑得喘不过气来，而恰恰因为笑点特别低，说明他还是一个单纯的人。

从原则上说，他也许应该放弃自己的好恶，为张红旗做出牺牲。毕竟他爱她。但有一层，张红旗也许不明白：假如陈星不是现在的陈星，她还会喜欢他吗？也许他一旦改变了，她反而会觉得他乏味、庸俗，进而为自己的选择后悔。但那种后悔又是不能说出来的，这会令她更加痛苦。

这样一来，他们的爱情就早已注定是悲剧性的了。

因此，陈星决定：一旦张红旗要求他像正常青年一样去追求、奋斗、攫取，他就和她分手。这不仅是为了他自己，也是为了张红旗的幸福。

从另一个侧面来讲，也许那才是“负责任”的表现吧。

因此，那天真的对张红旗提出分手后，陈星的心里除了阵阵作痛以外，还有一种悲壮感。这感觉几乎令他觉得自己很伟大。他想起了一首叫作《花房姑娘》的老歌：我还要回到老地方，我还要走在老路上。

对于陈星来讲，张红旗就是一个花房里的姑娘吧。虽然这姑娘太严肃了点儿。

自然，分手的感觉最多的还是痛苦。陈星突然发现，自己开始厌恶北京这座城市，因为走在这里的街道上，就会让他想起张红旗。他产生了强烈的冲动，想要离开。

恰恰是这个时候，叔叔打来了电话。

而在临走之前，坐在即将开动的火车上，他忽然问自己：自己选择南下和叔叔一起做生意，是不是说明他在潜意识中，对“自己和张红旗”还存有一份希望呢？要知道，我们国家的改革开放史，几乎就是一部南下发家史。有那么多一穷二白的家伙像大雁一样，一会儿排成一字形，一会儿排成人字形地向南狂奔，最后都莫名其妙地发了。这样的神话天天都在电视上播出，在报纸上刊登，为什么不能在他陈星身上再发生一遍呢？

如果他真的在南方混出头来了，他和张红旗不也就有转机了吗？

此念一出，又让陈星发现，自己也是一个矛盾的人。支撑他向张红旗提出分手的那些想法，也有可能是不坚定的。这个发现让陈星直冒冷汗。

消失后的第四天，叔叔终于露面了。他好歹给陈星带来了几件旧衣服，还有两箱康师傅牌方便面："老出去吃多贵。"

陈星也顾不得不好意思了，直接问叔叔："我工作的事儿有戏了吗？"

"不好办呀，不好办呀。"叔叔搓着手说，"大一点儿的公司都要国家承认的学历，不要求学历的地方我又不能介绍你去。到时候你回去跟你爸说，我把你卖到工地当民工去了，那我还做人不做了？"

陈星便闷着头，拆开方便面箱子："给您也弄一包？"

叔叔摇摇头，眼里忽然放出一道光："咱们再出去喝两杯吧，你也好几天没喝酒了吧？"

在小饭馆里，叔叔飞快地喝掉了一瓶"金六福"，又"人生豪迈"起来："你不要急，等我再弄到一笔资金，咱们立刻转型，我手头的项目还多着呢。别忘了你叔叔是从日本回来的，日本那边儿的废铜烂铁搬到中国那都是项目……"

马不停蹄地吹了两个钟头，叔叔才一拍桌子："走人！"

临出饭馆，他还面对空无一人的马路唱了一嗓子："牵爷的马来爷好过关——"

那唱腔在陈星耳中回荡了好久。他望着叔叔跌跌撞撞的背影，觉得这老头儿真是太他妈的沧桑了。

而这一去，叔叔就再也没露过面。

又过了半个月，陈星真是等得慌了神。早知道到是这样一幅景象，他才不会到这个鬼地方来呢。那几天里，他每天起床的第一件事儿，就是给叔叔的手机打一个电话，但却总被告知关机。有一天，电话里的声音干脆是：您所拨打的号码是空号。

这期间却有一个老头子来敲门。他操着广味儿的普通话，费力地说："明年你们还租这间屋吗？"

陈星这才意识到，叔叔的办公地点也是租来的。他犹豫了一下说："我问问我叔叔。"

老头说："那你告诉他，要租的话就快来交房租，还有一个月就到期了。"

老头要走的时候，陈星一把拉住他："我叔叔有没有给你留其他地址？我也找不着他了。"

"你到底是不是他侄子？"老头狐疑地瞪着陈星。

当天下午，陈星步行了一个多小时，才找到老头给他的地址。这倒是个不错的小区，门口还站着保安，穿得跟香港警察似的。只是房子稍显旧了点儿，大概是深圳头两批商品房。

按照门牌号，他按了好几下门铃，才有一个干瘦的女人开了门。他们隔着门框，互不信任地对视了一会儿。

还是陈星先说了话："我叔叔在吗？"

他迟疑着是不是该管这个女人叫婶儿。

那女人“哦”了一声：“你是陈星吧？”

陈星点点头，对方却没把他让进屋。她抱着胳膊，把守着门口，语调更冷了：“他不住这儿了。”

“去哪儿了？”

“我也不知道。好几天没回家了。”

陈星僵在楼道里，不知道是该离开，还是该再问点儿什么。这时，屋里却哐啷一声巨响，接着传来一个男孩尖厉的叫声。

两个人都吓了一跳。那女人也顾不得陈星了，扭身跑了进去。陈星也顺势跟进来，看到客厅里一地的水，水里泡着碎琼乱玉的玻璃碴儿，几条热带鱼在地上一弹一弹的。一个十七八岁的胖男孩站在一片狼藉之中，咧着嘴干号。他的右手被割破了，衣服裤子上都是血迹。

那女人一言不发，照着男孩的屁股就是两下。男孩挨了打，号叫得更响亮了，发出近乎喇叭的音色。女人翻身找出医药箱，要给他缠纱布，男孩却疯狂地扭动起来，同时口齿不清地乱叫。他的块头比陈星还大，挣巴起来，女人只有干着急的份儿。

“还不帮个忙。”女人头也不回地对陈星说。

陈星只好过去，抓住男孩的伤手。男孩还想反抗，力气却远不如陈星大，没两个回合就被制服了。

陈星把他按在沙发上，牢牢握住那只流血的手。女人蹲在他们面前，不紧不慢地抹红药水，裹纱布，用胶带缠好。看得出来，她对这套工序很熟练。

而包扎的时候，女人也不再惜字如金了。她对陈星絮叨起来，主题是抱怨他叔叔。

从女人的话里，陈星知道，叔叔刚来深圳就认识了她。当时她正在打离婚，叔叔的出现，使她坚定了非离不可的信念。离婚以后，他们就住到了一起。那时候，她觉得叔叔是个不错的人，有文化，还老实。叔叔想做生意，开制造缓降器的工厂，她没怎么犹豫，就把从前夫手里分来的钱给了他。谁想到生意做了几年，钱没见挣到，债倒是越欠越多。不止她一个人，亲戚朋友都被借遍了。尤其是这半年，几乎每天都有上门讨债的。愁得没办法，叔叔反而变得幽默了，他总是对她说：

“对于我这种要跳楼的人，缓降器这东西真是屁用也没有。”

没想到他说了几百遍跳楼，却没有真跳，而是一个人跑路了。

那女人自顾自地唠叨着，表情却也不悲哀，仿佛在说别人的事儿。而这时，被陈星按住的胖男孩不知为何，却对陈星亲热起来。他绽开了向日葵般的笑脸，叫道：

“爸爸。”

陈星没想到这小子会有这么一手，愣了一愣。

“他就这样，管力气大的人都叫爸爸。”女人解释说，“他脑袋不好，当年我前夫要离婚，也是因为他。”

“爸爸！”胖男孩更亲热地叫着陈星。

“不敢当。”陈星说。

“放开他吧，越按他越这么叫。”女人叹口气，打开电视，调到体育台，哄那胖男孩，“乖乖的，看爸爸们打篮球。”

陈星讪讪地站起来，打算告辞时，女人却让他等会儿，转身去了卧室。片刻，她拿着一个信封出来，对陈星说：

“这是你叔叔让我留给你的。他说，让你回去，再好好上个学。”

陈星接过信封，摸出里面是一沓钱。不多，但足够买一张回程的机票。他又想起很多年前，叔叔还送过他一块日本带回来的“西铁城”手表，鼻子不由得酸了一下。

女人面无表情地说：“我对他算是仁至义尽了。”

从叔叔那儿出来，陈星贴着墙根，踢踏踢踏地走。他想：自己垂头丧气的样子，一定很像一只丧家狗。

深圳的路还没认熟呢，却到了决定何去何从的时候。叔叔的公司是指望不上了，他该灰溜溜地回北京去，还是用信封里的那点儿钱留下，再碰一碰运气？

他看到路边的一个公用电话亭，忽然思乡情重。因为手机话费贵，公用电话又麻烦，这些天他还没和家里联系过呢。

他到附近的小卖部买了盒烟，又换了十块钱硬币回来，一个一个地往投币孔里塞着。电话接通了，是他父亲的声音：

“在那边怎么样？”

陈星犹豫了一下，却还是说：“不错。”

“在你叔叔那边上班？”

“没有。”陈星说，“叔叔帮我找了一家公司，做销售。”

父亲放心地“嗯嗯”了两声，又形式主义地嘱咐了两句，便挂了电话。陈星的心里有一种落空的感觉。他本来是想找个人诉诉苦，发发牢骚。

于是，他又拨通了小北的号码。

刚一接通，小北就叫唤了起来：“你他妈没死呀，也不给我打个电话？”

“没死，没死。”陈星说，“不过明儿就不好说了。”

“怎么了？”

陈星把在深圳的遭遇对他说了一遍。

“混不出名堂就回来呗，”小北说，“江东父老其实真没对你抱多大希望——当初你走的时候我就不好意思打击你。”

陈星沉默了一下：“再待几天看看。这才来多久啊。”

“缺钱吗我给你汇点儿？”

“暂时还能混个饱。带的钱花完了我再找你要。”

小北又问：“你和张红旗到底怎么着了？她跟你联系过吗？”

“没有，”陈星像在躲避着什么，“掰了就是掰了。”

“我就不明白，你们到底为什么——”

“时间太长了，腻歪了。”

当陈星在中国南方的街道上无所适从时，张红旗也在纽约的高楼大厦之下徘徊。她孑然一身，郁郁寡欢，像所有刚到美国的中国人一样孤独。

和陈星分手后，她把自己关在了破旧的小公寓里。她经常一坐就是几个小时，有时候坐着坐着，就觉得脸上一片沙疼，原来又流了一大片眼泪。饿得肚子痛了，就拿出从中国带过来的方便面，也不用水泡开，嘎巴嘎巴嚼两口。

昏头昏脑地过了两天，学校打来电话，催她去办一些手续，张红旗这才反应过来：自己到美国是来留学的，不是来伤心的。

还是该做什么就做什么吧。难道离开了陈星，地球就不转了吗？张红旗心里有点不服气似的。

走在去学校的路上，她刻意什么也不想，一门心思揣摩起周围的景色来。和北京相比，纽约更像一座老城。除去那些跨国公司的总部大楼，学校、车站和民宅基本都是旧房子。厚厚的灰砖搭起了新世界，而现在，新世界也斑驳了。

她也没想到，美国研究生的功课有那么紧。完全没有给新生适应环境的时间。从开始上学以来，她每天一下课就得去图书馆查资料，然后赶紧回公寓去准备报告。要看的书也实在太多了，而且就算她的英语好，直接听美国教授讲课，也是有困难的，还得晚上对着书本返工。许多个夜里，她干脆就脑袋一沉，“邦”的一声，在桌上睡过去了。

因为辛苦，很多中国学生养成了熬夜时吃点心的习惯。美国的甜食又放了太多糖，飞快地把人填成了胖子。那些圆滚滚的亚洲小肉球在纽约街头走来走去，像极了发达国家的穷人。

好在张红旗来的时候，带了不少茶叶。她还感谢那些辛苦的课程：只有忙得团团转，她才可以不去想陈星，想他为什么要和自己分手。但夜里看书时，她还是会常常看着一旁的电话，脑子一下就乱了。她想：要不要再给陈星打一个电话呢？就算分手了，也不至于就此音信不通吧。不过那样一来，会不会又显得自己太“贱”了呢？杂乱无章地出了会儿神，她总是对自己说：还是继续看书吧。相比于感情的事儿，倒是研究生的功课简单点儿。

就这么昏天黑地地过了一段日子。一天，她刚要走进教室，手机忽然响了起来，是她父亲。因为忙，这么久都没和家里联系。他们一定不放心了。

“你很忙吧？”父亲在电话里说。

“是。”张红旗如实相告。但她决不抱怨苦和累。

父亲没话找话似的又道：“美国的生活怎么样？很新鲜吧？”

张红旗的腔调却更冷淡了，她说：“就那么回事儿。比起北京也没什么新鲜的。”

父亲有点尴尬，说了几句注意身体之类的话。

然而快挂电话时，他忽然又补充性地跟了一句："不管情绪怎么样，做好自己应该做的事儿才是最重要的。"

父亲的这句话，张红旗已经不知听过多少遍了，但今天却仿佛别有意味。难道自己的失落之情已经"溢于言表"，任何人都能听出来了？

刚平复下来的心情，登时又乱了。这天她走进教室，根本没心思听课，而是埋头给陈星写了一封信。没有像样的信纸，她就从笔记本上撕下了两张横格纸。

她也不知为什么会突然想到写信，只是感觉自己心里堵了厚厚的一层黏滞物，需要用笔来疏通。

刚开始，她是把这封信当作绝交书来写的。她义正词严地指责陈星：以前没看出来，原来他是一个毫无自信的人。他不仅对生活缺乏信心，而且对他们的感情也没有信心。他表面上的桀骜不驯，恰恰是内心的自卑造成的。他是一个傲慢与孱弱的混合体。她以前喜欢上他，实在是看走眼了。

这么写的时候，张红旗觉得很痛快，像报了一箭之仇。但她很快就写不下去了。斥责陈星的每一句话，都像把什么连筋带肉的东西从自己的心里撕了出去。她不由得又想起陈星的苦衷来：他也不容易。如果没有自己，他会活得洒脱得多。

张红旗慢慢把写了字的纸揉起来，揣进口袋里，又换了一张新的。这一次，她的主题就变成了自怨自艾。她说：就算你要跟我分手，也得挑个时候啊，刚到美国就来了这么一出，我怎么受得了。我自己在这地方生活，本来就不容易，你还这么沉重地打击我。还说最亲的人呢，最亲的人有这样做的吗？

接下来，她就详细地写起她有多么“不容易”来。从课程压得人透不过气，到不知道怎么和美国人打交道；从听不懂许多美国俚语，到坐地铁的时候怕被黑人抢包；从天天吃面包连口粥都没有，到熬夜的时候喝了太多的咖啡，结果反而失眠了，第二天眼圈都是黑的……

写着写着，她恍恍惚惚的，仿佛忘记自己已经和陈星分手了。她觉得自己还可以向陈星絮叨，对陈星撒娇。张红旗的脸上不禁浮现出了笑容。

这种美好的感觉，终于被下课的嘈杂打断了。学生们一个个收拾起书包，迅速离开，张红旗还呆呆地望着写满了字的信纸。

她随即又思想斗争了起来：要不要把这封信给陈星寄过去呢？最后她决定，还是寄吧。不管怎么样，也应该让他知道自己是怎么想的。

下课午休的时候，她没有去食堂吃饭，而是直接去了邮局。这天的午饭，便只能在邮局旁边的“汉堡王”吃一块钱一个的汉堡了。

经过一段时间的苦战，张红旗终于熬过了最初的“拓荒”阶段。这时，她才像初次睁开眼睛一样，认真观察起纽约这座城市来。

回家要看的参考书也没那么多了。她每天都会多坐几站地铁，随便找个出口出去，闲逛一会儿。她没有买地图，因为地铁站牌比地图还清楚。刚开始，她会去那些著名的站点，比如麦迪逊大街，第五大道。后来，把这些地方逛遍了，她便向没有名气的站点深入下去。

她用了二十多天，把纽约逛了个大概，得出的结论是：这里很无聊。楼啊房子啊，长得倒是和北京不一样，但人的生活却是大致相同的。有些地方，一天到晚都有无数西装革履的男女像奔马般走着，快餐车前边排满了等咖啡的人，一辆一辆的黄色“福特”出租车在路边排队，心烦气躁地按喇叭。还有些地方倒是安静，但却充满颓败的气息，连楼都是破烂不堪的，路边偶尔坐着几个头发花白的人，脸上挂着怨天尤人的神情。奢侈品店永远幽静地空着，折扣商场一天到晚挤满了人。

北京不也是这样的吗？最大的不同，大概只剩下人的肤色了。

张红旗想起许多年前，父亲有个朋友到纽约“公派考察”过一圈儿，他回国后带着震惊的表情，感叹道：“美国的楼可真高呀。”

但这些年，根本没人感叹美国的高楼了。倒是那位叔叔，有一天却从一栋北京的高楼上毫不犹豫地跳了下去。据说他贪污了不少公款。

这段时间，张红旗也交了几个朋友，其中有留学生，也有美国人。出于“地主之谊”，两个美国女孩邀请她去看过一场棒球比赛。纽约洋基队。比赛是周末晚上开始，但他们中午就过去了，找了块草地铺块布，吃面包和火腿。草地上还有许多人，尽是一家老小，都是这种吃法。这就算过周末了吧。

比赛快开始时，她们就随着人流，蜂拥入场。可因为买的是便宜的票，离球场实在太远了，只能看见一个个小圆点在红土上跑。要看得清楚，还得抬头看大屏幕。这和看电视转播有什么区别呀。

两个美国女孩倒是兴奋得很，洋基队打出好球，她们就和所有人一起雀跃。体育场里欢声雷动。张红旗坐在这些兴奋的美国人中间，越发感到陌生。

等到比赛结束，大家又去喝咖啡。美国女孩对张红旗说："你们中国人是不是都很含蓄呀？"她们说的是张红旗在球场不跳也不叫的事。

张红旗笑了笑，说了句例行公事的话："我过了一个愉快的下午。"

当然，张红旗接触的美国，还是一个留学生眼里的美国。她知道，所谓"真正的美国"就像冰山一样，沉在下面呢。可她恐怕是没什么机会看到的：白人富豪们的庄园游艇固然不会邀请她；必须经过黑人聚居区的时候，她也会低着头，抱着书包，迅速通过。

况且，对于冰山下的真美国，张红旗也未见得有多么大的兴趣。这算是他们这代北京孩子的一大特点。

这段时间，她也给陈星打过几次电话。她想：虽然分手了，总也可以打打电话吧。就当是熟识的同学聊聊天嘛。因为分手就闹得老死不相往来，这也太小心眼了，不是她张红旗应该有的风格。

虽然她努力揣着一颗“平常心”，但真到按下那些号码的时候，心还是会咚咚跳。可是每次的一腔热情，却都迎头被泼了凉水。陈星的口气总像心不在焉，又像在躲闪着什么。到最后，他们的通话还不如拨号的时间长呢。

“你在哪儿？”

“北京。”

“北京哪儿？”

陈星支吾了一下，说是“中关村”或者“安定门”之类。

“哦。你还好吧？”

“还好。”

还好就挂了。

到后来，张红旗自己也对打电话没有兴趣了。但这并不代表她不想他。分手这么久了，假如遇见什么特殊的事，她的第一反应还是猜测陈星会怎么说。甚至看见路边有人抽烟，她都会想到陈星抽烟的样子。

张红旗感觉自己像溺水的人——还没有淹死，已经被无边无际的绝望吞没了。

也就是在这段时间，她疯狂迷上了写信。越是伤心越要写，越是看不到希望越要写。写信不是溺水者的最后一根稻草，而是她肺泡里的最后一口空气。空气越稀薄，味道越甜美。她一封接一封地写了下去，并且一封比一封长。有一段时间，她还用电脑写，但后来又觉得用电脑不如手写有“感觉”，竟然把那几封信用手抄了，又寄了一遍。

渐渐地，给陈星写信成了张红旗的第一心理需要。她也养成了一个习惯：不管在学校听课还是在图书馆看书，手边都放着一支笔、一叠信纸。每当有了空暇，就在纸上写两句话。她甚至产生了一种幻觉：自己和陈星并没有真的分手，他们只是被迫换了一种相处的方式。而写信，就是他们秘密交谈的唯一渠道。

在信里，她向陈星讲述自己的生活，讲述自己心中任何一个小感想。在讲述的过程中，她也体会到了写信最大的好处：可以不考虑对方的感受，一股脑儿地说下去，尽兴为止。她还可以说出许多优美的、抒情的话来，不像他们过去说话那样，总是以日常语言为界，谁都不好意思往深了说一步。

张红旗感叹：对于两个矜持得近乎孤独的人来说，还是写信好。

可是再长的信都有结尾的时候，她最终要回到"现实"里来。在那些清醒的夜晚，张红旗不禁泪流满面：要是早点发现书信的妙用，他们会走到今天吗？

也许是出于尊严，在每封信的结尾，张红旗都会添上这样一句话：你不必给我回信。仿佛有了这句话的掩护，她才敢于走到邮局，把信寄出去。

陈星倒真听话，他果然一封信也没回。每次张红旗从邮局出来，都盘算一下：这已经是第几封了？数字逐渐上升，已经远远突破了两位数。而据第一封信寄出，又过了多长时间呢？几乎记不得了。

张红旗不禁揣测起来：是他没收到吗？不可能呀，信封上清清楚楚地写着他家的地址，不会有错的。那么就是他不想回了。每次这样想，张红旗立刻就被莫大的悲哀笼罩了：她爱上了一个多么绝情的人呀。

但是张红旗很快反驳自己：陈星不是那样的人。也许他认为一旦回信，会给她带来更大的伤害吧。

她更明确了这样的想法：回不回是他的事，而写不写是自己的事。既然她需要写信，渴望写信，那就应该不管对方的反应。

而有时，张红旗也想：如此孜孜不倦地写信，是不是说明在自己的潜意识中，还对陈星存有一丝希望呢？

同样是出于害怕受伤害的原因，她立刻否定了这种想法。

但不由自主地，她在信里更多地抒发着感情，有时甚至不惜于用大段大段的排比句。她不惮于让陈星知道，自己有多想他。写到这样的话，张红旗的心里就有一种受虐般的愉快。

17 同在天涯

这段时间还发生了一件事：一个中国女孩吸引了张红旗的注意。那姑娘就住在她楼下，下午从学校回来，两个人经常在楼道里碰面。

因为同是中国人，她们会互相点点头。也因为同是中国人，她们始终没有攀谈。

那是个长相很喜悦，有着一双弯弯的笑眼的姑娘，但不知为何，她脸上却总罩着一团愁色，从未见她真的笑过。生活习惯也古怪，除了下午到拐角的小超市买吃的，似乎就不出门了。

既不像留学生，也不像家里开餐馆的“第二代华人”，更不像嫁到这里的中国新娘。这位芳邻究竟是哪类人呢？张红旗觉得自己楼下住着一个小小的谜团。

而一天下午，张红旗从学校回来，看见公寓楼前停着一辆大屁股“福特”出租车。一个五十多岁的中国老妇人正费力地从车后座上往外搬东西。因为这儿不能停车，巴基斯坦裔的出租司机催她快点，她也听不懂。司机急了，叫嚷起来，她更是停住手，茫然地看着对方。而司机欺负她不懂英文，已经骂出“Fucking stupid China man”来了。

张红旗赶紧跑过去，帮她把纸箱子拖出来。

“谢谢，谢谢。”老妇人就像许多中国家庭的妈妈，和蔼得有点谦恭。

而一问，她就住在张红旗楼下。张红旗猜到点儿什么：“您是来看女儿的吧？”

“小姑娘，你认识我女儿？”老妇人便像见到亲人一样喜悦了。听她的口音，似乎是东南沿海那边的人。张红旗帮她搬那纸箱子时，果然看到里面装的尽是蹄膀、火腿、百叶节一类的吃食。

“您去唐人街买东西了吧？”

“是呀，不过唐人街都说粤语的，讲起价钱累死人。”

张红旗帮老妇人把箱子搬到二楼，果然是那位愁眉不展的芳邻开了门。她只淡淡地对张红旗说了声谢谢，老妇人却热情得多，请张红旗留下吃晚饭，她要烧冰糖蹄膀。虽然自打来美国就没吃过像样的中国菜，但张红旗还是婉拒了。

过了两天，张红旗早上下楼，正碰上那对中国母女。老妇人又拖着一只大箱子，她女儿到路边去拦出租车。难道她这就要回去了吗？如果是来看女儿的，只待两天可显得太短。

女儿拦了一辆出租车，却磕磕巴巴地说不清楚。作为留学生，她的英语也太不好了。张红旗便过去，替她们做翻译。老妇人果然是去机场。

做母亲的又是千恩万谢，言语之间，已经和张红旗很熟了。临开车，她还摇下窗户，对张红旗低声说：“我女儿的心情不大好，不大好。你们是邻居，拜托你多陪陪她吧。”

张红旗不知所以地点点头。等车走后，那女儿对张红旗说：“谢谢。”但说完了，却又没别的话，只是害羞似的站在对面。

这姑娘大概就是这种“把自己封闭起来”的性格吧。许多中国人来到美国，都变成这样了。张红旗笑笑说：“我上课去了。”

走到地铁站，张红旗还觉得那姑娘正站在公寓门口，目送她离开呢。

又一天，她正在公寓里写信，忽然有人敲门。是楼下那个中国姑娘。那姑娘酝酿了很久似的，对张红旗绽开一个笑说：“陪我出去转转？”

张红旗有点意外，但一想，对方可能是想买电器一类的东西，因为英文不好，不得已求她的吧。她点点头，穿上衣服。

下了楼，那姑娘没走两步，却神秘地拽了拽张红旗的衣袖，迅速拐进两栋楼之间的空地。那里赫然停着一辆簇新的“保时捷”跑车。

张红旗被“保时捷”唬了一跳，那姑娘却熟练地拿出钥匙，进去发动了汽车：“兜兜风。”

住这种小公寓的人，按说是不会买得起豪华车的呀。张红旗迟疑着，不知该不该问对方这个问题。

那姑娘的车开得非常好，甚至说得上粗野。有两次几乎要撞上前面的车了，她一打轮，保时捷就轰鸣着超了过去。旁边车里的黑人挥舞着手臂，对她们喊着大段粗话。

她们很快出了市区，那姑娘打开了收音机，车厢里充满了震耳欲聋的嘻哈乐。张红旗靠在椅背上，心情舒展开来。

可她随即发现身边的姑娘竟然没系安全带。不仅如此，她还一边打方向盘超车，一边从储物盒里掏出香烟点上。张红旗吓得喊了起来。

那姑娘却有点不屑地：“没事没事。”她现在的神态，和平时真是判若两人。

张红旗则坚决地说："万一碰到警察呢——如果不系安全带，请把我放下。"

那姑娘摇头笑笑，让车速慢下来，系上安全带，然后又狠踩一脚油门，让张红旗整个人贴在椅背上。

她们开了很远，一直到了一片很漂亮的房子前，才减缓车速。这大概是个富人区，路上驶过的都是奔驰和凯迪拉克汽车，草坪被修建得极平整，连正在干活儿的园丁都长着张斯文的脸。

那姑娘忽然指指路边的一栋房子说："这是我家刚买下的。"

坐在保时捷里，张红旗觉得她不是在说笑话。

可是那姑娘并不请张红旗到"她家的豪宅"里坐坐，而是又到别处转了很久，然后开回了纽约市区。晚上，两个人在一家改良的法式餐馆吃了饭，是那姑娘结的账。点菜时，她连菜单都不看。

虽然相处了一下午，但这顿饭两人还是吃得讪讪的。吃完饭，就回到公寓，互道声再见，各回各的房间。这时，对于那姑娘的身份，张红旗已经猜出个大概了。

她回到桌前，想继续给陈星写信，但却不知为何，落不下笔了。她的心上一直笼罩着一层哀愁，今天跟着楼下的姑娘转了一圈，哀愁竟然没来由地凝聚了起来，压在胸口，让她喘不过气来。她想，自己的状态，不就是"断肠人在天涯"吗？

转眼就过年了。张红旗的春节，倒不是在纯粹的孤单中度过的。

那天，张红旗从邮局寄了信出来，忽然看到街口一家中国人开的商店在门上贴了个大红的“福”字，此外还有些很中国的画儿，大胖娃娃抱着鱼之类的。这下她才意识到，春节到了。

虽然对过年没什么热情，可她还是惆怅地吁了口气：总得过个节吧。

于是她便到唐人街去。那里果然像过年，别说中国人了，连越南人都很亢奋，呱呱叫着大采购。粤语、闽南语、越南话交织在一起，就像一群喜气洋洋的鸭子。

张红旗买了点儿半成品的中国菜，又在一家在春节开张的饭馆门口看了会儿变魔术，使劲想融进这气氛，但最终没成功。就连两个小朋友举着糖葫芦从她面前走过，乖巧地说了句“新年好”，她都愣着，笑也没笑一下。

在一般人眼里，张红旗一定是那种把念书把脑袋都念傻了的留学生。

等到天色晚点儿，舞狮子的队伍突然冲了出来。这还不是春节的正式表演，而是一次彩排。这些年，因为中国年的影响力越来越大，连纽约市的官员都要来参观，舞狮子也被搞得越来越盛大了。锣鼓一响，整条街立时沸腾了，不知道多少只脚在地上乱跑，不知道多少双手在空中乱拍。

张红旗却还是唯一的局外人。她傻傻地站在原地，也不跟大家一起追赶浩荡而过的狮子。有人撞了她的肩膀一下，她一个趔趄，差点摔倒。那人对她说对不起，她也没说没关系。另一个人扶住她，她也没说谢谢你。她忽然想起了几年前到美国大使馆游行的那一次。当时也是那么多人，而且比现在还要拥挤。不管是愤怒还是高兴，只要一大群人同有一种情绪，那场面都是差不多的：闹哄哄。

在这片闹哄哄中，张红旗恍惚起来，进而头晕。天旋地转的，她忘了自己是在哪儿，连回去的路都走错了。慢慢走了半天，终于找到了一个地铁站，她就连中国式春节也忘到脑后了。

这一天，张红旗清楚记得的只有一件事：她给陈星寄出了第八十七封信。信的开头是：还是继续说吧，虽然你肯定不会回信。

回了公寓，正要给第八十八封信开个头，忽然有人敲门。张红旗开门一看，是楼下那个开“保时捷”的姑娘。

自从上次一起兜风，张红旗还没见到过这姑娘呢。她以为对方搬走了——不是在郊区有带草坪的大房子吗？

“一起吃饭吧。”那姑娘面无表情地说，“春节到了。”

“好好。”张红旗说。她本想告诉那姑娘，自己还买了不少吃的呢，但人家一转身就下楼去了。

于是她只好跟下去，进了那姑娘的公寓。这房间的格局摆设和张红旗那间差不多，只不过张红旗的房间显得更小，因为放了太多的书和资料。也一眼就能看出来，这姑娘是从来都不收拾的，鞋和杂志杂七杂八地扔在门口的地板上。假如打开衣柜的门，一定会开膛破肚般流出大堆的衣服。

客厅中间的桌子上，已经摆好了满满一桌子。醋鱼、龙井虾仁、水晶蹄膀等，都是江浙菜。菜还冒着热气，张红旗吸吸鼻子，那香味竟然和中国的一样。她以为那姑娘的母亲又来了，不禁往厨房望了望，但一个人都没看见。这些菜是从中国餐馆喊的外卖吧，估计还是最贵的那一两家的手笔。

“随便坐。”那姑娘算是招呼了张红旗一句，头也不回地去了厨房。

张红旗只好把一件小外套从沙发上拿开，给自己腾出坐的地方。她溜了一眼衣服的牌子，吐吐舌头。再看看床上散落的衣服，也都是Prada、Gucci之类美国中产阶级都不常买的牌子。

没一会儿，那姑娘在厨房里哎哟叫了一声。张红旗赶紧跑过去，见灶上正烧着一锅开水，旁边摆着瓶花雕。显然是烫着了。

张红旗让那姑娘闪开，把一锅满满的水倒出一半，放在灶上继续烧，然后又把花雕倒进准备好的瓷瓶子里，浸到锅里烫着。

“有话梅吗？”她露出点儿笑意说。那姑娘被烫了一下，一直捏着自己的耳垂，一副可爱的样子。

“有，有。”那姑娘笨手笨脚地找话梅。

“其实没有必要喝酒的……”

“过年怎么能不喝。”

酒热好了，两人上桌。女孩举举杯子："过年好。"张红旗还没答声，她已经一口干了，然后自顾自倒上第二杯。张红旗看看对面的空杯子，有点儿不知所措。因为没有瓷杯，她们用的是外国人喝威士忌的方杯，倒一半就有二两的量呢。

这顿饭，张红旗没吃两口，光见识对方的酒量了。那女孩也不说话，一口气喝了半瓶，又不耐烦似的吃了两筷子虾，便起身到厨房去，拎出一瓶杰克·丹尼尔斯牌威士忌。难道自己的楼下住着一个酒鬼吗？张红旗吓了一跳，刚想说话，那女孩却一句话堵住了她：

"我从小跟着爸爸喝酒，高中的时候就可以喝一瓶茅台呢。"

她很熟练地给自己倒了酒吧里"double"的量，一口气喝干了，又问张红旗："你觉得洋酒怎么样？"

"什么怎么样？"

"和中国酒比。"

"我在国内也不怎么喝酒的。"

"我告诉你，"那姑娘又给自己倒了一杯说，"洋酒太清冽，不管度数多高，都是一股子水味儿。咱们中国的酒呢，看着是透明的，实际里面什么味道都有，岁数小的人喝起来太沉重。"

"所以你喜欢喝洋酒？"张红旗问。

那姑娘笑了："那是。"

她又指指张红旗的杯子："你的还没喝呢。"

张红旗便琢磨着那姑娘的话，一口气把自己杯中的花雕喝下去。

果然好像是什么味道都有。但刚一放下酒杯，张红旗的脑袋就腾地热了，眼睛竟有些昏花。她毕竟是经不住什么酒的。

然而借着酒劲儿，两个女孩仿佛一瞬间就熟了。她们再举起杯子的时候，还互相看着对方红扑扑的脸，当地碰一下。自然，张红旗是不敢领教威士忌的，光是剩下的半瓶花雕，已经让她觉得飘起来了。

这样对饮着，竟然感觉过了一个其乐融融的春节。

等到花雕和威士忌都只剩下根儿了，两个人再也坐不住，哎哟叫了一声，都瘫倒在沙发里。那姑娘歪着头，醉眼迷离的，忽然咯咯地笑起来。张红旗像被她触动了哪根筋，也笑起来。她们一边笑，一边拍巴掌，天真烂漫得像两个幼儿园小朋友。

那姑娘忽然搂着张红旗的脖子说："你来美国多久了？"

张红旗想了想："快两年了。"

"还有几年毕业？"

"一年多吧，顺利的话。可能还要实习几个月再回国。"

"你愿意回——中国去？"

"来的时候也没打算留下，无非是念个书。"

"你真好呀。"那姑娘用羡慕的口气说，"还可以回去。"

张红旗本想说：好什么，你在这里都有房子和跑车了，根本不屑于回去的。但她想了想，还是没说出口。

谁想那姑娘却猛地扭过头，肩膀一耸，像要哭了。张红旗赶紧推推她的肩膀："你想家了？"

“家有什么好想的。”那姑娘埋着脸，声音都是哽咽的。

“大过节的哭什么？”张红旗强笑着劝她。

那姑娘摇摇头，一副“我的事情你别问”的姿态。两个人也不再说话，刚熟络起来的气氛，无端便冷了下去。再待了一会儿，张红旗也觉得无趣，便起身告辞。

那姑娘一句留也不说，站起来送张红旗出门。此时的她，恢复了对一切都抱有戒心的神情。

楼下那位芳邻的举动，更坚定了张红旗对她的猜测：那样的人，这两年是越来越多了吧。

张红旗又想：就算自己的猜测是对的，和她又有什么关系呢？各人有各人的日子。如果抱定了这样的心思，世上的所有人就都是平行线了。

然而一想到平行线，她便又想到了陈星。自己不停地写信，说明她想向他靠拢，但这种努力却如此徒劳。她的心里有了一种绞在一起的痛。

这世上悲伤的人固然很多，而不久以后张红旗发现，悲伤的人之间似乎也存在着某种微妙的联系。

春节之后的两个月，她又见过楼下的姑娘几次。每次都是张红旗先点点头，问声好，那姑娘也不应声，只是微微颔首，便迅速走过。过年时喝酒吮泣的场面，好像被两个人故意忘了。

那姑娘穿得照常光鲜，手上的名牌皮包也总是新的。但她的脸色却仿佛一天比一天憔悴了。有一天，张红旗从侧面瞥去，发现她瘦得颧骨都凸出来了。记得刚见时，还是有点儿“婴儿肥”的小肉脸呢。

按理说，她也应该搬到长岛的豪宅里去了吧，怎么还在这儿窝着呢？明知揣测别人的事儿没意义，张红旗还是不禁这样想。

过了些天，她却又碰上了一件颇为奇妙的事。那天她上完课，刚从教室出来，经过一片草坪时，忽然听到了笛子的声音。张红旗的耳朵一下子敏感起来：那不是学校管弦乐团的长笛，而是地地道道的中国笛子。要说，纽约的中国人非常多，连民乐团都有，在这儿听到中国笛子也没什么奇怪的，但张红旗却觉得那笛声格外耳熟。

她随即反应过来，之所以熟悉，是因为吹笛人演奏的曲子：《扬鞭催马运粮忙》。以前在北大的湖边散步时，总听到这支曲子。一不留神，往事又一幕幕浮上来。她想起刚入校时，和陈木一起参加“学生运动”的那个夜晚。那天她晕头转向地走到湖边，还有一个男生问她：“同学，你是不是要跳湖呀？”

张红旗不禁循着笛声，走过草坪，又穿过了几棵百年老树结成的树荫。在校园的干道一侧，停着一辆非常旧的“福特”牌敞篷车。吹笛子人坐在路旁，仍在专心致志地演奏。

张红旗记得，北大吹笛子的男生脸有些瘦，尖下巴，戴着一副眼镜。而眼前的这人就是这副模样。她有些兴奋，但又踌躇着，不知该不该和对方打招呼。

而那吹笛人看见张红旗，果然停下来问：“同学，你过去是北大的吗？”

张红旗高兴地说：“你还真是那个——”但她又不知道对方叫什么，不禁有点尴尬。

“我们的校友遍美国呀。”吹笛子的男生倒是自来熟，晃晃手里的笛子，“别管在哪个学校，只要听见这笛子声，保准能有人认出我，还有人请我吃饭呢。”

张红旗撇撇嘴，示意对方“臭美”。不过她也不得不承认：“天天都在湖边开独奏音乐会，北大的学生当然都记得你。”

“尤其是谈恋爱的。”吹笛子的男生笑道，“怎么样？你也请我吃顿饭吧？”

张红旗有点儿意外：“我还不知道你叫什么呢，凭什么请你吃饭？”

“知道叫什么就行啊？我叫——”

“打住打住。”张红旗摆摆手，“我怎么有种让人骗了顿饭的感觉。”

那男生笑吟吟地说：“你舍不得？那我请你得了。”

张红旗心里异样了一下。过去在北大的时候，也不是没人向她搭过讪。那种勾当的程序都是差不多的：先借参考书或者笔记本，接着就是“我能请你吃顿饭吗”。难道这男生也是那个意思？

没想到那男生见她迟疑了一下，立刻挥着手说：“别误会别误会——我真是想纯洁地请你吃饭。还有事儿求你呢。”

“有事儿求人，还叫目的纯洁？”两人在学校附近一家不大的意大利餐馆坐下，张红旗问对方。他们是坐着吹笛子男生的福特敞篷车来的，那车又脏又破，跑起来呼哧带喘的。她一路都在担心警察会把他们拦下来。

“那就先纯洁地吃饭，一会儿再说事儿。”那男生看着菜单，“饿坏了，两天没正经吃东西。”

张红旗打量了一眼对方脏兮兮的衣服和巨大的尼龙旅行包：“你从很远的地方来——你在哪个学校？”

对方的回答吓了她一跳：“加州，伯克利。”

从加州到纽约，这可是贯穿东西海岸的长途跋涉啊。真难为这辆破车了。张红旗不禁问了一串问题：“自驾旅行？是不是在学《On the Road》啊？你还真挺潇洒的，学校有那么长的假吗？还是论文已经准备好了？”

那男生用叉子卷着面条，逐一回答：“和过去那些嬉皮士比不了，人家是一边抽大麻一边开车，我可不敢。中国人哪儿敢蹲美国监狱呀？学校倒是没假期，我是旷课来的，过一段儿回去考试就行……”

张红旗又问：“离开纽约后去哪儿？往北走？”

“纽约是终点站。我在这儿办完事儿就回去了。”

等吃完饭，那男生果然掏出钱包来付了账。张红旗提出AA，对方执意不肯。

“你不是还说要求我办事儿呢吗？”张红旗说，“我可不好意思白吃你的。”

“帮我查个人，就是你们学校的。因为我是外校的，你们学校的登记处不肯给我信息。”

“什么人？是这儿的学生吗？”

“米茜，”对方说了个女人的名字，“我也是听说她来了你们学校，但具体是哪个系我也不知道，祖籍是江苏……”

说到这儿的时候，对方的表情一下子就认真了。张红旗猜了个八九不离十：“是你过去的女朋友？暗恋对象？”

那男生扑哧笑了：“你怎么知道的？”

“人家说，恋爱都是挂在脸上的……”

“你经验还挺丰富，让我也观察观察你，有没有什么写在脸上？”

张红旗心里痛了一下，不悦地扭过脸去：“我可没求别人帮忙。”

“好好好，”那男生却被她逗笑了，“求求你看在校友的份儿上快点儿查，我盘缠快不够了，回去之前还得修修车。如果不是必须赶紧动身，我应该多打两个月的工，买辆像样的日本车……”

“查到了怎么告诉你？”张红旗忽然又想起一件事，“还有，我还不知道你叫什么呢。”

“董洋，九七届电子系的。”那男生又说了他的手机号。

对于张红旗来说，在美国遇到校友并不稀奇。北大的学生只要铁了心要出国，没有出不去的。但恰好碰上湖边那个吹笛子的人，就有点儿意思了。

对方托付的事儿倒不难办。她谎称想组织一个“江苏中国留学生联谊会”，到校教务办公室去查询。这样的组织多得是。一个行政人员很爽快地敲了敲电脑，向她提供了一份不触及隐私的中国留学生人名表。至于是不是江苏人，美国人也才懒得关心呢。

在资料表的最后一栏，果然写着“米茜”这个名字。名字后面的资料显示，她是社会学系的，和张红旗同年入校，但住址和电话却没登记。

张红旗只好又跑到社会学系，说了同样的借口。而听到“米茜”这个名字后，那边的教务疑惑地说：“找米小姐？她已经被开除了。”

“被开除了？”张红旗诧异了一下，“为什么？什么时候？”

教务又在电脑上敲了敲：“事实的情况是，她从来就没来上过学，一个学期下来的考试成绩都是零，我们只好开除了她。她也不是中国国籍，入学的时候就已经是美国人了。而且，这位米小姐也没有申请过奖学金，全额缴了学费。”

“她父母是美国人吗？”张红旗受人之托，只好盘问到底。

"不是。父母都在中国。"

一个女孩，在美国没有亲属而又入了美国籍，这种情况倒真少见。张红旗忽然想起了什么。

"入学的时候，她登记过住址吗？哪怕是临时的。"她问。

"有一个，不过估计早就搬家了。电话也换掉了，我们联系过她，根本打不通。"

教务把地址在一张白纸上，递给张红旗。她扫了一眼，眼睛顿时瞪圆了：就在自己公寓的楼下。也就是说，那个开保时捷的女孩名叫米茜。

张红旗没想到会有这么巧的事。她又想起自己以前对楼下女孩的猜测：一切都是那么吻合。那么，假如自己的猜测是正确的话，董洋知不知道米茜的底细呢？他和米茜究竟又是什么关系呢？

但这个时候，张红旗的一贯原则又发挥了作用：别人的事总归是别人的，自己好奇又有什么用呢？

于是，她抱着"完成任务"的心态，给董洋打了个电话。她把米茜的地址告诉了他，但没说自己也住在那栋公寓。

"多亏了你。如果没有你帮忙，我这几千公里可能白跑了。"董洋诚恳地致谢。

"没什么。你在别的地方，不也有校友请你吃饭吗？"张红旗淡淡回答，"都是举手之劳。"

第二天晚上，她的公寓楼下果然响起了笛声。这次就不是《扬鞭催马运粮忙》了，换了一首悠扬的南方小调《渔舟唱晚》。张红旗到窗口望望，敞篷破福特就停在公寓门口，董洋换了身新衣服，正在一边吹着笛子，一边向楼上望呢。

现在的笛声，就只属于一个人了吧。张红旗自觉地拉上了窗帘。但笛声仍然清晰入耳，就连来来往往的汽车都无法将它盖住。过了一会儿，笛声消失了。再过了半分钟，楼下的门响了一声。

一连一个星期，张红旗每天上学回家，都会在楼下看见那辆破福特。但第二个星期一，车子消失了。董洋已经回加州去了吧，他毕竟不敢像米茜那样，把学校彻底扔到脑后。

或许米茜和他一起走了？张红旗想。如果真是这样，倒不失为一个完美的故事啊——就像电影里演的那样。

但生活不是电影。又过了些日子，张红旗在楼道里见到了米茜。她“哎”了一声，险些叫出对方的名字，但赶紧闭住嘴：她们还没互通过姓名呢。

米茜却像根本没见过张红旗似的，径直从她身边走了。她的脸色更憔悴了，而且煞白，显然许多天没出过门；连衣服也不好好穿了，名牌外套皱巴巴的。

张红旗颇为失落地回了房间。她不禁想：看起来，他们也不幸福。这一对，又是谁辜负了谁呢？

她没想到，这是自己最后一次见到那个叫米茜的女孩。

又过了一个多月，张红旗晚上回来，上楼时看见米茜的门开着，门口居然站着两个警察。她的心怦怦狂跳，想看又不敢看，快步上楼。

但还没走两步，警察在身后叫住了她："小姐，打搅一下。"

她回头，有些迷惘地看着那位爱尔兰裔警察。

"你楼下的这位小姐出了事，你是她的邻居，又是中国人，所以能不能回答一些问题？"警察彬彬有礼又例行公事地说。

张红旗点点头，但还是继续往上走。她不想在米茜的屋里说。

而警察刚跟上楼，她就问："她怎么了？"

"出了交通事故，已经去世了。"警察沉痛而例行公事地说。

张红旗头一晕，几乎站不住了。她用手撑住门。

警察随即问："你跟她很要好吗？"

"只是邻居。"

张红旗把自己和米茜的几次接触转述给警察。只是平白的、毫无任何立场的描述。但听到"春节时一起喝过酒"时，警察"原来如此"地"哦"了一声。

"她是——怎么出的事？"张红旗问。

"超速驾驶，超车时和对面的一辆轿车相撞。撞车的时速达到一百英里，开的是一辆保时捷跑车。事后我们在她身体里发现了大量酒精，车里还有破碎的威士忌瓶。"警察说完又问，"问题是，我们现在还找不到她的家人。"

张红旗登时想到了董洋。警察走后，她拿出手机，找出董洋的电话，拨了过去。

两天后，张红旗刚出门就看见了董洋。他正坐在公寓门口的台阶上发呆。这一次，楼下没停着那辆破福特。他大概是坐昨晚的红眼航班来的。

“原来你就住在这里。”董洋口气平淡地说，脸上看不出任何表情。

张红旗默默地点点头。

“我已经去过警察局了。该办的手续也办了。”董洋又说。他好像在向张红旗做汇报。

“还没吃早饭吧？”张红旗说。

两个人来到街角的麦当劳餐厅，但谁也没叫吃的，只要了两杯咖啡。

“我们是高中同学，认识了也有十年了吧。”董洋喝了一口咖啡，慢慢地讲起来。他的声音仿佛从很远的地方传过来：“高中时候的好感，你大概也明白吧？当时我学习很好，是公认的优秀生，当然也是老师的重点保护对象。而她呢，大家都觉得她是个没脑袋的阔小姐，只知道买衣服、追名牌，肯定考不上大学的。后来我们都知道，她父亲是市里一个不小的领导，家里的亲戚都是做生意的。按说我们两个人，应该像平行线一样，但也不知道为什么，偶然打过两次交道，就忽然觉得对方有意思。这个有意思是什么感觉呢？就是觉得除了跟这个人在一起，跟别人都没意思。在一起也不一定要说话，连所谓的共同语言都不需要，却莫名其妙地觉得舒服……”

“这我知道。”张红旗不禁插话道。

董洋轻轻看了张红旗一眼，继续说：“但我们那时并没好上。我们那地方的升学压力非常大，比你们北京的大多了——听口音你是北京的吧？后来我就上了北大，再后来听说她也来了北京，在另一所大学读书。她父亲为了让她读大学，好像很花了一些钱。在北京的校友联谊会上，我们重新见了面，就在一起了。然而没过半年，她忽然就出国了。”

张红旗脱口而出：“投资移民？”

董洋又看了张红旗一眼，点点头。他又喝了一口咖啡：“是她父亲安排的，她也不能不走。你们都说听过我在湖边吹笛子，其实这习惯是在那时候养成的。”

怪不得那首《扬鞭催马运粮忙》听起来却很忧伤。张红旗忽然想：他也不知道换一首曲子。太不搭调了。

“过去学笛子的时候，就没练几首曲子，偏偏那首吹得熟。不过说来，那首曲子倒很适合她，”董洋像猜到她在想什么了，“认识的人都说，她来美国，是为了给家里转移资产的——真是他妈的扬鞭催马运粮忙呀——还是说我们的事儿好了……在分开的时候，我对她说：你等我，我到美国找你。她呢，好像也挺高兴。后来我就考托福，考GRE，终于拿到奖学金，去了加州。但你也知道，研究生刚入学的课程很紧，我就一直也没时间找她。但前一阵，从国内的朋友那儿辗转听说，她家出了事儿……”

“是她父亲吗？”

“对，双规了。上面把证据掌握得很清楚，判刑恐怕是迟早的事儿，就连她母亲都脱不了干系。”

张红旗想起米茜的母亲——也就是那个客气得近乎谦卑的老妇人：“我见过她母亲，看起来人很好的样子——”

“她父亲也是。看起来不好，能做上官吗？她家里的事儿在我们那里闹得很大，几乎全市的人都在传。知道我们俩的事儿的朋友还替我庆幸，说什么当初幸亏没和她在一起。但我想：这时候如果再不来找她，以后就不好说见不见得上面了……”董洋说到这儿，顿了顿，“非要开车来，其实也是为了她，我想带她出去旅行一次。换个环境，她的心情没准会好一些——听起来还有点私奔的意思吧？就像美国公路片里的末路鸳鸯。”

“可她还是没跟你走……”

“她拒绝了。她像变了个人，脾气古怪得要命，除了买吃的，连门也不出。好像把自己关在小房间里，她才觉得安全。我就对她说：跟我去加州吧。她却嘲笑我太幼稚了。后来一想，我的想法确实太幼稚了。”

“也不是。”张红旗安慰似的说。

“我和她待了一个星期，不得不回去了。分别的时候，她很伤心，抱着我哭了半天，但后来突然又推开我，恶狠狠地说：你走吧。当时，我嘴里虽然说还会来找她，心里却很绝望。但我最终还是走了。再后来，我就接到了你的电话，听说她出事了……”董洋忽然用力地抱住头，“什么酒后交通事故，那明明就是自杀，我早就看出她的心理不正常了，当初为什么还要离开呢？如果我在她身边，她应该不会做这种傻事吧。”

张红旗却忽然生出另一个想法。她想：也许米茜原本不想死，她是见到董洋之后，才做出了那样的决定。与注定无法厮守的恋人相聚后结束生命，这行为有种绝望的凄美之感。

但她随即被这个猜测吓坏了：如果是那样，自己不也成了促使米茜自杀的帮凶了吗？这个逻辑的链条太过残酷，是他们——生者和死者——都无法承受的。

而眼前的董洋已经在流泪了：“过去在湖边吹笛子，我总是边吹边想：会不会有伤心人跳湖呢？而且，后来我确实也见到过跳湖的人……也是一个女生……但我前些天怎么就没想到，米茜也会这样呢……只不过不是跳湖……”

张红旗无言以对。

几天后，她和董洋为米茜举行了极其简短的葬礼。到场的只有他们两个人，连牧师都没有。空中连云都没有一朵，北美的蓝天明媚地闪着光，风从墓碑间穿过。

董洋为米茜盖上两抔土，后面的事情就由殡仪馆的专业人员去完成了。在米茜的墓碑上，他要求刻上这样一句话：有人深爱过她。

两人默默地在碑前站了会儿，董洋先转过身，和张红旗握了握手：“我走了。”

“回学校吗？”张红旗说。

“是啊。”他答道，“否则还能去哪儿。”

张红旗说：“再见。”

董洋突然问她：“你毕业后去哪儿？留在这儿还是回国？”

“这儿有什么意思。”张红旗说，“估计是回去。”

“我也回去。”董洋说，“那国内再见吧——也许。”

“也许。”张红旗说。

回公寓的路上，张红旗的心情固然是沉重的。她也自然地想到了陈星：假如她也死了，陈星会千里万里地来看自己吗？他会不会为当初的分手而后悔呢？

到了公寓，她拿起笔，继续给陈星写信。一切如常，就好像生活中并未有过什么插曲。

18 吊在空中

大洋彼岸，长河以南，也有一个迷惘的人。

陈星叼着一颗走私“万宝路”，孤零零地坐在二十层高楼的楼顶外沿上。一边抽烟，他一边看着楼下逐渐聚集起来的人群。不时有人对他指指点点，或者扯着嗓子喊句什么。但因为坐得太高了，根本听不见。

在这个闷热的城市，只有高楼大厦的顶端才是凉爽的。风呼呼地吹过，钻进陈星的腰间和胸口，把他又脏又破的T恤衫吹得鼓起来。

楼下围观的人越来越多，像发现了半块糖的一群蚂蚁。陈星站起来，活动活动腰腿。他面前的半步，就是几十米的高空，下面的人们不免轰然一声。

跳吧。他想。

于是他一闭眼，直愣愣地蹦了下去。

楼下的人们又是轰然一声，却见陈星正在慢悠悠地下坠，中间不时停住，朝他们招招手。

“吊微亚啦！”有人失望地喊道。

陈星在空中炫耀性地徘徊了片刻，忽然从背后掏出一只高音喇叭，对人们起高呼口号来：

“神兵牌缓降器！危难关头显身手！高楼火灾的必备逃生用具！一旦拥有，永不担心！”

可是口号还没喊完，一辆蓝白相间的警车就呼啸而来了。警察也掏出一只高音喇叭，对挂在七楼和八楼之间的陈星高喊：“你干吗呢？”

“推销呢！”陈星理直气壮地回答，“神兵牌缓降器！”

警察看看群众，得到肯定的答复后，哭笑不得地向上喊话："下次把公司招牌打出来，别他妈的搞得像跳楼一样！"

继承消失的叔叔的遗志，推销"神兵牌"缓降器，也是没有办法的办法。

在此之前，陈星已经不知被多少家公司拒绝过了。那些天，他每天早上都要跑一趟"人才市场"，把空缺职位的单位地址、电话抄回来，然后一个一个地联系。下午，他便钻进那些亮闪闪的写字楼，和天南地北的求职者一起排排坐，等待所谓"人事经理"的召见。

因为他的衣服太脏太破了，每当他走进面试的房间，办公桌后面那个又白又胖又斯文的家伙总会一愣：

"你确定是来见工的？"

对方大概觉得，陈星的这副德行，肩头应该再扛上一只塑料水桶才合适。而接下来的对话，就几乎是千篇一律的了：

"有会计师资格证吗？"

"没有。"

"有英语六级合格证吗？"

"没有。"

"大学毕业证呢？"

"搁家里忘带了。"

"你是哪个大学的？在教育部的网上查查也行。"

“社会大学。”

一分钟后：“不好意思，别说你了，连你们学校都没登记。”

这样的对话重复了无数次，终于让陈星明白，他别想侥幸找到一份所谓的“正经差事”。身强力壮、和地痞流氓打架时无所畏惧的陈星，这时却感到自己无比孱弱。

街边的小门脸也有招聘的信息：招大工、招小工，招木工瓦工水泥工。难道他真要去那种地方混饭吃吗？对于他来说，那就像另一个世界。

就这么耗了些日子，陈星盘点一下兜儿里的钱，感到了实实在在的危机。别说从家里带来的了，就连叔叔给他留下的那个信封，都已经薄了不少。再这么下去，真要在社会主义国家里挨饿了。回去还是留下呢？他坐在房间里的地铺上，抽着烟犹豫。

想了一整天，他的脑袋都疼了，到最后，干脆掏出一个硬币来。正面回去，背面留下，就这么决定吧。于是他把硬币往上一抛，没想到它叮当一响，滚了一圈，居然钻到房间正中央那堆破纸箱子的缝隙中去了。

为了深刻领悟上苍的意图，陈星只好把那些箱子搬开，找硬币。没想到这一搬，看到了箱子侧面的“神兵牌缓降器”几个大字。因为叔叔太不靠谱了，陈星对这些东西本身也失去了兴趣，以至于长期以来共处一室，却当它们不存在一般。而这时，他突然动了心思：这么多现成的存货，如果都卖出去，可是不小的一笔钱呢。叔叔当初没有把它们卖出去，并不说明他也不能啊。

在这个时刻想到了这条出路，未尝不是上苍的某种暗示。

陈星激动地把箱子拉开，露出了下面的硬币。真的是背面，留下吧。

就这样，陈星单枪匹马地走上了推销缓降器之路。但是鉴于叔叔的失败，他没有像一般推销员一样，到各大公司臭不要脸地敲门。既然要搞，就搞出点名堂来。豁出去算了。

要想吸引眼球，自然没有比现场演示更好的办法了。

但决定了这个推销策略后，陈星不禁对“神兵牌”缓降器的产品质量忧心忡忡了起来。万一哪个关节掉了链子，那可就真成跳楼了呀。他的脑海里浮现出自己从几十层高楼上自由落体后的景象：摔得好像一摊鼻涕，需要清洁工人撒上煤灰，用簸箕搓走。

按说，他应该找个对缓降器质量心里有数的人问清楚才好，可惜那个人就是不靠谱的叔叔。这个人现在在哪儿呢？也许正在某个地图上都没有的小镇上躲着，拎着一瓶白酒继续勾画美好蓝图呢。

陈星又按照纸箱上的号码，给代工生产的厂家打了电话。谢天谢地，居然不是空号。那是一家专造钢丝绳的乡镇小厂。

“坚如磐石啦，我们的口号就是，给我一个杠杆，可以吊起整个地球！”电话那边把胸脯拍得当当响。

“我问的不光是钢丝绳，”陈星打断对方的宣传，“我是说，你们是不是代工过一种叫神兵牌缓降器的……”

“你跟那个公司是什么关系？”对方警觉起来。

“没什么关系，我就是用户，想了解了解质量。”陈星赶紧说。

“不敢保证啦。”对方干脆地回答，“那个王八蛋还欠着我一笔工钱呢，我倒希望摔死两个才好，反正责任都是他的。”

因为心里没底，在登上二十层高楼顶端之前，陈星还在自己住的五层楼上做了两次试验。还好还好，看起来问题不大。

然而真的站在几十米高空，看到楼下的汽车都像蟑螂在爬，他还是心提到了嗓子眼。从五层楼降落所需的时间毕竟很短，而这东西能不能支撑五倍以上的时间，就不好说了。

陈星跳下去之前，脑袋里的最后一个念头是：不靠谱的叔叔，求求您千万靠谱一回吧。

因为总对“神兵牌”缓降器抱以不信任的态度，陈星每次高空降落后，都会产生一种劫后余生之感。

令人振奋的是，房间里的纸箱子也在逐渐减少。他每天跑两个小区，上下午各做一次现场演示。几乎每次演示完毕，都会有五六个人上来询问价钱，一两个掏钱购买。

陈星清点了一下缓降器的总数，一百五十六个。假如按照一千块一个的价格把它们卖光，总共可以收入十五万六千元。而因为叔叔已经跑路了，这笔买卖可以说是无本万利的。

我的天哪，陈星被估算出来的数目吓坏了。他可从来没想象过自己会有那么多钱。

这段时间的运气还真是好。一天下午，他结束了一轮推销，有个戴眼镜的男人忽然叫住了他。

“神兵牌缓降器……”陈星习惯性地对他说。

但那男人打断了产品介绍，而是询问他进行现场演示的时间和地点。

“随机，一般是住宅楼，哪儿人多往哪儿凑合。当然也要征得物业公司的同意，有时候还得交点儿手续费……”陈星不清楚对方的来意，迟疑着回答。

那男人问他：“想不想搞点儿别的副业？”

原来对方是一家连锁影城的推广部经理，他看见吊在半空中像虫子一样乱扭的陈星，也被激发得“灵机一动”了。

两天后，陈星以全新的面貌出现在了高楼大厦之间。他穿着一身酱红色的紧身衣，连脑袋都蒙住了，只露出一双眼睛，远远看去，好像半空中挂着一块“王致和”。一边顺着楼梯外沿缓慢下降，他一边摆出各种古怪的造型：时而左顾右盼，时而奋力飞翔。这些都是影城的推广部经理教给他的。

下降到七八层的高度，确定楼底下的人可以看得真切了，他忽然用手在屁股上一扯，拉动了什么机关，一条巨大的横幅凌空扑棱棱抖下。横幅上写着：

全新引进大片《蜘蛛侠》

Spiderman

美美国际影城震撼上映

这样一搞，围观的群众远比以前多。甚至有些无所事事的家伙还在下面鼓起掌来："好！好！"而且不知从哪儿窜出几个戴黄帽子的小青年，他们挥舞着一叠电影票，叫卖起来："现场售票，一律六折！"

陈星也不歇口气，立刻加入战团："神兵牌缓降器！危急时刻的好帮手！"

等到人群终于散去，那个影城推广部经理凑过来，满意地递给陈星一张电影票："效果挺好，就是表演还不够到位。晚上认真看一遍片子，学习一下。"

就这样，陈星有了推销缓降器之外的第二份工作。每当电影院有新片上映，他都会领到一身新行头，以稀奇古怪的姿态出现在高楼之巅。那几个月，他曾扮演的角色依次是：木乃伊、超人、一只蚂蚁、大象、秦始皇。

渐渐地，他竟然小有名气了。一天早上，他刚在早茶店吃完皮蛋瘦肉粥，卖粥的小姑娘忽然指着他叫了起来："你不是那个秦始皇吗？"

他从小姑娘手里接过一张报纸，第二版上竟然有自己的小照片：

吊在空中，手握长剑，面目狰狞，生动再现了一代伟人的光辉形象。

上了报的陈星有些飘飘然，胡噜着后脑勺说："被认出来啦，被认出来啦。"

他想告诉小姑娘，自己何止是秦始皇，还扮演过蜘蛛侠、木乃伊……呢。只可惜大多数角色需要把脸裹住，人民群众看不到。

就在被影迷认出来的当天，好运气又来了。那天刚一收工，影城推广部经理气喘吁吁地跑过来问他："你卖的那个什么什么——"

"缓降器。"陈星说。

"多少钱一个？"

"一千。"陈星想，是不是电影院要采购一批？这个经理真够意思。

对方干脆地说："六折卖不卖？"

"卖。"陈星不假思索。别说六折了，五折都卖，反正成本为零。

"我先来十个。"

没过几天，这家伙又火急火燎地买走了十个缓降器。

直到又过了两个月，陈星才后悔得直拍大腿。如果他那时够聪明，完全可以狠赚一笔的。可惜，当时的他已经很高兴得屁颠屁颠的了：缓降器销售旺盛，每天为影城做完空中表演，还可以拿到几百块的红包——他王老五已经没见过那么多钱了。

意识到自己错过了机会，是在一天早晨。那天，推广部经理以无比荒唐的形象出现在他面前：他高举着一泡直径达到两米的大便，气喘吁吁地向他跑来。陈星都看呆了，他想，那么大的一泡大便，怎么没把那家伙压死。而推广部经理来在近前，这才看清，是一泡塑料泡沫雕塑而成的大便。就是，即使是大象也拉不出这么巨型的大便啊——况且形状还那么完美，顶端有一个尖儿。

“你们准备上映时传祥的故事吗？”陈星不解地问。

“不不，”推广部经理说，“这是影城以外的活儿，上海那边儿的实验话剧《我是一泡屎》。”

推广部经理说着，攥住大便的那个尖儿，一揪，露出刚好能钻出脑袋的洞：“钻进去。”

当天上午，陈星上演了自己从业以来最丑的一幕：他变成了一泡长出四肢的大便，在城市的上空缓缓下降。那个样子，让人怀疑云层深处隐藏着一只同样巨大的肛门，正在朝这个南方城市拉屎。不巧的是，降落到十层楼的高度，突然刮起了一阵大风，吹得大便凌空摇摆起来，好像在荡秋千。陈星藏在大便里，被晃悠得直想吐，但还必须通过安装在大便里的高音喇叭，声嘶力竭地喊出推广部经理交代的台词：

“我是一泡屎！”

脑袋里面乱糟糟的，却有一个念头忽然闪过：影城的推广部经理给实验话剧团干活儿，应该算副业吧。

他不知道，与此同时，深圳起码有十座高楼上都悬挂着相同的大便。同样的喊叫声在这个城市此起彼伏：

“我是一泡屎！”

毋庸置疑，影城推广部经理在深圳打拼多年，他很有经济头脑。当陈星只满足于卖出缓降器和拿红包的时候，这家伙迅速成立了一家“高空传媒有限公司”，利用从陈星那儿收购过来的缓降器，拼凑了一组乌合之众，专门代理各种文艺演出的广告。

他甚至把“以缓降器从事广告宣传”这一发明申请了专利，并在报纸上打出了“诚邀加盟”的启示，把业务推广到了深圳的周边城市。每拿到一笔加盟费，他就从陈星那儿收购十个缓降器，再以五千元的高价出售给其他城市的连锁公司。

而这个商机，本应该是陈星的啊。想到这一点，他非常沮丧。自己不光不是上学的料，现在看来，也不是块做生意的料。好在推广部经理还算仁义，人家没有把他和其他打工仔一视同仁，每次高空降落，都会给他一个格外大的红包。靠这笔收入，陈星不光能继续住在那套破房子里，还买了几样简单家具，把日子像模像样地过起来。再加上出售缓降器的几万块，这趟深圳之行，已经算收获颇丰了。

“你还年轻，只要用心学，机会还多呢。”推广部经理拍着陈星的肩膀说。

陈星无话可说地眨眨眼。

手头有了点儿钱之后，陈星立刻买了一台全新的松下牌“评书宝”。这可能是他唯一需要的家用电器了。每天晚上回来，把自己的专用缓降器（硕果仅存的一部了）往地上一扔，他就立刻抱起那东西，仔细地调整频率，搜索中央人民广播电台文艺频道的节目，倾听侯宝林大师。因为深圳的地方台没有相声栏目，每当中央台的段子说完了，他的夜晚就陷入了彻头彻尾的无聊。

窗外的灯红酒绿也和他全没关系。在这样的夜晚，他常常坐在床头，像个鳏居的老人一样发呆。坐到深夜，不免一声叹息。

临睡觉前，陈星脑袋里浮现出的，总是自己和张红旗刚刚“在一起”那天的景象。那时，整个儿天空与大地都是金黄的。

自己后来狠心说出分手，张红旗无疑是非常伤心的。她的痛像从大洋彼岸穿了过来，留在他心上。

而以张红旗的性格，分了手还给自己打电话，又是一种多么难能可贵的精神呀。只可惜，时间太不凑巧了，每次手机响起，他都吊在半空中呢。虽然已经经历过无数次高空降落，但看着百米以下的人们做着无规则布朗运动，陈星仍不免紧张、头晕、想吐。这种时候，又怎么可能全神贯注地和张红旗说话呢？所以每次，他都只能敷衍她。

“你在哪儿呢？”

“北京？”

“北京哪儿？”

“人大西门。”

也不知为什么，陈星从未告诉过张红旗，自己来深圳了。隐瞒这件事情又有什么意义呢？是怕她担心，还是不想让她知道自己过着多么荒诞的日子？他的脑袋是乱的，但思念却是真实、清晰的。思念让他彻夜难眠。

于是，终于在一个晚上，陈星“腾”地从床上弹起来，出了门。他快步穿过几条街道，找到了一家买文具的小商店。这儿的顾客大概都是小学生，没有标准的横格信纸卖，他便夹着一叠有香味的印花书写纸回到住处。

在黄惨惨的十五瓦灯泡下，陈星盘腿坐在地上，开始给张红旗写信。他已经不知多久没用钢笔了，还没凑足两百字，右手竟然酸痛得很。他本想甩甩手，竟然把钢笔里的墨汁也甩了出来，在信纸上留下一道黑黑的墨点。

他不禁“啊呀”一声，惋惜地看着装帧精美的印花书写纸。

按说应该换一张纸，重新誊写才是。但陈星转念一想：就算写完了，他会把这封信寄出去吗？

或者说，刚才那样冲动地跑出去买纸和笔，并非真的想给张红旗写信啊。他只是需要诉说，需要对心里的那个张红旗滔滔不绝地诉说。

他不再顾及那些墨迹，一鼓作气地写了下去。

陈星端坐在肮脏的地板上奋笔疾书。他告诉心里的那个张红旗：自己当初狠心地和她分手，看起来的确不可理喻，够孙子够王八蛋的，但他也有他的苦衷。虽然几乎整个大学时代，他们都泡在一起，但他的内心深处，却总感到他们注定无法长久。说句流氓用语：裤裆里放屁——两岔儿的。为了这个原因，他和她在一起的时间，总是伴随着焦虑与忧郁。可是没想到，一旦真的分手了，他并没有突然轻松下来的感觉。甚至连怅然若失也没有。他只感到心里有个伤口，被不断撕开又缝上，缝上又撕开。

感觉无法在一起，却又忍受不了分离，这种感觉太痛苦了。也许是出于这个原因，他才决定到这个完全陌生的地方来吧。

接着，他便详细地讲述起自己在深圳的生活，以及每天夜晚是如何想念她的。

不知写了多长时间，他的腰和颈椎都疼了，只好停下来，伸了个懒腰。这时，他心里既非常空，又非常满。感觉竟然很舒畅。

窗外逐渐发亮，陈星想，明天再继续吧。反正也不着急，反正他也不打算把信寄出去。

从这天起，陈星养成了给张红旗“写信”的习惯。每天下班之后，他便急匆匆地回到家，一边吃饭，一边盘算着该写点什么。等到中央人民广播电台的相声节目结束了，他便盘腿坐在床前。尽管这种坐姿极其不舒服，但他却从未考虑买一套桌椅，就像他没考虑过将信寄出一样。他要的只是写——因此，也往往写得缺乏计划性，有些信写得极其长，满满七八页的流水账，并且还有接着流下去的趋势；看看实在不像“一封信”了，陈星便会把它戛然而止，另起一页，从

“张红旗和冒号”重新开始。还有的时候，他想来想去，也觉得没什么可说的，干脆就把刚刚听到的相声记录下来，与张红旗分享。这种“相声摘录”或“侯宝林大师语类”也占据了相当厚的一沓信纸。

作为一个长年孤独的人，陈星一直在用孤独对抗孤独。

日子就这么在半空中流走，在信纸上流走。那年春节，因为低估了中国春运的恐怖程度，他没买到回北京的车票，只好独自吃了一锅涮羊肉。

电磁炉的功率过大，一斤羊肉没吃完，电闸跳了三回。接完保险丝，他给北京的父母打了个电话。他仍然告诉他们，自己在公司做销售。为了证明这一点似的，他向父亲提出，给家里汇点儿钱去。

他父亲想也没想就拒绝了：“你能把自己管好就行。”

一年没见，父母的声音仿佛老了很多。他们的样子也一定变老了吧。陈星叹了一口气，开始收听广播里的春节联欢晚会。但没听多会儿，他就把收音机关了：现在的晚会相声根本不能听。于是他又盘腿坐在窗前，开始写信。

这天，他写在纸上的第一段话是：说来也有快两年没见面了吧，不知道你的模样变了没有。我也常感到害怕，怕忘了你的样子。

一转眼，开了春又立了夏。

这段时间，陈星明显感到了街上的变化。首先是人少了，过去闹哄哄的快餐店，如今晚上七八点钟也没几个人坐着。公共汽车也一下子空了，售票员都无精打采的，连站都懒得报了。街上的霓虹倒是照常亮着，但因为商店里没有人，越是灯光璀璨的地方，就越显得寂寥。

越来越多的人戴上了白口罩。因为天热，许多人呼吸都困难了，喘气的时候，白口罩一鼓一鼓的。还有的口罩造型很特殊，高高地隆起来，罩在脸上好像一只猪鼻子。据说那是从香港带过来的高级货，学名N95。

那天，陈星到街口的快餐店吃烧鹅饭。因为常去那儿，点菜的小妹子都认识他了。那姑娘也罩上了厚厚的口罩，她警惕地看着陈星，闷声闷气地说：

“你怎么不戴口罩？”

“国家规定戴了吗？”陈星反问她，“不戴警察抓吗？”

小姑娘不可理喻地瞪了他一眼：“你不知道吗？非典来啦。”

“广播里说了。”

“那你还不怕？”

“怕也没用。我也不往人多地方扎。”

“你的胆子太大啦，怪不得你能干那份工作。”小姑娘也见过他挂在半空的光辉形象。

过了两分钟，一盘无比丰盛的烧鹅饭摆在了陈星面前。足有整整一只鹅，盘子都快装不下了。

“怎么这么多？”陈星往嘴里塞着肉问。

“没人出来吃饭，反正也卖不出去。”小姑娘又瞥瞥他，“也算我送你的礼物。”

“什么意思？”

“明天我就回老家啦。这地方不能待，万一得了非典怎么办——你不走？”

陈星想了想：“不走。这操蛋非典要是真那么厉害，扩散到北京也是早晚的事儿。”

这天上班时，他的老板——原来的影城推广部经理激动地拍着他的肩膀说：“还是老员工对公司忠诚，这时候还来上班！”

那家伙说完，掏出一个小小的红包，塞进陈星手里：“一路顺风！”

“什么意思？”陈星问他。

“你不回老家吗？公司停业啦。”推广部经理说，“演出什么的都取消了，我们还做他妈的屁广告呀。别人都跑了，今天来上班的就剩你一个了。”

“那你也——回老家吗？”陈星忽然想起，他还不知道推广部经理是哪儿的人呢。这家伙在外面混得太久，乡音早已改了。

“这里人心惶惶的，我也好怕怕哦。”对方嬉皮笑脸地说，“不过我不走，因为还有商机。”

说着，他突然从口袋里掏出一只口罩，挂在嘴上。口罩上印着两个英文单词：fuck sars。

“怎么样？有创意吧？这是我开发的文化口罩，还有很多图案呢。”他说着，又从身后拿出一只塑料袋，里面全是口罩。口罩上的图案花样百出：有的写着“no kissing”，有的是一只巨大的红嘴唇，连hello kitty的卡通形象都有。

“不过我就不能带着你一起做啦，卖口罩利润太低。”推广部经理补充了一句。

“哦，好吧。”陈星点点头。他和推广部经理道了别，拎着他的专用缓降器走回街上。到处都是口罩，只有他一个人没戴，那感觉竟然像在裸奔。他想：要不还是回北京去好了。工作都没了，他已经失去了“混在这里”的理由。

于是他回到住处，草草收拾了一下。除了换洗衣服和“评书宝”，他也没什么家当了。如果说积攒下了什么，那就只有给张红旗写的信了：厚厚的一大沓，整整齐齐地码在床头。他找了个塑料袋，仔细地把信包好，放进帆布包的夹层里。

在这度过了无数个寂寞之夜的破房子里，他默默地抽了颗烟，便决定去买火车票了。

临到出门，他才想起来：他妈的，自己还有一张存折呢。经过舍命推销，再加上影城推广部经理的收购，他把叔叔留下来的缓降器卖光了。他赶紧折回来，掀开褥子找到存折，长嘘了口气，把它揣进兜里。

陈星出了门，直接去银行，把存折里的钱取了出来。算上利息，总共有五万多块。还是那句话：他王老五哪儿见过这么多钱啊。他拍拍装钱的信封，打了辆车，努力回忆着一个地址。

一会儿，神色紧张的出租车司机把这个没戴口罩的年轻人送到了一个小区门口。因为外来务工人员的集体返乡，这儿已经没有保安站岗了。陈星凭着记忆，敲错了两次门，才找到叔叔曾经住过的那套房子。

出乎意料，这次是那个胖胖的小男孩开的门。一年没见，他更胖了，站在门里，仿佛比门框还宽。这家伙似乎也变得聪明了一点儿，看到陈星没戴口罩，立刻捂住了鼻子，随即就要关门。

陈星赶紧顶住门，一边跟胖子较着劲一边问：“你妈在吗？”

胖子明显力气不支，没两下，门就被陈星顶开了。但傻小子却欣喜地叫起来：“爸爸爸爸！”

“还是不敢当。”陈星无可奈何地摇摇头，“你应该明白：有奶的不一定是娘，有劲儿的不　定是爹。”

这时，胖子的妈妈才从里屋跑了出来。和儿子相反，她还是那么干瘦，腰上系着围裙，大约正在做饭。

“别闹别闹，到里面玩去。”那女人训斥着胖子，长长地凝视了陈星一眼，把他让到屋里。

“还没吃饭吧，我煲了汤。”女人口气平淡地说完，转身去了厨房。没一会儿，她端出一罐汤来。

陈星和胖子肩并肩地坐在桌旁，每人喝了一碗汤。那女人又要给他们盛。陈星说："不用了。"

胖子却响亮地叫喊："还吃！"

那女人不由分说，又给他们一人盛了一碗，然后也在桌边坐下，问陈星："你要回去了吗？"她看看陈星背上的帆布包。

陈星点点头。

"回去好，不要让家里操心。"女人又露出哀怨来。

陈星问她："我叔叔回来过吗？"

女人摇摇头。

"有没有消息呢？"

"打过两个电话，说什么他在外地混得不错，又开始做生意了，但说来说去，还是让我给他汇钱。"女人叹了口气，"我是不会再信他了，而且也没钱了，过去欠人家的还没还清呢。"

两个人沉默了一会儿，就连胖子都不说话了，埋在汤碗里瞥瞥他妈妈，又瞥瞥陈星。

陈星挠挠后脑勺，打开帆布包，把刚取的钱拿出来："这个给您。"

那女人惊异地望着陈星。

"也算我叔叔挣的。"陈星说，"我把他留下的那些缓降器卖出去了。您留着，他什么时候回来，让他自己把债还了。"

那女人的眼里有了泪光。她把钱塞给陈星，语无伦次地说：

“你就别管他了……拿这些钱做个稳当的买卖去吧……你比他强多了……”

陈星重新把钱放到桌上：“我也不爱做生意。”

他说完，背上帆布包就出门了。那女人抹着眼泪跟出来，目送他下楼。

19 不是私奔

在路上，陈星摸摸自己的口袋，还剩下差不多三千块，恰好和来深圳时带的数目一样。这次南下，没亏没赚，虽然操蛋了点儿，但也算画上了一个完美的句号吧。这么想着，陈星无声地笑了笑。他可以去火车站买票了。

可是没走两步，他的手机忽然响了。

是影城推广部经理：“你在哪儿？还没走吧？”

“怎么了？”

“最后一单生意，有个消毒液厂家出钱……”

“公司不都停了吗？”陈星感到疲倦，“我真快走了，东西都收拾好了。”

“谁会跟钱过不去啦？我给你开三倍薪水！”那家伙火急火燎地吼道，“而且是公益广告！公益的！为抗击非典做点贡献啦！”

陈星没有吭声。影城推广部经理索性拖着哭腔哀求上了："兄弟，帮帮忙吧，兄弟。"

"你自己怎么不去？"

"我恐高啦。"

"成，成。"陈星摇摇头，问了对方的位置。

十分钟后，他赶到影城推广部经理所说的那个小区。那家伙嘴上仍然捂着"fuck sars"，把一个颇厚的信封递过来："我就说嘛，你不会不帮我的。"

"什么活儿？"陈星把帆布包丢给他，"帮我拿着。"

"老样子啦。"对方塞过来高音喇叭、一身类似于"超人"的蓝衣服和一个红斗篷，另外还有一大卷楼体广告，"就是那栋楼。"

陈星无奈地抱着那一大堆东西，坐电梯登上了楼顶。固定好缓降器，他给楼下的影城推广部经理打了个电话："下去了啊？"

"再等会儿。"影城推广部经理沉着地说，"电视台的记者还没有过来。"

又过了五分钟，那家伙才奋力向上挥手："Action。"

陈星把刚抽了两口的"万宝路"迎风弹出去，纵身从二十五层的楼顶跃下。缓降器正常工作，两秒钟后，他开始稳稳当当地缓慢下降。地面上，仍然坚持上班的白领们纷纷驻足，曲项向天歌地望着他。影城推广部经理还在敬业地指挥，他手舞足蹈地乱蹦着："来点动作啦！"

陈星只好摆出两个动画片里超人的姿势：时而挥拳飞行，时而凌空搏击。又过了会儿，他把挂在楼顶的广告标语拉开，那面长旗呼啦啦地抖了下去，上书一行大字：威猛牌消毒液，健康的铁防线。

陈星突然有了一种冲动：脱掉裤子，向脚下的城市撒上一泡尿。如果换作小北，一定会想到做到的。但陈星想了想，还是算了。

可是两分钟之后，他却遇到了更加荒诞的事情。远方忽然传来刺耳的警笛声，他的目光越过几幢矮一些的建筑物，看见两辆白色的面包车正在街道上飞奔。是运送病人的救护车吗？陈星这么想，却突然发现了不对劲：那两辆车明明朝自己的脚下开来了。我操，不会吧。

果不其然，救护车在他所在的那栋楼下停住，下来几个穿着白衣服的人。他们把围观的人群驱散，随即扯起了隔离带。同时，救护车里的高音喇叭宣布：“市民们，请配合，我们要进行隔离。”

陈星吊在半空中，愣了片刻，这才慌了神。他对下面哇哇大叫起来：“等会儿等会儿！”可是穿白大褂的人哪里听得见。

他赶紧掏出手机，给影城推广部经理打电话：“你他妈让他们等会儿！我还得回家呢！”

影城推广部经理大概也很着急，他连蹦带跳地在白大褂之间跑来跑去。当又过了两分钟，他无可奈何地打电话说：“我也控制不了局面啦，要不让医院的同志们跟你解释一下政策？”

电话里一阵嘈杂，大概换到了某个工作人员的手里：“我们收到上级通知，这栋楼从两点开始隔离，届时停止一切进出。希望您能理解。”

陈星气急败坏地喊道：“可我没压根儿没进过这栋楼的房间啊！能不能让我出去？”

“隔离就是隔离。”工作人员没过脑子一样，继续铁面无私，“实在对不起，也感谢您配合我们的工作。”

陈星苦笑一声：“那你说，隔离的时候我住哪儿？总不能让我在这儿挂半个月吧？”

这个理由让对方犹豫了一下。确实也是，要是把陈星关在里面，管他吃管他喝倒还在其次，关键是让他住哪儿呢？随便动员一户人家收留他肯定不行。在这个非常时期，他人即地狱啊。

“那我向上级反映反映。”认真考虑之后，工作人员说。

陈星摇摇头，挂上电话。楼下的群众都看到，刚才还神采奕奕的超人陡然没了精神：他把斗篷扯下来，卷巴卷巴扔了出去，然后从兜里掏出一包烟，护着风点上。这个超人可真够颓废的。

好在没一会儿电话又打来了。非常时期，有关部门的效率也提高了，快到了可以凌空解决问题。工作人员问陈星：“你确定没进任何一个房间？”

“刚才不说过了吗？”陈星说，“你旁边那人就能做证。”

“那好吧，下来登个记就能走了。”

陈星吁了一口气。但他没想到，生活这时又开了个玩笑。在他降落到大楼的第八层时，忽然听到身后的玻璃怦怦响。

他回过头去，看到窗户里面，一个栗色头发的姑娘正在大喊大叫。她的口型分明是：“陈星！陈星！”

陈星马上认出了她。他的脑袋狂转了一万多圈，最后归结成一个问题：沈琼怎么会在这里？

房间里的沈琼焦躁地打开窗户，声音也像破了瓶子的水一样涌出来：“陈星，救救我！”

听到她这么说，陈星不禁扒住了她的窗台。两个人隔着窗户对视片刻，沈琼忽然露出欣慰的笑：“没想到在这儿碰到你。”

是啊，怎么也想不到会以这种方式重逢。陈星回过头，望望地面。影城推广部经理和医院的工作人员也愣住了。

过了几秒钟，影城推广部经理的电话又打了过来：“你疯了——别进去别进去进去可真出不来了——”

而沈琼正在窗子那边小声说：“救救我。”

陈星眨眨眼，两手一撑，钻进了沈琼的窗子。他没看到，就在他进入房间的那一瞬间，楼下的群众纷纷鼓起掌来。群众想到了英雄救美，想到了不弃不离，为非典时期的爱情欢呼。

影城推广部经理在电话里说：“兄弟，你他妈的还真是有情有义啊。我怎么不知道你在深圳还有个相好——”

“我也刚知道。”陈星说。

“这下谁也帮不了你啦。”影城推广部经理荒唐地笑了两声说，“我看，你就乖乖地在里面待半个月好了。你的包我帮你收着，想吃什么给我打电话，医院的同志说了能送饭。”

“谢了。”陈星也荒唐地笑了笑。

接下来，外面的事情就与他暂时无关了。他靠在窗台上，反应不过来似的看着沈琼。而她呢，似笑非笑，面若桃花。她的发型变了，不再是只露出一只眼睛的女混混式，而是染成栗色，精致地披在肩上。就像很多时尚杂志的封面女郎一样。

沈琼的音调也不那么焦急了，甚至可以说，突然变得轻松随意了：“喝点儿什么吧，我这儿有凉茶。”

她扭身走向外屋。从脚步声可以判断，这套房子的面积不小。片刻，她端着一个玻璃杯回来，递给陈星。

陈星喝了一口，还没品出滋味，沈琼却在一旁介绍上了：“不是超市里卖的王老吉，而是老字号打包回来的底料，我在家自己煮的。”

陈星还是没说话。反正他也喝不出凉茶的优劣。而沈琼好像在等着赞扬，等了一会儿落了空，便于心不甘地自我吹嘘起来：“我变得很——很贤妻良母了吧？”

陈星只好点点头。他环视了一圈房间，就得更加承认这一点了。这是间卧室，收拾得不仅齐整，而且很雅致。床盖、沙发垫、窗帘的色系搭配得非常好，地上的一盆君子兰也点缀得恰到好处。当然也看得出来，那些东西都是高档货。床头对面的墙上，还挂着一个当时很少见的液晶电视。

更有力的证据，当属床头的结婚照了。沈琼穿着婚纱，幸福地挽着一个男青年。照这种相的时候，男的一般都显得很“二”，尤其是穿着一一煞白的西装酷似八十年代华侨。但光看长相，那哥们儿还挺有味道，既不寒碜也不是小白脸，而且个头很高。

看到过去“带过一阵的蜜”嫁了人，陈星并不伤感。也真怪了，他心里连一点小波动也没有。他只是感到有些疑惑：刚才敲着窗户叫他的时候，沈琼明明是那么惊慌失措，为什么一转眼就变了副神态？他本以为她是被隔离吓坏了呢。难道她把他凌空叫进来，只是为了展示自己的幸福生活吗？难道她知道，如果不表现得很害怕，他就不会进来了吗？难道她的心思还是那么密又那么浅吗？

而沈琼则像看透他的疑惑似的，对他解释道：“你一进来，我心里就踏实了。”

她又转过身去，一边跑向厨房一边高声说：“看看我们今天吃什么？小时工上午送来的菜，看也没看就放在冰箱里了。”

这话又让陈星紧张了：难道他要和这个已婚妇女共处一室，度过隔离的这些天吗？刚才进来的时候，也太不考虑后果了。沈琼也同样太不考虑后果了啊。

他不禁问：“你——先生呢？”

“上班去了。不过现在隔离了，回来也白搭。实在不行，他只能去住单位宿舍了。”沈琼乒乒乓乓地查看着冰箱说。

现在，陈星的心情比眼巴巴地看着隔离线拉起来还无奈：这个沈琼，她的心里想的到底是什么呀。

两个人坐在羊毛地毯上，默默地对视了一会儿，谁也不再说话。过后，沈琼舒了口气，胳膊撑在身后，头发也向后披去。因为这个动作，她的胸部高高地凸了出来。

她幽幽地说："你没怎么变样。"

陈星无声地笑了笑。他问："这儿能抽烟吗？"

"抽吧。"沈琼又飞快地爬起来，到外屋拿了一个玻璃烟灰缸和一包"中华"香烟。看来她先生也抽烟。

陈星摆摆手，拒绝了中华烟，点上一颗万宝路："烤烟我抽不惯。"

沈琼又问他："这几年过得怎么样？"

"就那样。"陈星说，"你也看见了，来深圳就找着这么一活儿。不过也快不干了，准备回北京去。你呢？"

"也就那样。"沈琼若有所思地盯了他一眼，"结婚了，其实我老公你应该有印象，就是当年追我的那个高年级的男生。"

"哪个？"陈星一时半会儿想不起来。当初沈琼的追求者，都是小北帮他搞定的。

"号称为了我要剁手指头的那个。其实他学习还挺好，考上了一所工科大学，毕业以后就到这边的电信公司工作了。两年前他回北京，还专门到我们家附近转悠，说是为了见我一面，后来我们就好上了。"

“这哥们儿还挺痴情，挺好的。”陈星尽力做出由衷高兴的样子。

“是呀，谁对我都比你强。”沈琼开始话里带刺了。

陈星低下头，琢磨着：当年真有那么对不起她吗？现在还记仇。

“跟你逗着玩儿呢。”沈琼马上说，“其实我早就不在乎了。而且，今天突然看见你还挺高兴，觉得生活特别奇妙。就在隔离的当口，老公都帮不上忙，过去的男朋友倒从天而降了。”

“巧合巧合。”

陈星抽完一颗烟，又点上第二颗。不知为什么，现在他和沈琼在一起，会觉得非常紧张。而过去，他对她的感觉几乎是：视其为不存在。

“唉，求你个事儿。”沈琼看陈星不说话，突然敲敲他的膝盖。

“什么事儿？”

“带我走。”

陈星吓了一跳。他使劲眨眨眼：“你说什么？”

“别紧张，没别的意思。”沈琼轻松地说，“我就是想回北京看看，好久没见我爸了——你见过我爸吗？”

“没有。”陈星想了想说。他对她父亲的记忆，仅限于一个中年男人刚下夜班时疲惫的声音。而当时，自己正躲在床底下呢。

“怎么样？”沈琼又问他，“带我回北京吧。其实也不叫带，就是路上给我当个保镖。这时候谁也不敢坐飞机了，往北京去的火车听说也不卖票了，要走只能坐大巴，还得换车，我一个女的怕不安全。”

“那你先生——”

“他公司特别忙，根本没时间回去。你放心吧，我早就跟他说好了，不会有人说你拐卖良家妇女。”

陈星还在犹豫着，找着托词：“这楼不是隔离了吗，人家都说了，一律不让进出……”

“所以才得求你呀，要是别人还真没辙。”沈琼干净利索地打断他，用下巴撇撇窗子的方向，“用你吊在楼上的那个什么——”

“缓降器。”

“对，缓降器——我们从后窗溜下去。你放心，说是隔离，其实哪儿会三步一岗五步一哨啊？医院的人都忙着呢，除了正门有俩街道老太太站岗，楼后面根本没人看着。我们只要趁晚上没人的时候动身就行。”

陈星无话可说，不置可否地继续抽烟。

“那就这么说定了，”沈琼高兴起来，眉开眼笑，“我现在做饭去，咱们饱饱吃一顿，今天晚上就走。”

“不用这么急吧？”

“难道你想跟一结了婚的女人在这儿过夜吗？你无所谓我还怕邻居嚼舌头根子呢。”

沈琼还是这么伶牙俐齿，说到最后，也只好是他服从她的安排。

而且，沈琼还是这么热衷于说话，她到厨房准备晚饭的时候，声音仍然不停地传出来："我要切洋葱啦，我要切黄瓜拉黄瓜片儿得斜着切这才能切得薄而且均匀——你喜欢吃炒肉丝呀还是炒肉片呀——如果是炒肉片，用不用拿淀粉勾芡？"诸如此类，简直是进行一场做饭的现场直播。

她的嘴不停，手也很麻利。到了饭点儿，屋外的餐桌已经红红绿绿摆了几大盘子。沈琼正奋力地转着开瓶器，在开一瓶红酒。

"就别喝酒了吧？"陈星说。

"酒壮怂人胆，"沈琼继续努力着，"一会儿不是得吊钢丝嘛，你可能如履平地了我还头一回呢。"

而等两人坐上桌，沈琼却突然没话了。她不停给陈星添菜，真像她自己所说的，很有一副"贤妻良母"的样子。

吃完饭，沈琼打开电视："你先看会儿，我把锅碗瓢盆收拾一下。"

但陈星长这么大，根本没有看电视的习惯。他只适应闻声不见面的广播。于是，他坐在地毯上，半仰着头，看着墙上的一幅装饰画，把电视当广播听。这时也没什么节目，全是举国一心抗击非典的新闻。北京也早已人心惶惶，陈星不由得有点担心，怕到了家门口还得接受隔离。听了一会儿，他又出起了神，电视新闻也成了无意义的背景音。

这时，沈琼放在茶几上的手机忽然响起来。她一边在围裙上抹着手，一边跑过来接。但看了看号码，她立刻闪身去了隔壁房间。

陈星支起耳朵，但也听不清她在说什么。他不免觉得事情越来越荒唐，越来越让人摸不着边际了：自己竟然准备带着前女友飞檐走壁地遁形于黑夜之中——而且还不是私奔。

等到沈琼出来，他决定再探探她的口风："谁打电话呀？"

"我老公。"沈琼若无其事地说。

"干吗？"

"他说在公司加班，不回来了。"

"各行各业都快停业了，他还加班？"

"他们公司是做国外业务的，外国人可不管咱们这儿闹腾成什么样。"沈琼一个磕巴没有地说，"我也跟他说了，要回北京去。"

"他答应了？"

"那当然——他敢管我。"她做出小女人骄纵的神态。

"我觉得你还是再考虑考虑——"

"别指望我打退堂鼓——再在这儿待下去，我真会憋死了。"沈琼一边说着，一边摘下围裙，开始收拾背包。随后，她找出一身黑色的运动服，到卫生间去换。门里仍然有声音传来："这衣服的颜色行吗？在夜里不容易被发现吧？"

"应该没问题。"

"那不行，既然要开溜那就得确保万无一失，必须达到乌鸦飞在黑夜里的效果。"

南方的夏天，夜来得特别迟。他们又在屋里耗了好一会子，才等到天彻底黑了。这期间，沈琼一直在百无聊赖地看着湖南卫视的娱乐节目，陈星则继续仰着头发呆。

过了一会儿，还是沈琼捅捅他："走吧。"

"走。"陈星嘴上答应着，心里却仍有拿不定主意的感觉。

他们把屋里的灯都关了，轻手轻脚地出了门，坐电梯上了楼顶。晚上的风明显大了起来，从耳边吹过呼呼作响。陈星走到防护栏的边缘，向下望去，白天用过的缓降器绳索在贴着楼梯不停摆动，像一条长不见尾的蛇。

他慢慢把绳索卷起来，拎着缓降器来到楼的背面，再次固定好。准备停当后，他向沈琼详细解释了一遍操作方法："特别简单，你只要不往下看就不会害怕。在空中飘一会儿就能着陆了。"

沈琼无声地点点头，但脸已经煞白了。

于是，陈星把钢丝绳的保险扣在腰上系好，纵身跳了下去。过去他这么做的时候，下面起码有百八十个人驻足围观，而现在，脚下只有一片黑漆漆。

没一会儿，他着了地，看看左近无人，便用力扯了扯绳索。沈琼接到信号，按照他教会的方法，将钢丝绳卷了上去。

陈星抬起头，极目远眺，也看不清楼上的情形。听也听不见什么动静。他不知道沈琼是不是已经开始降落了。而这时，他忽然有了一个想法：如果自己现在撒腿就跑，独自逃出去，沈琼就不得不独自回家去了吧？

但他虽然这么想，却始终没有这样做。过了一会儿，沈琼也安全降落了。双脚着地后，她捂着胸口，大口喘气，尽可能压低声音对陈星说："我的心脏都要爆炸啦。"

"第一次都这样。"陈星拽着她迅速离开降落地点。他们像两个深入敌后的空降兵，猫着腰小步紧倒腾，跑到一个配电井后藏好。陈星探头探脑地四处打量了一下。正像沈琼分析的那样，说是隔离，但防范并不严密，大楼的背面没人巡逻。也是，关在楼里的都是人民群众，又不是什么阶级敌人。这是一次建立在自觉性的基础上的隔离。

他们迅速跑向距离最近的铁栅栏，那栅栏只比陈星高几十公分，他没费什么劲儿就纵身而过了。沈琼当然吃力些，需要他隔着栅栏，先托一下她的腿，然后再抱住她的肩膀，把她接下来。翻越了栅栏之后，他们就算自由了。

"我们回北京啦！"抓着陈星的胳膊，沈琼不禁叫了出来。她激动而喜悦的样子，在这非常时期的街上显得很突兀。

沈琼进一步提出，事不宜迟，他们应该立刻前往长途车站。如果那里也不照常营业，那么就得高价打一辆出租车，先离开这个城市，到广东以外的地方再想办法。

陈星表示赞同。但他随即又说："不行，我得先把包儿拿回来。"下午登上楼顶前，他把包儿给了影城推广部经理。

"别耽误工夫了。"沈琼有些焦躁地说，"你的包儿里也没什么东西吧？衣服回头再买也行，我带着好多钱呢。”

陈星摇摇头。给张红旗写的信都装在那个帆布书包里。但他又不想让沈琼知道，于是说：“我不想搞得太像逃难——咱们从容点儿行吗？”

“我们不就是在逃难嘛。”陈星的托词并不能让沈琼信服。在她的语气里，“逃难”仿佛是一个浪漫的词。

但拗不过陈星，沈琼只好等他给影城推广部经理打电话。随后，他们叫了辆出租车，来到陈星上班的公司。都晚上了，那家伙还在加班加点地包装他的文化口罩呢。

“我操，兄弟！”影城推广部经理兴奋得哇哇大叫，猛拍陈星的肩膀，“有一手！”

“也不算什么壮举。”陈星敷衍着，示意他小声点。他从沙发上拿过包儿，背在肩上：“那我们走了。”

“我送你们一程。”影城推广部经理说，“很可能打不到车。我听朋友说，过不了多久就要封城了，到那时要是还没跑出去，就不知要等到什么时候了。”

陈星一直认为面前这家伙是个不折不扣的财迷，现在发现，原来财迷也有仗义的时候。他和沈琼真诚地道谢。

他们坐上影城推广部经理的别克轿车，飞快地向城外开去。路上，这家伙仿佛被刺激得内分泌失调了，一直在喋喋不休：

“知道你们让我想到了什么吗？亡命天涯！哈里森·福特演的，

咱们国家第一部进口大片——太他妈的浪漫了，尤其男女主人公煽情那场戏，看得我泪流满面。作为一个文化工作者——我算文化工作者吗——反正我认为，中国人的生活缺的不是别的，就是浪漫，我们从小就他妈的没受过浪漫教育……”

明明是荒唐的事，在别人眼里却成了浪漫。陈星无声地望着窗外，大团模糊的黑影一掠而过，远方的灯光若隐若现。他隔着包捏捏写给张红旗的信，它硬硬的还在。而沈琼仿佛正看着他，让他左半边的面部肌肉一阵紧张。

很快，前方出现了大团灯光。离深圳最近的一个县城到了。影城推广部经理在路边停下了车：“就送你们到这儿吧，即使深圳封城，这里也不在范围之内。”

沈琼再次向他道谢。而那家伙忽然又从兜里掏出一样东西，递过来：“送给你们做纪念啦。”

那是个颜色艳丽的礼品盒，上面还有缎带打的蝴蝶结。沈琼拆开包装，发出日本动画片里的声音：“哇，卡哇伊。”

盒子里放的是一对情侣口罩，都是可爱的粉色，一个上面印着“lo”，另一个则印着“ve”。

“要一起戴才有效果哟。”影城推广部经理得意地说，“美女都喜欢，所以我说，一定有市场。”

“戴上戴上。”沈琼把拿起一只口罩，强行挂在陈星耳朵上。陈星只好任她摆布。

他戴着象征爱情的粉口罩，两眼迷惘地走进了县城。在这个人心惶惶的逃亡之夜，他的形象真是他妈的荒唐极了。

他们在一家半新不旧的宾馆住了店。这里简陋的霓虹灯、庸俗的瓷砖外饰和三合板拼成的前台让陈星有了一阵似曾相识之感。他想到多年以前，自己和沈琼在北京一家类似的宾馆开过房间。其实，便宜的宾馆长得都差不多。

他不知沈琼是否也回忆起了当年，他甚至不敢扭过脸去看她。

“两个标间。”他几乎急吼吼地对服务员说。

沈琼默不作声，从陈星手里接过了房门钥匙。

“早点睡吧，明天一早还要去车站，看有没有长途车。”陈星想要掩饰什么似的说。

“你也早点睡。”沈琼扭身进了屋。

陈星草草洗了个澡，看看表，才不到十点。他到服务台买了瓶啤酒，回来一边喝，一边看了会儿电视。这时，他又有了写信的冲动。他想告诉张红旗，自己如何了踏上逃亡之旅，如何被迫带上了前女友沈琼。他又想：假如张红旗真的看到这封信，知道自己和沈琼又见了面，会不会有什么异样的想法呢?

但刚拿出纸笔，隔壁就传来了人声。这宾馆的隔音很不好，他清楚地听到了沈琼在打电话。

她断断续续地说：“你别找我了，我要回北京去了……反正逃也逃出来了，现在一定要走……不为什么，我真的受不了你了……我不好我不好行了吧？我没良心行了吧？但我就是受不了你了……”

后来，她干脆哭了出来：“我就是想从你身边逃走……你放过我得了……”

陈星听出她是在和丈夫打电话。就是照片上那个个儿很高的年轻人。而听沈琼的口风，回北京这事儿，她并没提前和丈夫说过啊。她是偷偷逃出来的，她还要离开他。

陈星有点紧张：这样一来，他可就真成拐带有夫之妇了啊。这个沈琼，她到底打的是什么主意，明明结婚了，并且看样子过得还不错，可突然见到了前男友，就连蒙带骗地要和人家私奔。

陈星立刻想过去找沈琼，把事情说清楚。但刚出了门，听到她还在屋里哭，他又站住了。想了一想，他还是转身回了自己屋里。他不知道一个泪流满面的前女友会做出什么事儿来。

隔壁的沈琼一直在嘤嘤咛咛地打电话，但声音也小了，又夹着哭声，听也听不清楚。陈星在床上躺了很久，终于迷迷糊糊地睡了过去。

第二天，他还没有起床，沈琼却已经在外面敲门了。开了门，她面色苍白，却还带着笑：“走吧。”

陈星留意了一下她的眼睛，它们还肿着呢。但他也没说什么，背着包跟她出了门。

他们的运气还不错，县里的长途汽车站仍在运营。从这里上车，可以直接坐到湖南境内，然后就可以买火车票回北京了。只不过，陈星心里越发犹豫：自己这么呆头呆脑地带着她走，会不会把事情变得越来越麻烦、越来越荒唐呢？

他没想到，沈琼会在车上径直说起自己的事。

车上的人很少，寥寥的几个乘客坐得也很开，他们肩并肩地坐在车厢中间的双人座上。陈星看着窗外的稻田和民居发呆，阳光让他有点睁不开眼睛。

不知什么时候，沈琼捅了捅他："喂。"

"怎么了？"陈星问她。

沈琼说："昨天听到我打电话了吧。"

陈星一愣，不知该怎么回答。

"听到了就是听到了，"沈琼说，"我也听到你开门出来又回去了。"

"听到了。"陈星承认。

"知道是跟谁打的吧？"

"你老公？"

"对。"

"知道我是偷偷跑出来的吧？"

"从一开始就有点怀疑了。"

"那为什么不问我？"

"问有什么用。要是不带你走，你可能会怨我吧。"陈星说，

“我能做的只是尽量帮你的忙。”

沈琼沉默了几秒钟，拍拍陈星的胳膊：“你这人真好。一直都这么好。”

陈星不予回答。

“不想问我为什么这样做？”沈琼又问他。

“想——就是想把事情弄清楚。”陈星说，“当然你不愿意说也可以不说。”

“瞒谁也不能瞒你呀。”沈琼笑了笑说，“你愿意听？”

“不愿意听你也可以说啊。”陈星又想起过去的日子。那时沈琼还是他身边的话匣子呢。

沈琼却低了低头，咬着嘴唇，片刻才又开口：“我知道偷偷跑出来是我不好，像一不守妇道的女流氓，不过我真是受不了了……”

她昨天打电话时，已经说过很多遍“受不了了”。陈星扭过头去，看着她的脸。

沈琼和他对视一下：“刚结婚的时候，我觉得他这人挺不错的。工作好，对我也好。可后来，慢慢就感觉不对劲了，我的东西好像总被人翻过。好几次我打开抽屉找东西，明明发现东西摆放得跟原来不一样，还以为家里进小偷了，可再一看钱啊首饰啊一样都没少。后来才发现翻我抽屉的就是他，他要查看我的贺年卡和信一类的东西。其实那些东西基本上是过去上学的时候留下的，看它有什么意义呢？可看完之后，他就会不高兴。我呢，当然也不高兴，就把抽屉上了把锁。但是没过多久，还是发现抽屉被打开过，为了干这活儿，他还配了把万能钥匙。那一阵子，家里的气氛尴尬极了，我看他像个贼，却不好意思说，他看我也像个贼，也不敢揭穿我。后来，还是我挑明了，说你不要翻我的东西了好不好？你看我的东西，能有什么收获吗？没想到，他一下子就变得很痛苦，当着我都快哭了。他说他有多爱我，爱我又怕失去我，怕失去我就开始不信任我。这样一来，他就忍不住想去翻我的东西，查旧账，看我过去和多少男生好过，好了多长时间，好到了哪种程度……我想，这可能是他过去受过伤害造成的吧，他小时候，她妈妈好像有过外遇，瞒了他爸爸好多年。还有上学的时候，他不就追过我吗，那时候也是我不好，没明着拒绝他，转脸却跟你在一起了，这也让他特别伤心……可能是这些事儿，就让他对女人不信任了吧……”

沈琼说到这儿，看陈星的眼神好像有了力道。陈星被盯得脸有点热，微微躲开。

沈琼嘴角上扬了一下，似乎有点得意。她继续说：“我就向他解释，过去的事儿不都过去了吗？既然结婚了，就应该信任我。他也同意，信誓旦旦地说要信任我。当时我们两个人还都挺感动，几乎抱着哭了一场。可是没过多久，我却发现他那毛病不但没改，而且变本加厉了，不光继续翻我的抽屉，而且每次我换洗的衣服，他都要细细检查一遍，看有没有别人的痕迹。另外还有手机，上面的电话啊短信啊，他都要看。有一次他半夜起床，半天没回来，我还以为他不舒服呢，结果出去一看，他正赤身裸体地站在客厅里，看我的手机呢。我问他为什么还这样？他说，如果不看，他就睡不着觉……另外还有电子邮箱，那就更甭提了，他不是搞通信的吗，竟然破译了我的密码。这些还不是最恐怖的——也就是最近才察觉，原来他经常在我出门的时候跟踪我。逛商场啊买菜啊跟熟人出去喝茶啊，他都要暗中潜伏在我附近。有时候正在上班，听说我要出门，也会偷偷溜出来到我说要去的地方，看我是不是出现在那儿……因为长期盯梢，人家把业务练得特专业，比一般私家侦探还回隐蔽，要不是我早就知道被盯上了，还真发现不了他……这些事儿说起来可能都不大，不过你能想象一个人天长日久地过这种日子吗？结婚两年多，我就跟活在反特小说里似的，而且还得跟这么一个二十四小时监视你怀疑你的人同床共枕——我是真受不了了，快疯了，他呢，每当我跟他急，他也说自己快疯了，说就是信任不了我，只要我一不在身边，他就觉得我正跟谁谁谁勾搭成奸呢——”

沈琼越说越痛苦，猛地停下来，深呼吸两口，才做了个总结性发言：“从他身边逃走，是这些日子我一直就有的想法。而我恰恰在这个时候碰到了你，真是巧得不能再巧了。不过说来也可笑，跟你走了，他的怀疑倒不像没有道理的了……”

陈星不知说什么好。沈琼也说渴了，她打开旅行包，拿出矿泉水喝了两口，然后问他：“那你帮我拿个主意，我是不是应该从他身边逃跑呀？”

她说这句话的时候，口气变得很天真，颇有故作幼稚之感。陈星想了半天说："我也不知道——不过你做了什么决定——"

"你都会帮我吧？"沈琼说。

陈星点点头。

两人不再说话，过了一会儿同时困了。他们靠在脏兮兮的沙发椅上，头挨头地睡着了。不知过了多久，陈星才醒来，发现沈琼的脑袋正靠在自己肩上，栗色长发垂到自己的臂弯里。她熟睡时的表情非常纯洁。

长途汽车到达湖南省常德市时，已近深夜。他们冲进一家亮堂点儿的饭馆，埋头猛吃了一顿本地特产干锅：干锅排骨、干锅猪蹄、干锅牛蛙。味道很足，香和辣都浓得化不开。看着陈星满头大汗的吃相，饭馆老板遗憾地说："过去还有干锅甲鱼和干锅眼镜蛇呢，因为非典不敢上了。"

酒足饭饱后，他们又找了一家宾馆，比在县城里住的那家大不少，据说还是星级标准。陈星想：假如沈琼的丈夫再打来电话，他在隔壁就该听不到了吧。

他又开了两个房间。沈琼笑盈盈接过钥匙，几乎是哼着歌儿上了楼。但这天晚上，房间里的安静反而让陈星担心了：他不知道沈琼是不是又在接电话，是不是又在哭，是不是又在说"受不了了"？而他呢，说了要帮她，却又不知道该怎么帮。这让他很矛盾，也让他们之间很尴尬。

但没过多长时间，门铃忽然响了。他打开门，看见沈琼低头站在门口。她的栗色长发从脸前披散下来，遮住了眼睛。陈星想起了她以前的样子。

“怎么了？”他问她。

“我睡不着。”沈琼说。

陈星无言以对。

沈琼猛地扬起头，眼睛却像躲着他，说：“我受不了了。”

接着，她就冲了过来——不是扎进陈星怀里，而是揪住他的衣领，把自己拽了进去，嘴也不由分说地吻住了陈星的嘴。也不知她刚才说的“受不了了”，是指受不了她丈夫了呢，还是受不了这漫漫长夜。陈星呢，当然慌乱了，他连要不要抵抗，应该如何抵抗都没想好，就被沈琼推着按到了床上。

接着，她便大张旗鼓地脱他的衣服，脱自己的衣服。有过婚姻经验的人脱衣服就是快，三下两下就把两个人都扒光了。而想当年，他们费了半天的劲，才得以皮贴皮肉贴肉呢。沈琼一边流泪，一边使劲吻着陈星，一边上下其手地忙活着。而在这个过程中，她始终是一声不吭的。

陈星被她压在身下，难免激动不已。他的身体里似乎有一种强大无比的势能正在等待释放，那绝对是破冰决堤的力量。说来也是，他已经是一个二十多岁的年轻男子了，却还没和异性有过真正的肌肤之亲呢。而沈琼如今给他的印象，也已经不是一个化学材料制成的女体塑像了。她是活生生、肉感十足的。

陈星迫切地想要翻过身来，把她压在下面。他的脑袋像爆炸了似的，只有这个想法。

沈琼继续吻着他，叹息一般喃喃自语："那个时候如果跟你在一起多好……"

但就是这句话，却让陈星分神了。他抱着她的肩膀，凝视她的脸孔，忽然想起多年以前，他和沈琼在北京小旅馆时的情景。进而，一个问题在脑袋里冒出来：那时候为什么没搞成呢？

是他不行了。当时他痿掉了。那么他又是为什么痿掉了呢？

时至今日，他也不知道为什么。当初他和她试了两次，都没成功。因为这事儿，他还和小北闹崩了，打过一架。可他清楚，自己明明不是一个阳痿呀。勃起对他来说，是一件每天例行的功课，有的时候甚至使得他心烦意乱、焦躁不安。

那时候究竟为什么就不行了呢？陈星赤条条地躺在床上，注意力竟然从沈琼身上挪开了。他再一次认真严肃地思考起那个问题，那心态就像在破解什么历史奇案。

也许是眼下的情景生动地再现了当年，陈星得以设身处地地重新感受、思索。他仿佛做了一次时空穿梭。如同闪电划破夜空，他陡然想起：当年和沈琼这样的时候，曾隐约感到有一双眼睛在看着自己。

那双眼睛无形无迹，却又像无所不在。至于是谁的眼睛，那就不用说了。

陈星在自己的记忆中深入发掘，近乎震惊地发现：自从十七岁的那天夜里，在派出所见到张红旗之后，他就有了这样一种隐秘的感觉——张红旗正在什么地方看着自己呢，无时无刻。于他而言，她不仅仅是一个思念的对象。她甚至是他潜意识中的一块烙印，并每每在关键时刻显形、灼痛，无法抹杀。

也正是这双眼睛，在当年和现在都提醒陈星：他爱的不是别人。

在北京的小旅馆里，沈琼就曾背对着他，伤心而冷静地说："你喜欢的不是我。反正不是我。"如今看来，她说得多么透彻啊。

想到这里，陈星不禁闭上了眼。他不敢再看沈琼的身体了。他也变得心如止水，如同一个得道高人。

自然，沈琼没忙活多久，便难以继续进行下去了。她一定在他身上愣住了。她或者伤心失望了，或者百感交集了。

陈星感到沈琼从他身上翻了下来。但她并没有离开，而是在他身边躺下，脸对着他的肩膀，头发覆盖在他的胳膊上。他睁开眼，却看见她脸上挂着笑，那笑容可以称得上甜蜜。

陈星想，自己应该向她道歉吧。于是他低声说："对不起。"

沈琼却笑着摇摇头，眼睛亮闪闪的。那样子，仿佛她刚刚享受了一次灵肉合一的性生活。

沈琼说："没什么。其实说对不起的人不应该是我吗？"

陈星没有搭腔。他们静静地躺了会子，沈琼说："我要穿衣服了。”陈星便转过身去。她摸索了一会儿，把衣服穿上。然后是他穿。

两个人得以正襟危坐，气氛却异常融洽。他们开始聊天，聊过去的事儿，聊现在的生活。谈话的格局，依然是一个喋喋不休，一个沉默寡言。他们真的像一对友谊深厚、关系纯洁的老朋友了。

那天沈琼告辞离开，已经是午夜时分了。

经过这天夜里的事情，陈星的心境变得非常坦然。他感到自己和沈琼的关系也发生了改变：清楚了，也亲近了。现在，他有了足够的心理力量，去完成把沈琼带回北京的任务。

然而他没想到，就在次日，沈琼却不辞而别了。后来他不时会想：促使她离开的，是头天晚上的事呢，还是第二天早上的事。

那天他睡到很晚才起床。他出去敲敲沈琼的门：“起了没有？”

半天没人应声。这两天折腾得够呛，她肯定累坏了，估计还在呼呼大睡呢。于是陈星决定先出去走走，顺便把火车票买了。

他走出宾馆，向一个戴口罩的中年男子问火车站在哪儿。湖南话他本来就听不懂，又隔着一层口罩，就更云山雾罩了。没办法，他只好沿着马路多走了一会儿，最后找到一个正在执勤的交警。

因为心情莫名其妙地好，他在街上多转了会儿。常德是个优哉游哉的小城市，不像深圳那样气急败坏，也不像北方中等城市那样荒凉颓败。街上一家挨一家，都是捏脚的地方，有些甚至盖得恢宏壮阔，比北大的教学楼还大。要在平时，那里面的小妹子一定比北大一个系的女生还要多。当然，还有一些粉红色调的小门脸，那里也号称足疗店，但经营的就不仅是足疗了。每几个小门脸之间，都有一家经营成人用品的小店，在这儿，这种店的招牌倒也简单明了：斗大一个“性”字，二百米外都能看清。

逛了几条街，陈星才去火车站。这儿没有开往北京的直达车，只能先到长沙转车。但距离很近，两个小时也就到了。他买了两张票，又徒步回到宾馆。

没想到，来到自己房间的门口，他发现房门轻掩着一条缝。他本以为是服务员在收拾房间，就推门进去，却看到沈琼背对着他，坐在床上。他的帆布书包放在一边，包已经被打开了。她正捧着厚厚的一叠信纸，专心致志地读呢。

陈星下意识地屏住呼吸。他不知道该不该叫她。犹豫了一会儿，他还是决定悄悄离开。但没走两步，沈琼的声音却从后面传来了：“你回来了？”

她的声音很欢快，仿佛不像在偷看别人写的信。

陈星只好站住：“回来了。”

“我房间正在打扫卫生，我就让服务员打开你的门，进来坐会儿。对了你吃饭没有？刚才我也出去了一趟，买了点儿早餐。”沈琼从帆布包后面拿出一个“肯德基”的包装袋，“趁热吃吧你。”

陈星仍然犹豫着，直到沈琼拍了拍床，他才坐到她身边。他还不时瞥着她手里的信。她正在看第几封呢？他看到信纸底下有一滴墨水的痕迹，从墨迹的形状立刻就记了起来。那些信他几乎是能倒背如流的，写信时的所思所想所感所叹，哪怕再小的一个心理波动，都刀砍斧凿般深深刻在了心里。

沈琼呢，仍然表现得若无其事。她把那些信装回塑料袋，放进书包。她的样子，就像在替他收拾行李。

陈星想对她说说这事儿。虽然他对沈琼看自己的信没有一点反感的意思，但觉得也应该说说。他、她、他们之间，仿佛都需要一个交代。要知道，沈琼以前从来不知道自己喜欢的是张红旗，在深圳见面后，他也从未提起过自己和张红旗的关系。

但陈星却不知从何开口。于是他等着沈琼。沈琼总会把话题引过去的吧。

但是她始终没有。她看着他吃完饭，又聊起火车票的事儿来。陈星只好机械地回答她。

“下午的票啊？”沈琼说，“真遗憾，在这儿待不了多久了。其实我特想去张家界，都说那儿特美，却一直没去过。”

“深圳离张家界不算太远啊，据说广东人周末都去那儿。”

“我老公不是特忙吗，而且他又跟神经病似的，我出去买个菜都能让他肝儿颤，更别提自己去张家界了。要是真去了，他指不定还得怀疑我勾搭上谁了呢。”沈琼又开始抱怨老公了，但语气也是轻佻的，不像昨天的哭诉那么沉重。

陈星想，沈琼真打算掩耳盗铃下去吗？那么他也只好伺候着她穿上皇帝的新衣。接下来，他们又商量中午吃什么，要不要再来一顿劲爆的干锅。

一会儿，服务员敲门进来，对沈琼说："您的房间收拾好了。"她一定对这两个人的关系感到奇怪。

沈琼从床上跳起来，伸了个懒腰："我先洗个澡，洗完澡再吃饭去。然后咱们直接去火车站吧？"

"好吧。"陈星只好同意她。

沈琼回房以后，陈星闷头坐在床上，抽着烟想：她到底是怎么想的呢？他也拿不准沈琼对他是什么样的感情。假如不在乎他，为什么要翻他的包？假如还在乎他，干吗看过那些信之后却像没事人一样？

但他马上甩甩脑袋：考虑一个自己不爱的女人在不在乎自己，这他妈也太像一自恋的大尾巴狼了吧。他苦笑一下，不愿想这事儿了。

陈星打开电视，开始看地方台特有的"香港烂片联播"节目。片子开头，刘德华斯斯文文地号称要"做正行"，结尾时却拎着片儿刀冲在砍人第一线。但几乎一部电影看完了，沈琼却还没洗完澡。陈星猛醒一般坐起来，看看墙上的石英钟：已经快中午了。

不会有什么事儿吧？他赶紧出门，来到沈琼门前，侧耳听了听，里面没有水声。于是他敲起门来，高声叫："沈琼！沈琼！"

过了十分钟，也无人应答。陈星的头都大了，条件反射一般继续敲门。最后，连服务员都惊动了："您有什么事儿？"

“这屋的人有没有出去过？”陈星问。

“我帮您查查。”服务员到值班间给前台打了个电话。片刻，她出来说：“那位小姐退房了。”

“退房了？走了？”陈星如同掉进云里。服务员确定地点点头。

他又坚持要求进沈琼的房间看看。服务员拗不过，只好照做，开门让他看：“东西都收拾好了。”

“她什么时候走的？”

“也不久，大概一个小时以前。”

看来沈琼刚才并没有洗澡，她直接收拾东西出了门。这也许是她早就计划好了的吧，陈星想。

那么她要去哪儿呢？自己回北京了？还是要去别的地方？眼下清楚的是，人家不想和他一起走了。陈星颓然回了自己的房间，又考虑着，要不要去火车站找找看。

但这时，他的电话响了。是沈琼打来的。

“你在哪儿？”陈星问。

“大巴上，已经快开车了。”沈琼平静地回答。她的语调甚至还是欢快的。

陈星有些急了：“去哪儿啊？你不是说和我一起回北京吗？”

“突然不想回了。”沈琼说，“我觉得，我还是回深圳吧……这么出尔反尔，显得挺没劲的是吧？真可悲，我老公觉得我私奔了，你又觉得我没劲。”

“我没这么想。”陈星郑重地说，“我说过，你做什么我都会帮你，只不过希望你有什么想法也告诉我。”

“告诉你有什么用呀？你喜欢的是别人，被我拖累多不值得。”沈琼笑着说，“我本来打算就这么蔫不出溜走了的，可也不知为什么，上了车还是想给你打个电话。还是有话想跟你说。”

“说吧。”

电话那边忽然一阵嘈杂，大概是车开动了。沈琼似乎挪了个位置，但还在继续说：“其实这两天，我老公一直在给我打电话。幸亏我没告诉他自己在哪儿，否则他肯定会开车追来的——千里捉奸，挺带劲的吧？后来我受不了了，就把电话关了。但今天早上一开机，他马上又打来了。他告诉我，这两天他班儿也没上，就这么一直打电话。说着说着，他又哭了。每次他这么哭，我还是挺伤心的。听着一挺高大挺威猛的男的跟这儿呜呜呜，让人心里有种悲凉。当时我想：把我当作全部的人，可能只有他一个吧。虽然我受不了他，但我在这世界上也只有这么一样财富了。我是喜欢你，过去就喜欢，现在也没变，但没办法呀，你喜欢的是别人——我不是抱怨什么，可也得接受这个现实……我们都大了，也到了接受现实的年纪……”

陈星的嗓子哽住了，他想对沈琼说一句“对不起”。

沈琼还在说：“前两天跟你跑出来，可能是我这辈子做的最后一次疯狂的举动了。以后恐怕连疯狂的念头都不会有了吧。你还记得过去咱们政治课本上学的吗，无产阶级失去的只是锁链，获得的却是整个世界云云——对我不适用，我老公就是锁链，失去了他，我才真是一无所有了呢。你帮我认识到了这一点，我真得谢谢你呀。”

陈星终于说出话来：“回去好好过吧。”

“肯定得好好过呀。”沈琼笑着叹了口气，“话说回来，我真羡慕你。”

“我也没你想象得自由，更没什么勇气。”陈星说，“人嘛，到了该认命的时候不都得认命嘛。”

“不是说这方面，我是羡慕你这个人。”沈琼说，“你有一个不会说谎的性格，还有一副不会说谎的身体。”

陈星也叹了口气。

“得了不说了，那我回家啦。”沈琼说。

“再见。”陈星说。

“等再见的时候，没准我就变成一个小老太太啦。”沈琼突然发出银铃般的笑声，仿佛变老是一件幸福的事。

陈星挂了电话。他回想着自己和沈琼的交往：他因为别人走进她的生活，又因为别人远离了她，在她需要自己的时候，他也因为别人踯躅不前。在他的世界里，沈琼总生活在“别人”的阴影之下。那个“别人”就是张红旗。但他没有对沈琼负起的责任，对张红旗同样没有负起来。在张红旗那儿，他甚至更加轻率地退缩了。

陈星忽然产生了一种强烈的愧疚感：不只对沈琼，还对张红旗，甚至整个世界。他觉得自己是一个一无是处的人。

在这种极度灰暗的心情之中，陈星登上了当晚开往北京的列车。满车厢的人都捂着严严实实的口罩，只有他一个人把“lo”字样的粉色口罩挂在脖子上。他在车上买了一瓶“湘泉”白酒，来到吸烟区的隔间，坐到地上，一口一口抿着。耳边一片隆隆的颠簸声，他昏昏沉沉，感到时光飞逝。

20 私酒贩子

陈星在一个人心惶惶的时刻回到了北京。好在这列火车不是从广东开来的，否则他仍然难逃半个月的隔离生活。

列车还没进站时，他就给小北打了个电话。

“我操，我操！”在站台上，小北激动得难以名状，和陈星热烈拥抱。他随后感叹道：“你丫彻底变成一个沧桑老爷们儿啦。”

出了站，陈星在一辆汽车的后视镜里照了照自己。小北说得没错，他变得又黑又瘦，脸都陷进去了，胡子也不知多长时间没刮。最关键的是，他多了许多皱纹，额头上那两道竟如刀刻一般坚硬。但再看看脖子上挂着的粉红口罩，这就多少显得有些幽默感了。

“有点儿美国片儿里越战老兵的意思——扎根红头绳俨然就成兰波了。”小北还在冷嘲热讽，“让野蛮资本主义摧残得够呛吧？”

“你他妈倒还皮儿白肉嫩的，”看见小北，陈星的情绪才高涨了点儿，“就跟刚从子宫里掏出来似的。”

“我现在都用韩国洗面奶，比羊水还养人。”小北得意扬扬地仰着小白脸，带着陈星走进车库，打开一辆大众“Polo”汽车。

“你都买车了？”

“我媳妇儿的。”

“还是那媳妇儿？”

“那固然。人现在是五星级酒店的中层领导了，仍然不离不弃地坚持包养社会闲散人员，咱们也不能不识时务吧？”

他们刚钻进汽车，陈星就吓了一跳。我的妈呀，后座上像小山一样，堆着无数东西，乱七八糟什么都有：网球拍、银项链、雪茄、洋酒、折叠自行车……光球鞋就有十来双，都是没开封的“三叶草”牌。

“你是不是在西单劝业场练摊儿呢？”陈星顺手拿起一带小北所谓“韩国洗面奶”看看，那包装上的广告词是“大韩民国美男美女”。

“练摊儿都什么时代的事儿了？”小北熟练地打着方向盘说，“哥们儿现在也开始创业了，开了个网店。”

“网店是什么？”

“你这两年去的是深圳吗？怎么跟从毛里求斯回来的似的。”小北说，“网店都不知道，电子商务，新兴产业。”

陈星听小北解释了半天才弄明白。原来就是自己办一小网站，专门兜售各种走私产品。那两年，这么干还属于“敢尝螃蟹”的行为，而且因为国家没制定出严格的监管措施，“除了枪支弹药活生生的大闺女，卖什么都没人管。”小北说。

陈星坐着车，在三环路上绕了一整圈儿才被送回家，因为小北还要顺路送货。他毫无歉意地说：“这些天没人去商场了，生意太好。”

陈星只好陪着小北，还要帮他搬东西，把大包小包送到买主家门口。碰到年轻漂亮的顾客，小北自然还要挤眉弄眼地调会儿情，甚至进屋看看“您还缺点儿什么”。这又耽误了不少时间。

“老这么着也不是长久之计。”小北夸张地“啪啪”点着票子，但还是很清醒地说，“过些年玩儿的人一多利也就薄了，我打算赶紧攒点儿钱，回头盘个门脸，开间酒吧。”

开酒吧的事儿，陈星过去就听小北提过。他说：“你还挺有经济头脑的。”

“那是，哥们儿也都二十多的人了，”小北拍拍陈星的肩膀说，“你回来正好，一块儿干点儿事业吧。”

回了家，陈星才想起没给父母买点儿东西。走了两年，他只带回一书包脏衣服。

刚进门时，他甚至不知道该怎么跟他们打招呼。他愣愣地站在门口，看着明显老了很多的父母。

而他父母呢，却表现得好像儿子昨天才出门一样。母亲淡淡地说了一句：“回来了？把衣服扔洗衣机里吧。”

她大概还为陈星不愿重新考大学的事儿耿耿于怀吧。

父亲的眼睛则一直没有离开电视新闻。抗击非典的新闻结束后，他父亲才拍拍沙发：“坐这儿。”

他又递给陈星半瓶二锅头酒：“消消毒。”

父子俩你一盅我一盅地把酒喝完了，其间没有什么交流，所说的话无非是：

“要不要花生米？”

“不用了。有烟吗我抽一颗。”

喝着酒，陈星心里才涌起了离家的乡愁、回家的伤感。他眼圈儿一红，赶紧扭过头去。

“回来就好。”父亲拍拍他说，“等非典过去，出去找一工作先干着。这些天在家帮你妈干点儿活儿。”

在家里没待几天，陈星就被小北叫了出去。那天早上，他还没刷牙呢，小北已经在楼底下嗷嗷乱叫了。

“嘛呀？”陈星打开窗户问。

“赶紧下楼，出趟远门儿。”

“去哪儿呀？”陈星跑下楼，钻进大众车里问他。

“天津那边儿。”小北表情严肃，“上点儿货。”

小北在路上对陈星解释，因为网络商务的发展越来越专业化，逮什么卖什么的小杂货店迟早得被淘汰，所以他决定早点转型，专卖洋酒。这也是为以后开酒吧打基础。而这两天，恰好联系上了一个专门走私洋酒的地方，可他怕对方有诈，所以想让陈星帮他压阵。

“不会惹上什么麻烦吧？”陈星问。

“应该没事儿。”小北说，“咱们要的量少，还没资格跟走私团伙打交道。那边也就是普通的二道贩子。”

他们沿着京津塘高速开了一个多钟头，到了天津港附近一个批发市场。看得出来，小北对这儿很熟。经过一个专卖Zippo打火机的摊位，他还下车和老板热情地打招呼。

回来时，小北扔给陈星一个打火机：“我帮这小子代销过不少，每次来他都送一个。”

而卖洋酒的地方就要隐蔽得多。小北把手机架在耳朵上，依照对方的指示三绕两绕，兜了十几分钟才拐上一条小路。他们开到一件破破烂烂的砖房附近停下。

砖房里出来一个粗壮的矮个儿汉子，他打量了陈星和小北两眼，才问：“谁让你们来的？”

“五道口刘哥，有点秃顶那个。”小北说。

矮个儿汉子这才放松警惕：“来吧来吧。”

这场面看起来非常像黑帮分子接头，又让陈星有点儿想笑。他和小北下了车，跟着矮个儿汉子走进砖房。那儿还有几个人，正拆着成箱的洋酒包装。

“刘哥介绍的人，我保证给真货。”矮个儿汉子煞有介事地说，“都是刚到的红方和杰克丹尼。”

小北不放心地说：“我得尝尝。”

矮个儿汉子轻蔑地笑了笑，随手拿出一瓶递给小北。小北拧开瓶喝了一口，点点头。为了找回面子，他把酒放在桌上：“这瓶算我请哥儿几个的。”

他从怀里掏出一叠儿钱，和陈星一起把几箱威士忌酒搬到大众车的后备箱里。车开出好远，小北才露出兴高采烈的表情：“现在非典，酒吧上货少，咱们拿的价钱比原来低好多。等回头往出一卖，一瓶能挣好几十呢。”

他又掏出几张百元大钞给陈星：“这是你的。”

“什么意思？”

“你就算跟我合伙了。”小北说，“明天跟我送货去，把库存的球鞋袜子大韩民国美男美女兜落出去，过些大冉过来上点儿洋酒。”

陈星想了想，把钱放到兜里。以在深圳的经验，他知道自己回来也找不着什么正经活儿，倒不如和小北一起“创业”呢。

“记得过去看过的那部电影吗——《美国往事》？”小北一边开车一边说，“咱们像不像那搓儿私酒贩子？”

经过众志成城的奋战，全国人民消耗了上亿副口罩和相当于昆明湖玉渊潭总容积的消毒药水，终于度过了人心惶惶的三个月。警戒解除后的一段时间，小北总是痛心疾首地拍着大腿："早知今日，当初砸锅卖铁也应该盘下一门脸房。"

非典时期，不少资金薄弱的小酒吧和咖啡馆纷纷倒闭，房租也降得相当低。但当红男绿女蜂拥走上街头之后，在稍微繁华的路段开一间酒吧的价钱都能吓小北一跳。

"这喇肯定是二奶，"在他们常去的一家咖啡馆，小北盯着风情万种的老板娘，愤愤不平地抱怨，"要不她这儿生意这么冷清早倒闭了——但为什么就没倒呢？人家后面——不对是上面——有人。"

他还说："我觉得我傍错人了——我应该豁出去几年嫁一外国老太太，既为国争光又吸引外资了。"

"你丫怎么跟想钱想疯了似的，"陈星忍不住揶揄，"有吃有喝不就行了吗？"

小北亢奋地反驳："你也太胸无大志了，做人难道不应该有追求吗？这年头王八蛋都发财了，我们连王八蛋都不如吗？"

他又添上一句："你原先要手头有点儿钱，早飞到美国找张红旗去了，也不至于跟人家掰。"

听到这话，陈星登时沉下了脸。小北懊丧地向他道歉："我放狗屁我狗放屁我是放屁狗。"

他还在颠来倒去地论述"狗与屁"的辩证法，陈星已经一言不发地出门了。对于小北无意中的戳伤疤，他其实不生气。这么多年，他只有这么一个好兄弟，也知道小北就是那样一个人。但这时提到张红旗，还是让他如堕悬崖般失落。

他独自在街头游荡着。在繁华的商业区，井喷般冒出来的人群洋溢着过节的气氛，只有他走得意兴阑珊。在一个路口，他下意识地转了个弯，随即看到了似曾相识的景色，心里也竟像期待着什么了。

等他醒过味来，发现自己站在张红旗家的小区门口了。和几年前相比，这里有显出了三分旧，但雕塑喷泉和林荫道仍然修葺得很精致，透露出“阔了不是一年两年”的中产阶级嘴脸。

陈星在水池边坐下，抽了颗烟，仰望张红旗家所在的那栋楼。她房间的窗户是哪一扇，他还记得很清楚呢。他不由自主地想起张红旗出国前几天的那个晚上，他就是这么坐在楼下，看着她的窗子。后来张红旗竟然下来了，她从楼门口的台阶慢慢往下走时，让他产生了奇迹的感觉。而现在，她的房间紧闭着窗帘，人去楼空。

他进而想起更多年以前，他上高三的时候，也是这样晕头转向地走到了她家门口，却碰到她和她父亲正在散步。他们谈到了考大学和出国，又谈到了音乐。张红旗还哼起了一首歌儿，调子非常动听。

过去的事一件件地浮现出来，让陈星的眼睛湿润了。他像受了无限委屈，像被这世界上的人合伙欺负了。

他在花坛边呆呆地坐了一下午，直到路灯亮起来，才叹了一口气，起身离开。

可没走两步，身后忽然有人叫他：“星哥，星哥。”

陈星回头一看，那不是张红兵嘛。

“你怎么在这儿？”张红兵龇牙咧嘴地笑着，跑过来。他也长大了不少，嘴角上有了稀稀拉拉的几根胡子，但还是那么瘦小枯干的。

“我路过。”陈星有点不好意思。他不想让张红兵知道自己在这儿坐了一下午。

“我家就在这儿。”张红兵指指楼上说。

“是吗？”陈星假装刚知道，“你是回家吃晚饭吗？”

“是啊没饭辙了回来蹭两顿。”张红兵立刻亲热地搂住陈星的肩膀，“不过碰见你，我他娘的就不用回去啦。”

张红兵死皮赖脸地跟着陈星。陈星请他吃了顿饭，又给他买了一条烟，可这家伙仍然没有回家的意思。

整个晚上，他绝口不提自己，却不停地说到张红旗：“我姐还在美国哪，据说都开始实习了，华尔街大公司，直接挣美元。不过我也不知道她还打不打算回国，她自己好像也没准主意，一会儿说回，一会儿又说不回了……”

最后，陈星只好直截了当地说：“我要回家啦。”

张红兵陡然哭丧了脸，拖着长声说：“你能不能把我也领回去？”

“你有家不回，跟着我干吗？”

张红兵这才老实交代，这已经是他第三次被父母赶出来了。本来他从攻读学校光荣毕业后，家里给他找了个工作，到一家制造象棋的工厂当工人，但没过多长时间，他就开始发挥特长，私刻发货单上的公章，打了二十盒红木象棋出去偷着卖。事情败露后，单位本来是要把他送到公安局去的，后来还是看他父母的面子，只让赔偿了损失，最后开除了事。后来，张红兵又在一家超市做过收银员，那两个月，他的下半身总是显得格外肥大——裤子里塞满了洗面奶、牙刷和巧克力。贪心不足蛇吞象，有一天，他的裤裆竟然当众被撑破了。

“我只放了一个屁，结果嘣出了半个小卖部。”张红兵厚颜无耻地自嘲着。

每次出了这种事儿，都气得他父母在沙发上瘫软一整天。每次，他父亲也都会痛下决心，把张红兵扫地出门。

“从今天开始，我们家只有一个孩子。”他父亲总是这样说。

没过几天，他母亲又会偷偷打电话，把他叫回去，给他一些钱，再为他联系一份新工作。但张红兵是一个意志坚定的人，不出几个月，他又会被新单位抓现行。

“你干吗非得狗改不了吃屎呀，不是有工资吗？”陈星问他。

“这不是花销大吗，那千儿八百的哪儿够我花呀。”张红兵吸溜着鼻涕说，“而且我在那些单位也不舒心，他们丫的都看不起我，越看不起我就越想搞点儿破坏，后来手都痒痒，忍都忍不住。”

他随后又控诉起父母来：“我其实也不要求别的，在家有吃有喝钱儿够花就行了，这要求高吗？他们丫的非跟自个儿儿子装大尾巴狼，非让我上班儿去，还老拿我跟我姐比。我跟我姐比得了吗？这不是往死里逼我吗？”

“行了行了。”陈星有点儿不耐烦，“我给你想想辙。”

他带着张红兵去找小北。小北见了那孩子撇撇嘴，但还是给了陈星面子：“谁让我们认识你姐呢。”

他们把张红兵带到一间筒子楼里。那儿是小北网店的仓库。还好，屋里有一张行军床。

“你就在这儿睡吧，顺便帮我看看东西。明天再跟着我们上货去。”小北交代说，“不过说好了啊，我只管你吃饭不管开工资，别处有工作你赶紧上班去。我这儿买卖小，养不起那么多人。”

临走，陈星又偷偷把张红兵拉到一边：“你在这儿手脚干净点儿。要少了什么东西我真打折你腿。”

“对不起谁也不能对不起你呀。”张红兵死皮赖脸地说。

真没想到，他们又会和张红兵混在一起。当初要不是他，陈星也不回和张红旗发生纠葛吧。看来人的缘分只要没断，终究还会续上，这么一想，陈星就觉得生活还真挺奇妙的。但他又想：自己和张红旗的缘分就算断了吧，和沈琼也是。这又让他心头黯然。

更没想到的是，张红兵在别处烂泥扶不上墙，在他们这儿却干得挺好。不光上货送货积极工作，而且还总能提出建设性意见。张红兵自己解释说：“关键得看给谁干，咱们不是自己人嘛。”

比如给走私酒换上正规渠道的说明书，就是张红兵的建议。那种说明书很好伪造，找一家小打印社做个版印刷出来就能用。张红兵又重操老本行，刻了个海关的公章，这样一来，成箱的走私酒就都变成了行货。小北正好把它们卖给大眼妹妹的酒店。

如此一来，他们的进货量更大了。最忙的时候，几乎两三天就要往天津跑一趟。

日子就这么飞快地过去，陈星倒也心满意足。小北却越来越焦虑了，因为随着北京经济的又一轮蓬勃发展，财富的积累速度越发赶不上房租的上涨了。

忙忙碌碌地又过了一年多，当他们都有些疲乏了的时候，又一个过去的熟人出现了。真像陈星的感觉一样，只要缘分没断，迟早还会见面。但他没想到，这次重逢彻底改变了他的生活。

21 重逢

那是2006年的春节前后，他们像往常一样收购了几箱走私酒，却没有直接回北京，而是拐到了另一个批发市场。这里的烟很便宜，快过年了，小北打算买几条送给大眼妹妹在酒店的同事。卖酒的事儿那些人帮过不少忙。

但还没开到地方，他们却在一个街口被挡住了。几条汉子围在一起，根本不顾堵塞了交通。奇怪的是，虽然好几辆车被挡住了去路，司机却也不敢下来抗议，而是迅速掉头离开。小北探出头去看了一眼，吐了吐舌头说：

“我操，碴架呢。”

陈星下了车，踮着脚望了望。原来是几个人围住了一个。人多那方手里不是拎着铁棍，就是攥着菜刀，表情都很凝重。而被围在当中的那位虽然四面受敌，却也毫无惧色，并且竟然当众跳起了脱衣舞：先是大衣，然后是牛仔服，最后居然连衬衫也脱了，露出好大一片文身。为了达到威慑对方的效果，他也太不嫌冷了。

脱得上身精光，那家伙才呛啷一声，从裤裆里掏出一把雪亮的菜刀，冷冷地说：“这东西跟我也不是一天两天了。”

陈星听到这话，登时感到耳熟。再一看那文身，不是二龙戏珠组图嘛。世界真是他妈的太小了。

而小北也认出了这个过去的对头：“那孙子不是古力吗？”

陈星也说：“这都什么年月了，他怎么还当流氓呢。”

小北看到古力寡不敌众，倒是很快乐，他还招呼张红兵一起观摩：“春节看大戏了啊——这孙子也有今天。”

而那边已经动起手来了。因为对方人多，古力明显落了下风。陈星还发现，古力在打斗中只用右手，左手显然活动不便。

没两个来回，古力便被人一脚踹倒在地，跟了他不是一年两年的菜刀也脱手而飞。

陈星心里一阵凄凉：如果不是当年被他把左手打折，落下了旧伤，古力也不至于吃这么大亏吧。

心里一热，陈星便开门下了车。

他也没想清楚为什么要帮古力。说起来还有两分歉意吧。小北在后面喊："你他妈疯啦？"他也没听见。

那几个小伙子正在专心致志地围殴古力，全没注意后面有人偷袭。陈星揪住一个人的头发，利索地封了对方的眼，然后一脚踢在另一个的生殖器上。他顺利地打出了一个缺口，把古力拉起来："赶紧跑。"

古力看到陈星，愣了。但一眨眼的工夫，那些小伙子又围了上来，铁棍片儿刀都朝陈星招呼过来。

幸亏人堆外面传来引擎的轰鸣，小北开着大众车冲了进来。小伙子们见来势猛，不由得四散躲开。小北飞快地打开车门："快快快。"

陈星和古力钻上车，小北一踩油门，绝尘而去。

"多亏了哥儿几个，要不兄弟今儿算坏在鼠辈手里了。"在车上，古力喘息甫定，亲热地和陈星、小北道谢。

就连对张红兵，他都近乎谄媚地拍拍肩膀："这小哥们儿也挺眼熟啊，英雄出少年。"

张红兵还是本性难改，看见流氓就想巴结："大哥，您真健忘。”

小北却冷嘲热讽地挤对古力：“原先你多牛×呀，现在怎么也怂了？”

“后浪推前浪嘛。”古力毫不介意，“早就该是你们的天下了。”

“别这么说，我们已然不当流氓了。”

“那是，要不你们比我有出息呢。”古力继续奉承。

车开到天津城里，古力非要请他们吃饭。小北还阴阳怪气地说不去，古力竟然抽起了自己的嘴巴：“真不给我脸？那就是我的脸不值钱。”弄得小北都不好意思。

“太肉麻了这人现在，”下车后，小北小声跟陈星说，“怎么一点儿脸也不要呀？”

“当初也是一豪杰。”陈星看着古力缩脖哈腰的背影说。

但他们没想到，看起来颓唐无比的古力，竟然把他们领进了天津最豪华的酒店。更让人吃惊的是，那儿的服务生都认识他，隔着八丈远就打招呼：“古先生来了。”

陈星和小北面面相觑。古力却从容了许多，点菜根本不看菜单，还介绍说：“这儿我熟，楼上就是客房，我包了一套。”

在鲍鱼和龙虾的作用下，小北不得不对古力刮目相看了。言语之间，他也不敢继续揶揄，而是拐弯抹角地问人家“在哪儿发财”。

“兄弟别打我脸了，这也就是凑合着瞎混。”古力殷勤地为他们添菜倒酒，大略讲了自己的发家史。他说自己被陈星打断左臂后，觉得没脸在北京混了，便只身南下，在浙江那边打了几年工，后来当上了一名长途客车司机。那段日子他过得很辛苦，为了多挣点儿，经常连轴转地开夜车，最长的纪录是两天两夜手没离方向盘。

古力撩起袖子，给他们看胳膊上烟头的烫伤："怕开车的时候睡着了，只能烫自己。"

他干了两年多，后来公司有一辆客车翻到江里去了，连司机带乘客死了几十个人。这事儿把古力吓得够呛，他下决心辞了职，经人介绍到天津的批发市场承包了一个摊位，经营台州一带生产的出口转内销窗帘。该当他运气好，那几年北京地区的房地产畸形发展，窗帘的需求量也非常大，他连续做了几单大买卖，赚了不少钱。古力再接再厉，扩大规模，又租下了好几个摊位，而且红酒香烟什么都卖，成了那一片儿最有名的二道贩子。

但因为买卖做得太大，又抢了别人的行当，原先倒腾香烟和洋酒的两拨儿人把古力看成了眼中钉。双方大大小小地火拼过几次，古力仗着手下人多外加不要命，也没吃什么亏。但对方转而玩儿阴的，从外地雇来一拨儿劳改释放分子，专在古力落单的时候打偷袭。今天就是他被人盯梢了好长时间才堵住的。

"这买卖真他妈干不长了。"说到现状，古力垂头丧气，"哥们儿正琢磨着干别的呢。实在不行回北京得了，好歹没这么多地头蛇。"

听到古力的口风，小北眼睛一亮。

古力招待他们花天酒地了好几天，才依依不舍地放他们回去。这家伙有钱真不是装的，甭管多贵的地方，都是一副“这儿就是我们家”的气势，而且还开着一辆走私的雷克萨斯汽车。临走前，他特真挚地对陈星和小北说：“咱们过去要有什么梁子，都因为我是个王八蛋，你们可千万别跟王八蛋记仇。过些日子哥们儿回北京做买卖，还指望哥儿几个照应一下。”

小北已经完全放弃了戒备，一口应道：“都是兄弟都是兄弟。”

陈星却还是淡淡的。他觉得古力变得虚头巴脑的，还不如过去看着顺眼呢。

回去的路上，小北问陈星说：“你觉得咱们跟古力——能过事儿吗？”

陈星知道他想的是什么。他眨眨眼说：“我觉得你小心点儿。这孙子路子有点儿野。”

“倒也无所谓。”小北不知不觉换了种说服的口吻，“他要真跟咱们玩儿哩格儿愣，大不了再给丫一板儿砖。反正咱们还是无产阶级呢咱们怕什么呀。”

陈星不置可否。他对做买卖本来就不上心。

过了些天，小北果然联系了古力。一番寒暄后，他问古力：“你回北京发展的事儿不是说着玩儿吧？”

古力登时异常热忱："我就知道兄弟不会忘了我！有什么好推荐？"

小北便说了开酒吧的打算。他极力渲染开这行当的好处：一本万利，情调高雅，而且非常省心，每天也就晚上忙活一会儿。

古力说："我也知道这买卖好，不过北京的酒吧照好办吗？我听说工商局卡得特严。"

"没谱的事儿我跟你说干吗呀？"小北一听有戏，急切地兜了底牌，"我爸有一战友就是工商的，找他肯定能办下照来。就是房租有点儿贵，我要有那么多钱早自个儿干了。"

"我琢磨琢磨。"古力说。

小北抓耳挠腮了几天，终于接到了古力的电话。古力愿意负担所有的房租和装修，小北这边只需负责进货、雇用服务员和调酒师。而且酒吧的法人还可以写小北的名字。小北都不敢相信这是真的。

没过多久，古力开着他的雷克萨斯，来北京和小北商量具体事宜。俩人喝了整整一瓶威士忌，极度亢奋地渲染着美好蓝图。小北满嘴都是"兰桂坊""芭娜娜"之类的香艳词汇，声嘶力竭地发誓一定要把酒吧经营好，然后开一家分店两家分店八家分店——一直开到美国去！这年头的青年财迷都是这个风格：买卖还没开张呢，就已经开始琢磨上市的事儿了。

古力言出即行，很快把钱打了过来。小北以最快的速度在北二环的一个胡同里选好了地址，租下里外纵深两百多平方米的门脸房，然后便进入了紧张的装修阶段。

“怎么开胡同里了？”陈星问他，“你要开的是酒吧还是棋牌室啊？”

“三里屯饱和了，现在就胡同吃香，”小北头头是道地说，“不光老外喜欢，小资也流行钻胡同了。”

经过一个月的大干快上，酒吧初具规模。小北还找了两家时尚杂志的记者来拍照写文章。看着据说洋溢着浓郁“英伦风格”的装修，陈星不禁有点感慨：多年以前，自己和小北在五道口闲逛的时候，小北就说要开一间酒吧。今天真的开起来了。

更让人喜出望外的是，酒吧的生意竟然不错。毕竟是在夜店混了那么多年，小北对娱乐行业的风向还真把握得挺准。一到周末的晚上，店里就坐满没钱的老外和趁俩小钱的中国人，有时候还需要订座。

比起东奔西跑地经营网店，开酒吧也轻松多了。每天晚上，陈星只需要坐在吧台后面照看店面，打烊后对对账就可以。整个白天，他都可以坐在胡同口发呆、听相声。后来，他还爱好上了和老大爷们下象棋。

张红兵呢，小北让他穿上马甲，和调酒师学手艺。这孩子贼头贼脑的很聪明，没过俩月就能杂耍似的摇晃出一杯“B52”了。

他们和古力也混得越来越熟，到后来，看起来真像“多少年的哥们儿”了。几乎每个周末，这几个人都会凑在一块儿喝得烂醉，推心置腹地说着仗义的废话。但小北却有了另一种顾虑——大眼妹妹老说要到酒吧来玩儿，都被他搪塞过去了。他怕她来了，却碰上古力。他们原来就是为“这婆子”打得头破血流的，如果古力知道大眼妹妹现在还被小北带着，他会不会心生芥蒂呢？而这对酒吧的经营无疑是不利的——古力可是大股东啊。

没想到，后来还是古力挑明了。那天，又是一场周末大醉后，古力忽然搂住小北说：“陈芳——陈慧敏还跟着你呢吧？”

小北没料到古力会这么开宗明义。他倒显得心怀鬼胎了：“其实当初我要知道她是古哥的婆子——”

“现在是不是你带着？”古力用力一拍小北的肩膀，又问了一遍。

“带着呢。”小北躲开古力的眼睛小声说。

古力倒了两杯酒，对小北举杯：“对她好点儿。”

小北喝干了酒，不知所措。

古力却黯然一笑：“其实我早就想通了，她还是跟着你更合适。你比我有情调，对女的也好，我只要你答应我，别让她伤心，也别告诉她我在这儿……”

两个人居然热泪滚滚地抱在一块儿，仿佛两只动了感情的熊。他妈的，这场面太像香港烂片了。陈星在一旁看着他们，不知是该一块儿做义薄云天状，还是该笑出声来。

酒吧的生意好得吓人一跳。几个月下来一盘点，他们不光收回了装修的费用，连房租都挣出了一大半。照这样下去，不出一年可以完全收回成本，以后就是干赚了。

看着乌秧乌秧的客人，小北对陈星感慨地说："做好准备了吗你？"

"什么准备？"

"成为被仇视的那一小撮儿富人。"

就连经历过一次"事业腾飞"的古力都被酒吧的势头惊着了。由于天津地头蛇的联合打压，他在批发市场的生意已经举步维艰了。因此他毅然决定壮士断腕，把那边的摊位和囤货全都盘出去，将抽出来的资金全部投到酒吧里去。

"把面积扩大，起码还得大两倍，灯光吧台都得来进口的，我还有一主意，咱们弄一钢管秀，找几个俄罗斯大妞儿，旗舰店就得有点儿旗舰的意思……"古力和小北踌躇满志地商量着。

他们都是说干就干的人，一旦打定主意，立刻付诸实践。又过了几个月，一个相当豪华的中等规模酒吧在原址开张了。

新店开张的前两天，小北扔给陈星一套"宝姿"西装："我知道打扮成一日本推销员二×了点儿，不过咱们现在不是企业化了嘛。"

陈星的任务仍然是看场子。门面一大，客人难免鱼龙混杂，来捣乱的地痞流氓也不少，另外还有喝醉了撒酒疯的。他需要随时保持警惕，把那些危险分子轰出去。另外，新招聘的服务员也归他管理。

“威逼利诱也好虚情假意也好，反正得迅速把队伍带起来。”小北还提议，每天早上带着服务员们上街做做广播体操，“也是企业文化。”

穿着西服，面对那些刚进城、比他小五六岁的男孩女孩时，陈星又一次产生了恍惚感。难道他们真要发财了吗？自己从没想过这事儿，也从未为之做过什么努力，却眼瞅着就要过上一个体面人的生活了。他觉得太他妈的荒唐了。

又一次发工资的时候，他更是惴惴不安。那叠钱的厚度已经超过了他的想象。

新店开张的场面简直是恢宏壮阔。他们免费开了个大Party，用小北的话说：“半个北京的喇和伪艺术青年都凑齐了。”

这天晚上，他们意外地遇见了陈木。那姑娘如今完全一幅“看开了”的架势，叼着烟拎着啤酒在人堆里癫狂地劲舞，还时不常调戏一下身边的小男生。她的右手上戴着一个极粗大的银手镯，遮住了“每周一割”留下的疤痕。

小北皮笑肉不笑地打量了陈木两眼，扭头去了办公室。他还不想和她见面。但过了一会儿，陈木那边又惹出乱子来了。一个秃顶中年男过来和她搭讪，一边说一边去摸她的胳膊，还把银手镯往上拉了半寸，陈木立刻给了他一个大嘴巴。

“我操你妈！”附近的人都听见她尖厉的大骂，“也不瞧你丫那操性。”

秃顶中年男非常下不来台，眼看就要动粗。陈星赶紧过去，揪着后脖领子把那人轰了出去。

陈木也跟了出来。她笑着对陈星说：“哟，你当上保安头儿了。”

“朋友开的店我帮帮忙。”陈星躲着她的眼睛说。

“小北也在这儿吧？叫出来叙叙呀。”

陈星只好骗她：“小北不在这儿。我去了外地几年，回来以后就跟他断了联系。”

陈木“嘁”了一声，明显不相信：“还怕我缠着他呢？奶奶早没这么不开眼了。”她突然转了个话题，“前一阵我去美国，碰见张红旗了。”

陈星一愣：“是吗？”

陈木瞟了他一眼说：“她挺好的，在纽约的一家金融公司上班，说是准备定居了。她男朋友也是留学生，俩人在同一家公司。”

陈星垂下眼睛，突然很想找个无人之处躲起来。陈木幸灾乐祸得近乎残酷，这表情让他害怕。她好像对世上的一切都满怀恨意。

陈木走后，他坐到垃圾桶上抽了颗烟。头上颇有几颗星星，是城里难得一见的好夜晚。他一边抽烟，一边摇晃着腿，脚后跟磕得垃圾桶咚咚响，那样子就像一个悠然的醉鬼。

听到“张红旗有男朋友”这个消息，陈星并不感觉特别伤心。他很清楚地知道自己没有伤心的理由。他只是一阵茫然，感到一段含混不清的岁月终于画上了句号。

摸摸毛料西服，他甚而感到某个时代在自己身上结束了。

他又想到那个帆布书包里，还有自己写给张红旗的一厚叠信呢。是不是应该回去，写上最后一封，祝她幸福呢？这也是属于他一个人的告别仪式啊。但那封信，陈星最终没有写。此后的一些天，他精神萎靡，夜里却又常常不知不觉就醒了，然后愣愣地看着天花板，怎么也睡不着。

“来来来。”早上的酒吧里依然昏暗，昨晚的烟味儿还没散尽，小北坐在一张吧椅上，诡秘地冲陈星招手。

“干吗？”

小北从兜里掏出张照片：“给你发一妞儿。”

陈星接过照片看看，一个典型的白领女性正从电脑屏幕后探出头来，对他做着“V”字手势。

“这年头还靠照片接头，是稍微有点儿土。”小北说，“不过人家可是慕名而来，专门‘点’的你态度特诚恳——前两天大眼妹妹不是带着她们同事过来开过Party吗？这姑娘回去就一直打听你。”

“算了吧。”陈星把照片还回去，睡眼惺忪地走开。这些天一直没睡好。

小北追着力劝他：“别介呀，我都答应人家了。岁数是大点儿，不过绝对是正经人家的姑娘——无婚史无子女也就是年轻的时候刮过两回宫——”这话说得小北自己都咯咯乐了，“我的意思是先谈着，哪怕就当一乐儿呢。看着你这么大岁数还鳏居着我也着急。”

没过两天，小北再次拽住陈星：“人家可打上门来了。”

他指指酒吧大厅，大眼妹妹正和两个女同事围坐着喝咖啡。照片上的那姑娘正对着陈星，不时往这边瞟一眼又迅速挪开。

“索性见见吧，就当给我一面儿，要不大眼妹妹成天跟我唠叨——这妞儿都快花痴了。”小北扯着陈星往外走。

陈星只好任由他做了介绍，木讷地对那姑娘点点头。过了一会儿，旁人都带着居心叵测的表情借故离开，小北塞给陈星两张“星期五”餐厅的定位卡：“我算把该做的工作都做到了，你凭良心办事儿吧。”

真接触起来，陈星觉得那姑娘性格还挺不错——不装蒜，吃西餐的时候也没背诵“喝红酒的必备常识及礼仪一闻二晃三漱口”。大部分时间都是对方说，他哼哼哈哈地听着，没想到快走的时候，那姑娘面若桃花地说：“我觉得你这人特逗。”

陈星一时反应不过来。

“冷幽默。”那姑娘解释说。

夜里，他把她送到家。对方果然说：“要上去坐会儿吗？”

陈星又不禁一愣：“做会儿什么？”

那姑娘遮羞似的大笑：“我说你这人逗吧，你还不承认。”

尽管她继续盛情邀请，陈星还是没上楼。次日下午，小北翻着白眼对他说：“你太不懂得尊重女性了——又伤害了一大龄剩女。”

“我怎么了，”陈星说，“上车时我还帮她开门呢。”

“反正人家说你看不起她。有的事儿还用我说吗？大晚上到人家门口了你就那表现？禽兽和禽兽不如的故事你不会没听过吧？”

“我真没那兴致。”陈星笑笑，换了种破罐破摔的口气，“你忘了，我不是阳痿吗？”

此后，小北又皇上不急太监急地给陈星介绍过几个对象。那些女性的构成相当丰富，有看见塑料袋就要召开批判大会的环保主义者，有能把腿掰到后脑勺的瑜伽教练，居然还有一个十六岁的女中学生。那个小姑娘倒是非常酷，陈星不说话，她也不说话，俩人默默地坐了一下午，到最后，她写了张纸条给陈星：“不好意思，我不说话是因为怕疼。”

“哪儿疼啊？”陈星问她。

女中学生小心翼翼地吐出舌头，露出巨大无比的舌环。

“学校不让往耳朵上扎，我就扎这儿了。”她在纸上写道。

但很快，小北就没工夫关心陈星的个人问题了。酒吧的生意开始急转直下。那段时间，北京的娱乐场所像雨后的蘑菇一样纷纷出现，也像蘑菇一样迅速消失。时尚人物更是任性而善变的，同是胡同酒吧，小北他们这里一度还是有名的据点儿，可没过多久，客人们就纷纷不来了，他们跑到别的胡同里去了。那里有更新潮的音乐、更古怪的装修和更多的外国人。

小北想尽办法，连轴转地搞活动作宣传，举办一周一度的“洋酒节”，但效果仍旧不理想。两个月扛下来一算账，原先日近斗金的店面，现在赚出房租都困难了。创业的艰辛终于体现了出来。

雪上加霜的是，因为晚上音乐放得太响了，他们的酒吧遭到了附近居民的集体投诉。城管部门勒令他们把外挂音响全撤了下去，每天十二点以前必须结束营业。

古力也急了。要知道，酒吧一旦亏损，亏的都是他的钱。他急吼吼地想办法，结果却把酒吧搞得更乱。

不知何时开始，酒吧里出现了大批打扮妖娆的女人，她们也不要酒水，只是叼着烟跷着二郎腿在吧椅上坐着。没过多长时间，她们中的某些人就会被带走。

这就是古力倡导的救亡路线。他回天津，也不知从哪儿拉来了一票小姐，并规定带走她们的客人必须消费一瓶洋酒。为了管理小姐们，他还雇用了一个妈咪，那大胖娘们儿每顿饭都要吃两个鸡腿，吃饱了就跟男服务员讲荤段子：“小伙子，瞧你这一脸疙瘩，要不我找一妹妹帮你消消火？”

小北非常矛盾。他对自己的定位是当个时尚界人士，可现在却眼看要成为一个卖淫窝点的老板了。他害怕这么搞下去，古力会让他带着服务员上街拉皮条去：“大哥，做大活儿吗？”

更令人担忧的还是来自警方的压力。有一天，突然有两个警察走进酒吧，说是“例行检查”，吓得客人们纷纷心怀鬼胎地溜走了。幸亏古力不知从哪儿得到了消息，先把小姐们转移了，才算侥幸过关。

警察来过没两天，酒吧又接到一个电话，说找老板。小北握着听筒哼哼两句，忧心忡忡地对陈星说：“派出所叫我过去谈谈，你也陪我过去吧。”

他们开车来到派出所，敲开办公室的门。没想到屋里那位警官却说：“咦，怎么看你俩那么眼熟呀？”

小北定睛一看，原来是那个爱听相声的警察。陈星不禁嘿嘿嘿地乐了。

警察却厉吼一声：“别打哈哈！”

小北只好严肃下来，听警察训话：“你们那儿到底干了什么自己心里也知道吧？居委会都反映好几回了——我说你俩也是派出所的常客了，过去是小不懂事儿，怎么越大越下贱了，干点儿什么不好……”

小北冤枉地说：“政府，这事儿真不赖我们——”

“我懒得听你那套废话。”警察说，“提醒你们都是为你们好，要是让我们抓着现行，那就没这么简单了。回去好自为之吧。”

小北又是千解释万解释，才让警察相信，他们也是被别人连累的。但警察还是要求他们赶紧把小姐轰走。

正事儿说完，三个人才松弛下来，你看看我我看看你。旋即，警察扑哧笑了一声："咱们还他妈挺有缘分，我刚调到这儿就碰上了。"

小北立刻蹬鼻子上脸，掏出烟来给警察点上："您现在官腔够重的——提拔了吧？"

"都三张儿多了还没对象呢提拔有什么用呀？"

"那我给你发一妞儿——他知道我这人最热心了。"小北拍着胸脯子说。

"你介绍的女的我还不放心呢。"警察撇着嘴。

他又转向陈星："你现在还听相声吗？"

陈星说："听啊，你送我那收音机我还留着呢。"

"收音机里的都听多少遍了，"警察说，"现在流行郭德纲的你听过吗？哪天咱们到天桥听去。"

打了会儿哈哈出来，小北和陈星赶紧回到酒吧，正赶上妈咪带着小姐们吃完饭回来。她们在大厅里集体画皮，准备赶晚上的场。

"别抹了别抹了，"小北过去说，"晚上诸位姐姐转战别地儿吧。"

"你让我们走我们就走？"妈咪登时气势汹汹，"我们可有合同——"

"那你们到劳动局告我去。"小北说，"告下来我连住房公积金都给你们补上。"

"我们都跟古先生说好了——"

“古先生让你们来，警察召见的可是我。”小北的口气软下来，无奈地说，“姐妹们，我知道你们也不容易，不过大伙儿都得混是吧？北京本来就管得严，你们还是在找个从业环境宽松点儿的地儿吧……”

小北态度坚决，总算把小姐们都请走了。他烦躁地抽着烟，对陈星发牢骚：“真他妈狗行千里为吃屎，你觉得古力的经营理念跟我合拍吗？”

正说着，古力已经火冒三丈地进来了。他对小北也没那么客气了：“人是你轰走的？”

“是啊。”小北看也没看他一眼。

“你他妈哪盘儿菜啊？真把自个儿当大个儿的？”古力指着小北的鼻子叫喊，“你别忘了这儿是谁说了算，谁掏钱谁说了算——”

他越说声音越大，连里屋的服务员都跑出来了。他们看见了老板之间的内讧：古力揪着小北的脖子，眼看就要动手了；而小北面色苍白，瞪着古力一言不发。

但古力刚刚举起拳头，就被陈星凌空攥住了。他推了古力一把：“有话慢慢说，说不拢就拆伙，谁也别跟谁急好吗？”

三人不欢而散。但陈星和小北没想到的是，当天晚上，古力就打来电话，约他们喝酒。在酒桌上，他又恢复了那副亲热的神情，搂着小北的肩膀称兄道弟的。态度转变之快，让陈星都不好意思了。

也许古力明白，他虽然是出资人，却也无法和陈星小北两人对抗。越对抗，他的损失就越大。现在的古力，已经练就了一套见风使舵的能力。这是他这代痞子圆熟的标志，也是他这代痞子没落的开始。

在酒桌上，小北也给了古力一个台阶，仍然口称“古哥”，而且表示理解他的初衷也是“为大家好”。小北还信誓旦旦地表示，他会想出更好的办法，让生意起死回生。

但从这天起，古力明显和陈星他们疏远了。只要小北和陈星在酒吧，他就借故不来，只有他们不在的时候，他才来店里逛逛。每到月底，他都会铁面无私地过来收账，拿走绝大部分利润。他的态度也很明确：你小北不是有本事嘛，那就让你来想办法好了，反正他自己该拿的那部分红利是一分都不能少。

原先一起创业的人，已经分成了两个小阵营。后来，张红兵也不好好上班了，成天不知跑到哪里去闲逛。要不是看陈星的面子，小北早把他开除了。

对于和古力的分裂，陈星他们倒是安之若素。小北更是看开了：假如真混不到一块儿去，那就干脆拆伙——他们本来也不是一路人。小北还盘算着，等酒吧的生意一旦好转，就尽快把古力的本钱还回去，反正执照上写的是他小北的名字，他和陈星两个人干倒还更好。

而酒吧生意一闲下来，陈星便得以恢复了一个混子的生活状态。这期间他父母也退休了，顺理成章地染上了许多退休职工的爱好：喜欢逛公园，喜欢看北京大干快上的工地并畅想美好蓝图。这倒让他们的心态好了很多，起码比成天在家闷着谁也不理谁和谐多了。

因为父亲的腰椎间盘突出已经很严重了，陈星常常打车陪着他逛颐和园、北海和施工中的奥运场馆。在扬沙漫天的工地旁，父亲背着手久久凝望，一副“问苍茫大地”的表情。过了一会儿，他又拦住一个工人：“师傅，这场馆预计什么时候完工呀。”

“后年。后年就开奥运会了。”

“好呀好呀。”父亲满意地点头，“到时候，这一带的市容市貌就要大变样了。”

工人一边走开一边嘟囔：“北京的老干部太多了，而且怎么全一个口气。”

回到车上，父亲又对陈星穿着宝姿西服的模样抒发起了感想：“看到你能做一个对社会有用的人，我很高兴。虽然你没有上过大学，但也算得上自学成材的典型了。”

但陈星想对父亲说的是：过去您老说我颓废，现在我觉得您才叫颓废呢。

又过了些天，张红兵却给陈星打了个电话。他压着嗓子，像做贼似地说：“星哥，我有一重大消息告诉你。”

俩人在酒吧附近的一家咖啡馆见了面。张红兵吸溜着鼻子说：“我姐回来了。”

陈星没说话。这消息让他恍惚了，觉得时间静止了。

张红兵又说：“你没听见？我姐——张红旗——从美国回

来了。”

“什么时候？”陈星缓缓神，仍不知道自己该作何表示。

“前几天。我妈打电话告诉我的。说是毕业了，美国一家公司想留她，但她觉得在那边待着没意思，就到北京找了个工作。也是外企，过些天就到金融街那边儿上班儿去了……”

张红兵一边吸溜着鼻子，一边滔滔不绝地说着。但陈星却又像失聪似的，呆呆地坐着。他的眼神也是直勾勾的，仿佛在望着什么遥远的地方，又像什么也没有看。

他的神色让张红兵也愣了。他停下来，等着陈星的反应。两个人僵了一会儿，陈星才眨眨眼，迅速点上颗烟。

但他仍然不知道该对“张红旗回来了”这事儿说点儿什么。纯粹为了打破尴尬似的，他才说：“都多少年没见了……”

那口气，就像老电影里“忆战友”的情景一样。

张红兵也点上颗烟，狠抽一口，憋了半天才说：“你要有空看看我姐去吧，买卖不成仁义在嘛——也是替我去……”

陈星说：“你一直没回家？”

张红兵摇摇头：“我姐不在家他们还成天看我不顺眼呢，她这一回来，我他妈还能被当个人吗？”

两人默默地抽完烟，小口喝着啤酒。虽然没话，但陈星总感觉张红兵像憋着什么似的。

果然，临走时张红兵突然说：“找你还有一事儿——”

“干吗？”

“手头宽裕吗借我点儿钱。”张红兵眼瞟着别处。

“你花销也太大了，小北给你开的工资不是挺高的嘛，比一般劳动人民强多了。”

“用钱的地方不也特多嘛，”张红兵羞涩地笑着，“哥们儿也开始恋爱了，那妞儿是国贸那边儿的小白领，那天一块儿逛商场，人家走到LV店里就不挪窝了，我一看那儿的包儿都一万多……”

“我这儿也不多，”陈星摇摇头，从兜里掏出钱包，“就三千了。”

“够了够了我再凑凑。”张红兵点头哈腰地接过去。

送走张红兵后，陈星走在街上。他忽然发现街上的景色变了，还是那些楼还是那些车，但气场却不一样了——他和张红旗又在一个城市里了。北京不再是繁华得六亲不认的北京，不再是古老得千秋万岁的北京，又变成了那个弥布着忧愁的青春萌动的——北京了。

那么，他要不要像张红兵建议的那样，“看看她”去呢？陈星还没有主意。他在街上慢慢走着，又一次回忆起和张红旗的故事来：他们本是平行线，莫名其妙地交错了，又莫名其妙地分开。但从此以后，他的整个儿人就变了，他总是感到张红旗正在什么地方看着自己，即使两个人远隔千里万里……

晚上，他叫上小北，到人大附中附近的“鹿港小镇”餐厅吃饭。这里原来曾是一片破烂的城中村，他们上中学的时候，在这儿吃过板儿面打过群架，还第一次被抓进了派出所，而现在已经变得富丽堂皇，街上来往的都是韩国人或伪韩国人、台湾人或伪台湾人、香港人或伪香港人。

最近酒吧生意不好，小北忙得头都大了，脾气也差，逮谁挤对谁。吃了会儿盘大量小的“正宗”台菜，他借着酒劲儿，又开始向邻座的中年人挑衅。那位大叔白白嫩嫩的，带着一个嗲里嗲气的姑娘，言必称“在我们台北……”

“表酱紫嘛！”小北装疯卖傻地大叫，“在我们中华民国，口香糖都叫香口胶耶——你想不想口交想不想口交？”

白嫩的中年人满脸悲愤地结账走人。人家走了，小北兀自骂骂咧咧：“带着妞儿来还有脸跟人家AA，我都想替他把单买了。”

陈星也被他逗笑了。他掏出烟来，递给小北一颗。小北看看牌子：“怎么改都宝了？咱们还没穷到那分儿上。”

“上学的时候不都抽这个嘛，”陈星悠悠地说，“那时候这片儿还是城中村呢……”

俩人自然地忆起旧来：从板儿面到板儿带，从卡西欧手表到耐克鞋；谁谁牛×吹大了1997年就说看过《魔鬼终结者3》，谁谁出校门让痞子堵系了死扣儿的球鞋都跑掉一只。他们回忆得如此投入，甚至为“班上某个漂亮姑娘究竟对谁飞过媚眼”这个问题吵了起来。

咋呼一通之后，俩人不约而同地笑了，进而有些吃惊：他们才多大啊，就这么热衷于怀旧了。

那天他们喝了很多酒，入夜起身时都眼泪汪汪的。送走小北后，陈星没有回家，他慢慢向张红旗家走去。

这时她的窗子应该亮着灯吧。这城市里有万家灯火，但却只有一盏能穿透他的身体，照得他的心脏熠熠生辉。陈星胸中涌动着波澜，走向张红旗的家。

但到了楼下，他看到她的窗子黑着。也许她已经睡了。陈星惨淡地笑了笑，刚要离开，却见一辆本田思域轿车开过来，慢慢停下。车上下来一个人，正是张红旗。

几年没见，她的身形还是没变样，仍然扎着马尾辫，只是衣着不那么像学生了。她穿了件格子风衣，还扎了条白丝巾。

声音从陈星的嗓子眼里往上涌，他马上就要叫出声来了。但随即，透过本田车的侧窗，他看到司机是个年轻男子。他想起陈木说过，张红旗和她的男朋友“关系很好”。

那男子又说了句什么，张红旗便又上了车。他们关上车门，谈起话来。

陈星抽了抽鼻子，走开了。

低头走开时，他都不敢去看张红旗的脸，只是在余光里感到她的脸色仍然略显苍白。走出一公里左右的距离，他忽然哽咽了一声，就再也忍不住了。这个二十多岁的男人在春风沉醉的夜晚低声哭泣。

张红旗是在2006年初回的国。此前，她从纽约州立大学商学院毕业，又到华尔街一家著名的投资银行实习了一年。

华尔街的工作是枯燥无聊的。作为一只菜鸟，她每天要整理以公分记的报表，并奔跑着送到各个办公桌上。那些大冬天也只穿一件西服和衬衫的金融界人士则更加忙碌不堪，他们张口闭口都是上千万美元的涨跌，每天却只有十分钟的时间吃一个汉堡。

而真正的权势人物，此刻可能正在加州的游艇上，和什么好莱坞明星碰杯呢。

逐渐接触到这行业的实质性运作，张红旗的感觉更是触目惊心。许多无比动听的项目，就是把岌岌可危的不良资产换个形式打包，卖给美国或其他国家的商业银行，再以基金的形式发行。而最终掏钱买单的，还是普通老百姓。她甚至还听说，为了追求放贷的数量，美国就连没工作的人也可以贷款买房子，这期间，又会有不同性质的公司进来炒地皮。

原来自己学了这么多年伟大的经济学理论，将来要投身的却是如此这般的事业。张红旗的心蒙上了厚厚一层灰色。但那些上学时抽大麻、听摇滚乐、咬牙切齿地“反抗整个体制”的美国嬉皮士们，到了岁数不也都规规矩矩地打着领带上班了吗？更何况她一个从小就被教育“适应社会”的中国人。

好在她在公司里还有朋友。那天她正在做一份报表，忽然有人在她桌上敲了敲。张红旗抬头一看，不正是那个开着破福特贯穿美国的董洋吗？

董洋是办公室里唯一没穿西服套装的人。他歪戴着一顶棒球帽，头发长得遮住眼睛。

“你怎么在这儿？”张红旗欣喜地问。

“我也在这家公司上班呀。”董洋说，“一年前就毕业了——只不过咱们一直没机会见面。我在楼上管理数据库。”

张红旗想起来，他学的是电子专业。管数据库的技术人员可以不穿西服，反正也不需要见什么客户。

两个人迅速熟起来——不只是因为过去的关系。在这种白种人占主导地位的公司，中国人都会非常要好。很自然地，每天中午喝咖啡的时候，他们都会到楼梯的拐角聊一聊，下班也会一块儿走。有时张红旗加班到很晚，董洋还会专门等她，把她送到家门口。

张红旗觉得董洋这人也变了。在过去的印象里，他是个非常开朗的人，碰到陌生人也能开玩笑。而现在，他仍然很健谈，但话里话外总透着一股子“什么都没劲”的颓废感。

一定是那件事的作用吧。关于米茜，两个人都下意识地回避不谈。

张红旗只是问董洋：“你还吹笛子吗？”

“吹。”董洋说，“上班还吹呢，反正机房也没人管。”

有了董洋做伴，张红旗觉得日子好混多了。碰到心情格外低落的时候，她也会找董洋去诉苦。她直截了当地提出：“给你五分钟讲一笑话，我要不笑晚上请我吃饭。”

但只有一件事，张红旗没对董洋说过，那就是给陈星写信。即使这么忙，她仍然保持着这个习惯。这时，“陈星”这个人的存在，对于她来说真是太微妙了，他不是恋人，不是亲人，甚至也已经不是“她喜欢的那个男孩”了。他只是她心里的一块自由区域，一个可以完全为之开放的空间。与其说她是在向陈星开放，不如说是向她自己开放。

而因为所有的信都没有回音，张红旗已经断定，陈星一定没有收到它们。恰恰因为这个原因，她才可以放心大胆地对他诉说吧。

“即使有人对我好了，我仍然没法不给你写信。从这个角度来说，你是无可替代的。”在最近的一封信里，张红旗这样写。

突然决定回国，其实是董洋的提议。那天，张红旗正在上班，董洋却在办公室外叫她。上班时间闲聊在这里是不允许的，张红旗猜想他一定有要紧事。她假装上洗手间，走了出去。

果然，董洋神情郑重地说：“你听说中国分公司的消息了吗？”

“什么？”张红旗说。

董洋说：“我们已经传达了。公司准备扩展北京分部的业务，第一步就是建立更大的数据库，从我们那里抽调了一批人。如果干得好，将来可能就要长期留在北京了。再下一步，肯定就要派驻你们这样的审计人员——”

“你想回国？”

董洋说："我已经提出申请了。在这儿待着实在没意思——我想问问你有什么打算。"

张红旗回头看了看窗外。她现在已经拿到了比较长的工作签证，假如再待一段时间，绿卡是不成问题的。但就像董洋说的，留在这儿有什么意思呢？她从来没觉得纽约有什么魅力。

于是张红旗说："我也回去好了。我家还在北京呢。"

一个月后，他们一起上了飞机。又过了一个月，他们一起跳槽到了另一家外企。这次仍然是董洋的提议，其实他早已私下和新公司联系了。原来公司的北京扩展计划，早已被竞争对手料中了，而挖墙脚自然是最直接的竞争手段。

对于张红旗，在哪家公司上班都是一样的。反正都是恢宏壮丽的蝇营狗苟。对于她来说最重要的，是又回到北京了。

飞机刚着落的时候，她就想：陈星现在也在北京吧？她是否和他呼吸着同一个城市的空气呢？

但自从重新上班以后，她没有想过去找他。她有些害怕。恰恰是因为常年写信的习惯，让她不敢面对他的真人了。她甚至不敢去弄清楚，他为什么没有收到那封信。

和董洋的关系倒是越来越近了。她经常回了家，还和他打一个电话，说是谈谈明天的工作，其实是有一搭无一搭地打发睡前的时光。她母亲欣慰地说：

"你在美国真是学有所成呀——会煲电话粥了。"

张红旗也知道，董洋和她之间一定会发生什么。他们有共同的工作、同进同退的利益联系，更重要的是，他们有一个共同的伤心的故事——米茜的死仿佛给他们的交往打了一层底色。

张红旗甚至等待着那一刻到来。它果然来了。就在一天晚上，董洋用免税购买的本田车把她送回家。她刚要上楼，董洋忽然从车窗里叫了一声：

“张红旗。”

张红旗回过头，见到董洋的眼睛亮闪闪地盯着他。他有话要说。

于是，她重新坐进车去，低下头，等董洋开口。

董洋迟疑了一下，柔声说：“我们认识这么久了，又都二十多岁了……”

张红旗有点害羞地扭过头，看着窗外。董洋则在对着她的马尾辫表白了：“我们又都一个人……”

但他没发现，张红旗的脸色已经变了。她看到了陈星。

陈星仿佛正在路过一样，从花坛的另一侧走开去了。虽然隔得很远，但她仍然能认出他来。过了这么多年，她也能认出他的身影来。

看着陈星远去的背影，张红旗悲伤打断了董洋：“我还没做好准备。”

她就这么拒绝了他。

2006年的世界杯足球赛以意大利国家队第四次夺冠告终。那几天，北京人民都在热议意大利队后卫马特拉齐对法国队队长齐达内说了些什么，致使对方头击自己后被红牌罚下。

世界杯期间，酒吧的生意立竿见影地有了起色。每天夜里球赛结束，都有无数醉醺醺的男人从这里出去，酒后驾车回家补觉。但球赛刚一结束，酒吧立刻又空了下来。

这段时间，小北对古力的意见也越来越大。这人就跟店不是他开的似的——对一切事物不闻不问，白天更是根本不露面，只有晚上才会偶尔出现，来了就自己占据一个包间，让服务员送瓶洋酒进去，在那里一泡就是一夜，第二天早上又神不知鬼不觉地离开。

经常有同样行踪诡异的人来店里找他。有些家伙来熟了，连招呼也不打，径直就钻进了古力的包间。这情形更让小北担心，他对陈星说：“我怎么老觉得这孙子在算计咱们呢——他会不会又看上了别的什么门脸，或者找上了新的合伙人？要是那样，到时候他要突然撤股走人，咱们可就傻眼了。”

“不会吧。”陈星说，“咱们给他的分成够多的了。名义上你是老板，实际不还是给他打工吗？这么好的事儿到哪儿找去？”

小北愤愤地说：“早知道丫这操性，就不该跟丫共事儿，现在倒好，咱们跟这儿苦哈哈地撑着，跟大傻×似的，挣得还不如开网店的时候多呢。还有张红兵，怎么他也消极怠工了？咱们就是给他姐面子也不能这么纵着他吧？”

陈星脸一红，说：“我跟他谈谈。”

小北又说："顺便问问他，古力到底憋什么坏呢？我看有时候这孩子也进去跟他们鬼混。"

陈星把张红兵单独叫出来，问他："你成天干吗呢？店里的事儿也不帮忙？"

"生意不是不好吗，"张红兵坦荡地说，"我在这儿耗着干吗，还不如到外面晃悠呢。"

"生意不好也没短了你的工资，该上班还是得上班。"陈星无可奈何地说，"还有，据你观察，古力——是不是有什么想法呀？"

"不会。"张红兵赶紧说，"他倒是看开了，老跟我说生意的事儿他不想管了，放手让你们干他吃现成的就行。"

张红兵敷衍几句，急匆匆又要走。陈星忽然问他："你都多长时间没回家了？"

张红兵低了下头："我姐都回来了，估计他们早把我忘了。"

"有空回去看看，老在外面浪着也没劲。"陈星忽然想起什么，"以后别老跟古力那伙人搅和在一块儿，我看他们都不是善主儿。"

张红兵愣了一下："放心，我也不傻。"

打发走张红兵以后，陈星找了张椅子默默坐下，看着门里透进来的一小块阳光发呆。自从那天夜里见到张红旗，他就常常如此——在思维真空的状态下度过一天。有时，他还希望自己赶紧变老算了。

而每到夜里，自然又是辗转反侧的。他便拿出写给张红旗的那些信，在台灯下反复看。但他却又不想提笔写新的，那种自欺欺人的倾诉已经显得没有意义，他也认为自己没有资格再对张红旗说些什么。

他甚至时常萌发拔腿就走的冲动。就像当初一样，从眼下的生活里逃出去。

陈星本以为他和张红旗的事情就这么完了。他们已经彻底变回了两条平行线，变成了天空中两个永不相逢的星座。但事实并非如此。

那段日子，北京奥运会的预热工作进入了癫狂阶段。满街都是所谓“福娃”的卡通玩具——咱们国家真有经济头脑，你想买吉祥物，得掏五份儿钱。电视里成天播放着这样的节目：一群开奇瑞QQ的司机找了个操场，把几十辆车拼成了五环的形状，对着镜头高呼：北京2008！或者是一个爱好管乐的民间奇人，居然在他的葫芦丝上接了一根几十米长的大管子，管子弯成五环的形状，老家伙妄图让奥林匹克精神和他的葫芦丝产生共鸣，吹的时候屎都快憋出来了。他也在镜头上高呼：北京2008！

“全北京的神经病都他妈窜出来了。”小北评论，“他们不会在安定医院点圣火吧？”

当然，抽风的也就是老百姓。真正有脑袋的家伙这时候正琢磨别的呢。房地产商仿佛正在进行最后冲刺，不计后果地买地盖房，并鼓动全国人民不计后果地买房。别说北京五环路了，连秦皇岛的楼盘都敢管自己叫“奥运板块”，他们信誓旦旦地预测：这时候再不出手，奥运过后就别想在“国际化大都市”立锥了——找一暖和点儿的水泥管子吧。

陈星父母的小区也面临着拆迁。一家叫“房事勤”的“很有来头的公司”早就看上了这块地。借着奥运建设的东风，他们没费什么力气就搞定了区文化局的领导，准备在那里建一家美国式的“帽儿”。而那些在北边上班的小知识分子，则被轰到了南五环——“那边交通特便利，从来不堵车”。

和死磕到底的钉子户相比，陈星的父母倒是特别好说话。毕竟他们也快退休了，搬到南五环能图个清静。而且南边物价低，白菜还便宜五分钱呢。

一家人饶有兴致地买家具看装修，准备乔迁新居。而就在这个当口上，原来小区的物业公司却找上门来了。

“你们还拖着好几年的物业费呢。”一个北京老爷们儿无奈地说，“我们也是让房事勤轰走的，你们走了还有地儿住，我们呢，就剩一屁股外债了。这俩月都没钱发工资，要再收不上钱来，真看不见奥运开幕了。”

原来，前几年单位房改，文化局家属院也划归物业公司了，但大伙儿常年没有交物业费的习惯，都死扛着不掏钱。物业公司呢，拿不到钱也不提供任何服务，连信箱都给关了，就这么干耗了好几年。

陈星的母亲后悔了：“早知道还有这么一茬儿，应该让房事勤公司给咱们交。”

最后，还是陈星拿出钱来，把物业费补交了。他们没想到，物业公司还挺仁义，拿到钱的第二天，那个北京老爷们儿忽然又抱着一只巨大的纸箱子来了：

“前些年没交物业费，我们当然不管给你们送信送报纸了，现在钱交了，这些信就还给你们好啦。”

陈星父亲哭笑不得：“我说这么长时间的《马克思主义哲学简报》都跑哪儿去了呢——还以为那协会倒闭了。”

他又对那老爷们儿说：“您替我们扔了得了。2005年的新闻我们不需要看了。”

但陈星随手在那纸箱里翻了两下，登时僵住了。他的额头开始冒冷汗，手都哆嗦了。

“那我真扔了？”老爷们儿说。

他忽然听到陈星一声怒吼：“我操你妈！”

迄今为止，陈星活了二十七岁。作为一个常年的后进生，他从来不看书。而这天，陈星度过了有生以来阅读量最大的一个夜晚。他在十个小时内，读完了二十多万字，并且都是手写的。

那是张红旗到美国后给他写的信。是他提出分手后，她一笔一画地写的。只是因为每平方米每月九毛钱的物业费，这些信全部泥牛入海，在不见天日的传达室库房里封存了五年。

第一封信写在他提出和她分手的那一天。她问他“为什么？”最后一封信写在她即将回国的前夜，她说：“即使我们不会再见面，但想想你也在那个城市，我的心里像有了依靠。”

在一些信里，她长篇累牍地抱怨，说美国的生活太无聊也太累了，她快要坚持不下去了。

另一些信中，她的心情似乎很好，饶有兴致地讲述着当天的所见所感，连最细微的心情都写到了。

还有一些信，她想他一样迷惘：“我来这儿到底是做什么的呢？以后又会如何呢？”

她也直言不讳地说她想他：“你有时也会想起我吧？”

她甚至歇斯底里过一次：“你到底在哪里在哪里在哪里……”一连写了二十多遍“在哪里”，比那首著名的思念周总理的诗歌还要多。

陈星看着这信，用手背抹眼睛，又把眼泪蹭到外套上。他想起和她分手时，曾说过“我还是你最亲的人”，但他却错过了她的这么多喜怒哀乐。这是最亲的人吗？他违背了这个诺言。

他又翻箱倒柜地找出从深圳带回来的帆布书包，取出自己给张红旗写的信，按照时间的顺序，把两个人的信对照来读。读了两封，他心里忽然有了一种奇妙的感觉——悲哀而又欣慰。原来这些年，即使远隔着千里万里，即使颠倒了黑夜白天，他们之间却还存在着一种神秘的关联。这种关联让平行线般的两个人遥相呼应，心心相通。

和张红旗在一起时，他曾经历过很多神奇的时刻，比如他们在昌平金色的天空下漫步时，比如她在夜色中等待他时。但真正的神奇，却发生在他们分别的时候。

而现在，到了让神奇照进生活的时候了吧。陈星想。

第二天是周末，他不顾一天没睡，独自走到了张红旗家楼下。他在花坛里抽着烟，脑袋清醒得像这个清晨一样。

一直快到中午，他才看见张红旗从楼门口出来。她插着兜，慢慢地向小区门口走去。但陈星没有叫她，他默默地跟在后面——就像大学时，他跟踪着她一样。

张红旗没有坐车，步行走过了几条街，来到一家电影院门口。那是个新开的影城，装修很豪华，正在上映一部美国大片。

陈星远远地看着张红旗买了张票，走进放映厅。她独自一人吗？她的"男朋友"没陪她来吗？他想，那人也许在里面等她吧。按照陈星的性格，这种时候一定会低头走开的，但今天他下定决心，无论如何要和张红旗重逢。

他等她——或者他们——看完电影出来。但就这么过去了一个小时，两个小时，电影散场了，蜂拥而出的人群里却没有张红旗。于是，他又等了一个小时，两个小时，她还是不见踪影。此后，第三次循环播放又开始了，新的一轮观众正在检票。这时天已经黑了。

是她已经走了吗？不会呀，这种电影院的厅小，只有几十个座，出出进进的人群，他都仔细盯了一遍。那么她还在里面吗？有谁会一连看三遍电影呢？

但张红旗真的看了三遍电影。

这些天，她都是失魂落魄的。今天本想出来随便走走，但鬼使神差地就进了这家电影院，还买了张票。屏幕上演的是什么，她根本看不到眼睛里去，隆隆的音响，也没法让她分神。她只是在发呆。

过了一会儿，电影演完了，身边的人纷纷起身，留下一地吃剩下的爆米花盒子。不知为什么，她就是不想离开。她想在黑黑的地方多待会儿。她还觉得在一片喧闹声中，更适合把自己藏起来。

于是，当收拾地面的服务员进来问她为什么不走时，她说："我还想再看一遍——你能帮我买票吗？"

服务员诧异地看了看她："不用买票。你想坐多久都行。"

他又问："要不要爆米花？"

为了表示感谢，张红旗买了两大桶。

就这么昏昏沉沉的，电影放了第二遍、第三遍。她仍然什么也没看懂，就连男主角的长相都记不清楚。她想：这是怎么了？已经出国又回国，过了这么长时间，她还在为某个人而难过吗？

这么一想，张红旗啜泣着，眼泪哗哗地淌了下来。

也就是在这时，陈星从台阶的高处慢慢走了下来。他找到张红旗，借着银幕的光看到了她满脸的泪水，便伸出手去，把她拉起来。

他像牵着一个盲人似的，把她拉出了电影院。

整整一个晚上，陈星就那么拉着张红旗，在灯光璀璨的北京走路。他们谁也不说话，如同一对牵线木偶。

夜很深了，他才把她带到酒吧。客人都已经走了，小北也回家睡觉去了，只剩下几个服务员正懒洋洋地收拾店面。陈星拽着张红旗，径直穿过大厅，进了他和小北专用的休息室。

在这个封闭的小空间里，他们仍旧一言不发，紧紧地抱在一起。抱了很久以后，他们才想起接吻。虽然昨天一夜没睡，今天一整天没吃东西，但陈星依然精力旺盛。有团烈火在他身体里面燃烧。从张红旗的嘴唇上离开，他像确认似地看着她的眼睛。就是这双眼睛，这么多年来一直隐秘地看着他，让他变成了今天的他。

现在，这眼睛正在鼓励着他勇往直前。

第二天早上，他和张红旗走出休息室，正好遇到了小北。小北看到张红旗，像见了鬼一样大喊大叫了起来："你什么时候回来的？"

他又偷偷问陈星："她把你的阳痿治好了吗？"

而这个时候，张红旗才略微恢复了一点神志。昨天，她太百感交集了。

"你——还好吗？"她没话找话地问小北。

"还好还好。"小北笑嘻嘻地说，"你好他就好，他好我就好。"

说着，他又从兜里掏出一把钥匙："大眼妹妹也上班去了，你们到我那儿接着聊——怎么如火如荼都无所谓，别真把屋子点了就行。”

小北和大眼妹妹现在搬到了望京附近的一套新公寓里，面积比原来的大了不少。小区里住着许多韩国人，那些家伙喜欢冬天穿着拖鞋，骑踏板摩托车。来到北京后，他们总算能敞开了吃五花肉了，因此一个个都肥肥的。

在小北的家里，张红旗做的第一件事就是做饭。眼下的状况像是梦境，好像只有让自己忙起来，才能获得一些真实感。她让陈星坐在皮沙发上喝啤酒，自己到楼下超市去买了排骨、牛肉和青菜。她在厨房里洗洗涮涮，锅和碗碰得叮当响，清晰地传进陈星的耳朵。

她一共做了三个菜：红烧排骨、西式牛肉和炝炒莜麦菜。虽然在美国时，她就学会了做饭，但此刻还是惊讶于自己的手艺：每个菜都油汪汪的，很有一股富足的小家小户的味道。而且分量都异常的大，够吃好几天的了。这也是在美国养成的习惯。

然后两个人就坐在松木餐桌旁吃。他们仍然没怎么说话，交流仅限于“咸不咸”“是不是有点儿老了”。他们之间形成了一个避而不谈的约定——不说过去，也不说以后。不说他的经历，也不说她的记忆。眼前有的只是他们的现在。

但这感觉就更像不真实的了。他们安静地吃着大鱼大肉，如同一对仅对饮食还有激情的老夫老妻。他们仿佛没有分别过，而是相依相伴地度过了所有年轻的岁月。

张红旗终于捂住脸，哭了出来。

22 重新上路

那段日子哟，好得让人心慌。他们在朝阳公园旁边租了一套家具齐全的公寓，一连两个礼拜都兴致勃勃地去商场采买日用品。张红旗还为陈星挑选了一套“索尼”音响，买的时候特地问售货员有没有收音机功能，高保真环绕立体声。这样陈星就可以坐在沙发上，与侯宝林大师如见其面了。

其实他们每天在一起的时间并不太长。张红旗的公司自然很忙，下了班，陈星还在酒吧呢。为了方便，她抽时间去驾校考了个车本，买了一辆很小的本田车。第一次开车去酒吧找他的时候，她就和人剐了，愉快地赔给一个开捷达的糙汉六百块钱。

每天一起回家的那段时间都是弥足珍贵的。张红旗喜欢把窗户都关牢，收音机也不开，静静地享受身边有一个陈星的时光。他们仍然很少说话。经历过那么长的相互思念，他们觉得说话都是多余的。

只要不是孤身一人，那就算拥有了整个世界。张红旗这样想。

一到周末，小北和大眼妹妹就会来找他们玩。大家都很喜欢到北京和河北交界处的一条河边，来上一次美式BBQ。赶上朝阳公园举办“摇滚音乐节”的时候，他们也结伴去听。为了这次盛大活动，小北还专门穿上了大学时期的行头：骷髅头T恤和十来条大铁链子。但到了现场，那些二十不到的小朋友却把他视为怪物。孩子们都在窃窃私语：“这大叔想干吗呀？”

这年头的高中生，把所有二十五岁以上的人都叫“大叔”。

还有一次，一个九十年代中期被视为摇滚乐旗手的乐队重新复出，小北还拽着大家一块儿去听过现场，结果演出没进行到一半，他就骂骂咧咧地跑出来了。那些家伙才是真正的大叔呢，肚子跟国企领导中年男差不多大，秃顶率高达百分之五十，同台嘉宾竟然是一个从湖南卫视窜出来的“快乐男声”。

“堕落了堕落了。”小北摇头晃脑地唏嘘不已，“咱们也老了，估计过不了几年就得跟这帮老×一样。”

“这人就是有个毛病，”大眼妹妹抹着口红挤对他，“都快三张儿了还没做好当一成年人的准备。”

她还偷偷鼓动张红旗：“跟陈星结婚吧——给小北点儿压力。我也这么大岁数了，他老人家呢，还跟没事儿人似的，就愿意这么穷耗着——再耗咱们可真耗不起了。”

这让张红旗的心又乱了。

对于和陈星住在一起，张红旗有时会感到些许不安。当初搬出来住，她对父母说的借口是为了上班方便。而他们如果知道自己突然和人同居了，一定会颇为震惊的吧。要知道，她家里还不知道她有男朋友呢。

她当然考虑过结婚，而在此之前，总得把陈星带到家里“看看”呀，她也得去他家呀。但对于这么自然而然的事儿，张红旗却踌躇了。她本能地感到，一旦走到那一步，他们之间又会掺杂进来许许多多别的因素，让“爱情”不再纯然，而是变成了莫名其妙的别的什么关系。这个前景模糊不清，但却让她害怕。

而自己这么多年来，只有一个真正的理想，就是能得到一份纯粹的爱情，并让它永葆年轻——即使人老了。这个幼稚的理想和悲凉的前途是相悖的，她只能选择一个。

怪不得大部分女人疯狂地逼着男友结婚的时候，却有一些明明恋爱得很好，反而打定主意不嫁人。或者是因为她们“作”，或者就是她们还抓着那个理想不放手吧。

就在那个时候，张红旗拿定主意，不对陈星说“以后的事儿”了。现在就是现在，生活只有现在。从哲学上讲，“未来”不也是“现在”吗？

那么假如有一天，陈星向她提出结婚呢？本着爱情至上的原则，她是不是反而应该拒绝他呢？

而另一件让她烦恼的事情，就是弟弟张红兵了。张红兵也在酒吧上班，陈星是告诉过她的，可据她所知，那家伙却很少在酒吧露面。既然不上班，他在倒腾什么事情呢？张红旗隐隐有点不安，她叫陈星把张红兵找来，问他。

张红兵支支吾吾的，没说两句就要走。

张红旗追着他说："你好歹也回去看看家里人吧——这段时间爷爷的身体很不好……"

没想到，张红兵突然吼了起来："你烦不烦？你那么爱回家怎么还出来住？"

这个从小没出息的孩子，现在竟然敢对姐姐大喊大叫了。张红旗气得头都疼了。

陈星只好打圆场："我再劝劝他。"

"算了，由他去。"张红旗说。她心里想：过好自己的日子就行了，别人的事管他做什么。

"光阴似箭"是个不正确的说法。

假如让陈星写一篇"关于时间的命题作文"，他绝对不会用这句话开头。箭射出去之后，是会不断减速的，所以才有"不穿鲁缟"的说法，而他呢，却感到时间正在加速。记得上中学的时候，时间很慢，每一天都显得特别长；到后来，日子就渐渐快了起来，比如在深圳的那两年，仿佛一个恍惚就过去了。现在呢，时间的速度更是快得让他害怕，常常是早上睁眼还没想好做点儿什么，天就已经黑了。

对于陈星，时间好像在做自由落体运动：在某种巨大力量的吸引下疯狂加速，以平方的速度加速。光阴如同高空坠物——砖头或花瓶什么的，只希望别拍到哪个倒霉蛋的脑门子上。

一眨眼，他和张红旗已经在一起住了一年。

这期间，我们的城市也在加速。规划已久的奥运场馆终于初具雏形：人人路过北四环，都会情不自禁地驻足观望，感受那个无比巨大的钢质球体带来的震撼。就连车辆都会减速、追尾、剐蹭，那段路一天到晚都是堵的。无数在体制内混饭吃的年轻人都被抽调进与奥运有关的单位工作，没干几天就开始成箱地往家搬可口可乐和矿泉水。某些居心不良的西方国家又开始找碴儿，又有某些愤青呼吁大家不要到某些超市购物。

因为市政部门下大力气整顿噪声扰民的问题，小北的酒吧经历了几次重大危机，屡屡在倒闭的边缘徘徊。他像和时运较劲似的，仍在苦苦撑着，有段时间连交水电费都困难了，还得管大眼妹妹要钱贴补进去。

每个月给陈星的工资也越来越少，好在跟他也没什么不好意思的："凑合着过吧咱们都，没准过段时间就好了。"

但到了最后，小北终于要面临痛苦的抉择：要不收手不干，把店盘出去，要不来个彻底大转型，重新装修，变闹吧为咖啡馆，这样还可以少受点限制。

小北和陈星去找古力商量这事儿。这时的古力隔好长时间才会在酒吧出现一下，来了就躲到包间里见几个行踪诡秘的人，然后继续玩儿消失。和他一样神龙见首不见尾的还有张红兵。

在电话里，古力说他在外面"有事儿"，约他们到一家五星级宾馆的咖啡厅见面。"都什么年头了，这孙子怎么还学这套土鳖范儿，现在还有到那地方谈事儿的吗。”小北骂了两句，也只好开车过去。

到了地方，正看见古力穿着一件白西装，端杯气泡矿泉水坐在塑料花丛中沉思呢。

小北又小声嘀咕：“瞧丫那操性，再梳一背头像不像泰国友人——‘一插出水汪’？”

而落座后，他的口气就不由得谦恭而诚恳了起来。他向古力分析了酒吧的现状：撒手不干的话，没准投资都收不回来，而要想撑下去，只能重新装修，迅速转型。

说来说去，小北希望古力能把前两年分到的红利拿出来进行投资——而他自己的已经贴得差不多了。

古力却用北京流氓的腔调回绝了他：“没钱——哥们儿也正喝着粥呢。”

古力直言不讳地告诉他们：酒吧的法人是小北，经理也是小北，如何让生意变好，当然是小北的责任；而他古力作为主要出资人，已经仁至义尽了。另外，假如小北无力回天，让酒吧倒闭，那就应该把当初投入的钱如数退还给他，这也是合同上写着的。

就是说，雷都得小北扛着，不扛都不行。

小北的脸色固然难看得要命，他一言不发地离开酒店，却没去开车，而是叼着颗烟坐在马路牙子上。陈星过去，挨着他坐下，小北却说：“先别搭理我，让我安静会儿——这段时间累得够呛。”

没过一会儿，一辆小型“奔驰”跑车从他们面前驶过，透过玻璃看到，开车的正是古力。

“丫肯定早就看出酒吧快不行了，把钱都转到别的生意上去了。”小北颓丧地说，“别看这孙子土，其实精着呢，从小到大都把咱们玩儿得死死的。”

“再想想辙，”陈星安慰他，“没准有别的办法呢。”

“我是没辙了，×干毛尽了。”小北笑了两声，却颇为潇洒地站起来，“大不了就倒闭，还不出钱怎么着？牛×丫就弄死我。我早就说过，哥们儿本质上就是流氓无产者——一不要脸二不要命。”

后来酒吧还是进行了重新装修，是张红旗帮的忙。而且是她主动把钱交给了小北。

那时候，金融界正处在一个微妙的分水岭上。华尔街那一小撮儿寡头即将把全世界都折腾得底儿掉，但正因如此，那个行业才显示出一种穷途末路的繁荣，几乎所有人都抱着一种“捞一票就走人”的心态。作为投资银行的高级专业人才，张红旗的工资也能吓普通人一跳：一天的工资相当于人民群众干一个月的。

拿到第一年的奖金之后，她本想交上首付，把目前这套公寓买下来。但这时候北京的房地产也蹿上了邪恶的珠穆朗玛峰，她便一直犹豫着。

而就在这个当口上，她发现陈星好几天都没去酒吧上班，问他出了什么事儿，他也不说，顶多搪塞一句：“去了也没事儿。”

张红旗猜测酒吧出了问题，就抽了个空去酒吧找小北。可就连小北也不在，只有几个服务员正无精打采地打牌。

“我们还找老板呢。”一个服务员抱怨说，“奥运会都快开了还欠工资。前一阵房东来催了好几趟租金，他们没准躲起来了。”

好在张红旗知道小北的住处，她开车过去，正碰上小北在屋里发愁呢。

“真他妈没辙了。”小北只剩下怨天尤人的本事了，“我们哥儿俩是打算吃软饭了，你跟大眼妹妹也做好准备吧。”

从小到大，小北总能让张红旗又好气又好笑。明明知道小北是真发着愁呢，她还是忍不住逗人家：“包养你们俩呀？能做到物有所值吗？”

“陈星我不知道，我自己是保证活儿好态度好。”

“呸。”

张红旗随即又问小北酒吧的状况究竟如何。这时候，她的态度就很严肃了，一边听一边琢磨。

让小北没想到的是，他骂古力骂街道办事处骂一瓶啤酒泡一天的顾客，把所有能骂的都骂了一遍之后，张红旗说：“我觉得你应该重新装修，把买卖重新开起来。”

“说得容易，钱呢？”小北随口道。

“我这儿有。”

小北的眼睛立刻瞪大了。

“不是白给你。”张红旗说，“算我入股，以后你得给我分红。”

小北盯了张红旗好久，酸溜溜地说：“张红旗，我谢谢你。”这话让张红旗想到多年以前，他和陈星第一次被抓进派出所的那个晚上。当时，她为他们做完证，小北也是这么说的。

她笑了笑，随即公事公办地说道：“你别以为我这是帮你。我只是觉得你这酒吧还是个有投资价值的项目。而且现在房价太高，我还不想买房子，手里有闲钱。但你得向我保证，以后的生意必须有起色，我的钱也是血汗钱，不想随便打水漂。”

她顿了顿，口气又缓和了下来：“况且我不是也有点儿私心嘛，我弟弟还指着你给他开工资呢……”

“不止你弟弟，还有陈星吧？”小北笑嘻嘻地说。

张红旗叹了口气：“你还得答应我，这事儿千万别告诉陈星。”

这次重整旗鼓，小北就比开酒吧的时候谨慎多了。他详细参考了大大小小十几家咖啡馆的装修布局，又把人家的菜谱都抄回来详细比较，最后确定了一种相对中庸的风格——这虽然会让少部分前卫分子嗤之以鼻，但那些人兜里能有多少钱呢？要想把买卖细水长流地做下去，还是得讨好那些早已过了叛逆期的白领。

背景音乐也抛弃了硬邦邦的摇滚乐和hip-hop，改成若隐若现的爵士歌曲。至于咕噜作响的咖啡壶那更是必需的。“很中年化吧？像不像上鸟儿咖啡？”小北问陈星，“我觉得我成熟了。”

陈星则只对一件事好奇：“你到哪儿扎的这笔钱？”

“大眼妹妹炒股赚的——分享改革成果嘛。”小北眼看着别处回答他，“她运气好，关键时刻胜利大逃亡了。她们单位还有几个没跑掉，全折里面了。”

改换门庭的咖啡馆果然生意不错，虽然不如酒吧最爆满的时期流水多，但却也老满着座儿。不少住附近的文化人都成了回头客，隔三岔五带着天真少女过来聊学术：“没有晚清何来五四？”

到了月底，小北又递给陈星一个厚厚的信封：“这个月的。”

陈星掂了掂：“太多了吧？”

“不是你一个人的，是给你和张红旗俩人的。”小北说。

“什么意思？”

小北拍拍陈星的肩膀：“我劝你跟她结婚得了。你们都多少年了？不容易。张红旗也那么大岁数了，是老爷们儿就不该耗着人家。”

陈星犹豫着：“不着急。”

“我替你着急行吗——我一向就这毛病。”小北说。

“你呢？”陈星问小北，“你不也没结吗？”

“谁说我不结？”小北笑道，“我已经向大眼妹妹屈服啦。”

陈星却还在推托着：“我再想想，我再想想。”

小北作势瞪眼：“你丫仗义了那么多年，可别在这事儿把一世英名都毁了啊——要知道，情债是最难还的债。”

“我小舅子张红兵都没你这么上赶子叫姐夫，”陈星不禁笑了，“你他妈到底是谁哥们儿。”

结婚这事儿，陈星当然是考虑过的。两个人都奔三十了，又终于在一块儿了，不考虑结婚又考虑什么呢？但他却总是觉得时机不成熟。

说到底，还是钱的事儿。张红旗固然收入高，但那份工作也确实辛苦，有时为了等一个美国电话，她一夜都不能睡觉，而第二天一早，还得照常上班。有几次，她累得趴在桌上直喘气，肩胛骨一起一伏的，却连哭的力气都没有。这些陈星都看在眼里。张红旗也不止一次说过，如果有份清闲的工作，她宁可不挣这么多钱。可那样一来，买房子过日子的重担，不就落到他肩上了吗？他扛得住吗？也许就因为这个，她才一直坚持到了现在吧。

比起大部分身无一技之长的街头混混，陈星肯定还算混得好的，只要小北的生意撑得下去，他起码就有一份稳定收入，甚至能冒充一个体面人。但这种状态毕竟是在指望别人，甚至看天吃饭——小北也不会总是稳赚不赔吧？前一阵不就赔了吗？

没法靠一己之力让张红旗过上好日子，他陈星又有什么资格琢磨结婚呢？

而他这样一个人，在如今的社会能有更好的前途吗？一想到这个，陈星不免整个心都是灰暗的。

人长大了怎么会有这么多烦恼，爱情背后怎么会有这么多烦恼。陈星着急却也无能为力。

虽然小北三天两头地催他，后来还动员大眼妹妹一块儿当说客，但他嘴上答应，回到家里却仍不吐口。

他有他的自尊。他还觉得自己是一个卑贱而骄傲的人。或者说，人都卑贱了，再不剩下点骄傲，那还叫人吗？

后来，促使陈星改变主意的，却是张红旗的父亲。

那天张红旗要去上海。这还是她上班之后第一次出差。本来说好陈星陪她到机场的，但头天晚上，她父亲突然打来电话，说要送她。老同志快退休了，成天闲得慌。因为还没把和陈星的关系向家里坦白，张红旗只好让他别去了。

“那正好，”陈星说，“还省得坐大巴了呢。”

但第二天，陈星还是一个人去了机场。张红旗和她父亲已经到了候机楼，父亲帮她拎着旅行箱。看到陈星来了，她有点惊讶，但随即笑了，趁父亲转身的时候向他挥挥手。

为了不被她父亲发现，陈星躲在一根柱子后面。他想起当初张红旗出国的时候，他也是这么躲着，远远地望着她。

张红旗登机后，他的心情比当年还要失落。

一个多小时后，他坐着机场大巴回到城里，在友谊宾馆下了车。

刚一下车，他就看到车站旁停着辆很旧的本田车。这车很眼熟，但陈星也没往心里去，双手插兜地绕了过去。

没想到却有人叫他："小伙子。"

这时，陈星还以为是问路的人呢。他回过头，却看到一个中老年男子从车窗探出头来。正是张红旗的父亲。比起当年在派出所见到的时候，他也老了不少，头发都白了一半。但总体来说，还是个风度翩翩的帅老头——有点儿二度梅开的乔冠华的意思。

"你——刚才也去送张红旗了吧？"张红旗父亲语调含蓄地说。他的眼睛里却露出一丝惊讶。陈星只好点点头。

"有时间吗？我们一块儿坐坐。"对方向车的另一侧歪歪下巴，示意他上车。

陈星迟疑了一下，觉得自己没法儿拒绝这个要求。他打开本田车的车门，坐了进去。

"我在机场就看见你了。"张红旗的父亲一边开车一边说，"而且我们好像见过。"

他大概是专程来车站等陈星的吧。

张红旗的父亲把他带到了外国语大学附近的"雕刻时光"咖啡馆。但看得出来，他对这种地方并不太熟悉，皱着眉头审视了半天酒水单，最后才差强人意地要了黑咖啡。陈星则点了可乐。

"你这样的小伙子应该要啤酒吧？"张红旗的父亲笑着说。

陈星揣摩着"你这样的小伙子"的含义，不知道该不该接受这个建议。他的心里自然也是忐忑的——不止是见女友父亲的紧张，更多的还是一种被“抓了现行”的感觉。

对方又说了一句：“想抽烟就抽吧。你不是抽烟吗？”

陈星听从吩咐似地点上一颗烟，端正地直坐着。饮料端上来，张红旗的父亲很浅地吮了口咖啡，说：“记得张红旗要去美国的那天晚上，在我家楼下等她的也是你吧？”

陈星点点头。张红旗的父亲得意地“哦”了一声，一副“怎么瞒得过我”的表情：“那高中呢？如果我没记错的话，你好像还因为张红兵进过派出所，当时跟你在一块儿还有一个孩子……”

“那是小北。”陈星说。他又赶紧补充：“我和张红旗是在大学的时候才……”

“张红旗在高中时对你就有好感了吧？”

“这我就不知道了。”

张红旗的父亲挥挥手，是一幅“有也无所谓”的表情。这位大叔似乎想在年轻人面前树立平易近人的形象。

但他随即很认真地问：“你现在是上学还是上班？”

恐怕这才是他不辞辛苦来找陈星的真实用意。陈星却也无意隐瞒：“我就没正经上过大学。现在也不算正经上班，在朋友的咖啡馆帮忙。”

“什么样的咖啡馆？”张红旗的父亲显得饶有兴致。

“跟这家差不多吧。”陈星飞快地环顾了一下周围说，“老板就是小北。”

他知道，作为张红旗的男朋友，他的情况是没法儿让对方满意的。但此刻，他的心情却坦荡了许多。反正迟早得有这么一天。

“那挺好的呀。”没想到张红旗的父亲这样说，“比我刚插队回来的时候强多了。那时候我还当过水管工呢，后来恢复高考才上的大学……”

陈星想告诉对方，他还干过更荒唐的工作——吊在半空中假装超人和秦始皇。但一想又算了，这不是忆苦思甜的时候。

张红旗的父亲咳嗽了一声，表示自己要“转入正题”了。陈星不由得坐得更直。

“你应该知道我要找你谈什么了吧？”张红旗的父亲说，“你跟张红旗好了多长时间了？从大学到现在，也有五六年了吧？”

“差不多。”

“就没考虑过……更正式的关系？”对方选择着措辞说。

陈星的脸热了一下。没结婚就住在一起，对于他们的父辈那一代人来说，应该算是很大的冒犯吧。而同时，陈星更感到意外——他本以为张红旗的父亲会不同意他们在一起呢——再说上一长串“文化层次共同语言”之类的套话。

如果是那样，陈星会作何反应？他想，自己一定会沉默地答应对方，从张红旗身边离开的——卑贱而又骄傲，就像港台烂片的男主人公。

但现在，眼前这个中老年男人让陈星感到亲近。他甚至是值得信赖的。陈星直视对方，两个男人用坦诚的眼神无声交流了两秒钟。

随即，陈星决定说出自己（包括他和张红旗）所受的困扰。他告诉张红旗的父亲，自己实际是一个性格古怪的人，他对我们这个社会规定一个人“应该做的”事情缺乏兴趣。这从他很小的时候就开始了。在学校的时候，他就是不愿意读书；后来离开学校，他也不愿意找工作；再后来，等他们这茬儿孩子都大了，人人像疯了似的想发财想“成功”的时候，他却对赚钱一点兴趣也没有。他虽然去过深圳，干过一份荒唐透顶的工作，但那纯粹是迫于生计，而现在呢，说起来他在和小北一起创业，其实也是人家做什么，他就跟着做什么，他想的只是和自己的好兄弟厮混下去。假如小北把摇滚精神贯彻到底，真的当了一个仇恨世界的嬉皮士，他也会和小北一起躺在垃圾堆里。

要是由着他自己的性子，在繁华热闹和孤独寂寞之间，他一定会选择后者。从某种意义上来说，他或许会活得非常洒脱，甚至称得上活出了“境界”。但事实却并非如此。他可不像传说中的得道高人那样六亲不认，相反，他非常牵挂和自己亲近的人，甚至对于陌生人，他也看不得人家受苦。这样一来，他没有变成一个纯粹的人高尚的人脱离了低级趣味的人，却变成了一个对生活缺乏激情的好人、仗义的侠客。

具体到他和张红旗的问题上，就简单多了：他爱着张红旗，却时常感到自己没资格爱她。他知道自己在这个社会里是孱弱的，没能力让她过得幸福。但他知道张红旗也爱着他，他尝试过离开她，却让她受了很多苦，他不忍再让她伤一次心。最后，他能做的只有耗着，这却又将他变成一个不负责任的人了。

这些话，是他对小北也没说过的。不知道为什么，陈星感到张红旗的父亲是一个能理解他的人。

对面的中老年男人静静地听着，忽而笑了。他问陈星："能给我颗烟吗？"

"我记得您不抽。"陈星掏出烟盒递过去。

"特早的时候也抽。"张红旗的父亲吸了一口，"过桥"的技术还挺熟练，但旋即被呛到了，咳嗽起来，"那时候还抽过报纸卷的漠河烟呢，比这个有劲儿多了。"

他夹着烟，透过袅袅的云雾和陈星对望，口气也显得悠远了："对别人坦白自己是个什么样的人，是件不容易的事，你能跟我说这些，让我觉得欣慰。而既然说到这儿了，我还想问你一个问题：你觉得张红旗是个什么样的人呢？"

"张红旗？"陈星想了想，"张红旗是个优秀的姑娘，她好强，从小到大都赶在别人前头，此外就是心眼好……"

张红旗的父亲打断他："不用说这些，类似的评价我听多了老师的学期评语都有——来点儿本质的行吗？"

陈星惭愧地笑笑，咽了口唾沫说："我觉得张红旗还是个孤独的人。和我一样，她好像也在生活里找不到什么认同感，也许就是因为这个原因，她才喜欢上我的吧。只不过我们对待孤独的态度是不一样的，她比我有能力，也有斗志，因此能把自己保护得更好……”

张红旗的父亲笑道：“看来你还真是挺了解我女儿的——不过从父亲的角度理解，我觉得她最大的特点还不是孤独，而是爱较劲。”

“爱较劲？”

“是呀。”张红旗的父亲叹了口气，“她的爱较劲，和普通人理解的好强呀自傲呀还不一样，而是一种不满的情绪——对整个儿生活都不满意。她觉得生活太庸俗太低级趣味了，这点可能和你一样。但和你不同的是，她偏偏相信在生活的上方，必定存在着什么伟大的东西，值得她去追求。”

陈星低头想了想，确实是这样。张红旗给他的感觉一直如此，只不过他没法像眼前这个中老年人一样找到合适的词句，有条不紊地表达出来。

张红旗的父亲继续说：“说起来，这种性格还是我的遗传。年轻的时候，我也是个爱较劲的人，而且较得惊天动地。你们中学附近的清华附中知道吧？我过去也是那儿的学生。这学校现在有名，只因为是所重点中学，当年可不得了，第一批红卫兵就是从那儿出来的。那时候，我老觉得生活不该是平淡的庸俗的，生活应该像书里写的那么辉煌绚烂充满激情，很自然就参加了红卫兵组织。你们这代人对红卫兵的理解其实都不全面，光觉得他们是一群借机斗老师斗家长的混蛋孩子，要不干脆就是胡同里打群架的痞子，其实我们那时候精英着呢——起码第一拨儿红卫兵，都是学院派。我上中学时能背整篇儿《路易·波拿巴的雾月十八日》，《资本论》看了好几遍，满嘴马列原著地和我父亲辩论。说实在的，我也不相信光靠几个小青年就能创造一个红彤彤的新世界，可就是不甘心在现实里面泡成一个胸无大志的老头儿——就像现在这样。”

他把烟头掐灭，又喝了口咖啡：“后来呢，当然该折腾的一样没少，该吃的苦也没躲过去，只不过等长大了貌似成熟了，较劲的性格还是没改了。说来也逗，年轻的时候较劲，是为了共产主义革命抛头颅洒热血，等人到中年呢，却较劲较成了个资产阶级自由化分子，当时我已经在一个国家机关干了不少年，都快提正处了，却说什么也不在那儿接着干了，而且还对政府颇多微词，那些话放当年都是挺吓人的，为了这个，我还和我父亲也闹崩了。我又有了个新理想，就是在体制之外凭借个人奋斗，也能实现自我价值。不有个词儿叫美国梦嘛，我那时候做的就是中国梦。我从单位辞了职，自己开了家公司，做的是进出口贸易，刚开始还觉得自己挺伟大的，可后来就满不是那么回事儿了。时事艰难呀，既没那些外资的跨国公司有钱，又没国企的政策优势，公司随时都有倒闭的风险。就这么折腾了几年，较劲也较不动了，这才认了命，把公司卖给了现在工作的这家国企，自己也到里面任了个职等退休——我说这些你是不是听着特没劲呀？”

“没有没有。”陈星说。

张红旗的父亲说：“还是接着说张红旗吧。你们这代人和我们不一样，对社会呀思潮呀全然不感兴趣，只不过还有爱较劲的。张红旗就是一个，我也一直琢磨，她在跟什么较劲呢？到这两年才明白，原来她较劲的东西特别简单，就是爱情。她把爱情看成了超然的、形而上的东西，把爱情当成了理想。这样的人要搁那些知识分子嘴里，可能就是犬儒主义逃避现实，可我觉得，能为了爱情较劲，已经不容易了，尤其对于一个女孩子……”

陈星无言以对。回想和张红旗的交往，有好几次，她明明是可以忘掉他，找一个更好的人的，但她却始终没有，而是绝望般用着力，将分开的平行线拉近。为了一念痴情托付终身，她是个很傻的小女人，又是个悲壮的梦想家。

“该说的我都说了。”张红旗的父亲靠到沙发上，和蔼地看着陈星，“我找你谈，也不是非让你娶我女儿，只是希望你明白，正因为张红旗较劲，她对你才是真心的。再这么拖着对你们都不好，你可以做个选择：或者给她一个承诺，或者彻底离开她。至于钱呀事业呀这些问题，你可以不考虑，拿这些条件考量女婿，我们家还没这个习惯。”

陈星对他点了点头：“我会和张红旗说的。”

一老一少出了门，张红旗的父亲像朋友一样拍拍陈星的肩膀。临分手时，他忽然说：“还有件事，就算是我请你帮忙……”

“什么事？”陈星说。

“听张红旗说，张红兵跟着你们干呢？”

“对。他也在咖啡馆上班。”

“假如你还愿意和张红旗在一起，就替我照顾照顾他吧。千万别让他学坏，这孩子半年都没回家了，我真怕他在外面做出点儿什么……”说这话的一瞬间，张红旗的父亲显得特别苍老——就像个接受批判的乔冠华了。

“好的。”陈星说。他也想起自己让父母操的心，鼻子不由得一酸。他忽然有了个奇妙的发现：他们这拨儿年轻人再怎么觉得自己与众不同，骨子里却和父辈是一样的人。他们面对的世界地覆天翻，在这世界上走过的心路却是相似的。

和父辈达成某种形式的和解，也是个“长大成人”的标志吧。

当晚，陈星给张红旗打了个电话。他仍有些迟疑地说：“跟你商量个事儿。”

“什么？”张红旗听出他口气的特殊，屏住了呼吸。

“等你回来我们结婚吧。”陈星故作轻松地说，“跟小北他们一块儿办。”

张红旗沉默了半分钟，才说了一个字：“好。”

陈星也说：“好。”他猜她一定泪流满面，因为他自己的眼眶也湿了。

后来张红旗回忆起那段时间，她想，实在是彩云易散琉璃脆呀。

那几天她在上海出差，成天都闷在四面八方都是玻璃的办公室里，但整个儿的心都是醉的。外滩上的春风像裹着香味儿，把她的人都熏化了。与她相比，和她一起办公的几个上海白领就显得憔悴得多了。那些姑娘虽然不惜力地打扮，但整个儿人都像塑胶做成的。这也是写字楼里的女性常见的姿色。

她们一半忌妒地说："哎呀，难得见到北方人的皮肤这样好。"

后来她们又说："其实也就是人透着喜兴。"

张红旗想对她们说：你们算是说对了。

写字楼里的女性还有一个爱好，就是评论各自的衣服和首饰。这些评论有当面的，也有背后的，有赞美中藏着挖苦的，有挖苦里带着忌妒的。过去，张红旗对这种爱好是看不上的，工作几年了，她还保持着简单舒适的穿衣风格。她有时还会刻薄地想：假如公司高层想提高女员工的效率，最简单的方法就是让她们光着身子上班——这样就没什么可聊的了。可最近，她再听到同事说起"范思哲""LV""古驰"这些词语时，心竟然也被拽过去了。晚上下班，路过新世界商场的橱窗时，她更会停下来看一看。她没有逛商场的爱好，可也要为了结婚买几件衣服呀。

听一听，看一看，她自然而然地买起了时尚杂志。就算买不起的名牌，看一看也是好的。她也学会了把杂志藏在抽屉里，闲下来偷偷看两眼。杰出女性张红旗带着一丝窃喜想：怪不得那么多女人都成了小女人，原来当小女人是很幸福的。而结婚对于小女人来说，就像孩子手里唯一的一块糖，最享受的就是隔着糖纸闻味儿的感觉了。

而当张红旗结束出差回到北京，听说那件事情后，她的第一感觉竟然像刚到手的那块糖被弄丢了。

事情仿佛发生得没有征兆，其实已经深藏了许久。

张红旗在上海的时候，陈星每天回家都很晚。一来是回去也没什么意思，二来他有了一个希望：想帮小北把咖啡馆开得更好一点。就算他对做生意仍然不感兴趣，但他们在这世上唯一的立身之物只有这家店。而他们还担负着和张红旗、大眼妹妹结婚的任务呢。

调酒、磨咖啡这些事儿他全然不懂，能做的也只有敦促服务员们认真工作、帮小北把新添的饮料印在菜单上、客气地向客人征询意见。这些碎碎叨叨的事情，竟然包含着一份忙碌的喜悦，夜里回家时，他也不觉得空虚。

他甚至憧憬了起来：多少年过去后，他们的咖啡馆仍然红火，支撑着他和小北和张红旗的小世界。白天他等张红旗下班，晚上张红旗等他回去。他们是无数平凡而幸福的人中的一对。

三月的夜里还很冷，但他却走得浑身暖洋洋的，仿佛和春风沆瀣一气。回到家后，他一般会喝一罐啤酒，等着困意慢慢袭来，随即就歪在沙发上睡着了。

这种日子没过多久，就被打碎了。

那是一天中午，店里来了两个不速之客。他们都留着寸头，穿着颜色朴素的夹克，看起来不像常泡咖啡馆的文化人。

这两个男人要了两瓶啤酒，在靠近吧台的位置坐下，一边喝，一边有意无意地四下打量。没过一会儿，他们一起站起来，走向小北："结账。"

小北拿着账单，从吧台后面绕出来："两瓶啤酒三十——"

但他话还没说完，一个男人猛地伸出手来，抓住了他的胳膊，随即将他的脑袋按在桌上。小北连反抗的力气都没有，嘴里叫着："操你妈你们丫干吗——"

陈星想也没想地冲了上来，但另一个男人却从侧面截住了他。也对方不知用了什么手法，一瞬间就锁住了他的喉咙，并将他的胳膊也别在了背后。

"别动，警察。"男人低声说。与此同时，陈星腰眼上一硬，被什么东西顶住了。那一定是手枪。

而一旁，小北的手上已经啪啦一声，多了一副手铐。小北的眼里自然满是惊惧，大声问："干吗抓我？"

"有点儿事儿得找你们问问。"警察冷冷地说，"没准你心里已经有数了。"

店里的客人目瞪口呆地看着这一幕，过了一会儿便纷纷离开。一个警察掏出手机打了个电话，没过两分钟，一辆警车停在了咖啡馆门口。这次进来的，就是穿制服的刑警了。他们什么也没说，径直进了里面的包间。屋里传出议论声："是不是这儿？再找找。"

陈星喘了几口气，让自己冷静下来。他回头问身后的警察："到底怎么了？”

“这店的老板是他吧？”警察指着小北问。

“对。”陈星疑惑地回答。

“你跟他合伙吧？”

“算是。”

“你们涉嫌贩毒。”

像给警察的话做证一般，屋里传出了欢呼声：“就是这儿——摇头丸K粉都有。”随即就是照相机啪啪响。

陈星登时蒙了。

他们被反剪着双臂，押出了咖啡馆。经过包间门口时，陈星向屋里瞥了一眼，看到那里的地板被掀起了两条，露出下面黑幽幽的一个空间。那就是警察发现的“藏毒地点”。他的心乱得要命。

北京的胡同有个特色：不管出了什么事儿，保证不缺观众。早有一群神色悠然的大爷大妈围在门口，评论着回味着：“跟《法制进行时》里演的一样。”

在警车旁边，他们也看到了那个爱听相声的警察。他面无表情地抽着烟，和陈星对视了几秒钟。刑警调查这起“咖啡馆贩毒案”时，一定找他了解过情况；而作为管片民警，他也坚守了原则，没有对当事人透露出半点口风。

明知说也没用，小北还是对那个警察大叫：“真不是我们干的——你跟他们说说！”

爱听相声的警察眼里流露出一丝伤感。他走到他们面前小声说：“别太害怕，现在还只是嫌疑。假如你们真没干，迟早会调查清楚……”

他还没说完，一个刑警就插了进来，请他远离现场：“这事儿直接归市局管。”

陈星和小北再次成了难兄难弟。当然，作为贩毒嫌疑人，他们享受的招待规格要比当年高多了——在拘留所里住上了单间。

接下来的几天里，他们分别接受了密度极高的审讯。从警方的盘问中，陈星才知道了事情的大概经过。

因为临近奥运会，公安部门开始下大力气打击娱乐场所的违法活动，一批倒卖摇头丸的二道贩子纷纷落网。通过这些小角色，警方还力图顺藤摸瓜，查出背后的“大哥”级人物。偏偏在这个节骨眼上，有个在夜店被抓获的小毒贩交代，他是从小北的咖啡馆上的“货”。

根据毒贩的口供，他的“上家”行踪非常隐秘：每次都换一个手机号与他联系，并且决不直接见面，而是将货物藏在咖啡馆的地板底下，让买家冒充成顾客，直接去包间提货。

可以想见，用同样方式与他接头的下家还有很多。也许这个“毒枭”已经垄断了很大一片区域的麻醉药品市场。

自然而然，最大的嫌疑被锁定在了陈星和小北身上。

但这只是表面现象。陈星和小北几乎在同一时间猜到了事情的真相：是古力。

其实他们早就该提防那家伙了。搜出毒品的包间里，一般是三拨儿人进出：第一当然是普通顾客；第二是小北特别款待的“搞艺术”的朋友，当然，他在场的时候陈星也在；第三就是古力。那家伙隔一段时间就会来一趟，号称“外面应酬太多想歇会儿”，然后独自拎瓶洋酒进去。

那么能从容地把地板撬开，在下面掏出一个洞的也只有古力了。为了这个洞，他一定费了不少功夫：每次只能挖几厘米，然后把土装进塑料袋，藏到包里带走。为了掩人耳目，他就像一只土拨鼠一样勤劳、谨慎。

这个洞大功告成后，他就可以把“货物”藏进去了。同样为了掩人耳目，他并不与买家接头，而是只用电话联络，先利用银行转账收到货款后，才让对方冒充成普通顾客，到包间里掀开地板提货。这时，他就根本不用露面，假如警察把他的下家抓住，最大的嫌疑也只会指向小北——他是贩毒窝点的老板。

贩毒这事儿，最危险的环节就是交货，而古力巧妙地避开了它。他要让陈星和小北替他背黑锅。

现在想来，也许古力早就有这个计划了。他当初那么痛快地借钱给小北开店，酒吧生意最惨淡的时候也没撤股，还有他一直以来对陈星他们阿谀奉承的态度——都说明了这一点。甚至连当初叫来一群小姐坐台，很可能也只是为了转移警方的视线。在道儿上混了这么多年，他已经聪明到会用“丢车保帅”这一招了。

再向前回溯，就更可怕了：也许他在开长途客车的时候，就干上了这个勾当。在天津批发市场摆摊更是挂着羊头卖狗肉——他当初被人围殴，可能正是因为玩儿的太大了，连累到了其他半黑不白的势力，人家要“清理门户”。

等于说，陈星救了一个毒贩，又把他引进了家门，最后却害了自己的兄弟。这听起来很像农夫和蛇的故事。

比起恨古力来，他更恨自己。恨得浑身发抖。

被刑事拘留的第三天，陈星的父亲来了。他从尼龙书包里拿出几样东西：毛巾、牙刷、一条“都宝”香烟。半个小时的探视时间，他们总共只说了几句话。

父亲说：“你妈说她不想来。”

陈星说：“太远，她腰腿本来就不好。”

父亲说：“你到底犯没犯法？”

陈星说：“肯定没买毒品。”

父亲说：“那你交代清楚，相信政府吧。”

父亲的语气很平淡，陈星也听不出他是否相信自己。或者说，父亲已经对事情的真相提不起兴趣了，他只是感到失望：因为儿子而对整个世界都失望了。这个六十岁的老人已经彻底颓唐。

隔了几天，爱听相声的警察也来看陈星。他也带了东西：一台收音机。陈星想起他高中毕业进拘留所的时候，警察就给他带过这东西。有了收音机，他就可以在单间里听相声了。

警察同样面无表情，对陈星说："刑警到你们店里踩点前，是我向他们提供了详细情况。幸亏你们没有逃跑，因为咖啡馆的前后左右都布了哨。我这么做，你不会记恨我吧？"

陈星说："这都是你应该做的。"

警察也问："事儿到底是不是你们犯的？"

陈星说："不是。"

警察说："相信政府吧。"

再次听到这句话，让陈星很无奈。他说："政府最好也能相信我们。"

而就在同一天，张红旗结束了出差，从上海回来了。和那些行色匆匆的旅客不同，她的脸上挂着傻乎乎的笑，走路也一颠一颠的。想想马上就要见到陈星了，而这次见面，他的身份就是她的"未婚夫"了，张红旗的心情自然是甜蜜的。出租车开进四环路的时候，她甚至幻觉那些高楼顶上开满了花。

她没有回家，直接去了陈星他们的咖啡馆。但刚一下车，就看到了门上的封条。

张红旗登时慌了，到旁边的一家小卖部打听出了什么事儿。

"你还不知道哪？"窗户里的老太太喜气洋洋地说，"老板贩毒，俩人都被抓走了。"

在开往拘留所的车上，张红旗的眼睛一阵阵发黑。她反复设想着最坏的可能：陈星是为了和她结婚、买房子、生孩子才坐上那种买卖的；他是不甘心让人说成“吃软饭的”才这么干的。

这么一想，张红旗就有了一种从百米高空向下坠落的感觉。她的手脚冰凉，身体失去了重量。她的胃里一阵一阵恶心，赶紧叫一声停车，拉开车门就吐。

司机一边心疼地检查车座，一边问她：“姑娘，你是不是怀孕了？”

而这天下午，张红旗忍着头晕，在拘留所等了一个多小时，得到的答复却是：“他现在不想见你。”

张红旗几乎疯狂了，她披头散发地跳起来，抓住警察的衣袖喊叫：“他说不见就不见吗？他有什么资格这么说？你帮我问问他，他是不是一个负责任的人？他说了和我结婚的，现在怎么能不见我！还有……他的案子到底是不是实情？你们调查清楚了吗……”

说着说着，她又蹲下来，几乎呼吸不上来，脸涨得通红，却憋出了一地的眼泪。

接待她的警察也蹲下来，陪了她很久。等张红旗哭过劲儿了，他才严肃地说：“我们不会冤枉任何人的，这个你放心。”

与此同时，陈星正靠在拘留所单间的窗上，抽着烟望着天花板发呆。每过一会儿，他就会下意识地看看表，心想：张红旗应该走了吧？张红旗走到哪儿了呢？张红旗回到家里，会不会关起门来哭呢？为了不让家里人听见，她哭的时候会不会咬着枕头呢？

他不敢面对张红旗的脸，更不敢让张红旗看着他。他也想起来：他们说好了要结婚呢。

而在这天下午的审讯中，他明显心不在焉、语无伦次。警察提醒他："不要有抵触情绪，你应该知道，把问题交代清楚是为你好。"

陈星的脑袋腾地大了，他也不知道哪儿来的一股火气，陡然站起来，一脚蹬在对面的桌子上，把警察的大檐帽都震掉了。

他像一匹身陷囹圄的狼，穷凶极恶地号叫着："你们他妈有完没完？我都说了八百遍了不是我干的是古力——是古力！有本事你们抓他去呀！贩毒的抓不着，抓我们顶雷算他妈什么本事呀……"

警察无奈地摇摇头：陈星的举动在他们看来傻透了。这时候给他两电棍，那可真是太合理合法了。

被关押了一个月之后，陈星和小北终于走出了拘留所。出来的时候，他们固然是瘦多了，不过因为成天不见太阳，他们也白嫩多了，好像刚从子宫里面被掏出来一样。

虽然自从被抓进去，他们就没见过面，不过这时却没有久别重逢的亲热。他们只是对火点了颗烟，纷纷咳嗽了两声，然后就肩并肩地向路上走去，一言不发。

接受审讯的期间，他们将开咖啡馆的经过翻过来覆过去地交代了无数遍，光手印就按了几十个。另外，警方还把近期抓获的毒贩都押了过来，对他们进行指认，可仍然查不出他们确实从事贩毒的证据。

最关键的还在于，就在他们被抓获的同一天，那个叫古力的嫌疑人也消失了。现在，所有的怀疑都指向了古力。

当然，这也并不说明陈星和小北就此逃脱了干系。他们被要求不准离开北京，并按时向当地派出所汇报动向。假如警方再发现什么不对头，也可以立刻逮捕他们。

也就是说，只要查不出咖啡馆贩毒案的元凶，他们还得继续背着“犯罪嫌疑人”的黑锅。

更大的打击还在后面。当他们回到咖啡馆后接到房东告知，店面已经被转租了。当初的合同写得很清楚，只要承租人涉嫌任何违法活动，房东都有资格立刻收回店面，且不退还房租。

创业大计就此告吹，他们重新回到了一无所有。

被关押期间，小北的家人从来没露过面，而现在被放出去了，他也不敢回家。按他的说法，他那位暴躁的军官父亲很可能从抽屉里掏出一把手枪，将他当场击毙——“免得以后做出弑父弑君的事来”。

他径直回了大眼妹妹家，并邀请陈星和他们一起挤一挤：“别担心夜里声音方面的尴尬，我他妈现在哪儿还有那个情绪。”

这时的小北，已经陷入了彻底的失败主义之中，而且言语间一副“看开了”的神情。他没有了东山再起的本钱，也根本不打算东山再起了。他从音乐学院的同学那里接了点儿活儿，搞起了手机彩铃的制作。有录音系的底子，做这种东西对他来说倒也是小儿科，只是做出的东西太不靠谱。在电脑前忙活了半天，他的第一部彩铃作品出炉了：“打我手机收听一下。”

陈星拨了小北的手机，听到雄壮的革命音乐，一个八十年代广播员的声音义正词严地念白：“昨天，在天安门广场，又发生了一起反革命斗殴事件。敌人气焰嚣张，高呼你妈×、打你丫的、跟你丫死扛等反革命口号。我方毫不示弱，高呼你妈×、打你丫的、跟你丫死扛等革命口号。在我方强大的宣传攻势下，敌人落荒而逃……”

“什么玩意儿。”陈星颓丧地笑笑，不知小北究竟是想靠这个谋生，还是只想逗他一乐。

这条操蛋的彩铃果然没卖出去，小北还因为耽误了工作，被同学臭骂一通。他倒也不生气，只是摇着头说：“他们丫根本就不懂创意产业。”

从这以后，小北就彻底堕落了。他重新念叨起了那句口头禅“软饭是最香的饭”，而且还老拉着陈星“宅一宅”。所谓“宅一宅”，就是闷在屋里不出门，两个人干掉一瓶最便宜的“二锅头”。

大眼妹妹本来还想安慰安慰他，但很快就受不了了。她开始鼻子不是鼻子，眼睛不是眼睛，对陈星也气哼哼的：“残疾人还不给社会增加负担呢。”

小北反唇相讥：“都是你前男友害的。”

这么一说，大眼妹妹的眼圈就红了，她只好一个人跑到卫生间去哭。那里还有许多《婚姻与家庭》和《知音》杂志可供参考，上面的故事更加令她感同身受了。

而陈星却没有像小北一样"颓"下去。他仍然还想做一个有冤必报、有诺必践的人。所谓有冤必报，是指对古力。那家伙恩将仇报，陷害了他和小北，这笔账不能就这么算了。而有诺必践呢，就是对张红旗了。他向她提出过结婚，就一定要和她结婚。

而在此之前，又一定要逮住古力，还给自己和小北一个清白。于是，有冤必报和有诺必践就结合在一起，成了一回事了。

这个目标让陈星陷入了神经质的状态。从拘留所出来以后，张红旗又给他打过无数次电话，他都没有接。但一天晚上，他还是又给张红旗写了一封信，偷偷塞进了她家的信箱里。

在那封信上，他完全是一派侠骨柔肠的语调。他告诉她，自己有多么爱她，但目前又无法和她在一起：他只要顶着"嫌疑犯"的头衔，就没有资格和她说话，而且都会耽误她，让她陷入更大的痛苦。随后，他又请她相信，自己虽然是个什么也干不成的人，但这件事（有冤必报、有诺必践）一定会做到。只要做到了，他就仍然不失为一个真汉子，而做不到，他他娘的就不配做人了。

送完信，陈星走在午夜北京空旷的街道上，眼泪汩汩。为了证明自己不是说空话，他当夜就奔赴管儿厂，到古力家附近去盯梢。

这一盯，就是一个月。在这段时间里，陈星几乎可以说是风餐露宿。白天，他只吃两个烧饼，渴了就找个公用水龙头灌两口，除此之外的所有时间都在管儿厂周围游荡。到了晚上，他就穿梭于附近几个饭馆之间，偷偷打量那些喝夜酒的人。在国企的宿舍区，有这种习惯的只有两种人，一是下夜班的工人，二就是地痞流氓。他格外关注后者，希望能从那些家伙的胡侃瞎聊里择出和古力有关的信息。

作为一个在街上“混过”的年轻人，他知道这么做的危险性：痞子很可能认为他在“照眼”呢。果不其然，一天晚上陈星要了瓶啤酒，挨着一桌痞子坐了会儿，一个酒杯就扔了过来。

一个二十出头的小伙子指着陈星：“操你妈看什么看？”话音没落，整桌痞子都站了起来，冲他横眉冷对。赶上人多欺负人少的时候，他们的心可真齐。

陈星只是沉默着站起来，低头往外走。经过那个小伙子面前时，他低声说了一句：“操你妈。”

那小伙子愣了一愣，大概是没想到陈星敢还嘴。而等他反应过来，骂他的人已经走出门去了。对于一个“出来混的”，这种奇耻大辱怎么能算了？他立刻抄起一个酒瓶子追了上去。

另外几个痞子固然不甘落后，但他们刚跟出来，却都傻了眼：先冲出来的小伙子已经被陈星反锁住了喉咙，不仅动弹不得，而且掐得直翻白眼。陈星顺手抢过酒瓶子，在墙上一磕，拿玻璃尖儿抵住他的眼睛。

“大哥你混哪路的？”小伙子的酒也醒了，随即开始了痞子们的例行公事，也就是攀关系，“马连洼黑熊哥你认识吗？我们特熟。”

“甭跟我拽这个。”陈星低声说，“我就想打听个人——有个姓古的顽主你听说过吗？”

“好……好像听说过。”小伙子迟疑着说。

“知道他们家住哪儿吗。”

“真不清楚。”小伙子诚恳地说，眼瞅着都快哭了，“他比我们大好几茬儿，人家混的时候我们还是崽儿呢。”

“哦。”陈星失落地把酒瓶子一扔，放开了小伙子。那群痞子目瞪口呆地看着他离开，他们大概正在默默背诵武侠小说里最烂的套话：这就是传说中的“老炮儿”吧，正所谓“人近江湖远天涯，漂泊何处是归乡”，一个流氓的境界莫过于此。

北京的城乡结合部风很大，有时候甚至漫天沙土，陈星很快就被打磨得风尘仆仆。有一次，他正在路边东张西望，一辆拉着大块镜子的三轮车从他面前经过，镜中人的形象吓了他一跳：完全就像一个精神有问题的流浪汉了。

还有两个晚上，他在管儿厂晃悠得实在太晚，又找不着旅馆，干脆就来到用来停货的空地上，找了个水泥管子钻了进去。在这里当然是睡不踏实的。因为管子都是东西向排列的，最怕吹的就是南风或北风，那时候整个管子的森林都会呜呜地共鸣，就像一排箫。往往凌晨五点不到，他就被转变的风向吵醒了，不得不晕头转向地出来，和那些赶着上第一拨儿菜的农民一起走上大街。

看着白菜和萝卜组成的小山缓缓移过，他会略带欣慰地想：看来有人比我还辛苦。

盯梢工作也不可谓没有进展。有一天，他转到一个副食店门口，忽然听到有人在叫“古大妈”。他脑袋里的弦立刻绷紧，循声望去，见到一个矮胖的中老年妇女在打酱油。更让人鼓舞的是，“古大妈”刚一出去，两个售货员立刻撇着嘴，议论起她们家的儿子来：“原来说在外面做买卖发了，后来也不知犯了什么事儿，突然就没影了，警察倒三天两头来。”

陈星悄悄跟上去。不出五分钟，他就摸清了古力家的住址。在随后的两天里，他不仅见到了古大妈，还见到了古大爷，甚至认识了古乐乐（一只京叭狗）。

这样一来，盯梢就变得有的放矢了。陈星更有了信心，去“赌一把”：他确信古力一定还有大批存货放在北京，否则当初也不会把买卖做得那么大，大到了买得起奔驰跑车；他也承认，古力是个狡猾而谨慎的人，因此才能把他和小北装在套儿里，自己身轻如燕地逃跑——但在那个风口上，古力是一定不敢带着毒品动身的。而陈星还断定，古力也是一个贪心的人，因为所有毒贩都贪心。他相信，只要风声稍微过去，古力一定会回到北京，取他的存货。

而他要赌的，在于古力是不是一个狼心狗肺到了极致的家伙。假如是陈星自己，别管犯了多大事儿，只要回来，一定要到家里看一眼。

古力究竟还有没有这点儿“人心”呢?

事实证明陈星猜对了。

那天晚上，陈星仍然像往常一样，坐在古力家楼下的自行车棚里，看着楼门口的动静。九点多钟，一辆绿色的“捷达”轿车在楼下停住。经过多日观察，陈星已经把小区里的车记得一清二楚了，他从没见过这辆车。随着车门打开，他屏住呼吸，悄悄伏下了身子。

车里出来人影的肯定是古力：那家伙从后备箱里拿出两个巨大的塑料袋，看起来分量都不轻，估计是水果或毛毯之类的东西。他没有像常人一样一手拎一个，而是将袋子都放在了右手。从这一点，陈星就可以确定了——古力的左手被他打成了粉碎性骨折，基本残了。

看着古力走上楼，陈星却没有跟上去。他知道，古力已经不是当年那个两次倒在他手下的痞子了，要想斗过他，自己也得考虑得更周详。

楼道里传出一声门响，陈星才掏出电话，打给小北。

不出所料，这个点儿的小北已经喝高了，他口齿不清地让陈星过去“再整一个”。

陈星懒得跟他废话，挂了电话，又打他们家座机。这次是大眼妹妹接的，她还拖着哭腔：“日子没法儿过了。”

“你要想不再这么下去，”陈星打断她，“就带着他赶紧过来。”他说了地址。

“到哪儿干吗？”大眼妹妹诧异地问。她也在管儿厂住过。

“抓你前男友。”

半个小时后，大眼妹妹开着Polo车停在楼下，而古力还没有出门。陈星钻进车里，点了颗烟。

车厢里酒气熏天，但也许是被大眼妹妹抽了俩嘴巴，路上又让风一吹，小北的神志倒清醒多了。

“你真找到古力了？”他问陈星，同时从车座底下拎出一个塑料袋，“家伙我都带了。”

陈星掂量了一下塑料袋，无非是菜刀链子锁一类的冷兵器。他笑笑说：“你当还是流氓碴架呢？”

小北激进地问：“什么时候上去堵丫的？”

“现在还不行。”陈星把塑料袋放回原处，“光逮着他没用，咱们还得保证人赃俱获。”

他让大眼妹妹把车灯关了，三个人就那么坐着，车内寂静无声。天色虽然已晚，但管儿厂宿舍仍然有不少人进进出出。有些人的一天结束了，有些人的一天才刚开始。

大约过了两个小时，古力家楼道的灯亮了。一个矮壮的身影下了楼，尽管在夜里，那家伙还戴着一副墨镜，头上顶着一只棒球帽，半张脸都被挡住了。饶是如此，小北还是认出了古力。他咬牙切齿地骂：“孙子。”

陈星按住小北，怕他一时冲动跳出去。古力迅速钻进捷达车，开走了。

大眼妹妹随即启动了Polo，谨慎地跟在后面。小北问陈星："你怎么保证人赃俱获？万一他把东西藏在父母那儿了呢？"

"他可没那么傻——警察到管儿厂调查过他，要是把毒品藏爹妈这儿，他不怕被发现吗？我估计他是给父母送笔钱，然后躲到更远的地方去。"陈星冷静地说，"而且你放心，他在北京一定还存着不少货，而且这孙子肯定舍不得扔下。"

"万一他已经取了搁后备箱里了呢？那不是现在就要跑路了？"小北说，"你看，他这不是上五环了，下个出口可就是高速。"

"陈星能盯一个月，我也能跟到外地。"前面开车的大眼妹妹突然冷冷地插了一句，"现在不是你抬杠的时候，咱们只能尽力而为。"

陈星点点头，看着小北。

真让陈星猜中了，古力没有上高速，而是拐向城里，来到一个相当杂乱的老社区。那儿的房子都很旧了，估计原来也是什么单位的宿舍，后来大多出租给了外来户。

古力靠着墙根停下车，钻进一个楼门洞。楼道里的声控灯坏了，但借着路灯，透过没了玻璃的公用窗户，可以隐约看见他进了二楼的一个房间。大眼妹妹却没有立刻熄火，她慢慢把车开过去，绕到楼后面，在两个阳台之间停下。这样一来，即使古力从窗外张望，也不会看到他们的车了。

陈星仍然没有起身，而是又打了个电话。这次，他打给那个爱听相声的警察。

“我们找到古力了，”他说，“但觉得这事儿还是警察在场比较合适。”

“按照规定，这么大的事儿得上报……”警察犹豫着说。

“等你上报完了人早走了。”陈星说，“我也算给了你一回做大事儿的机会——这么多年光处理家庭暴力送老年痴呆患者回家，你也腻歪了吧？”

警察所在的派出所离这儿不远，没十分钟，他就打车到了。而陈星和小北已经躲在了楼道口，拿烟头冲他晃晃。

“什么情况？”警察满头大汗，但仍然不忘做职业状，“嫌疑人有没有武器？”

“能跟上就不错，我哪儿知道他带着什么家伙。”陈星小声说，“刚才声控灯亮到二楼，我们刚才上去看了一眼，那层一共三户人家，两家贴着春联门口码着大白菜，只有中间那门什么都没有还脏得要命，估计就是古力租的房子。不出所料的话，他的货也在里面。”

“你带枪了吗？”临上楼时，小北声音发颤地问警察。

警察严肃地掏出一根小电棍：“只有这种女性防身用具——派出所就这条件。谁让你们不找刑警呢。”

三个人蹑手蹑脚地上了楼，来到陈星说的那户门前。警察轻轻敲了两声，门里立刻有一个男人警觉地问：“谁？”

果然是古力的声音。陈星朝警察点点头。

“派出所查暂住证。”警察尽量镇定地说，“快开奥运了您配合一下。”

“等会儿没穿衣服呢。”古力在里面答道。门里一阵窸窸窣窣，忽然间电视又打开了，声音很大，但还是没压住两声脆响，听起来像什么掉在了地上。门外的三人登时憋住了呼吸，陈星和小北分据门的两侧，攥紧了拳头。

楼道里的另一扇门却慢慢开了，一个颇有女相的中年男人伸出脑袋来，用典型京剧票友的语调问：“谁呀这么大晚上的？”

“没你事儿回去。”小北低声呵斥他。那男人夸张地捂住嘴，龟缩了回去。

而就在这时，古力那间房的门也开了。屋里的人也不答话，埋头就往外冲，警察一个不提防，被他顶了个趔趄，腰磕在栏杆上，疼得大叫一声。小北刚要扑上来，但立刻又停下了：一柄弹簧刀呛啷一声打开，顶在了他胸前。

楼道里几乎漆黑一片，借着远处路灯送来的一点光亮，陈星看不清那人的脸，但从墨镜、棒球帽以及身高判断，那家伙就是古力。

陈星的眼睛在黑夜里瞪得闪闪发亮，直视着古力。这家伙已经与他有了太多的恩怨：如果不是古力，他会和小北安安稳稳地做着小买卖，也许已经开了一家小酒吧；如果不是古力，他绝不会顶上“贩毒嫌疑人”的帽子；如果不是古力，他应该和张红旗结婚了……这一个月的辛劳和这些年的不顺，在陈星心里转化为一股巨大的仇恨，所有的仇恨都指向眼前这个人。

但这时，陈星忽然又想到：如果当年不是古力抢劫张红兵，自己会和张红旗走得那么近——直到今天吗？

这个念头让陈星感到，别看我们的世界很小，但它已经足够荒诞、足够戏剧性的了。

然而现在不是感叹人生的时候。古力用刀逼退了小北，立刻向楼下狂奔而去。陈星想也没想，从楼梯栏杆上纵身跳下，转眼就落在了古力身后。

古力被陈星抓住了后脖领子，不由得站住，气喘吁吁地说："放我一马。"他的声音听起来很哀怨。

陈星低声道："已经晚了。"

古力嗷地叫了一声，回手就是一刀。陈星早有防备，他侧身躲开，又往下走了两节楼梯，借着这股劲儿，顺势就是一个大背跨。

陈星明白，古力是老手，假如缠斗下去，他势必会挨上一刀。

他也明白，假如这次让古力跑了，那就可能是永远跑了。

所以他必须保证一击即中，让古力彻底失去抵抗能力。

他也知道古力的分量：那家伙别看矮，但却粗壮得很，浑身都是腱子肉。要想把这样一个人摔倒在地，必须用全力。

陈星真的这么做了。

但后来发现，他做了一件让自己终生后悔的事。

他一手拽住古力的胳膊，另一只手则从古力的双腿之间穿了过去，扣住，腰上再一用力，古力的身体就离地了。其实这时，陈星已经有些差异：古力为什么这么轻？

但在电光石火间，根本不容他多想。陈星低沉地吼了一声，做完了大背跨的全套动作。让他没料到的是，古力竟然轻飘飘地飞了出去，头撞到了一楼的水泥墙上。

咚的一声，再无动静。

古力瘫软地趴着。陈星也傻了眼，冷汗从他的背上冒出来。小北也赶紧跑了下来，哆哆嗦嗦地说："我操，不会死了吧？"

警察捂着腰，走到古力身旁，将他翻过来。但他却又立刻抬起头来对陈星说："不是古力！"

陈星脑袋嗡的一下，跑到被摔倒的人跟前蹲下。

他掏出打火机，在火光下，看到了张红兵的脸。

张红兵两眼紧闭，鼻子和耳朵都流着血，手脚还在一阵一阵地抽搐。

陈星猛地站起来，一言不发地向楼上冲去。屋里杂乱无章，古力早已不见了踪影。卧室的窗子打开着，他一定是从那儿跳出去的。

他重新回到张红兵身边，不停摇晃着这个从小就需要他保护的、没出息的孩子，嘴里重复的只有一句话："撑着！撑着！"

打火机灭了。陈星的声音在空洞的楼道里回荡，听起来是那么无助。在黑暗里，他恍惚看到了张红旗的脸。

那天晚上，古力最终没有跑掉。

必须承认，他是一个足智多谋的毒贩。从管儿厂出来的路上，他就已经察觉到了陈星他们正在盯梢。但他却没有选择立刻逃跑，而是佯装不知地回了贩毒窝点。他舍不得那批存货。

被陈星他们堵在屋里后，古力拿出了最后一张牌：逼迫同伙张红兵穿上自己的衣服，从门口突围。而与此同时，他却藏在床底下，等到外面一团大乱后，才打开卧室的窗户，从二楼跳了下去。虽然背着一只装满摇头丸和K粉的旅行袋，但那种高度对他来说也是小菜一碟。

可古力没想到，就在他将要离开时，一道汽车大灯的强光笼罩了他。接着就是发动机的轰鸣声，接着就是一声巨响。他还没弄明白是怎么回事儿，已经看见了满天繁星。

半分钟后，一张女人的脸从天而降，挡住了苍穹。是大眼妹妹。

古力也笑了，他栽在了自己的初恋女友手里。这个结局多么感人至深啊。

在押期间，他向警方坦白了自己的全部违法行为：利用批发市场摊位贩毒、利用酒吧和咖啡馆贩毒，此外还有引诱社会青年张红兵吸毒，并胁迫他为自己跑腿、进货、包装毒品。

可惜警方已经不能为从犯张红兵量刑定罪了。张红兵于案发当晚死亡。

半个月后，陈星和小北再次走出了拘留所大门。他们被无罪释放了。陈星的行为也被定性为正当防卫，做证的是一位派出所民警。那位民警虽然破获了一起重大案件，但也没有获得嘉奖，因为他违反了相关办案规定。

出来后，陈星突然对小北说："让我一个人走走。"然后就撇下了他，独自消失在人群拥挤的街上。

此后，就再没人见过他。

尾　声

陈星背对山清水秀，面朝尘土飞扬。在路边坐了很久，他才感到脚底火辣辣的痛。低头一看，原来是球鞋被磨破了。这已经是他穿坏的第二双"回力"球鞋了。

他出门已经快一个月了。他也没想到，自己竟会走上这条千里万里的流浪之路。当初他对小北说要"走走"，本来的打算，也确实只是"走走"。然而这一开头，就收不住了。

从上中学的时候，他只要心情不好，就愿意独自埋头走路。走到哪里都无所谓，只要能走就好。仿佛专注于走路，能让他忘掉悲伤。在养鸡场上大学的时候，他更是把走路变成了一件相当专业的活动，背着书包、沿着地图，几乎把北京的北郊绕了个遍，最后却鬼使神差地走到了张红旗身边。

而这一次，他更是完成了一次壮举。那天下午，他沿着太阳落山的方向前进，走过了上百条陌生的街道，但仍然不想停下来。到后来，前方都没有高楼了，城市已经被抛在了脑后，但他仍然觉得不够劲。他还想继续走。

那索性就走下去吧，他想。好在身上还带着点儿钱。

就这样，这个孤独的年轻人开始了新世纪的新长征。他沿着国道一路向西，当天就走出了北京，并用了不到一个星期的时间穿越了河北。他整个白天都在行进，饿了就吃一路边买的干粮，边走边吃；晚上，则在实在走不动的时候才找一家最近的旅馆，倒在床上就睡。在一个农村集市上，他给自己买了帆布书包、水壶和备用球鞋。

接下来，他一路走过了河南、陕西，最后又沿着国道拐了个大弯，南下进入了四川。身边的景物悄然变化着：刚开始是一派荒凉的大地，整个天空仿佛都被什么灰蒙蒙的东西罩住了，几天里见不到一次艳阳；而再往下走，树木却多了起来，后来竟置身于大片大片的绿色之中了。而脚下的路呢，也变得越发崎岖，逐渐完全是山路了。因为上坡下坡，他行进的速度也不由得忽快忽慢了。

因为风餐露宿，他的体力再好，也逐渐被榨干了。在路边坐着休息的时间也越来越长。

每当这个时候，他就忍不住开始回忆：回忆张红旗，回忆他们共同的经历、分别的日子。当年他们十七岁，现在他们二十九岁。他们一起度过了十二年。

随着在四川山区的深入，他回忆也越来越快，越来越近，终于回到了自己上路的时候。他也不得不重新面对那段痛彻心扉的日子。

那个晚上，他亲手杀死了张红旗的弟弟张红兵。

隔了些天，他在看守所里见到了张红旗一家。他们的手臂上都带着黑纱，张红旗站在父母身后，低着头。而她的父母则面容僵硬得像现代派油画里的人物。

见面的自始至终，陈星都没有对他们说一句话。他连“对不起”都说不出口。最后，只好由警察复述了事件的全过程。

张红旗便无声地哭了起来。陈星能清晰地看到眼泪从她的脸上滑过，落在地上。她一定知道，他是为了和她在一起才去找古力的，他要信守结婚的约定。但最后，他把事情搞砸了。

那一瞬间，他真心实意地觉得，自己是个一无是处的人。从小到大，他从来不是这个世界上的成功者，方方面面都不是。他没上过大学，没干过正经工作，说来虽然“做过买卖”，但那其实只是依靠张红旗的资助，跟着小北混饭吃；他貌似坚毅勇敢，但内心却是孱弱的；他想做到有情有义，但却一次又一次地伤着张红旗的心，最终造成了不可挽回的后果……

也就是在那时，他突然觉得自己应该离开。彻底逃走。到张红旗永远找不到的地方去。

陈星的回忆以张红旗的最后一滴眼泪结束。他叹了口气，心下倒有些轻松。他已经快三十岁了，他的年轻岁月已经完蛋了，爱情和理想也完蛋了。他已经承认，自己是一个毫无价值的人。而眼下唯一能做的，就是走路。

惭愧惭愧，他仍然是一只没有毛的双脚行走的灵长类生物。

他抬头看看远方，国道在一片峭壁背后消失。但他知道，路还长着呢。

于是他双手撑地，打算站起来。但这时候，他的脚下突然一晃，随即感到头晕。他还以为是疲劳过度造成的呢，仍然硬撑着，打算站起来，但马上发现不是自己在晃，而是整条路在晃，整个山在晃，整个天也在晃。

耳边隆隆巨响，脚下的路像蛇一样扭曲、裂缝，山上的鸟全都飞了起来，一些不知是什么动物在周围疯狂地跑着。陈星亲眼看见一辆“红叶”客车像火柴盒一样翻滚着，坠下山谷。

他目瞪口呆地看着这一切，还不知应该作何反应，便被什么东西砸到了头，眼前一黑。

陈星在路上的时候，张红旗也在经历人生中最难熬的一段日子。

虽然这两年，张红兵就没怎么回过家，家里似乎也适应了“没他这个人”，但恰恰因此，他的死讯给家里带来了无比沉重的打击。母亲当时就昏了过去。

她的父母无限自责：假如小时候教育好张红兵，假如后来没有放弃他任由他在外面游荡，张红兵也就不会参与贩毒，也就不会死了吧。

那几天，张红旗只要一睡着，就会梦见张红兵。在梦里，张红兵还是一个小孩子：胆小、懦弱，却又天真无比。他总是拽着她的胳膊，在院子里走来走去，得到什么吃的时，他就会跳着脚说：“我先吃！”

那时候，她真的很喜欢张红兵，而且还为他感到自豪。要知道，他们这代孩子基本都是独生子女了，有一个弟弟的感觉，不是每个人都可以享受的。

后来呢，她就越来越看不起，也越来越讨厌张红兵了。她嫌他笨、不学好、没出息，她隐隐希望自己没有弟弟才好。她知道自己这样想很自私，因此也有点讨厌自己。

现在，张红兵死了，却又在她的记忆里变成了那个年幼的弟弟。她对他涌起一股疼爱，但却知道已经晚了。

而过了几天，当张红旗知道失手杀死张红兵的是陈星时，她也立刻昏了过去。

她在床上躺了三天，水米不进，醒了就发呆，睡了就做梦，说胡话。

等到能吃东西的时候，她的腿都是软的。父亲看着她喝完了一碗粥，忽然说了一句：“忘了那个人吧。”

他说完就起身走了。

或许父亲是从梦话里听到了她的心事，或许则是早就察觉了。再或许，陈星一次次在楼下等她的时候，父亲都看在眼里呢。还或许，父亲一直没有点破，也是默许了她和陈星的事吧。

张红旗默默地哭了，哭得很委屈，就像个五六岁的小姑娘：眼泪断了线，嘴一瘪一瘪的。再怎么或许也没有用了，她到了该去学习忘记的年纪了。

在这方面，张红旗的爷爷给她做出了表率。这两年，老头子从某个“顾问委员会”彻底退了下来，政治生命已结束，立刻自觉地得上了老年痴呆。他几乎把什么都忘光了。有时在电视里看到俄罗斯总统普京，他突然就流着哈喇子，愤愤地拍起了沙发：

“沙俄又复辟了吗？”

有两天，爷爷的秘书放假，保姆碰巧又要回老家，只好由张红旗过去伺候他。一老一少守着一座四合院，倒也相安无事：一个努力回忆，一个努力忘记。他们的表象则都是坐着发呆，愣 天。

但在吃饭的时候，爷爷突然满面红光，欣喜地说：“对啦。”

“怎么了？”张红旗问。她猜爷爷是不是想起什么了。

爷爷说：“我知道你为什么叫张红旗了。”

张红旗觉得有点好笑，故意逗他似的，说：“为什么叫张红旗呀？”

“我起的！”爷爷像孩子一样，得意地昂着头，“你出生的时候，不正是百废待兴的时候嘛。你爸爸有些资产阶级思想，很不好，非要管你叫什么露露啊、玫玫呀。我说不行！我们的下一代、下下一代都要昂扬向上，越是新时代，就越要红旗招展！而且红旗不是一个很美的东西吗？扑啦啦地迎风飘扬，女孩子叫红旗也很合适……”

张红旗听着听着，却又不知不觉地流起了眼泪。过去，她也觉得自己的名字有点儿古怪：都什么年代了，干吗叫红旗呢？其实原因就是这么简单：祖辈和父辈将他们定义为昂扬而积极的一代人。老一代一定经历过许多悲伤和迷惘，所以希望下一代不悲伤，不迷惘，可是他们却没有做到。

她好奇地想：假如她有一个孩子，会给他起一个什么名字呢？她希望她的下一代是什么样子呢？

也就是这一天，张红旗发现自己怀孕了。

陈星从黑暗中醒来，睁开眼睛，眼前却仍是大块模糊的光斑。那一刻，他没有怀疑自己是不是死了，而是觉得自己失明了。

在嗡嗡作响的耳鸣中，仿佛有人在叫自己：“兄弟！兄弟！”

光斑终于退去，他看见了一张堪称奇异的人脸：头发又长又脏，像拖把一样扣在脑袋上，把眼睛都挡住了，脸上全是泥水，两颗门牙都不见了，露出一个黑咕隆咚的洞。

那人见到他醒来，欣喜万状：“兄弟，是我呀！没想到在这儿见到你！”

难道自己认识这人吗？陈星不顾头痛，甩了甩脑袋，仔细辨认长发和泥水下面的脸。过了一会儿，他突然想起来了：竟然是在养鸡场大学时认识的河南人！

陈星感叹道："你变得像一个野人啦。"

河南人则问他："你怎么到这儿来了？你也在跑路吗？"

真是人生何处不相逢。在那地动山摇的一瞬间，一块石头从山上滚下来的时候砸中了陈星的脑袋，而恰好河南人也正从山里往外窜，救了他。如果不是河南人，陈星也许就被埋在碎石之中了。

比起陈星来，河南人更是老资格的流浪汉了。自从在"鸡大"手刃了两个混蛋校友后，他又去过很多地方，但总是刚隐姓埋名地住下来，警察就找上门来了，于是他只好再次走上逃亡之路。因为警觉，他一直没有落网，但却被折腾得神经衰弱了。

终于，在最近一次从绵阳逃出来后，河南人决定进山，到没有人的地方去。他觉得就算被狼吃了，也比被关进监狱好。

可这家伙到哪儿都是个倒霉蛋，刚在山里窝了半个月，山却崩了。他只好和刺猬、兔子、野猪一起屁滚尿流地逃了出来。

"刚才出什么事了？"陈姓问河南人，"是地震了吗？"

河南人傻乎乎地眨着眼说："大概是吧。"

陈星打量了一下四周，发现他们身处在一片小小的空地里，远近都被碎石乱木包围了。他再抬头看看山，山倒还在，只是完全不成样子，仿佛被谁一巴掌拍坏了的盆景，树都东倒西歪的。

"快下山。"陈星说，"再有余震，咱们谁都逃不过去。"

两个流浪汉互相搀扶着，步履蹒跚地向山下走去。在一个山涧里，他们看到了一辆摔得七零八落的大卡车。卡车的驾驶室已经完全扭曲了，只伸出司机的一只手，一动也不动，下面留了一摊血。

这景象让他们加快了脚步。而到晚上，忽然下起了大雨，好在河南人带着手电，他们借着微光继续前进。

经过一夜的跋涉，他们终于下了山，找到了最近的一个镇子。

他们立刻被那里的景象惊呆了：偌大一个镇子，几乎没有一间房子是完整的。大雨浇在断壁残垣之上，如同凌虐着一座死城。

他们慢慢向镇子走去，每一步都迈得惊心动魄。

而走得越近，人的哭号声就越清晰。哭声把雨幕都刺穿了。他们看到几个人影正爬在废墟上，一边疯狂地用手刨着，一边叫着亲人的名字。

而另一些人则已经放弃了，呆呆地坐在地上，任凭雨水冲刷。

在一个看起来像操场的地方，他们看见了并排摆放的几具小小的尸体。这里以前大概是学校，躺在地上的是挖出来的学生。

雨水把孩子的脸冲得很白，显得很干净，但也把他们的伤处暴露得更清晰。

陈星再也忍不住，跪倒在地上，吐了起来。

而这时，河南人却像狗一样叫了一声，拔腿向学校的教室方向冲过去，加入了挖掘的队伍。

“刨出一个是一个！”他对陈星喊道。

幸亏那教室只是二层小楼，因此他们断定，还有不少孩子活着。

挖了一天，他们救出了五个活着的孩子。其中一个双腿都断了，还有一个叫了几百声“妈妈”，就闭上了眼，再也不出声了。

虽然两手都是血，但他们谁也没有停下。尤其是河南人，他像疯了一样，屡屡将整个身子探进废墟的缝隙里去，喊有可能活着的孩子。

余震来了不止一次，每当感到大地颤抖，陈星就赶紧奔向河南人，把他从缝隙里拽出来。

“不要命了你？”陈星对他吼道。

河南人却只有一句话：“刨出一个是一个。”

后来，那些幸存的村民都看不下去了，他们把两个流浪汉硬拽下来，拆开方便面往他们嘴里塞：“我们替孩子谢谢你，我们替孩子谢谢你。”

到了第二天，河南人又挖出了一个小女孩。小家伙很机灵，地震来的时候钻到了课桌底下，但一条胳膊仍被压断了。

河南人忽然对陈星露出了古怪的微笑：“我已经挖出三个了。我的债还上啦。”

陈星刚开始没听懂，后来才反应过来：河南人上大学以前，就因为好勇斗狠，在老家背上了一条人命，从鸡大逃走的那个夜晚，他又一口气杀了两个。而到现在，他把陈星也算上，总共救了三个人，所以才说“还上了”。

陈星没想到还有这样的算账方法。但他随即想：欠张红旗的如果也能这样还上就好了。

“再挖一个就赚啦。”河南人又说，“那时候我他娘的就算英雄了。”

他又返身折回废墟上。

第三天，军队终于来了。战士们给幸存的人们带来了干粮、水和帐篷。他们好歹能在暖和点的地方流泪了。

虽然有人接替，但陈星他们仍然没有停。陈星把学校废墟的构造告诉了战士：哪里有钢筋，哪里是碎砖，哪里的缝隙格外多，很可能藏着幸存的孩子……

而就在这一天，电视台的记者也来了。她先采访完几个战士，又向陈星他们走来。

“你们是当地人吗？”

“不是。”陈星木然地看了看记者身后的摄像机。

而陈星的北京口音却让记者兴奋了起来：“你是从哪儿来的？是志愿者吗？你们还有多少人？为什么这么早就赶到了救灾现场？”

记者的一长串问题让陈星反应不过来。经过几天的机械劳动，他的脑子转得都慢了。而看看身边，他发现河南人却不见了。

陈星随即反应过来：河南人是逃犯，他必须躲避任何镜头。

而就在这时，面前的记者忽然一个踉跄，尖叫了一声。余震又来了。

不远处的一个战士忽然喊了一声：“有人压进去了！”

陈星立刻想起了什么，没命地跑过去。但他已经来晚了。

河南人刚才钻进了一个足以容纳一个人的缝隙，但在里面只摸到了一个孩子的小手，而孩子的身体则压在了一块预制板下面。而在他返身准备出来时，余震又将缝隙震塌了。一根钢筋从他的背部插了进去。

河南人的上半身探在外面，并没发出呻吟，只是大口大口地吐着血。连他身旁的战士都哭了：“他干吗这么玩儿命呀……”

陈星的手颤抖着，帮河南人把嘴角的血擦掉。河南人忽然又对他古怪地笑了一下：“没赚到。”

陈星问他：“什么没赚到？”

“一共只救了二个。没赚到。”河南人吐着血说，“债倒是还上啦，可惜没做成英雄。”

陈星突然大吼起来：“你他妈的怎么这么笨呀？你还把我给救了哪！怎么没把我也算进去？兄弟，你他妈的已经是英雄啦！”

河南人露出了幸福的笑容。陈星摇着他的肩膀大哭起来。

当天，陈星和战士们为河南人举行了废墟上的葬礼。战士们站成一排，对河南人趴在地上的上半身敬了一个军礼。

一个排长问陈星：“他叫什么名字？”

“我也不知道。”陈星流着泪摇头，“但我知道他是个英雄。”

得知那场百年不遇的大地震时，张红旗正在医院。

确认自己怀孕后，她去找过小北和大眼妹妹。现在的小北胡子拉碴的，他问张红旗："你是来找陈星的吗？我也在找他。"

张红旗默默地看了他一眼，然后才说："我怀孕了，怀的是陈星的孩子。"

小北也傻了。

大眼妹妹坚定地劝张红旗把孩子打掉。她的理由很简单："你能养一个没有父亲的孩子吗？"

小北说："陈星要是回来呢……"

"要是不回来呢？"大眼妹妹反驳道，"有他那样的吗，出了事儿就一走了之，这还是男的吗？张红旗凭什么给他当冤大头？"

"自从她立了功，我们家就变成母系社会了。"小北小声嘀咕着。

最后，张红旗还是听从了大眼妹妹的意见。小北陪她到医院挂了号，坐在一群孕妇之间。

而就在这时，医院大厅的电视开始播放地震的新闻了。来来往往的人都驻足观看，有些人抹起了眼泪。

电视里的女播音员也是哭着报道的。

张红旗茫然地抬起头，正赶上画面转换，切到了灾区现场。那是一个离震中比较远的镇子，但因为建筑质量不合格，仍然损失惨重。

战士们正在一刻不停地抢救着伤员。

接下来，张红旗几乎不敢相信自己的眼睛：在那支抢救的大军里，竟然有一个无比熟悉的身影。

是陈星。

虽然只是背影，但她还是认出了他。他正和一个战士齐心协力地抬着担架。

张红旗的眼眶也立刻湿润了。但她所流的泪却和身边的其他人意味不同。

过了一会儿，她终于看到了他的正脸。一个地方台记者现场采访了一些救灾工作者，但当镜头刚转向陈星，他就沉默着走开了。

小北也看到了这一幕。他几乎癫狂了，在医院里哇哇大叫起来："这他妈的是怎么回事？他怎么会在那里？怎么会？"

张红旗抹了抹眼睛，说："我们回去吧。"

她把挂号单扔到废纸篓里，走出了医院。

半个月后，张红旗在四川灾区的一片废墟上见到了陈星。

她和小北轮流开车，日夜兼程了两千公里。到达成都后，他们几乎掏光了身上所有的钱，全买成了药品，进入灾区后直接交到医护人员手里。

越接近陈星所在的那个镇子，张红旗就越心神不定。她怕他又去了别的地方。

幸好，当他们下车时，正好看见了陈星的背影。他正在帮几个战士将一块石板撬开。

张红旗慢慢地走向他。陈星竟像心有灵犀似的回过头来。

他们就在那片废墟上对视着。

过了一会儿，张红旗对陈星笑了，笑得灿若桃花。他们已经认识了十二年，这期间，她对他视若无睹过，横眉冷对过，含羞垂首过，沉默无语过。但她从来没有如此美丽地对他笑过。在这一刻，张红旗觉得自己是一个女人了。

她对陈星说的第一句话是：“如果你有了一个孩子，你觉得他应该叫什么名字？”

图书在版编目(CIP)数据

红旗下的果儿 / 石一枫著. — 北京 : 北京十月文艺出版社，2019.1
ISBN 978-7-5302-1789-4

Ⅰ. ①红… Ⅱ. ①石… Ⅲ. ①长篇小说—中国—当代 Ⅳ. ① I247.5

中国版本图书馆 CIP 数据核字(2018)第 021488 号

红旗下的果儿
HONGQI XIA DE GUOR
石一枫 著

出　　版　北京出版集团公司
　　　　　北京十月文艺出版社
地　　址　北京北三环中路 6 号
邮　　编　100120
网　　址　www.bph.com.cn
发　　行　新经典发行有限公司
　　　　　电话(010)68423599
经　　销　新华书店
印　　刷　北京盛通印刷股份有限公司
版　　次　2019 年 1 月第 1 版
　　　　　2019 年 1 月第 1 次印刷
开　　本　880 毫米 ×1230 毫米 1/32
印　　张　17.625
字　　数　355 千字
书　　号　ISBN 978-7-5302-1789-4
定　　价　52.00 元
质量监督电话　010-58572393
如有印装质量问题，由本社负责调换。